变革与诗性主义

福兰克·兰特里齐亚研究

周南翼 著

中央编译出版社
Central Compilation & Translation Press

图书在版编目（CIP）数据

变革与诗性主义：福兰克·兰特里齐亚研究 / 周南翼著． —北京：中央编译出版社，2022.9
　　ISBN 978-7-5117-4229-2

Ⅰ．①变… Ⅱ．①周… Ⅲ．①福兰克·兰特里齐亚-文学研究 Ⅳ．①I712.065

中国版本图书馆CIP数据核字（2022）第136121号

变革与诗性主义：福兰克·兰特里齐亚研究

责任编辑	苗永姝
责任印制	刘　慧
封面设计	田　晗
出版发行	中央编译出版社
地　　址	北京市海淀区北四环西路69号（100080）
电　　话	（010）55627391（总编室）　　（010）55627319（编辑室）
	（010）55627320（发行部）　　（010）55627377（新技术部）
经　　销	全国新华书店
印　　刷	佳兴达印刷（天津）有限公司
开　　本	710毫米×1000毫米　1/16
字　　数	251千字
印　　张	18.75
版　　次	2022年9月第1版
印　　次	2022年9月第1次印刷
定　　价	128.00元

新浪微博：@中央编译出版社　　微　信：中央编译出版社（ID: cctphome）
淘宝店铺：中央编译出版社直销店（http://shop108367160.taobao.com）　（010）55627331

本社常年法律顾问：北京市吴栾赵阎律师事务所律师　闫军　梁勤
凡有印装质量问题，本社负责调换，电话：（010）55626985

序

打开周南翼博士的专著《变革与诗性主义：福兰克·兰特里齐亚研究》，我眼前仿佛浮现了1994年1月初在杜克大学与兰特里齐亚教授热情相聚的情景，心情分外激动。周博士请我为她的专著写个序，我欣然同意，颇感荣幸。

记得那个时候，作为一位富布莱特高级访问学者，我刚在哈佛大学结束了第一学期。导师哈里·列文教授建议我去美国南方高校体验一下。我恰好收到弗列德里克·詹姆逊教授的邀请信，便决定去杜克大学再待一个学期。

到了杜克大学后，我办了注册手续，安排好听课做研究的计划，便先后会见了知名教授詹姆逊、兰特里齐亚、菲什和芭芭拉等人。每天坐免费的区间公交车，奔跑于东、西校园之间，尽情享受主校区色彩斑斓的郁金香丛的芳香。我感到从校园到教学，杜克大学与哈佛大学的确不一样。

与兰特里齐亚教授的初次会面是令人难忘的。记得我送给他一幅花鸟国画，他特别高兴。令他更高兴的是，我转达了他的教母雪莉·史密斯（Shirley Smith）教授对他的问候。雪莉教授曾来厦门大学讲授英美文学，是我的友好同事。她曾帮助兰特里齐亚教授克服了成长过程中的许多困难。他对她很感激。

随后，我经常去听兰特里齐亚教授讲授美国现代主义文学课，收获多多。最后一课特别精彩。兰特里齐亚教授改变常规，特地邀请另一位教授来课堂上与他同台争论。双方摆事实，针锋相对，互不相让，激起同学们极大兴趣，气氛十分热烈，最后爆发出热烈的掌声。

兰特里齐亚出生于 1940 年，时年 50 多岁，学术气势旺盛，以左翼批评家著称于欧美，几乎与詹姆逊和赛义德齐名。1980 年他的《新批评之后》以新左派名誉登上美国文坛，销路极好。该书回顾了 1957 年至 1977 年美国文学批评史的发展和变化，前半部分评述二战后美国主要批评流派的功过和得失，具有一定的总结性和前瞻性，但没有提及女权主义和黑人美学。后半部分专门评价四个美国批评家克利格、赫斯、德曼和布鲁姆。全书资料翔实丰富，理论客观公允，观点激进含蓄。深受学界同行的欢迎。在《批评与社会变革》（1983）里，兰特里齐亚进一步展示了马克思主义倾向。他通过评论老批评家肯尼思·伯克正面阐述和倡导马克思主义观点。他探讨当地西方理论中的异化、孤独和政治化问题。他严肃地批判了当代美国资本主义文化，认真而大胆地批判了以德曼为核心的解构主义理论。值得关注的是，1983 年正是德曼学术威望最高的时候，兰特里齐亚敢于第一个揭竿而起，对德曼发起批判，需要极大的勇气和力量。

更令人敬佩的是 1988 年，作家唐·德里罗发表长篇小说《天秤星座》，书中将暗杀前总统肯尼迪与中央情报局的策划联系起来，遭到时任正副总统的里根和布什痛骂为"坏市民"和"民族败类"。兰特里齐亚勇敢地站出来，第一个为德里罗申辩，1990 年发表《唐·德里罗》，同年又以《南大西洋季刊》主编的身份出了《德里罗小说特刊》，内有他的两篇战斗檄文，一篇是《作为"坏市民"的德里罗》，另一篇是《〈天秤星座〉对后现代的批判》，有力地回击了里根和布什的攻击，引发全国无数作家、艺术家的呼应和支持，形成强大的正义声势。里根和布什两位前正副总统见势不妙，只好偃旗息鼓，保持沉默。兰特里齐亚仗义执言，不畏强暴，受到广大学者和民众的点赞。

兰特里齐亚待我热情友好，一直关心我是否听懂他的课，有啥不明白之处，随时为我答疑。为了让我深入了解他的学术思想，临别时他将自己当时已出版的书几乎每种都送我一本。我十分感动地收下他这些厚礼，如《新批评之后》《批评与社会变革》《精灵与警察：米歇尔·福柯、威廉·詹姆斯、华莱士·斯蒂文斯》《夜晚之畔》，还有与麦克劳林合编的《文学研究中的批评术语》等。他还和夫人设宴为我送别，让我恋恋不舍地告别了杜克。

光阴荏苒，转眼间20多年过去了。兰特里齐亚重新出现在周南翼博士的专著里，令我感到格外亲切。我认为他是个值得研究的人。

周南翼博士在厦门大学任教，1998年考取我的博士生，研习当代美国文学。她一面教书，一面读书，勤奋攻读，刻苦钻研，成绩优异，曾在《外国文学研究》和《外国文学》等刊物发表论文数篇。2001年12月，她以论文《追寻一个新的理想国：索尔·贝娄、马拉默德和辛西娅·欧芝克小说研究》获得博士学位。

周南翼老师在教学和科研上不断努力。2003年，她赴美国杜克大学做访问学者，结识了兰特里齐亚等专家学者。2018年至2019年，她又被派往美国加州大学伯克利分校深造。2019年6月至7月，她应邀赴意大利参加"罗马2019年意大利裔流散文学研究夏季学习研讨班"，听取了美国和意大利多位著名学者对意大利裔流散文学的研究报告和项目指南，为研究美国意大利裔文学打下基础。

她的研究项目"福兰克·兰特里齐亚的文学观与小说创作研究"于2014年获国家社科基金立项，经过不懈努力，于2019年顺利结项。研究专著《变革与诗性主义：福兰克·兰特里齐亚研究》大致包括两大部分：作为激进文学批评家的兰特里齐亚为第一部分；作为诗性小说家的兰特里齐亚是第二部分。两个部分相辅相成，相得益彰。前者，我当时在杜克大学有所了解，记忆犹新；后者，是我离开杜克大学以后兰特里齐亚的新创造。可惜由于联系中断，我竟不知道他创作了十几部长篇小说。如此丰收，实属罕见。

专著在引言里介绍了兰特里齐亚的家庭背景和生活道路。他是在美国出生的意大利裔。父母都是意大利移民二代，在工厂打工，生活艰辛，但重视儿子的教育。1966年兰特里齐亚从杜克大学获得博士学位。此后，他以形式主义美学的视角涉足文学批评理论，将它放置于欧洲哲学的语境里。他重视语言的愉悦和艺术家的激进倾向。他一度倡导"沉浸在诗歌媒介的狂欢里"，后来产生了质疑，但并未完全放弃。他写了好几本评论英美诗人的专著。他特别关注自我与主体性、创造性以及意识的特殊艺术行为。他从关注诗人的"激进诗学"发展到关注诗人激进的自我，特别聚焦诗人的能动性，最后面对诗人所处的历史、政治和文化背景。

引言强调兰特里齐亚善于经常反思自己思想的不足，从相反的角度思考问题，甚至推翻自己以前的想法。这种自我评析的方法使他区别于其他批评家，在思想上、学术上能不断前进。他的《新批评之后》是美国评论二战后批评理论的第一部力作。它深刻地批判了文学脱离社会现实的错误倾向，为未来文学理论的发展指明了方向。在《批评与社会变革》里，他进一步强调社会变革是文学批评的一个重要功能。他强烈反对文学批评脱离社会政治语境，强调文学与文学批评的政治作用。该书被誉为"美国马克思主义学术界宣言"，遭到里根时代右翼学者的尖锐批评。《精灵与警察》标志着兰特里齐亚作为批评家的终结和作为小说家的开始。他痛感美国批评界过分政治化的倾向，文学研究中缺乏美学原则，文本解读程序化。1996年以后，他将自己多年的理论观点融入小说创作，成了一位风格独特的诗性艺术家。他坚信从事小说创作具有更大的自由思索空间，能激发艺术家想象力和创造力，冲破外在的限制，向前发展。

这些引导性的描述帮助读者了解兰特里齐亚其人其作的概貌，为进入专著做好准备。

在评价兰特里齐亚批评家的生涯时,专著联系他的家庭出身和教育背景,展示他曾受多种西方文论的影响,有意识地开展对形式主义美学的批判,将文化政治学与诗学有机地相结合,形成了自己的文化政治诗学。他受马克思主义影响,认识到文学和文学批评的社会性、历史性、政治性及其社会功能,挑战美国旧文化传统霸权,倡导和坚持文学批评的正确方向。他从福柯权力论和新历史主义视野入手,批判新旧实用主义,倡导诗性主义。他把人文主义理念作为一个平台,开展激进主义研究,推动社会变革。专著尤其强调兰特里齐亚将权力和话语的辩证关系运用于文学批评和文学创作,认为一切形式的写作都是权力话语,都是为了实现个人意志和对读者产生感染作用。《新批评之后》《批评与社会变革》和《精灵与警察》构成兰特里齐亚的"批评三部曲"。它们充满挑战美国主流文化的反叛精神,在美国文学批评史上写下崭新的一页。

这些评析有理有据,令人信服。它反映了周南翼博士对兰特里齐亚其人其作有深刻的了解,对霸权话语与权力关系、女权主义、新历史主义、后殖民主义、多元文化主义等各种西方文论和唯物辩证法有系统的把握。这是写好一部外国文学评论专著所必需的。

在评论兰特里齐亚小说时,专著并不面面俱到,平铺直叙,而是点面结合,有所侧重。专著首先指出兰特里齐亚将文化政治学与诗学结合在一起,强调艺术创作的反叛和暴力激情,形成了自己独特的暴力叙事。专著认为,兰特里齐亚的小说里不仅含有显性暴力叙事,而且指向显性暴力背后的隐性暴力,描写资本主义政治、经济和文化权力如何对人的思想实施立法性和护法性的暴力,体现受压迫者如何抵抗资本主义主导下各种权力的显性和隐性暴力压迫。专著强调作家通过暴力叙事,以艺术形式寻求更大的表述空间,突破由族裔性、阶级和性别等形成的思想壁垒,改变社会意识,实现更大的社会公平。

接着,专著从兰特里齐亚小说的暴力叙事出发,选取多部小说,从不同侧面展现资本主义权力和文化霸权的显性和隐性暴力压迫；他在小说中揭示以美国意大利裔为代表的少数族裔遭受压迫并反抗美国主流文化霸权话语，但他也超越了意大利族裔写作；他揭开父权文化下男性遭受"被女性化"压迫的象征寓意，通过艺术改写解构了产生性别歧视的性别二元对立；他颠覆刻板的女性形象和沉默的母亲形象，塑造了勇于反抗的女性形象。他运用后现代派的艺术手法展示后现代政治、经济和资本网络空间的流动性，突出艺术家的主体性和对抗性。他的小说中往往结合多种文类，如戏剧和诗歌，加上多样化的语言，然后在情节变化中急剧转换，增进悬念，强化主题思想，吸引读者。

最后，专著从文类、语言、叙事和风格等各个方面探讨兰特里齐亚小说的文本艺术。专著特别评述了《刀手》的叙事结构和时空转换，指出其人物设计具有象征含义；《卢凯西与白鲸》含有对19世纪麦尔维尔经典名著《白鲸》的文学批评，作家巧妙地用文学叙事结构来诠释《白鲸》，令人意外惊喜；在《安东尼奥尼的忧伤》里，作家则大量使用电影元素，如用闪前和闪回突显回忆往事，以长镜头和跳切表现时限性，别出心裁地用场景表现独特的人物或事件。这些多姿多彩的长篇小说都深受欧美读者的欢迎。

专著采用理论与文本相结合的方法，突出重点，抓住特色，深入评析，着重挖掘兰特里齐亚文化政治诗学对其创作风格和艺术策略的影响，表明文学创作赋予其更博大的空间，作家灵活自由地嵌入其批评立场和观点，通过运用文类和语言策略将意识形态和文化批评引入文学，表现文学和文学批评的历史性、政治性和社会功能，将艺术和艺术主体与社会历史紧密相连，从而佐证了兰特里齐亚的文化政治诗学的特征和维度，令读者耳目一新，印象深刻。

"超越自我：一位充满反叛激情的批评家和诗性的艺术家。"这就是专著对福兰克·兰特里齐亚的总评价，也是全书的重要结论。专著还突出地总结了兰特里齐亚对美国意大利裔文学和文化研究的重要贡献，增加了我国对美国族裔文学研究的新内容，具有创新性和重要价值。

《变革与诗性主义：福兰克·兰特里齐亚研究》是一部内容丰富、题材新颖、论述充分的专著。周南翼博士写作态度严肃认真，实事求是，夹叙夹议，使多种文论与文本解读结合起来，系统地分析、总结和阐释了兰特里齐亚作为一位文学批评家的新左翼形象和一位诗性主义小说家的面貌。专著立论公允，史料丰富，引证规范，论证有力，说理流畅，观点清晰，方法得当，研究背景宏阔，文史知识丰厚，跨学科研究意识浓烈，具有创新性和借鉴意义，不失为我国第一部评价福兰克·兰特里齐亚的力作。它必将促进我国学界对美国文学特别是对兰特里齐亚的研究。

"勉之期不止，多获由力耕。"专著的成功问世，是周南翼博士坚持不懈、长期拼搏的一大收获。来之不易，令人欣慰。祝愿她再接再厉，继续努力，再出新专著，以学术精品奉献给读者，我将乐意再为她的新著作序。

杨仁敬

2021 年 11 月 11 日

目 录

引 言 / 1

第一章 艺术的文化政治学 / 12

第一节 形式主义美学批判 / 12

一、文学学科的自主性与历史性 / 14

二、二元对立传统的消解 / 22

三、作为终极解释的福柯与历史意识 / 27

第二节 批评与社会变革 / 32

一、文学批评的社会功能 / 32

二、挑战文化传统和霸权 / 37

三、作为政治力量的修辞 / 42

第三节 艺术的精灵与诗性主义 / 46

一、福柯权力论和新历史主义视野下的主体 / 47

二、新旧实用主义与理论视野下的个体性和独特性 / 51

三、诗性主义的精灵 / 57

第二章　文化政治学的艺术表述 / 62

第一节　兰特里齐亚小说的暴力叙事 / 62
一、显性暴力叙事的文本表征 / 65
二、隐性暴力叙事中的压制与反抗 / 68
三、文学艺术家越界的渴望 / 76

第二节　美国意大利族裔性的书写与超越：《炼狱之声》/ 81
一、美国意大利裔的族裔符号与颠覆 / 83
二、书写与改写美国意大利族裔性 / 91
三、美国意大利族裔性的超越 / 96

第三节　父权文化下男性身份的书写与跨界：《临时抬棺人》/ 104
一、父权文化下男性"被女性化"的文化塑造过程 / 105
二、男性"被女性化"现象在意大利族裔问题上的象征寓意 / 109
三、身份解构下男性"被女性化"文化现象的艺术改写 / 115

第四节　女性书写中的多元交集、赋能与反抗 / 120
一、男性政治中打破沉默的母亲 / 122
二、消费社会中拒绝被物化的缪斯 / 126
三、多元交集下反抗暴力的女侠 / 130

第三章　文化政治诗学的主体 / 138

第一节　文学创作中的艺术家：《卢凯西与白鲸》/ 138
一、文学创作与自我 / 139
二、文学创作与现实生活 / 142
三、文学创作的自主性 / 149

第二节　后现代空间里的艺术家：《路得记》/ 151
一、后现代网络关系下的空间流动 / 153

二、后现代空间网络中的艺术家 / 158
　　三、后现代空间里艺术家的主体性 / 163
第三节　现代传媒技术与消费文化中的艺术家：《意大利女演员》 / 166
　　一、历史文本创造的图像 / 168
　　二、现代传媒技术下图像社会创造的神话 / 171
　　三、视觉消费文化中艺术家的社会责任 / 177

第四章　文化政治诗学的文本艺术 / 182

第一节　兰特里齐亚小说的文类与语言策略 / 182
　　一、兰特里齐亚小说中的戏剧 / 183
　　二、文类的转换 / 187
　　三、多元化的语言风格 / 191
第二节　《刀手》的叙事技巧与策略 / 194
　　一、《刀手》的叙事结构和时空转换 / 195
　　二、《刀手》的叙事视角与转换 / 206
　　三、《刀手》的人物设计与象征含义 / 212
第三节　《卢凯西与白鲸》的文学批评 / 217
　　一、以小说人物诠释《白鲸》 / 219
　　二、以小说叙事结构诠释《白鲸》 / 222
　　三、小说中的文学评论文本 / 224
第四节　《安东尼奥尼的忧伤》的电影元素 / 236
　　一、闪前和闪回突出回忆叙事 / 239
　　二、长镜头和跳切表现时限性 / 244
　　三、场景画面强调独特性 / 248

第五章　超越自我：一位充满反叛激情的批评家和诗性的艺术家 / 257
　　第一节　从反叛的激情到诗性的自我 / 257
　　第二节　文学悟性、创新与超越 / 260

引用文献 / 264

后　记 / 284

引　言

　　福兰克·兰特里齐亚（Frank Lentricchia，1940— ）是美国著名文学评论家、小说家，在研究诗歌、现代主义、批评理论史以及小说创作等领域颇有建树。他的文学评论著作引起批评界的热烈讨论，被许多美国大学列为研究生的必读参考书。他本人被认为是与爱德华·赛义德（Edward Said）一样带有对抗性的知识分子式批评家（Salusinszky，1987；Xu，1992），与伊哈布·哈桑（Ihab Hassan）一样，都是带着叛逆倾向、追求自我塑造和自我表征的知识分子（Fjellested 863—874），跻身雷蒙·威廉斯（Raymond Williams）、弗列德里克·詹姆逊（Fredric Jameson）、杰拉尔德·格拉夫（Gerald Graff）等新左派马克思主义文学批评家之列（杨仁敬 653—661）。他的小说创作深受美国著名作家唐·德里罗（Don DeLillo）和纽约文学圈著名的编辑和评论家格尔登·利什（Gordon Lish）等人的好评，喜欢他的粉丝更是奉之为美国重要文学潮流里的硬通货，是必读作品（Jackson 13）。

　　兰特里齐亚出生于美国纽约州尤蒂卡（Utica）的一个意大利移民家庭，无论在文学和批评理论研究方面，还是文学创作上，都深受其家庭、教育环境及其意大利裔身份的影响。兰特里齐亚的父母都是意大利南部移民二代，为维持家庭生计，八年级后就都离开学校到工厂工作，生活艰辛。他们自身文化程度不高，但非常重视对兰特里齐亚的教育，他的母亲常以自己为反面例子,鼓励他一定要上大学。1962 年,兰特里齐亚从尤蒂卡大学毕业后,怀着对文学的热爱来到杜克大学深造,1963 年获得硕士学位,1966 年获得博士学位,由此开始文学批评之路。他最具影响力的批评著作包括《新批评之后》(*After the New Criticism*, 1980)、《批评与社会变革》(*Criticism and Social Change*, 1983)、《精灵与警察:米歇尔·福柯、威廉·詹姆斯、华莱士·斯蒂文斯》(*Ariel and the Police*: *Michel Foucault, William James, Wallace Stevens*, 1988)、《艺术的犯罪与恐怖》(*Crimes of Art and Terror*, 2003,合著)等。兰特里齐亚的批评理论受到美国学界的肯定,也引起争议,甚至被新保守派唾骂。

追溯兰特里齐亚的学术生涯可以发现,他在很多方面算得上是美国文学研究传统的反叛人物,但从中也看到一条反叛和回归的有趣轨迹。可以说,兰特里齐亚以形式主义美学的视角开始文学之旅。他从大学时代起就对现代诗歌产生兴趣,在硕士毕业论文里评述美国对诗人拜伦的文学评论,并在博士毕业论文里研究叶芝和斯蒂文斯的诗歌。然而,在批评理论盛行之前,兰特里齐亚就开始涉足批评理论,将文学批评放置在欧洲哲学语境里。早在 20 世纪 60 年代中叶,他深受乔治·布莱(George Poulet)、现象学(phenomenological)或"意识"批评学者("consciousness" critics)及希利斯·米勒(Hillis Miller)早期著作的影响,与他们的思想产生共鸣,渴望批评界能够重新重视文学中的"人"。他的第一部著作《语言的狂欢:叶芝与斯蒂文斯的激进诗学》(*The Gaiety of Language*: *An Essay on the Radical Poetics of W. B. Yeats and Wallace Stevens*, 1968)具有强烈形式主义美学特点,他不仅从形式主义美学角度分析叶芝和斯蒂文斯的诗学,而且追溯康德与后康德哲学思想对 19 世纪文学产生的影响。

这部书体现了贯穿兰特里齐亚学术生涯的两大元素:语言带来的愉悦和艺术家的激进主义倾向。他在书中说:我们理性的头脑知道诗歌是成年人的童话,更知道童话与否并不重要,于是放纵"沉浸在诗歌媒介的狂欢里"(*Gaiety* 192)。这种思想的形式主义美学特点过于浓厚,他后来对此也渐渐产生怀疑。然而,质疑并不等于完全推翻。即便在他后来反思形式主义美学并且反叛这一传统时,他仍然在心里存留它的重要性。他在1987年的一次访谈里表示,我们不可能完全摆脱形式主义美学,也不应该完全抛弃它。尽管文本与历史密不可分,不应将文本和历史割裂开,但形式主义美学仍可以起作用,它为我们"描写语言文字的细微发展变化,密切观察这些发展变化所包含、表达或涉及的历史"(Salusinszky 187)。形式主义美学像平衡杆的另外一头,一直牵制着兰特里齐亚的激进主义批评意识,并且在他后来发现批评理论的发展局限时起到一定作用。这就是兰特里齐亚对"沉浸在诗歌媒介的狂欢里"的发展性解释,与形式主义美学批评有一定差异,包含他后来激进主义文化政治诗学的倾向。

兰特里齐亚在加州大学洛杉矶分校和加利福尼亚大学欧文分校担任助理教授期间,出版著作《罗伯特·弗罗斯特:现代诗学与自我的景观》(*Robert Frost: Modern Poetics and the Landscapes of Self*, 1975)。兰特里齐亚的研究比其他人提早几十年回归到美国现代文化的主体及其历史渊源上,他在书中将弗罗斯特与艾略特、斯蒂文斯和叶芝相提并论,特别关注自我与主体性、创造性、"意识的特殊艺术行为"(16)或塑造行为,以及个人内在与外在的互动关系。这部书与《语言的狂欢》一样,渗透着现象学和存在主义思想。然而,这部著作体现了兰特里齐亚此后一直反复思考的主题:一方面,诗人受到历史、政治经济社会文化及教育影响,上述种种因素不断塑造诗人,并对诗人产生压迫;另一方面,诗人以其创造性想象力对外界实施改变和影响作用。在这个过程中,兰特里齐亚从原来关注诗人的"激进诗学",发展为关注诗人激进的自我:他特别聚焦诗人在实施变革和暴力冲击等方面的能动性。但最终,他必须面对的问题是:诗人诞生于塑造诗人自我的历史、政治、经济、文化(教育、语言)等因素,置身这个框架体系里面,该如何突破种种限制和影响因素,反过来去改变它们。在书中,兰特里齐亚使用一些含义相近的词,反复强调驱动诗人的是创造力和想象力,若要更深入追问,则驱动诗人超越限制的,是某种根本的力量或创造性的能量、原始冲动和能量、创造性的意识等。兰特里齐亚受斯蒂文斯的影响颇大,在这部著作里首次提到斯蒂文斯的观点,即诗人内心存在一种与"外在的暴力"相称的"内在的暴力"(149)。

兰特里齐亚常常反思并质疑自己的思想,发现自己作品中的不足之处。他会从相反的角度思考问题,有时甚至推翻以前的思考。他在一次访谈中承认,"这是我生命中的一个主题;我一发现自己总在重复某个相同的写作方式,就一定要去找别的事情做,才能保持浓厚的兴趣"(Depietro 16)。其实,与其说他是为了让头脑持续保持高度敏锐,不如说是他那富于批评性思维的头脑在工作。

在欧洲理论对美国产生重大影响时,兰特里齐亚开始深入反思形式主义美学的强大影响,对新批评之后的批评理论展开批判。20世纪70年代的学术氛围为兰特里齐亚的思想提供了背景。现代语言协会(MLA)主席路易斯·坎普(Louis Kampf)曾在1971年年会讲话中声称:文学如果没有直接与政治行动联系起来,就只是一种"消遣","小把戏"或"游戏",他号召大家起来参与到"激进的社会变动"中(Strandberg 1)。似乎是响应坎普的呼吁,70年代中叶,文学理论在美国迅速发展起来。在加利福尼亚大学欧文分校,穆瑞·克利格(Murray Kreiger)与哈泽德·亚当斯(Hazard Adams)创立了批评与理论学院(School of Criticism and Theory),吸引大批批评界人士前来任教。批评界一片繁荣,关于结构主义和德里达(Derrida)的书不断出版。兰特里齐亚开始预见未来十年批评理论的发展和繁荣,同时也敏锐地看到,对于批评理论学科的现状和发展,批评界似乎缺乏共时性和历时性的整体把握。因此,有必要将时兴的批评理论,放置在一个历时性框架里予以审视,1980年出版的批评论著《新批评之后》就诞生于这一思考。

《新批评之后》是在欧洲哲学语境下研究当代美国批评理论的开山之作，不仅为后来的理论研究者提供新思路，也标志着兰特里齐亚在理论学科取得成功。兰特里齐亚将批评理论放置在思想发展史的框架里，与过去建立联系，批评美国文学批评界普遍存在割裂文学与社会现实的倾向，对美国学界根深蒂固的形式主义美学提出批判。可以说，这是第一部综述和评价美国当代批评理论史的著作，也是第一部对二战后批评理论的发展进行全面评论的著作，为未来的批评理论策略指出方向，极大地促进了批评理论在美国学术界的体系化。它的思想高度在美国批评界遥遥领先，该书出版之后很久，解构主义和其他包括新批评在内的许多理论流派才开始将其核心观点与政治性和历史性联系起来（Salusinszky 185），纷纷撰文表明它们并非不关注政治和历史。

将文学与政治行动联系起来的做法，跟兰特里齐亚的家庭背景、社会背景有关。兰特里齐亚的祖父母和外祖父母都来自意大利南部。意大利南部最大特点是赤贫和剥削，跟北部形成鲜明对比。他们移民美国后，都在工厂里做工，属于典型的劳动者阶层。一方面，兰特里齐亚的祖父会写诗，外祖父擅长讲故事，兰特里齐亚很可能继承他们的基因，走上文学批评之路乃至后来的文学创作之路。另一方面，出身劳动者阶层，这在一定程度上影响他的关注点和思维方向。他身处大学机构，研究西方经典作品，却也深切地感到自己与学院那些出身比较好的人之间存在差异。他不仅看到自己跟别人的阶层差异性，也看到作家们的阶层差异性，看到作家们的种族、族裔和性别差异。他敏锐地认识到，有些文学理论是在"规避不可回避的差异性"，因此他不仅"对这类文学理论保持警惕"（182），而且刻意要将这种阶层、族群差异性呈现出来。这也促使他在《新批评之后》里挑战主流文学理论流派的霸权地位，号召文学和文学批评要积极投入改变美国社会经济文化现状的活动当中。可以说，在美国各族裔或群体纷纷起来为平权发声的20世纪80年代，他以自己敏锐的思考和观察加入这场社会文化变革大潮，成为最早将文学批评与文化批评结合的批评者之一，也促使学术界将他列为马克思主义"新左派"文学批评家。

兰特里齐亚到莱斯大学任职之后，于 1982 年出版《批评与社会变革》。这部著作深受肯尼思·伯克（Kenneth Burke）的影响。兰特里齐亚在著作里强调文学批评的一个重要功能是推进社会变革。他反对文学批评脱离社会政治语境的做法，高唱文学与文学批评的政治作用，以阶级、性别、族裔、文化研究颠覆传统的经典叙事，也预见了美国文化同化进程与多元文化历史渊源之间的矛盾。

兰特里齐亚在探讨文化、社会和知识分子的力量时，他的族裔和阶级背景仍然起很大作用。他首先承认自己曾逃避和压抑自己的社会和族裔背景，但他表示，作为一个出身于劳动者阶层的知识分子，面对充满社会、种族、族裔、阶级和性别偏见的主流文化，他要重拾自己的局外人经历，对主流文化提出批判；他要把人文主义学术理念作为一个平台，从事"激进主义研究，引起争议的研究，从事有目的、有隐秘政治目标的研究，承认美国文化多元性的研究，代表受贬低者、被践踏者的研究"（Depietro 17）。显然，兰特里齐亚决意将意识形态和文化批评引入美国学术界，坚信文学工作者在推动变革方面能够起到极大的影响作用。该书因再次打破学术与政治之间的界限、表现出强烈的马克思主义倾向，受到里根时代文化右派的强烈批判，使他饱受争议，被评论界称为"引起文化纷争的人"（18）。美国记者、作家和文学评论家莫林·克里根（Maureen Corrigan）在 1984 年初《村声》（*Village*）① 中为他起了一个绰号，称他为"当代文学理论界的流氓哈利"。杂志还配上他的照片，他穿着紧身高尔夫球衫，两只胳臂交叉在胸口，露出强壮的肱二头肌，被美国意大利裔评论家认为是典型的意大利街头硬汉形象，生动地诠释了《批评与社会变革》的作者挑战主流文化霸权的反叛精神。

---

① 《村声》是美国第一个新闻周刊。作为一类着眼于文化和艺术的报纸，它是纽约市众多作家和艺术家的平台。

1984年，兰特里齐亚回到母校杜克大学任教，后来出版《精灵与警察》，与之前的两部著作构成"批评三部曲"。在这部著作里，兰特里齐亚关注艺术的主体在福柯和詹姆斯思想中的位置，不仅讨论斯蒂文斯诗歌中体现的性别意识和经济差异意识，而且推出诗性主义思想。正如评论者所说，"《精灵与警察》的亮点，是覆盖和超越《新批评之后》所阐释的哲学意义，也超越《批评与社会变革》所捍卫的批评的政治价值。这部书与其说代表批评家兰特里齐亚的终结，不如说代表作家兰特里齐亚的开始"（DePietro 20）。兰特里齐亚关注"作为主体的人"，强调从事艺术创作的主体能够在社会变革方面发挥主观能动性，因为艺术主体的诗性主义具备活泼、自由的气质，总在挑战资本主义权力及机构的压迫，在创造历史中起到积极的建设作用。兰特里齐亚回答了前两部著作留下的问题：文学工作者究竟如何推动社会变革，为他将来的写作转向埋下伏笔。

此后短短几年内，兰特里齐亚相继出版《唐·德里罗述评》（*Introducing Don DeLillo*，1991）、《〈白噪音〉新论》（*New Essays on White Noise*，1991）和非常畅销的《文学研究中的批评术语》（*Critical Terms for Literary Study*，1990），继续探索文学批评甚至是文学创作之路。

与此同时，兰特里齐亚的学术生涯和个人生活危机不断，让他从中发现改变自己道路的契机。一方面，自1982年以来，兰特里齐亚一直在撰写弗罗斯特、斯蒂文斯、庞德和艾略特批评著作《现代主义四重奏》（*Modernist Quartet*，1994），但在写作过程中遇到瓶颈，一直找不到理论突破，时隔12年才得以成书出版。兰特里齐亚在著作中仍然发挥优秀的批评素养和文学悟性，对四位现代主义诗人的作品进行精彩的文本解读；在理论观点上，他强调四位艺术家抵制权力压迫的反叛激情：诗人抵制文化霸权和父权文化，抵制资本主义消费文化，诗性自我及其艺术表达在推动社会变革上能够发挥积极作用。至于如何将他所提倡的付诸实践，要等到兰特里齐亚自己从事艺术创作，才算是解决这个问题。

另一方面，婚姻破裂令他深受中年焦虑的困扰，渴望内心的平静。受托马斯·默顿（Thomas Merton）著作的影响，1991 年夏，兰特里齐亚往南卡罗来纳州熙笃会修道院麦普金修道院（Mepkin Abbey）小住，寻求挣脱自我困扰的方法。离开修道院时，他受一位修道士的启发，将自传和一些思考记录下来，他的自传体小说《夜晚之畔：告白书》(*The Edge of Night：A Confession*，1994）也因此诞生。他撇开过去 20 年所做的，进入"一个全新的文学空间"，并从中看到希望，因为他感到他既是在写"真实发生的"，又"不必拘泥于事实"，这样就"可以探索自己的各种情感反应，可以在这一阶段反思自己，探索这对我自己来说有什么意义。这很诱人，我非常享受这个过程"(21—22)。这种自传性质的写作促使兰特里齐亚开始转变写作思路，也让他获得写作的自由、自我的自由。对于他来说，写作不仅仅是很治愈的一件事，而且让他从智识上获得新生，他个人也开始新的生活，——这个新生活以他和杜克大学戏剧学教授乔迪·麦考利夫（Jody McAuliffe）结婚为起点。

此时的兰特里齐亚也开始反思文学批评界过分政治化的倾向，加快了他转向小说创作的进程。时值 20 世纪 90 年代中叶，整个批评理论界的政治活动仍如火如荼地开展，与新保守派的辩论也在继续。仅仅 20 多年，文学批评就越来越集中在批判文学中的"霸权话语"与"权力关系"上，女权主义、后殖民主义与多元文化主义在研究文学时，无论什么样的文本，无须细读，一律提出标准化问题，然后得出可以预测的答案（Edmundson 163）。

兰特里齐亚深感忧虑，在 1996 年 9、10 月合刊的《通言》(*Lingua Franca*）杂志上发表文章《一个前文学评论者的遗愿和遗训》（"Last Will and Testament of an Ex-literary Critic"），反对文学研究中无视美学研究、过分政治化、过分夸大文学批评政治作用的势头，批评这场几乎可以说是由他倡导、引领并振兴的文学政治活动，在中外文学评论家界引起轰动。他在文章中提到一个给他极大触动的事件。在一次研讨会上,一个研究生的陈述使他认识到当时文学批评的严重问题。那个白人男学生声称"我们首先要明白,福克纳是种族主义者"(23),由此引发热议,也激怒兰特里齐亚。他认为发言者对福克纳作出狭隘解读,还自以为是,表明文学研究已经被某类评论家主导,学生模仿教员,站在道德制高点上评判文学作品,将"政治正确"奉为圭臬(DePietro 154)。

兰特里齐亚在文章中明确指出:文本解读程序化普遍存在,其弊端在于"文本不是被阅读,而是被预先阅读。所有的文学作品都是 X,文学研究就是揭示那个 X,X 即帝国主义、性别歧视主义、厌恶同性恋等等"。究其原因,许多文学批评者格外努力刻意地证明文学在世界各种权力关系的组织上扮演战略角色("Last Will" 59—67)。他们舍弃审美,专注于政治与文化研究,掩盖了对文学作品品格高下的甄别,对文学与文学批评都是不利的。

此后,兰特里齐亚有意回避锋芒毕露的文学批评理论活动。他不再给研究生上课,开始教本科生;不谈批评理论,却以文本细读法为起点,与学生一起体验文字解读并从中获得思想的愉悦。1996 年后,兰特里齐亚一边致力于小说创作,将自己多年的理论思想融入创作中,一边进一步思考批评理论。2003 年,他与斯坦利·豪尔沃斯(Stanley Hauerwas)共同编辑出版《来自家乡的异见:"9·11"之后的散文》(*Dissent from the Homeland: Essays after 9.11*),与乔迪·麦考利夫合著出版《艺术的犯罪与恐怖》。他还和安德鲁·杜布瓦(Andrew DuBois)共同编辑出版《文本细读:读者》(*Close Reading: The Reader*)。这三本书成为他在文学评论领域的收山之作。这位曾经以文学为政治工具的文学批评家,最终对脱离文学文本的文学批评感到非常不满,在文学创作实践中推行他的艺术理论。

20 多年里,兰特里齐亚在文学创作上硕果累累,体现了他的创作才华和创作激情。除了《夜晚之畔:告白书》,他的小说还包括两部小说合集的《约翰·克利泰里/刀手》（John Critelli/The Knifemen, 1996）、《炼狱之声》（The Music of the Inferno, 1999）、《卢凯西与白鲸》（Lucchesi and The Whale, 2001）、《路得记》（The Book of Ruth, 2005）、《意大利女演员》（The Italian Actress, 2010）、《安东尼奥尼的忧伤》（The Sadness of Antonioni, 2011）。此后，兰特里齐亚创作了具有强烈大众小说风格的作品，包括艾略特·孔德侦探小说三部曲《临时抬棺人：艾略特·孔德侦探故事》（The Accidental Pallbearer: An Eliot Conte Mystery, 2012）、《尤蒂卡杀狗人》（The Dog Killer of Utica, 2014）和《莫雷利往事》（The Morelli Thing, 2015），以及《黑暗中的位置/恶之迷惑》（A Place in the Dark/ The Glamour of Evil, 2020）、《曼哈顿崩盘》（Manhattan Meltdown, 2021）。评论界对于兰特里齐亚的小说创作依然是毁誉参半。有人认为兰特里齐亚的思想和创作实践转向是出于一种经济学考量（唐小兵，1997）。更多人则认为他饱含强烈的艺术激情，带着新颖而尖锐的创作声音，在探讨族裔性、自我、地方与现代性、艺术的本质等主题上具有深度和广度（DePietro, 2010; Gardaphé, 2003; 2006）。

兰特里齐亚的小说体现他的文化政治诗学。小说通过文字艺术的媒介，不仅围绕种族、族裔、阶级、性别和身份认同、地方性和全球化、艺术创作过程的本质等主题展开，体现文学作品的历史性和社会批评功能，推进社会变革、改变大众思想意识，而且展现了诗性主义，涉及艺术自我、想象力、创造力和创作自由等问题。这似乎又回到浪漫主义传统，体现与浪漫主义传统的某些相似之处，不同的是，兰特里齐亚不会盲目乐观地认为艺术家可以摆脱社会限制因素，也不相信所谓的自我的超然升华。兰特里齐亚出身意大利移民背景，格外关注被排除在社会和经济生活之外的人群，将政治社会经济文化等限制艺术自由的因素纳入批评视野和想象力世界。外在限制因素与艺术自由两者之间的平衡非常微妙：艺术家受限于各种外在因素，但兰特里齐亚坚信，从事艺术创作的主体具有自由的气质，艺术家的创造力和想象力在社会经济文化秩序中被激发、得到开发，在经历资本主义权力规训和惩戒中与之发生冲突，在协调、抵制和反抗限制和塑造因素过程中有独特的表现和宣告。正因为这个原因，兰特里齐亚的理论思想和小说创作中会呈现出一定的矛盾，被一些批评者捕捉到，被他们所批评，但兰特里齐亚思想体现了辩证的张力，这种思想的辩证性、矛盾性或者模糊性，甚至是内部的冲突，推动兰特里齐亚思想的发展和小说创作，使之展现迷人的景象。

第一章 艺术的文化政治学

毋庸赘言,艺术史上,一直存在艺术的审美价值与艺术的社会批判作用的关系问题。在文学批评领域,过于强调文学的审美价值,必然忽略意识形态上的内容,堕入"艺术为艺术"的范畴;相反,过分强调文学的政治作用,专注政治与文化研究,忽略审美活动,文学批评就变成简单机械地套用批评理论。福兰克·兰特里齐亚在批判形式主义美学传统的基础上,将文化政治学与诗学有机结合在一起,既强调文学艺术的社会学、历史性和政治性,又强调文学艺术的诗性主义,形成他自己的文化政治诗学。

第一节 形式主义美学批判

20世纪20年代至50年代早期,以瑞恰慈(I. A. Richards)、威廉·燕卜荪(William Empson)、T. S. 艾略特(T. S. Eliot)、伊沃尔·温特斯(Yvor Winters)、利维斯(F. R. Leavis)、柯林斯·布鲁克斯(Cleanth Brooks)、约翰·兰瑟姆(John Ransom)、罗伯特·彭·沃伦(Robert Penn Warren)、艾伦·泰特(Allen Tate)、布莱克默(R. P. Blackmur)等为代表的新批评派发展并完善了一套细致的解读技巧,以文学作品为

中心，主要关注文学文本的本体、语言、作用原则和批评行为，在文学解读和教学方面发挥巨大作用。他们把诗歌视为自主的审美对象，关注诗歌的形式特点、结构、语言、意象，采取中立客观的视角，理性地审视研究对象，强调文本里的对立（opposites）、复义（ambiguities）、悖论（paradoxes）、张力（tension）和反讽（irony）等。文本细读法成为美国文学批评和文学课堂教学的基本方法。

但是，随着越来越多的哲学、理论从欧洲流入美国学界，新批评派渐渐失宠。1956 年，穆瑞·克利格在《诗歌新卫士》（*The New Apologists for Poetry*）里探讨新批评派面临的各种理论矛盾，称之已经完成使命，陷入僵局，等待新的理论取代。第二年，弗兰克·克默德（Frank Kermode）的《浪漫主义意象》（*Romantic Image*）再次宣告新批评派已经穷途末路。同年，诺斯罗普·弗莱（Northrop Fyre）的《批评的解析》（*Anatomy of Criticism*）填补空白。

兰特里齐亚浸染在新批评派的文学批评传统中，但他能够敏锐地看到，在 1957 至 1977 年之间的学术思潮里，新批评已"死"。对于兰特里齐亚来说，这种死，就像一位"有威严的、让人感到压抑的父亲"之死（*New Criticism* xiii）。换言之，兰特里齐亚一直在不断审视这位"父亲"，像一个叛逆的儿子一样反叛这位"父亲"。他审视各种思潮和理论，来自新批评派的理论素养让他更能看到新批评派的弱点，也看到新批评派之后美国众多批评流派和文学批评理论，都或多或少地具有与新批评派相似的弱点，这就促使他在《新批评之后》里，对这些理论展开历史性的分析和批判。《新批评之后》出版后，立刻引起轰动，仅书评就有十几种，不少评论者对这部著作赞誉有加，认为它是书写 1957 至 1977 年美国批评史最有价值的著作（O'Hara, "Irony" 105—113），推动了美国文学批评界进入一个新阶段（Mao 227—254）。

在兰特里齐亚的思想里，历史起支配作用。传统历史观认为，历史朝某个世俗的或神学意义上的既定目标不断演进，要么根据某个传统延续或不断重复,要么被断裂成一个个所谓的时期。在兰特里齐亚看来,这些所谓的历史,都以某种不受时间或文化影响的终极意义为准则,不承认历史多样性,实质上都在努力摒弃历史内在的异质性、矛盾性、片段性和差异性。形式主义文学批评的反历史主义倾向与这种传统的历史观相符:既然历史是连贯性的整体而非复数形式的历史,那么文学史也可以是统一的整体,并且可以独立于历史而存在。

对于兰特里齐亚而言,文学与历史现实有紧密的联系,但当时美国文学批评界盛行的主要流派及许多举足轻重的批评家,包括结构主义者、现象学者和解构主义者,都没有超越形式主义传统的局限,他们或多或少地与历史脱节,将文学话语从历史剥离出来,导致文学批评脱离现实历史的特定性,极大地削弱了文学和文学批评的力量。

一、文学学科的自主性与历史性

在《新批评之后》里,兰特里齐亚对美国的新批评提出最为全面的、历史的理论分析,他特别对新批评派提倡的文本"自主性"(autonomy)提出几点批评:其一,新批评派认为文学语言本质上不同于普通话语;其二,对于新批评派而言,文学作品处于独立自主的世界;其三,对于新批评派而言,文学创作可以逃离历史文化的塑造力量。新批评派赋予文学以特殊地位,认为文本的有机整体象征绝对价值,割裂文学与外部世界的联系,使二者形成对立关系。总之,新批评派以反叛传统为出发点,其实与传统的形式主义美学没有太大差别。

有评论者对兰特里齐亚的严厉批评感到不适,指出新批评派并非完全脱离社会历史文化背景,并非只专注于文本,不考虑作者和读者(Porter 253—272;Hirsch,"Postmodernism" 20—40)。其实,关于新批评是否关注社会历史文化的问题,评论界已经有所关注。《新批评之后》出版前四年,托马斯·丹尼尔·杨格(Thomas Daniel Young)编著了《新批评及之后》(*The New Criticism and After*, 1976),收录的论文里有一篇名为《作为批评者的教师》("The Pedagogue as Critic")的论文,作者休·科纳(Hugh Kenner)批评新批评派专注含义表面的复杂性,对节奏韵律(rhythm)不敏感,刻意规避诗歌的社会与语言环境。但在另外一篇论文《论阐释的概念性变化》("On a Shift in the Concept of Interpretation")里,作者拉尔夫·科恩(Ralph Cohen)注意到,新批评派关注的重点已经从"客观"分析独立自主的作品,转而越来越关注诗人的意识和读者的主体反应。他认为,新批评派承认读者的反应有赖于读者的社会背景和文学修养;诗歌是历史文化之作,有一套成规定则,具有制度属性;批评则是社会行为,基于特定的社会视野。论文集最后是肯尼思·伯克的文章《论文学的形式》("On Literary Form"),他倚重于读者的意识,既关注文学的美学层面,又看重个人、社会和语言层面。伯克的观点已经与新批评派格格不入。①

兰特里齐亚超越当时对新批评派的批评,从文学学科、文学文本、作者、读者和文学批评者的自主性等多角度,对主流批评理论展开全方位的历史批评。他并不一味指责形式主义美学彻底割裂文学文本与外部世界的联系。他敏锐地注意到,新批评派并非同质性的,他们在考量文学文本与外部世界的联系、考量文学学科的排他性和独特性时,有许多细微差别,而新批评派之后在美国学界流行的各批评流派或理论家,在某些方面反而比前者更加脱离历史。

兰特里齐亚的批评首先指向弗莱,指出弗莱虽不像新批评派那样孤立地审视一件文学作品,却孤立地审视整个文学域(literary universe),将文学与其他话语割裂开,无视历史因素。弗莱号称与形式主义美学彻底决裂,认为文学作品并非孤立单一地存在,而是众多文学体系构成的、自给自足的文学域里的一分子,一切文学表述受控于为数不多的、永恒的文学通则(literary universals),即逻辑上先于普通文类存在的四

---

① 伯克的观点对兰特里齐亚产生极大影响,因此,兰特里齐亚在《批评与社会变革》里,专门讨论伯克。

种叙述程式（pregeneric mythoi）。弗莱相信，作家的自我也好，文学批评家的自我也好，都不能脱离社会和历史而存在，但他又认为，作家是传达那些叙述程式的载体；文学批评家在文学里找到这些叙述程式，就能进行客观的文学批评，不被主观因素左右。兰特里齐亚指出，弗莱倡导的所谓客观存在的文学域、一切文学表达模式的源泉，实则完全脱离历史和文化因素。相比而言，柯林斯·布鲁克斯关注"'成熟'诗人的话语如何反映人类事务模糊复杂的机理"（*New Criticism* 19），说明他虽然被列为新批评派，反而比弗莱更关注文学本体之外的因素。

兰特里齐亚还特别关注弗莱对诗人自我的表述。弗莱认为艺术创作活动是"去个人化"的过程，诗人首先要脱离自己独特的个人体验，进入"原型的洪流"里（10）。也就是说，艺术工作者去除自我意识和意志，让写作基本上成为一种不由自主的创造过程。弗莱所谓文学的源头、文学最初的传统，就是他所说的"文学域"。弗莱把诗人的自我看成文学域的代言人，其主体意识和意愿完全被抹去，这是兰特里齐亚首要批评的。兰特里齐亚还将弗莱与结构主义者对比，认为结构主义者在无视主体的决定性方面，和弗莱不相伯仲。他们都认为写作是个被动的过程，只不过弗莱认为作者听命于原型叙述程式，结构主义者则认为作者听命于所谓的符号系统；创作主体的声音被系统（弗莱的文学域、结构主义者的符号系统）的声音压制，仅仅作为被动的媒介，成为整个系统的传声筒。兰特里齐亚看到他们与新批评派维姆萨特（W. K. Wimsatt）等人的相似之处。维姆萨特严格摒弃作者意图论，认为诗歌的形式塑造诗歌的精神，也是诗歌之魂的体现。实质上，他们都使作者及其创作脱离历史、文化等因素的影响和塑造。维姆萨特心目中诗歌的形式，弗莱的"文学域"，结构主义者的符号系统，都存在于一个封闭的、独立自主的空间里，不受时间和地点的影响。他们忽视作家的创新和变革，无法解释作家的个性化表达，无法解释文学史上的非延续性，许多非文学性的因素不断影响、限制和改变着弗莱所说的文学域。

相比而言，兰特里齐亚更倾向于接受柯勒律治的观点。柯勒律治号称新批评派思想的源泉，却相信存在积极的、有自我意识的、个人化的主体，它引发诗歌创作，诗歌作品既反映人的一些共性，又含有对自我的不同表达。柯勒律治在讨论想象力时，特意强调诗人的意识和意志，用辩证的观点看待意识力和无意识力之间、诗人意图和有机的自发性之间的关系。兰特里齐亚也是如此。他在一次访谈中表示，他在文学创作时并没有强烈的创作意图或作者意图，总是听凭手头的笔，带着他那个从事创作的自我在写作，畅游在语言的愉悦里。兰特里齐亚似乎在说写作是不由自主、摒弃自我意识和意志的艺术创作过程。但其实这是指创作状态。兰特里齐亚强调，创作来自诗人独特的、个人化的、充满自由精神的自我，诗人受历史和文化等因素塑造，在特定历史文化框架下，活跃的、独特的、个人化的主体发挥主观能动性和想象力，进行积极的艺术创造。

在文学话语与文本方面，弗莱坚称存在独特的文学话语模式，一种"自主的言语结构"，即由语言构成的自主的结构、自主的世界。在兰特里齐亚看来，弗莱对历史语境的考虑不足。所谓文本"自主性"（autonomy），或者不受认知或伦理道德影响的"自主的言语结构"，可以追溯至浪漫派：作家对社会不满，却深感自己无能为力；至于历史，更是可怕的领域，是剥夺人性的舞台，充满束缚和折磨，因此最好远离历史，远离所有不确定性因素，脱离所有外部力量的掌控。艺术的作用，就是让人挣脱一切束缚。在文学的所谓自主世界里，人借助想象力，不再受外部条件的束缚，不受时间甚至自然秩序的束缚，战胜绝望和荒谬，在精神上获得自由；凭借头脑的创造行为，将充满敌意的世界改造成适宜安居的家园。对于兰特里齐亚而言，这种所谓独特的文学话语模式或自主的语言模式，不免带有逃避主义色彩。

在现象学方面，兰特里齐亚主要从意识的维度，批评先验现象学批评家乔治斯·布莱（Georges Poulet）。布莱并不说诗是孤立的单一体，却追寻纯粹、独立的作者意识，认为主体并不被客体所充满，它有时与客体保持一定距离，可以是自在的存在，超越时间性，远离任何可能对它产生限制的权力。从这个角度看，这种思想符合胡塞尔现象学的意向说（intentionality），强调先验性、自主性和孤立主义（isolation），强调存在原初的、自由的、未被触碰的、先验的、内在的自我。既然意识是独立的，是与外界隔离的，对于布莱来说，阅读才是出路，是与他人建立联系的方式，阅读者借阅读脱离异化的社会环境，脱离有限的、外在的日常生活，加入一个存在于原初空间的群体，其自存在的意识超越时间。但布莱的思想遮蔽最重要的历史问题，因此，兰特里齐亚批评布莱所谓非历史性主体空间，批评他过分强调主体的特权空间，致使主体从根本上脱离人类历史的限制。

对于存在主义，兰特里齐亚重点批评海德格尔构建中的主体性，认为海德格尔固然看到人这个概念本质上具有时间性和历史性，但他不够关注政治权力的影响力。海德格尔并不企图超越历史，认为主体不是超越时间和人类社会的自由物质。他与浪漫主义相反，认为人本质上不是唯美的、沉思的生命，人的自我也不是孤立的；人总处在实践和交流中，从根本上说是世俗的、暂时的、历史性的，不能超越世上的日常生活。主体这一概念不是封闭的物质，而是处在世界上，通过有意向的行为展现，具有时间性和历史性。晚期的海德格尔有浓厚的浪漫主义倾向，越来越相信诗歌的潜能，认为只有通过艺术思考，通过诗歌的语言，才能深入现象学本体的实质。他还相信真正的艺术并非由孤立的、单一的主体控制的活动，也不是个别艺术者的视角、意识、个人内心世界的外在表现。相反，他相信存在某种不间断的、普遍性的仓库，里面充满各种开放式的、可以复制的选择。他所说的自由地"向死而生"的概念，凸显他所谓真实的自我存在和真实的历史性，即，人脱离那些致使他们穷于应付各种人际关系的力量，尽享所谓"真实的自我存在的超级力量"（100），在向死而生的自由里，人从内在来说依然是自由的。因此，兰特里齐亚称海德格尔所说的真实的自我存在，终究还是要脱离历史性，企图避开权力、意识形态的规诫和构建力量，是避世的。

最后，兰特里齐亚将批评的笔锋指向结构主义及其对文本自主性的影响。1975 年，美国语言协会为乔纳森·卡勒（Jonathan Culler）的《结构主义诗学》(*Structuralist Poetics*) 颁发奖励，标志着结构主义在美国学界的重要影响。但是，兰特里齐亚批评这部关于思想动向的著作忽视了文学话语本身。① 兰特里齐亚认为，卡勒从结构主义原则里推断出一套模型，建构一套批评体系，读出一个所谓内在的文学结构，这种做法忽视欧陆结构主义思想的政治与社会内涵，削弱欧陆结构主义思想中外部决定因素的重要性，让人误以为确实存在所谓统一的西方文化。在他这个系统里，自我具有高度自我意识，可以与文化决定因素切割开；文学文本从根本上具有独特的、直觉式的、内在的文学话语语法和概念、专属的文学体验。这就容易将文学批评与其他学科隔绝，解读时也不考虑文本的语境，属于反历史主义的理想主义批评观。总之，乔纳森·卡勒让结构主义更符合美国形式主义美学原则，本质上还是信奉文学和文学体验的自主性，只不过他强调的不是话语的内在属性，而是强调读者的文学体验效果机制来自文学的形式和规范，文学批评成为一种批评的科学，只要总结出一套惯例规则，就可以保证产出有效的解读。纯粹的文学形式或规范生成卡勒所说的理想读者，即所谓自主存在的读者，不必强调对文本的理解、感悟、悟性，也不必考虑审美敏感性，当然也会忽视作者和读者所处的不同语境，例如政治、经济语境、阶级差异、历史和其他各种限定因素。

兰特里齐亚将他对结构主义的批评追溯至结构主义的创始人之一索

---

① 乔纳森·卡勒后来反唇相讥，模仿兰特里齐亚的口吻讽刺他"自称是……对美国新批评派失宠之后美国学界动态的历史叙述，其中特别关注 1957—1977 年之间的状况，对女权主义批评却只字不提"（转引自 de la Campa 21）。兰特里齐亚在《精灵与警察》里关注女权主义，注意从性别研究的角度探讨斯蒂文斯，在一定程度上对上述抨击作出回应。

绪尔（Saussure）。索绪尔的语言学将语言作为一个系统进行结构研究，不考虑历史环境、人的意识等限定因素，与形式主义美学传统强调纯粹性相似，突出学科自主性或自给自足。结构主义继承索绪尔语言系统这种非历史、非现象学维度，强调分类，强调普遍性的叙事模式，超越了人的意志，超越了文化差异和历史变化，因此缺乏历史意识。但兰特里齐亚也指出，索绪尔其实或多或少表现出对历史的尊重，在他的语言学系统里，既然符号是武断的，说明符号是时代与文化的产物，个体在语言社群里处于被动和被压制的地位，权力随时通过话语发挥可怕力量。索绪尔认为影响各种人类语言的语境是历史语境，索绪尔所说的人类，与历史是近义词。兰特里齐亚肯定索绪尔的历史探寻，只是他做得"不够"（*New Criticism* 123）。相比而言，列维—斯特劳斯与弗莱更倾向于否定历史因素，他们都主张神话是一种话语和思想类型，是一种深层次结构，一种普遍性的叙事模式，不受时间和文化因素的影响。这种主张注重人类学研究的普遍性价值，兰特里齐亚担心它容易使其追随者忽视文化多样性，产生歧视和偏见。

与他们不同的是，兰特里齐亚认为罗兰·巴尔特（Roland Barthes）指出了神话的历史性，为结构主义注入了革命意识，使结构主义活动的目的，变成寻找隐藏在符号模式之下的权力动机。根据巴尔特的思想，神话的传播和传承体现了意识形态的意图和塑造力量，体现了神话文化体系的建构；文学批判者与作者展开对话，就是两种历史和两个主体之间建立对话，其目的不是挖掘过去，而是了解现在；文本也从作者的文本转向读者的文本，从而形成不确定性的、开放式的文本解读。这种开放性和不确定性指向自由，指向"纯粹的文本性"，指向文本的欢愉，具有颠覆固有意识形态的革命意识。但兰特里齐亚也注意到，巴尔特前后时期对历史性的态度有所变化：前期的巴尔特并不认同历史是静态的、重复性的，承认语言的含义根植于其所在的历史时刻，后期的巴尔特则迷恋完全脱离历史的"文本的欢愉"。兰特里齐亚指出，巴尔特所谓文本的欢愉、自由与颠覆性其实是有限的,最终仍不能彻底摆脱意识形态体系,因为所谓读者的文本,必然带有意识形态的印记,不能脱离自我的社会、认知、伦理道德层面,获得完全自由和开放。巴尔特所谓文本的欢愉,也带有一些与世隔绝的唯美主义色彩。

在兰特里齐亚看来,其他一些重要的批评家在考察读者/阐释者的能动性和自主性时,也同样忽视政治、文化权力的作用。斯坦利·费什(Stanley Fish)强调阅读者的解读和建构,忽略阅读者本身受到政治、社会、伦理道德等因素的影响;沃尔夫冈·伊瑟尔(Wolfgang Iser)强调阅读者的自主性和个体性,强调阅读者在解读时的活跃性、创造性、想象力和自由,忽略作者和读者都是文化构建;伽达默尔(Gadamer)强调阅读者武断的幻想促进阐释者与权威性的传统之间接触交流,为实现真正的阐释奠定基础,却忽略了塑造传统和权威的权力。

针对解构主义,兰特里齐亚的批评焦点仍然是批评界漠视历史的现象。兰特里齐亚指出,德里达(Derrida)从批评列维-斯特劳斯的神话批评开始,认为所谓"起源"或"中心",都是为了阐释的目的而建立的先验的、统一的模式,都是虚构或建构,限制了自由游戏(freeplay),限制了欢愉和自由。德里达的一个非常重要的目标是论述"符号是文化的产物"(174),具有强烈的历史意识。对于德里达而言,意识、主体、存在等内置于符号系统的互文性里,历史、生产方式、制度都会塑造和限制话语的自由游戏形态。兰特里齐亚对德里达的这种解读"与众不同,颇具挑战性"(de la Campa 21),毕竟没有什么人注意到解构主义的历史意识。确实,美国的解构主义批评家无视德里达思想里的历史因素,把德里达思想变成另外一种形式主义美学。兰特里齐亚批评耶鲁学派的希利斯·米勒(J. Hillis Miller)、杰弗里·哈特曼(Geoffrey Hartman),特别是保罗·德·曼(Paul de Man),说他们属于"以愉悦为目的的形式主义美学"(*New Criticism* 176),剔除了德里达思想里的历史因素,过分强调德里达对语言和语言狂欢的关注,使之变得更像新批评。德·曼更是赋予文学语言以特权，因此兰特里齐亚认为他本质上是形式主义者，是反历史主义的。此外，对于美国解构主义者来说，阅读不是中立的人执行的，没有所谓准确解读，只有误读，而误读又是一种创造形式、一种掌控意志，强调自我在阐释中的自主性。兰特里齐亚指出，美国的解构主义文学批评往往逃避碎片化和异化的社会现实，转向文本给予的欢愉和狂欢；他们企图超越时间和文化的限制因素，他们专注于阐释的自由游戏，却不提文本和阅读者都受意识形态、历史等外在因素的影响。

兰特里齐亚辩证地分析解构主义。围绕解构主义有两种不同观点。一是批评解构主义具有非历史主义性质，因为它消解历史，认为历史只存在于语言里，不能在文本外存在。兰特里齐亚认为，解构主义者的非历史主义倾向，正好证明他们脱离历史谈论话语的本质。另外一种观点认为，文学与历史两种话语的认知诉求（cognitive claims）从根本上互不兼容，文学能够颠覆历史所谓的真实性。兰特里齐亚从认识论角度重新审视文学和历史话语的差别，指出"这并不是孰'是'孰'非'的问题，也不是两者在某种程度上皆属'虚构'的问题；两者都源于相同的认知和历史根基，必须相同对待"（Parker 59）。对于兰特里齐亚来说，文学与历史并不是截然对立的两个学科。这样，兰特里齐亚将批评的矛头直指西方二元对立传统。

二、二元对立传统的消解

兰特里齐亚从浪漫主义二元论及其传承的角度解释弗莱等人为什么赋予文学以学科独特性。19世纪的浪漫主义传统认为，诗人是代表性人物，是可以超越普通人的孤立个体，表达了我们的心声。但同时，诗人又是孤独的歌者，因其孤独和与众不同，因其独特的主体性，诗歌便有了力量。孤独的艺术家因为内心的隔绝、因为与众不同而痛苦，却又因此获得真理的独特眼光。正如穆瑞·克利格所示，艺术家努力让自己远离普通秩序，才能创造出自己独特的、与前人、与他人不同的艺术品。此外，对于具有浪漫主义情怀的人来说，特别是对于那些深感孤独、感到被异化的诗人来说，西方文化排斥美学，对艺术怀有敌意，或者大有降尊纡贵的意思，因此就更有必要给予文学和其他艺术以特殊地位。

兰特里齐亚认为，在相信文学学科独特性的思维里，显然存在一种二元对立，将文学与其他学科区分开，认为诗歌思维不同于其他思维，诗性或文学话语不同于科学或日常话语，美学经验不同于道德、认知和享乐等经验。艺术家的意识是独特的，诗人独特的想象力是最主要的认知力量，可以揭示真理。诗人的话语也是独特的，他们的创新艺术品（originality）能够给予我们独特的启示和人类体验。从柯勒律治到马拉美（Mallarme），从叶芝到柯林斯·布鲁克斯、菲利普·威尔赖特（Philip Wheelwright）和诺斯罗普·弗莱，一脉相承。布鲁克斯心中显然有"一所近乎宗教的、本体论的避难所，专为文学而设，绝不允许人把文学放在历史里面说长道短"（*New Criticism* 6）。这种二元论为后来的评论者借用和发展，他们认为，新批评派之所以注重分析文本结构，忽略作者的身世和历史背景，是因为新批评派不信任科学话语。布鲁克斯不是刻意区分文学和历史，他其实是在"保护文学独特的思维和写作方式，不希望被科学的思维和写作方式取代"（Mao 230）。兰瑟姆是在保护文学话语的"具体性和独特性，反对抽象概括"（231），因为抽象概括是科学家的话语，独特性才是艺术家的话语。对于新批评派来说，历史属于科学话语，历史学科也自认为与科学类似。诗歌的肌理属于具体独特性的肌理，能够抵制世界的定规，抵制极权主义的同质化政治。克利格也认为，诗人将这个世界"陌生化"，不是为了通过独特个体揭示"先验的普遍性"，而是揭示个体"鲜明且固执的独特性"（*New Criticism* 222），诗人有与众不同的隐秘天赋，具有超常强烈、超常细腻的"感悟力（sensibility）"（216）。我们参与到诗人的孤独和与世隔绝的视野里，也能够收获真实的自我和存在。兰特里齐亚针对这个独特性提出质疑，认为既然诗人如此与众不同和独特，该采用怎样的评判标准，评论者似乎语焉不详；既然诗人是自主、孤独和隔绝的，才能有独特的创造和视野，我们似乎难以与之建立联系。批评者（包括克利格）也逐渐质疑美学经验是否与其他经验截然分开、自给自足，诗歌话语与其他话语究竟是不是如此截然不同。

兰特里齐亚强调文学艺术的历史性，无论诗人具有怎样的独特性，他们的作品必然受到特定时间与空间的政治、经济、文化意识形态等限制因素的影响。兰特里齐亚也认为文学艺术要书写独特的、个人的经验，反对抽象概括，但他不肯将历史科学话语与文学话语截然对立起来，不接受历史和诗歌的二元对立。毋宁说，各种各样的元素交织成网络，它们辩证地共生共存。在兰特里齐亚的批评和创作理念里，文学艺术作品要书写特定历史语境下个人的、独特的经验和经历。

二元对立成为兰特里齐亚解读并批评许多批评理论流派的"代码"，他对二元对立的批判并不仅限于文学和科学的区分，还包括"直觉和感情对理性和逻辑；诗歌对科学；美学领域对道德和认知领域；充满自我意识的虚构对天真无我的指涉……艺术家对非艺术家；诗歌话语对日常话语，审美价值对所有其他价值……"（216）。这类二元对立长期存在于西方思想传统，众多批评理论流派的代表人物往往诉求于某种二元对立关系，具有反历史主义倾向。兰特里齐亚则希望为这些所谓二元对立关系注入更多辩证的思考。

20世纪60年代在美国出现华莱士·斯蒂文斯热。兰特里齐亚看到，斯蒂文斯的一个重要特点就是在一定程度上表现出虚构世界与现实世界的对立性互动。对于斯蒂文斯而言，现实是不断压迫我们的残暴力量，想象力则是我们对抗混乱现实世界的主观暴力反应。想象力提供一个自由的空间，将我们与混乱现实世界隔开，让我们暂时避开现实世界的侵吞、疯狂和死亡。现实混乱不堪，只好在想象力的幻影中自嘲地欢庆。这种想象力的虚构，或许是懦弱的避世，又或许是勇敢的避世，斯蒂文斯摇摆不定,"在信仰和怀疑、虚构和现实、渴望之境和混乱世界之间徘徊"(33)。毕竟,诗歌和批评虽然不再能够实现宏大的目标,但借助想象力,有序的、和谐的虚构世界给人片刻的安慰和欢愉,至少暂时让人获得解脱。

兰特里齐亚认为,斯蒂文斯的诗学体系里难能可贵的一点是,虚构与现实并非截然对立,它们不断互动,互相影响,又互相对抗。斯蒂文斯的虚构世界并不像弗莱的那样封闭和固定不变,它是开放性的,随时间的流逝而改变。对于斯蒂文斯而言,人的自我意识促使人不断参与现实,导致虚构世界受到时间和历史的塑造,他不相信脱离现实的唯美主义。

可以说,斯蒂文斯是兰特里齐亚用以解构现实与虚构二元对立的一个例证,用以揭示弗兰克·克默德关于虚构与现实二元对立的误区。克默德深受斯蒂文斯的影响,在他的阐释框架里也采用虚构和现实的二元对立。在他的《结尾的意义:虚构理论研究》(*The Sense of an Ending: Studies in the Theory of Fiction*)里,虚构是美善的,因为虚构可以是井然有序、协调一致的,时间上有始有终,想法上却可以千差万别;相反,现实是混乱无序、杂乱无章、瞬息万变的,但思想又呈现出受到规诫的特点。兰特里齐亚指出,克默德的虚构企图脱离外在决定因素,但从存在主义角度看,虚构远不如现实存在那么丰富多样,虚构不过是谎言、幻想,是预定的范式。所以对于克默德而言,虚构肩负两个互相矛盾的任务,既要能够探索真实世界的真理,又要让人可以躲进避世的乐土。在兰特里齐亚看来,克默德所说的这种虚构世界,与外界的沟通只是暂时性的,最终它是封闭的,与外部世界是隔绝的。

克默德在虚构和现实对立的基础之上,发展了时间的二元对立。他将时间分为两种,一种是自然更迭、不可逆转、无限延续的真实时间。另外一种是具有特定意义的、有始有终的虚构时间。兰特里齐亚以其一贯的辩证眼光指出,克默德其实并不能满足于这种二元对立。虚构的时间不能让人满足，头脑清醒的人不能也不会总生活在虚构里，总会回到现实，面对现实。所谓具有永恒意义的历史性时刻仍需要与现实的、存在主义的时间相通，否则就是生活在自欺欺人当中。这种二元对立反而揭示"虚构时间"的缺陷，也表明不能把两者截然对立起来。在时间二元性的这种立与破，让人能够在"虚构时间"里感受因此产生的"特定意义"同时，也清醒地认识到自己同时处在自然更迭、不可逆转的存在主义时间里。因此，有必要消解时间的这种二元对立，才可以辩证地穿行在两种时间里。

兰特里齐亚将克默德等人思想里的二元对立，追溯到康德美学传统"形式与内容"的二元对立。所谓"形式"，是先验的抽象概念范畴，"内容"则是填充"形式"的美学思想，是经验和感知的合成和迸发，是艺术；艺术不是创造，而是美学经验的再创造。康德意在将美学经验提升出来，赋予它特殊地位，但在兰特里齐亚看来，这样做反而使之脱离现实世界，让反对者更有理由贬低虚构，指责虚构是避世，是自欺欺人的娱乐。康德思想导致虚构主义保守传统中负疚与渴望的对立：负疚，是因为我们认识到艺术不过是娱乐，是认知和伦理道德生活之外的休闲；渴望，因为审美表征我们对未曾拥有的对象的渴望。

在兰特里齐亚犀利的批评视角审视下，存在主义、现象学、结构主义和解构主义跟新批评派一样，本质上都属于康德理想主义。弗莱、斯蒂文斯、克默德，以及萨特、海德格尔和德里达，内心都是理想主义者。弗莱是"最后的理想主义者"（*New Criticism* 26），萨特是"存在主义的美学主义"或"保守的虚构主义"（58），海德格尔"与德国理想主义传统为盟"（100），巴尔特的批评"启动康德式发动机"，"让自我脱离社会、认知和伦理道德层面，从中获得愉悦"（145）。德里达具有"享乐主义"色彩，其"前提预设是（康德式）理想主义"（169），保罗·德·曼对德里达诗学的处理"像是终极理想主义策略"（317）。

兰特里齐亚提倡消除"艺术被娱乐化"的倾向，让艺术超越娱乐或愉悦的功用。他的策略是消解虚构与现实的二元对立,指出这种对立导致一些问题:其一,诗人被迫自嘲地批判其虚构过程,同时又被现实压迫得不断去虚构;其二,导致诗人无所作为,为其异化与无能辩护;其三,导致孤立主义的审美话语,即诗人随心所欲地言说,脱离道德、社会和政治责任。最后,在这种二元对立的传统里,自我意识被认为是沟通虚构与现实二元对立的媒介。对此,兰特里齐亚保留批评态度。这种二元对立传统不仅宣布现实是虚构话语的禁区,否认虚构作品对现实的模拟性质,致使自我意识失去了所指,只能面对一片空白;并且以自我意识作为媒介、作为批评工具的,无法对自己提出批评。其次,所谓现实,是我们需要稳定、有规律、具有整体性、永恒的根基,这种古典概念中的现实,是出于人类生存与掌控的意愿构建的;至于虚构,并不体现客观物质结构,而是符合人类需求,因此,所谓虚构与现实的二元对立本身就是构建出来的,纯粹的自我意识也不可能成为它的媒介。

三、作为终极解释的福柯与历史意识

在兰特里齐亚的批评视野里,新批评与新批评之后的众多批评理论流派都属于康德理想主义,但是,从事批评理论时应该避免理想主义,也避免理想主义衍生的唯美主义、相对主义、唯我主义、享乐主义和不承担道德责任,否则批评理论是毫无意义的。在兰特里齐亚看来,要避免理想主义,通过哲学的途径似乎行不通,只能通过态度鲜明的意志行为。这种意志行为不是所谓纯粹的自我意识,是具有历史意识、具有抵抗性质的自我意识。新批评与新批评之后的众多批评理论流派贬低历史意识,兰特里齐亚则接受福柯的思想,要把文学放置在历史的文化政治权力关系中,把文学带回到历史现实。

在美国本土批评家中,兰特里齐亚认为哈罗德·布鲁姆(Harold Bloom)最具有真正的历史意识。早期的布鲁姆寻求诗歌传统给予的救赎,因为他相信想象力具有救赎作用(redemptive imagination),相信

"人类想象力的自主性"在意识中发挥变革和救赎力量,独立于任何艺术媒介(*New Criticism* 323)。后来的布鲁姆逐渐转向艺术中的自我层面,关心艺术作品的内部传承,提出影响的焦虑等概念,表现出一定的历史意识。布鲁姆提出,强大的诗人总在摆脱文学前辈的影响,诗歌的影响在于误读;后来者力图创新,与前辈不同。在兰特里齐亚看来,布鲁姆的薄弱之处在于不够关注文学之外的塑造因素,只关心原初的、诗意的自我,在一定程度上仍然相信诗歌是自给自足的,诗人是自主的,封闭在诗歌意识里(不是认知或道德意识),以求摆脱文学影响,切断与文学历史的联系,脱离文学共同体的内在生活,以其撒旦式"独特的自我"、纯粹的意识,享受彻底的自由,从无有中产出独特的、原创的语言,凭自己创造出独一无二的、诗意的自我。当然,布鲁姆不认同解构主义方法,特别不认同解构主义所谓话语优先于自我的做法;相反,他所说的撒旦式自我优先于话语。尽管如此,兰特里齐亚认为,布鲁姆的"影响的焦虑"理论将诗人放置在文学历史当中,超越了形式主义美学信奉的自我封闭的、单一的审美对象。至少,布鲁姆认为诗歌和诗人是"关系的产物,或者辩证的整体,不是自由孤立的个体单位"(342)。这意味着诗歌需要进行历时性细读和对比,将诗人、诗歌放在历史进程中,考察它们如何受到时间的塑造,考察它们如何体现历史的声音、体现文学前辈的声音。

不过,尽管布鲁姆从历史角度考察文本及其作者的属性,兰特里齐亚认为布鲁姆缺乏考虑更宽阔的文化语境。他所表现的浪漫主义美学,过于关注自我,忽视伦理道德层面。此外,诗人不可能完全脱离传统、摆脱文学影响的创造性想象力,不可能实现封闭环境下的自主性,互文性和延续性是必然的。

兰特里齐亚最终通过福柯的视角审视文学史和文学批评。文学史不再是同质化、有延续性的历史,不再像传统的文学史观如弗莱的"文学场域"或"自主的言语结构"、新批评派所说的"诗歌本身"、布莱的

"自在的存在"、神话原型等等。他们信奉单一的话语体系，相信主体拥有绝对主权，把自己的观点视为历史的起源，产生先验的意识。真正的历史书写不是要建立一个权力关系同质化的体系，而是揭示差异性、发散性的话语构成，揭示制度、经济和社会进程、行为模式、规范体系等等的具体运作，解释它们如何采取各种形式的策略，如教条、**教育体制**、传播媒介等，进行区分、归类、净化、剔除工作，规范**批评**话语，压制个体性和差异性并消灭之。社会现实呈现出粗暴的等级分级结构，文学批评者也好，诗人也好，或多或少地在这样的话语构成中被塑造。

在福柯所说的真实历史书写框架下，文学批评和文学史的书写也随之发生变化。兰特里齐亚将福柯的谱系学观点用于文学批评，揭示文本本身的历史性。文本不再是"空空如也的器皿，等着向里面填充含义"，文本富含"过去广阔多样的文化目的和作者意图"，留存着过去的无数印记（148）。文本的诸多细节饱含复杂的谱系传承，也体现创作过程中为了形成一个中心而进行的限制、剔除工作。这个视角可以用来解释话语的历史背景里的限制力量，并解释从那些历史背景里如何生成更新的权力构成。自我被去中心化，不再具有本体论基础，成为异质性、综合性、各种力量影响作用的综合体，受某个特定时代的限制，与其他时代既有一定谱系联系，又存在非延续性，并且预示着未来的构成。这种方法，不再孤立地看待作家个体，不会只考察个体作家的所谓意愿，不会只关注某个主题，形成狭隘的历史观。相反，它考察塑造作家身份属性的各种变化中的影响力量，将作家、诗人乃至他们的主题，放置在历史长河里，考察谱系联系和差异性，考察新趋势、新动向、新潮流。此外，兰特里齐亚要消除历史和文学之间的学科限制，重新划分文学和历史之间的界限，甚至消除话语的学科分界，寻找文学、哲学、科学和宗教写作模式的话语交叉面。

兰特里齐亚认为历史不仅是文本场，而且属于认知论领域，历史就是知识。他秉持这样的信念，以知识作为真正历史意识的决定性基础，对德里达的历史观——或者含糊其词的历史观——予以批判。德里达关注的不是所谓的历史真相，而是不断取代和写入所谓的历史真相，因此，现实和虚构的二元对立对于德里达尤显必要，并且他要在这个二元对立里不断写入新的内容。兰特里齐亚则削减这种游戏式的探寻，以我们对历史的认识作为决定性因素，意在消解现实和虚构之间的对立。

兰特里齐亚以马克思主义框架审视福柯，给他的批评带来犀利且富有新意的视角。许多批评家认为福柯缺乏对霸权主义的讨论，缺乏阶级观，缺乏辩证历史唯物主义批判，但兰特里齐亚认为，福柯强调历史塑造因素的压迫作用，表明影响历史进程的有力因素是"政治和经济语境、阶级差别等"（111）。客观地说，兰特里齐亚在解读福柯时，或许写入了自己的观点。在兰特里齐亚看来，尽管历史认识是经由媒介的历史化过程，历史书写本质上是过去和现在的交流，历史意识，也就是认识历史的意愿，受限于"时空地点、个人的偏好、哲学和社会政治偏见"（209），福柯历史主义方法揭示西方历史意识结构，揭示自我和话语是为西方理性中心主义传统和准则所建构，并且或多或少受限于这个秩序。兰特里齐亚相信，正因为有这种历史认识，或者这种历史知识，才有可能从该秩序内部质疑它，以这个内部给予的理性素养质疑理性、质疑西方形而上传统。尽管不存在所谓不会产生压迫的新秩序，但至少可以"通过质疑，生成一种可以超越该传统的核心价值观的书写"（210）。这样生成的文学批评和文学史，从内部质疑传统的种种构件，揭示权力的种种限制因素，给予个体更多的自由与解放。

兰特里齐亚致力于将权力和话语的辩证关系，运用到文学批评和文学历史的书写当中。在他看来，没有所谓独立于政治社会和历史限制因素、自主存在的诗歌和自我，与世隔绝的象牙塔也不是激发诗人的力量源泉。权力一直以来已经在话语里，体现不同力量关系之间的较量。但权力既产生压迫和限制自由的社会政治体系，又产生企图颠覆该体系的对抗性话语。话语不是"被动的表征媒介"，它是"权力的行为"，是"权力的中心场所"（351）；文学领域不是封闭的，它与其他领域之间存在千丝万缕的关系，文学话语与政治话语、与社会话语存在各种联系。文学话语的这种互文性是权力行为，带有其他各种权力话语的标记，它们互相交织，因此，文学必然具有历史性，与其他所有话语交织在一起。无论是面对主流话语，还是面对诗人或疯子的颠覆性话语，都要警醒地辨识其中的权力，拒绝让权力占据核心地位，秉承这种批判精神，才能让批评理论获得真正的活力。

兰特里齐亚令人信服地分析现代理论界的一个根本问题：对艺术创新性的定义，容易陷入形式主义美学的陷阱；要论述美学自主性，必然要讨论艺术创作主体的自由和限制这种自由的所有决定因素。兰特里齐亚主要借用德里达和福柯等人的概念，说明历史语境是受各种因素影响限制形成的。但有评论者并不认可兰特里齐亚将这些限制因素全部归纳为各种社会与政治力量的作用，并且认为他苛责凡是追求自我认识、群体认识，或者强调文学培养想象力的理论家，说他们没有从权力斗争的角度考虑问题，都陷入形式主义美学的泥潭（Altieri 210—211）。有评论者还批评兰特里齐亚赋予历史主义以救赎功效，却没有解释历史主义如何发挥救赎的功效（Hirsch,"Penelope" 119—131）。这些问题，都要留到兰特里齐亚的第二部著名批判论著《批评与社会变革》里回答。兰特里齐亚承认自己评述和书写这部批评理论史时是站在某个角度、采取某个特定视角的。他在引言中宣布，他自己并不"妄称"有原创思想。但是，兰特里齐亚细腻区分和甄别他的批评对象的是与非，注意在批评对象的作品里发掘那些将文本与社会、历史关联的思想，打破所谓文本自主性的神话，揭示现实世界并非像这一神话所说的那么混乱不堪，文本的自主性也并非神话般的存在。此外，尽管很多批评者认为兰特里齐亚咄咄逼人的批评态势导致他误读一些批评家（MacLaughlin 466—

468），但正是他那横扫一切的批评态度，一种反叛的精神，使他对理论方面的分析和论点更加有力，使他在美国批评界绽放异彩。

第二节　批评与社会变革

《新批评之后》提出一个重要问题，文学学者和文学批评学科既然具有历史性，或者历史局限性，那么两者究竟如何发挥历史性，或者说如何与历史关联，兰特里齐亚在《批评与社会变革》里给予详细解答。在这部著作里，兰特里齐亚通过分析评价肯尼思·伯克，强调文学和文学批评的社会作用，强调文学批评者的政治责任和理论素养，探讨当代文学学者的政治角色，特别是探讨知识分子如何在其特定的资本主义体制里，利用专业知识，投身到美国社会变革中。兰特里齐亚坚信，文学批评的目的不仅仅是阐释文本，而是以语言为工具，在阐释文本中剖析和批判霸权话语的修辞结构，揭示各种社会力量的冲突、权力的运作和压迫（这些往往被传统的阐释所掩盖），其中包括分析和批判自己作为知识分子所受到的资本主义文化规训和影响，构建新的话语体系，并因此改变社会。

一、文学批评的社会功能

论及文学批评的社会功能，前提是看到文学批评具有历史性，文化现象、批评者、文学批评的行为都受历史社会文化因素的塑造，既没有所谓自然中立的现实，也没有自然中立的立场，都带有一定的意图目标。同实用主义一样，兰特里齐亚不信任所谓中立的表征，"不信任那些容易被人误以为是常识的权威、习俗、根深蒂固的偏见和压迫性质的结构"（*Social Change* 3），权威、习俗等变成所谓的常识为大众接受，必须经过批判性思维的审视。同实用主义一样，兰特里齐亚也支持以教育主导社会、批评社会，反对以社会主导教育、致使美国教育成为维持和赞美美国现状的工具。但是，兰特里齐亚认为，实用主义仍然有脱离社会限制因素之嫌，导致以自我为中心的个人主义，不利于实现社会变革。相比而言，新实用主义代表理查德·罗蒂（Richard Rorty）看到变化，认为思想和话语的历史是对话的历史，但他又认为文化对话因缺乏所谓自然中立的"现实"作为根基，只能朝各种不同方向发展，生成杂乱的声音。罗蒂主张声音多元的、不协调的文化对话。兰特里齐亚看到罗蒂所说的多元文化对话缺乏实在的社会目标。文化行动固然是一种塑造力量，但它本身不是由所谓自主的知识分子主导，不是为了获得个人智识上的快乐，也不是让个人发挥想象力、创造力的快乐，而是受多种集体声音驱动，受到带有社会历史印记的主体控制，带有特定社会目的和社会目标，发挥某种社会力量。美学批判与政治、社会生活密不可分，文学文化与政治权力密切相关。文学力量是社会力量，文学行为是社会行为，文学批评是社会批评，必然带有政治、经济、阶级印记。

伯克为兰特里齐亚历史性的文学批评观提供了重要的理论视角。伯克早在1935年美国首届作家大会（American Writers' Congress）的发言中就指出，文学学者掌握话语的工具，可以引领论战的策略和方向；写作的目的不是给人唯美主义愉悦，而是把它作为社会变革的工具。伯克从马克思、尼采等人得到启示，代表西方马克思主义传统，"辩证地否定并同时保留马克思主义/形式主义美学之间的辩论，坚持认为文学一直是社会行动的一种形式"（*Social Change* 27），文学行动要以关注劳动者阶层为己任，与安东尼奥·葛兰西（Antonio Gramsci）有相似之处，预示后来弗列德里克·詹姆逊和阿尔杜塞等人的思想，以及福柯和德里达、德·曼等人对结构主义的批评。但伯克的特别之处，是以语言为工具实施文化变革，从美国资本主义内部，解构由神话、象征符号、故事和话语的传播所建构的美国集体属性神话。当然，秉承形式主义美学传统的文人很难接受这一点，他们很难把文学话语与激进的社会目标联系在一起。

兰特里齐亚赞同伯克的观点，文学和文化批评者应当以语言为工具，从历史和文化内部进行文学的文化和历史批评。伯克特别呼吁要把致力于社会变革的话语，放置到美国特定的历史和文化背景当中，在美国语境下考虑象征符号的修辞含义和表征方式。针对变革行动的核心对象劳动者阶层，伯克建议从象征含义层面考虑"劳动者"这一符号，避免被维护资本主义体制的文化机器利用。具体来说，激进的话语描述劳动者受到非人待遇，饱受贫穷之苦，但这类话语常被资本主义文化机器利用。资本主义规训劳动者的身体获取最大生产效率，再通过媒体等文化机器制造的影像，如商业电影、广告等，向受压迫的劳动者描绘商品消费的美好场景，让他们误以为商品消费是解决贫穷的途径，这就将其越界的危险渴望转移，使之不再关注社会结构变革，却转向消费主义，渴望消费商品带来的满足，从而压制其阶级意识，捍卫和巩固资本主义体制及其消费主义。

要想实现社会政治变革，需要能够适应美国主流价值观的政治话语体系。致力于变革的学者，应该辩证地看待资本主义话语体系，揭示它的压迫结构，同时又保留其乌托邦萌芽。在美国政治语境里，阶级意识已经差不多被压制，"劳动者"并不含有"社会变革"的修辞符号价值。在美国的资本主义霸权话语体系里，盛行的是"不可分割的""平等""人民"等词，因此，伯克认为，以"人民"替代"劳动者"比较妥当，它包含一种团结、平等的社会理想，把从事社会批评的学者与写作对象团结在一起，既表达对被压迫者的同情，又表达对压迫制度的厌恶。这样，传统的修辞工具如比喻（the tropes）不仅起到修辞作用，而且可以服务于社会变革，使关于变革的论述让人无法抗拒。

伯克提倡从话语层面展开意识形态工作，为旧有的词语和话语体系注入新的内涵、新的政治信息和力量，因为要与那些不支持的、持怀疑态度的甚至带有敌意的人建立对话并让他们接受，必须尽可能使用他们的词语、价值观和象征符号，通过巧妙的言辞，形成社会变革的集体意愿，让历史按照既定的目标顺利过渡，最终替换资本主义文化霸权话语。

显然，兰特里齐亚推崇伯克所说的通过语言实现变革，不是与过去完全断裂，而是与过去建立联系；对历史和文化不是全盘否定，或激进地反对，而是在否定中肯定。相比之下，兰特里齐亚不能认同德·曼在《文学历史与文学现代性》("Literary History and Literary Modernity") 里提倡的断裂论。德·曼认为所谓联系并不重要，并且伯克所说的变革不是变革，充其量只是有所不同。德·曼相信，所谓的历史变化，是与过去完全断裂，彻底遗忘过去，才会有激进的行动和变革。然而，在兰特里齐亚的批评体系里，德·曼这种完全断裂的思想具有虚无主义色彩，削弱了批评的力量，使之软弱无力，毫无政治效果。

兰特里齐亚辩证地看待德·曼关于历史与现代性的二元对立，质疑他关于文学与历史的思想。德·曼提出："'现代性'……是'自发性'，是'行动或行为方式'；'文学'和'历史'等概念意味着反思、思想、记忆和过去，因此必然与现代性相冲突"（*Social Change* 44）。在德·曼的思想里，文学等同于历史，因为一切皆文本，文本之外无历史。接着，德·曼以一种极端的方式解构这个二元对立。他认为现代性的意思就是生活，意味着健康、活力、行动、创新和现在，与过去和未来相对。因此，真正的人性"存在于'绝对遗忘'中，'绝对遗忘'是'行动的前提条件'……是现代性背后的'激进冲动'"（44）。真正的现代性与过去、与未来完全切断联系，超然于历史，因此也无所谓对立。但兰特里齐亚指出，所谓"绝对遗忘"代表摧毁历史传承的社会渴望，代表在激进变革中彻底摧毁过去，生成与过去毫无瓜葛的全新身份属性，否定历史延续性，这是完全反历史主义的，是极其错误的，在此基础之上建立的文学史思想也是靠不住的。此外，德·曼认为"绝对遗忘"才是"激进冲动"的基础,才是行动的前提条件,但"绝对遗忘"是虚幻的,这意味着根本不会有激进行动,甚至不会有任何行动和改变;意味着政治活动,特别是"对抗性的政治活动"是"徒劳的,是自欺欺人的,是麻痹无力的"(115)。德·曼实际上在否认存在激进的社会行动。

另一种极端是重复过去。对于德·曼而言,文学或文学历史是互文文本,封闭、隔离在语言世界里,是自主存在的。所谓文学历史的互文文本,德·曼说它是"三大时刻结合的产物":"渴望断裂或称逃离"(即行动)、"返回历史的掌握或称返回"(即历史),以及"两难"(aporia),即"转折点——'逃离变成返回或反之亦然'"(47—48)。首先,历史是完整统一体,是限定性的,没有可能性,也没有自由,因此"返回历史的掌握"含有决定论的意味。其次,渴望断裂的逃离时刻是行动,意味着否定历史限定性。最后,德·曼把这两个时刻放在一起,形成第三个时刻"转折点":逃离或行动最终受到历史限制,但又在历史限制里渴望逃离/有所行动。对于德·曼来说,文学存在形式是语言的重复,是虚构和比喻。文学的特点是不能有所行动,不能逃过历史限定时刻,不能脱离那不堪忍受的状态,在文学历史的互文文本里,没有行动或行动者,不存在激进的更新、真正的变革,因此产生绝望、放弃、虚空、徒劳、愤世嫉俗等等。兰特里齐亚批评德·曼的文学世界概念让文学不能投入到外界,是隔离的、封闭的;此外,他又把对文学的解读投射到对历史的解读,把历史变成文学文本,把历史视为"文本"来解读,这样,文学的无能为力感被注入历史和社会领域:既然文本之外什么都没有,也就不能有所行动。然而,历史不仅仅是文本,历史的文本也不仅仅是对文学的模仿。

兰特里齐亚指出,解构主义的最大弱点是不能有所行动。解构主义告诉我们,寻找知识的根基是徒劳的,没有根基,只有深渊;表征也很成问题。解构主义不断指出表征的问题,说表征不能胜任和完成其预定工作，更不能指出表征究竟可以完成什么社会工作。兰特里齐亚批评解构主义，指出它的问题在于它不去讨论表征的力量，也不肯放弃关于表征的话语，不肯讨论知识如何成为行动和力量、成为特定历史情景下的工具。解构主义代表当时美国人文知识分子的状态：渴望改变，却感到被碾压和窒息，因为害怕不能成功而变得畏首畏尾、软弱无力。从这个角度看，解构主义属于保守主义，甘愿臣服于权力，不能反抗，缺乏行动。兰特里齐亚批评这种无所作为的状态，提倡选择思考并行动，重新界定文学的概念，拓展文学概念的内涵和外延，积极投入新的批评理论建设，振兴文学的文化和历史批评。

二、挑战文化传统和霸权

兰特里齐亚的文学批评观借鉴伯克的思想，将文学批评与政治和社会批评结合在一起。他从打破人文学科的学科分界入手，以历史书写的本质为观照，解释历史、修辞、权力、传统和正典的形成，揭示资本主义文化霸权和系统思维的发展及其罅隙，阐明文学学者在历史进程中应该发挥怎样的政治作用。

兰特里齐亚首先挑战"文学"的边界，重新定义文学的范畴。按照雷蒙·威廉斯的说法，18世纪之前，文学并不只包括想象力作品；应该重新在广义上理解文学，重新赋予它以社会政治内涵。福柯在《规训与惩罚》(*Discipline and Punish*)里揭示文学被学院化的过程。18世纪晚期，也就是威廉斯所说文学内涵发生改变的关键时刻，正是一系列规范化、训诫机制在美国社会主要机构如工厂、学校、医院和军队得以形成和巩固的时候。兰特里齐亚相信，现在大学公认的所谓各种学科并非自然地分科，而是通过分工和分科实现控制意志的产物；当时的文人自觉地将"文学"概念限制在想象力作品上，将文学禁锢在狭小的圈子里，自我监控，自我限制，有意或无意地迎合并服务于当时的发展趋势甚至是强权趋势。这种说法或许有些极端，但兰特里齐亚的主要目的是强调学科交叉性，突出文学批评工作的历史性和政治性。他赞同伯克的提法，文学、哲学、历史、语言学、社会理论应该从各自的学科院墙中走出来；文学应该包括所有形式的写作，如历史、哲学、理论和文学批评等，所有形式的写作都是某种权力话语，意在实现某种意志，企图对读者产生某种作用。至于理想的文学批评，更要打破学科界限，破坏各学科的文化沙文主义，既不像形式主义美学那样"贬低修辞（rhetoric）以抬高想象力作品"，又不像柏拉图传统那样把"修辞从哲学领域排除出去"（*Social Change* 55）。

伯克论述历史的本质、历史学科的写作和研究，以及他对人这一主体及其系统化的思考，促使兰特里齐亚将权力关系和意识形态等，都纳入文学批评思考的范畴。伯克在早期著作《永恒与变化》（*Permanence and Change*）里曾揭示历史书写的两种阐释方法，一种是"游戏式"阐释策略，即承认复杂多元的动机相互交织。这种方法保护和重视个体差异，强调个体的独特性和不同声音，抵制同质化，反对把历史视为一个统一的"故事"。因为人对世界万物和现实有自己的阐释，有各自的激发因素和动机，带有各自的时代和文化差异、语言差异，生成不同的阐释、不同版本的历史，因此难以形成某个单一的历史叙事。兰特里齐亚认为这种思想有利于抵制产生压迫的一切"系统化和集权化"行为（*Social Change* 59），当然，他也承认，历史多元化可能使历史一词的含义流失。

另一种方法是"本质化"阐释策略，也就是将复杂的事物提纯，或者说简单化。面对多元性、非理性、独特性，面对混沌不明的历史进程，人总有一种掌控的需要，希望将多元和混沌的历史进程塑造成明朗清晰的系统，将历史文本化，使之成为有规律可循的现实，兰特里齐亚称之为"历史的文本美化"（aestheticizing textualization of history），也就是将历史"本质化"（essentialization）（59）。兰特里齐亚指出，将历史进程系统化的倾向很容易变成控制的欲望，导致一切为某个历史叙事服务，如奉行"亚利安民族至上论"等。兰特里齐亚将葛兰西的霸权论与福柯的话语理论结合起来，历史变成一系列霸权秩序：话语使霸权本质化、普及化、自然化、系统化，促进霸权秩序的建立——当然，话语也可以将其本质化战略去神秘化，揭示本质化和系统化思维的内在机制，以破坏霸权秩序。霸权主要采取成熟的政治管理，从强迫、欺凌式的统治，变成得到众人许可的治理；或者采取有利于统治利益的教育策略，使个人的生活、自我认识、人际关系和周围环境渗透他们的价值观，以止息叛逆主体的桀骜不驯，扩大和延续其统治。伯克关于教育的思想跟葛兰西的霸权论相似，他们都认为学校、出版机构、广播电视、大众艺术等机构的知识分子，可以通过教育，使被压迫者从心里接受对他们实施压迫的体制机构并且感恩。

但与葛兰西不同的是，伯克既探讨文化霸权和系统思维的扩展和衍生力量，同时又表明系统思维有内在的隙缝和冲突，可能产生思维模式的变革。他强调，霸权内部并不是同质化的，也不是持久一致的。虽然西方主体社会政治结构跟西方哲学传统一样，都渴望把统一化思想渗透到历史的每一个角落，但它们内部都有分歧。传统的内部结构不稳定，体现在每个所谓的历史时期都是过渡性的，历史的肌理是异质性的，每一种社会构成都带有时代裂缝，带有旧时代的残留，也隐含着未来变化的萌芽。一些特定的语言符号和话语，如"权利""自由"和"人民"等，因其本体论的空无，其含义存在不确定性，往往被后来的利益相关者挪用，重新定义，以适应不同的语境，颠覆前者的权威。随着权力转移，权利也发生转移，权力/权利的场所永远不固定。可见，话语确实与社会政治密切关联，而产出话语的人，包括文学学者，能够在历史进程中发挥重要的政治作用。

兰特里齐亚同伯克一样具有强烈的政治意识，认为所有智识活动，包括理论活动，包括文学理论活动，都是实践活动，都是一种政治行为。一方面，智识活动与权力有千丝万缕的联系：或者陷入权力之中，屈从于权力，被权力所使用，它自身也生成权力，甚至有意识或无意识地为权力做宣传，或者批评和抵制统治力量及其机构。另一方面，智识活动会产生各种政治和社会影响，因此，语言的艺术也好，美学理论也好，都不是自主存在的话语形式，会对政治和社会产生影响。美学与政治的关系密切，按照伯克的说法，是指艺术形式与意识形态结合，艺术形式攫取意识形态物质，将之变成一股力量，施加于受众主体，利用和征服受众主体，塑造具有社会政治性质的个人。此外，艺术形式与意识形态结合的行为，将作家投入社会政治教育过程中，受众成为作家的政治征服与变革的对象。

当然，将文学研究与激进的社会变革联系在一起的过程中，"修辞力量（rhetorical force）是一把双刃剑"（Holland 129—131），审美力量深入霸权功能领域，会产生支配或抵抗两种政治效果。一方面，语言的艺术可能被用来维护现有的权力，甚至成为阻碍进步变革的力量。在资本主导的社会里，兰特里齐亚特别关心艺术在商业社会中的位置和作用。艺术在经济中可能会"充当消费资本主义社会机器的文化燃料"（*Social Change* 103），影响和控制人们的态度和行为，参与消费主义对意识形态的塑造和控制。但另一方面，语言的艺术也可以是一种"对抗性的活动"（oppositional activity），是不和谐的声音，具有社会批评的潜力，可以破坏"任何僵硬的生活体系"（88—89），破坏资本主义社会政治经济文化秩序，成为促进变革的力量。

文学学者促进变革的文学行动主要在文化领域，其首要目标是文化领域的系统和权威。换言之，文学行动的重要活动在文学传统和文学正典及其生成的过程中，与传统和正典处于相互影响和对抗的关系。文学行动必然会参与到传统与传统的生成、正典和正典的生成中，但文学传统与正典本身就是社会力量，对文学行动产生巨大影响。因此，兰特里齐亚特别指出，文学行为（写作和教学）不可能是纯粹的，它对社会变革的贡献也因其历史性而有折扣。尽管文学努力超越和逃离社会语境，但各种社会力量常常利用它,它也常常因此受限。

因此,同伯克一样,兰特里齐亚认为艺术家应当具有强烈的历史意识,充分认识到过去(即传统)对现在的影响,认识到未来出自现在。艺术家并不与过去完全断裂,而是过去、现在、未来的交汇点。缺乏历史感,就不能看到过去和未来,容易维持现状,跟起主导作用的资本主义机构和权威合谋。缺乏历史感,不仅不能认清现在,而且没有资格去改变现在。

但兰特里齐亚比伯克看得更深,认为艺术家作为知识分子,问题不是如何获得历史意识,而是不能被传统的负担压倒,不能成为保守派。经济秩序的发展变化总是先于文学传统,而艺术家受到传统的影响往往比较深,因此在新经济秩序和新生产方式下更容易产生脱节、疏离和异化感。作家受文学前辈——即文学传统——的影响颇深,改变意识就需要更漫长的时间。这种影响体现在布鲁姆所谓"影响的焦虑"中。作家渴望进入伟大作品的正典里,进入所谓主流,成为文学传统的一部分。这种渴望本身也受系统的塑造,被维持传统的机构和教育体制所塑造。然而,兰特里齐亚指出,文学传统和正典的生成过程是历史压迫的过程,它通过生产、选择和不断再选择的文化机制,树立正典,努力保留霸权阶层持续、单一的声音,排除其他杂音。它传承了某种主导文化,"从意识形态上再现社会等级结构……和权力关系"(143)。艺术家也是由传统制造者所选择;作为艺术家的知识分子总能意识到传统的存在,出于自身和外在的原因,被迫努力跻身传统或所谓主流的实践、方法和价值里,渴望成为所谓伟大艺术家,从而忽略写作的社会历史条件。

但是,兰特里齐亚与伯克一样,提倡文学批评是政治批评,坚信文学学者在政治领域有发言权。首先,受传统和传统力量深度影响的作家,尽管不能书写另一部历史,但文学行动的表征力量通过恰当的文学形式和策略,通过个人,进入社会,能够产生影响,具有社会实践意义。在写作行为中，过去与现在交汇；认识过去，作用在现在，产生一定影响，这种当代性或者时代性，产生历史意义。这个思路，有助于缓解解构主义带来的无能为力感和绝望情绪。其次，作家和教师等人文知识分子将智识行动的实践放置在当代，同时又不忽视行动背后历史无意识的塑造作用，这就将人文知识分子的政治跟传统和生成文学传统的政治联系在一起。兰特里齐亚倡导这类知识分子要强烈地认识到自己是在"传播价值观"，是在"为当代、为未来作出选择"，是在"施加社会文化保护和传承的政治"，认识自己作为传统和正典制定者的一部分，具有重大责任（140）。再次，要认识到传统和正典不仅仅是被接收和继承下来的，而且需要不断重构：不仅保留过去一些传统，而且要代表新出现的力量，在与过去的冲突中，生成新的内容。最后，文学学者思考政治过程，审视过去，批判性地看待历史，放眼未来：不是超然于传统之外，也不是谴责和抛弃传统文本，而是还原传统文本的历史性，认清其中存在的权力关系。在顽固的传统活动过程中，文学批评要作为社会批评，通过修辞的手段，培养批判意识和社会变革意识，实施社会介入，构成对这个文化机制的抵制活动，并在该文化机制中留下印记。

三、作为政治力量的修辞

兰特里齐亚对文学和文学批评活动的未来充满信心。尽管文学受限于社会环境和力量，但它本身可以是进步的，可以通过语言工具发挥变革性的政治作用，改变传统。兰特里齐亚借伯克的思想，为传统的"修辞"概念赋予新的含义：在他看来，文学需要也能够在历史语境里一直保持批判性，因为作为表征的方式，修辞与策略是一种有力的行动，作家可以使用修辞改变受众，成为一种政治力量。

兰特里齐亚认为，艺术是修辞活动，而修辞不仅包含发展和变革的意思，还具有控制、支配的含义。作家通过修辞传播知识、培养观点，发挥社会功能。兰特里齐亚借用伯克的说法，指出写作就是"通过比喻，建立看待问题的新视角"，而打比喻又是"干扰话语与社会现状"（147）的行动。他认为写作要改变的，是围绕美国资产阶级主体的一系列习惯与价值观、语言风格，是西方资本主义社会结构。诚然，作家可能会巩固旧有思维和情感习惯，维护统治力量，服务于文化霸权，但也会通过违犯现有话语习惯、通过支配和再教育，培养批判性思维和批评意识，揭示资本主义意识形态的构成，反对资本主义文化霸权，实现社会变革。

既然智力活动是一种具有政治的、变革性质的言辞活动，作为知识分子的作家要投入社会活动中，必须首先看清或者分析探讨自己属于什么阶层，与什么社会经济群体、什么样的身份属性认同，然后才能开始从言语上开展变革行动。这种意识形态分析的工作，首先是一种认知活动，其目的是了解自己和受众，与受众认同。兰特里齐亚认同福柯的观点，认为在现代资本主义社会，知识就是控制力量，但知识分子本身并非自主的思想者，并非超然于社会经济文化限制因素之外，超然于权力之外，成为思想和文化的守护人；也并非立场中立、不能代表普遍价值。兰特里齐亚特别强调，知识分子应该认识到自己带有特定的社会和历史经验，处于体制网络某个特定位置，属于某个阶层，或者与某个社会和经济利益群体有所瓜葛，希望达到某种批评目的。这样有助于大家离开与世隔绝的、孤立自主的形式主义审美世界，投身社会。此外，兰特里齐亚认为，伯克最可贵的一点，是表现出一种自我批判的意识，一种自省精神：不冒称自己全知全能，避免本质化倾向，避免让自己的声音成为统一的集权化声音，替代所有其他声音，能够接受批评，对自己保持警惕。而这也正是知识分子需要时刻清醒的一点。

作为西方批判性知识分子，其目标是揭示资本主义文化霸权过程，揭示被隐藏的种种细节及其运行的形式。表征（representation）带有力量，是美学实践，是修辞行动，是社会实践。不过，表征常以普遍性和真理的名义，既"掩盖自己是某个特定政治力量的代言人"，掩盖自己是"某种特别构造的社会文本",又掩盖"社会文本内部的社会与文化差别和冲突"(153)。实际上,表征必然带有特定的文化和政治色彩,其文化力量的物质基础必然是某个特定性质的社会,只不过被普遍主义价值观传统掩盖了。因此,兰特里齐亚特别指出,表征是政治与审美活动的交集,它既是政治活动,又是审美活动。例如,某个权威阶层的目标和理想,常被拿来代表全体社会的目标和理想,到了社会危机时,却会被认为是敌对的、片面的、分裂的,被揭示是出于某种意图,是集体权力意志的产物。在伯克的表述中,审美力量和政治力量建立合作关系,审美活动总是为权力所渗透,从来不是中立的。

既然艺术总是一种文化力量,采取某个立场同时也传播某个立场,艺术表征必然带有目标,是权力行为,用来教育和改变受众;文学艺术本身也是一系列的修辞策略,具备表征的力量,采取立场,服务于某个目标,并同时在社会领域里践行立场,实现政治目标。伯克扩大文学所指的范围,指明文学不仅指精英正典,还包括所谓"次要"文学和"大众"文学;不仅如此,它还包括所有的写作,是社会实践,受物质环境的影响,带有某种目的,通过劝说的策略,时刻在我们周围影响我们。这种观点在兰特里齐亚那里得到共鸣。他不仅将所谓大众文学纳入批评视野,而且在将来的文学创作中将严肃文学和大众文学融合在一起。

但这种修辞或劝说策略必须与传统的资本主义文化霸权和系统思想不同。兰特里齐亚赞同伯克的说法,真正的修辞既不是具有传统意义上明显的政治意图,又不是与政治毫无关系、不以说服为目的、毫无意图的话语,更不是解构主义所谓自我解构、不能完成政治功能、自说自话的话语。说话人/写作人也许并不总是意识到自己带有历史和意识形态色彩,但他们处于现在,既塑造自己的历史经验,又为未来的发展打下基础;既对现在产生影响,又会成为未来变革的力量。

根据伯克的看法,这种修辞力量的前提条件首先是自由,劝说的对象有自由选择和自由意志的空间,劝说才有意义。如果人总处于被迫状态，修辞就毫无必要。资本主义政治经济决定论以自由为幌子，不容辩驳和质疑。伯克的修辞论将社会从这一决定论底下释放出来。修辞不像解构主义者说的那样消解所有行动，恰恰相反，它能够促进行动，带来改变。它可以改变资本主义政治经济宿命论。

伯克认为这种修辞力量的第二个条件，是允许并欢迎修辞力量的社会共同体。它既不是乌托邦共同体，利益和思想观念完全共同，无需争辩，致使修辞毫无用武之地；它又不是绝对分裂的共同体，因为分裂和敌对的各方必须寻求共同的媒介场，先求同，才能实现沟通。一个社会共同体允许辩论，修辞才会发挥作用，通过修辞促进社会结构的完善，实现真正的交流沟通，反过来消除修辞辩论。

兰特里齐亚不相信某个终极的、固态的、顶点式的人类终点。在他看来，修辞的最终目标，并不是某种预定的、先在的共同体理想和良善生活。历史命运不是不可逆转的历史叙事力量决定，而是一场众人积极参与修辞劝说的、充满选择的伟大活动。用修辞来劝导，这一思想让我们有意识地思考历史因素对我们的影响，也思考我们如何对未来产生影响，通过思考进行自由选择。这里所说的我们，既包括兰特里齐亚这样的文学批评者和作家，也包括教师，也包括普通的受众。

兰特里齐亚认可马克思主义历史唯物主义思想，不仅主张思想理论具有历史意义和社会作用，而且同时考虑到它们受外部物质因素的影响。"知识是阶级、制度与学科，以及生产方式的产物"，不是来自独立的、超然的个人，"知识生成阶级、制度与学科，以及生产方式"（5）。兰特里齐亚在《新批评之后》里所批评的、传统上所说的"自主性"，正是美国梦的核心，它强调独立、自给自足，强调个人的性格和努力程度，个人对自己负责，这不仅弱化了社会历史环境和家庭教养的影响因素（Bracher 84—117），而且巩固不公平的资本主义社会制度。兰特里齐亚在《批评与社会变革》里分析伯克的思想，其实是在讨论如何在广义上理解文学和文学批评，指出这种文学批评的优势和任务，就是通过分析广义上的文学文本，通过修辞或话语行为，揭示、颠覆、替换资本主义权力和文化机构里的偏见，解构固有的思维模式，揭示资本主义意识形态和权力/知识构成，并且调动和培训读者积极朝这样的思维目标发展。这样的文学批评，实质上就是文化批评，是从资本主义商业社会、阶级和文化内部对现有资本主义经济文化秩序展开对抗性批评（oppositional criticism）。对抗性批评家（oppositional critic）的任务，是重新解读文化，释放被统治、被剥削、被排外的边缘者的声音，在抵制、改变、挑战中对文化统治和霸权进行更新、再造和调整，以实现美国社会变革。

第三节　艺术的精灵与诗性主义

兰特里齐亚在《批评与社会变革》里提出一个关于艺术和艺术家的重要问题：艺术既可能陷入权力之中——或屈从于权力，或有意识无意识地为权力所使用，又可能批评和抵制权力，与现实对抗，成为促进变革的力量。在《精灵与警察：米歇尔·福柯、威廉·詹姆斯、华莱士·斯蒂文斯》里，兰特里齐亚拓展了这一主题。这部批评著作的名字取自华莱士·斯蒂文斯 1909 年 1 月 17 日写给未婚妻埃尔西·莫尔（Elsie Moll）的一封信，信中说，"啊，精灵，救我离开警察和诸如此类的一切。"斯蒂文斯以精灵来指诗歌（O'hara，"Saving Ariel" 624—631），或者代表"某种理论化冲动或理想化冲动的逃避主义"（Adamson 541—543）；警察代表现实，代表诗人要颠覆的"规诫和压迫"（Helmling 151—154），或者权力、现代社会的规诫和监控、法律与秩序的各种执行者（O'hara，"Saving Ariel" 624—631）。按照兰特里齐亚自己的说法，他是在"就个人主体的问题……与马克思主义展开一场对话"，让作为主体的个人不会沦为"资产阶级幻梦",也不会被排挤出历史轨道或沦为社会文本,从而导致主体性受到忽略(Ariel 23)。兰特里齐亚延续早期著作《罗伯特·弗罗斯特:现代诗学与自我的景观》的主题,格外关注作为主体或个体的艺术家如何经历和对抗包括权力在内的各种决定因素,在塑造自己的生活、在文学文本生成过程中、在艺术的文学行为或对抗行为中、在创造历史中发挥积极的建设作用。

一、福柯权力论和新历史主义视野下的主体

不同于之前的著作,兰特里齐亚在《精灵与警察》里以批判的目光审视福柯和他的权力论。他特别注意到福柯在《规训与惩罚》里提出的,惩罚的方式逐渐由司法模式转向认识论模式,通过掌控不安分者的知识结构,最终规训和控制个人,使之被权力使用。在福柯看来,权力是相对的,渗透在一切关系里,权力关系充满张力,充满矛盾冲突,不断变化,导致结构性变化。规训,强调在人的头脑、思想上做工作,在符号和表征上做文章,以传播、控制和操纵思想。现代规训的舞台无处不在,"成为一套完整复杂的、具有等级之分的结构,融合在国家机器里面"(Ariel 55),通过现代资本主义体制各种机构实施。但规训与惩罚有时会适得其反,产生反抗。福柯强调,规训和惩罚的对象,不是人内在"残留的暴力潜能"(56),而是人内在"残留的抵抗潜能",抵抗的对象是权威,具体而言,是男性的、父权制原则[①],是资本主义社会的绝对权威。因此,"资本主义剥削创造抽象的劳动力;规训驯服劳动力,使之不会成为集体叛乱的力量"(59),规训和规正的目标,是培养遵守习俗、规则、命令和权力的人,是培训顺服的、有用的人。

[①] 父权制,父权社会,或父权文化,是指这样的社会体系:男性尤其是代表一定价值观的年长男性(群体)掌握着权力,是主导政治、社会和经济关系的政治领袖、道德权威,在某些社会里还是财产的控制者。

兰特里齐亚从马克思主义角度批评福柯的权力概念，说他为权力赋予抽象的形而上含义，掩盖权力的经济基础，看不见具体的历史主体，不仅实施权力的，而且受惩戒的"人民"似乎是抽象的群体，至于他们究竟是些什么人，福柯"含糊其辞"甚至"感情用事"（45），没有考虑到具体历史背景、政治经济地位和关系，也没有考察其阶级；对于他们如何形成团结的反抗和抵制，也语焉不详。在这种视角下，社会权威机构仿佛固若金汤，不会有真正的变革，反抗也只能是间歇性的、狂欢式的释放，是偶尔的能量流溢，纵然有颠覆性的表达，从长远看对社会内部不能产生效果。对于福柯而言，这种狂欢式的释放，代表了边缘人物之歌。但抵抗力量并非统一的形而上力量，更有甚者，抵抗的力量被扭曲了，抵抗的目标变成是跻身权力当中，斗争和冲突因此失去社会批评的意义。

在资本主义的权力如何实施规训的问题上，兰特里齐亚将福柯的权力思想与泰罗主义（Taylorism）的劳动力控制与生产力管理结合起来进行分析，填补福柯思想的一个空白。福柯指出，规训实践的关键是细节，因为细节为权力提供落脚点。权力必须将受控的整体分散、切割、分隔，使之细节化、分工化、专业化，将团体打散，切断个体之间的联系。例如，资本主义对劳动力空间、时间进行分割、分隔管理，以从劳动力群体获取最大收益，同时保证其稳定性，不会引发劳动力的抵制和反抗。福柯的阐释符合泰罗主义所说的管理学方法，即如何最大限度科学地管理和控制劳动力的时间和活动，实施生产力最大化。

但是，兰特里齐亚注意到，福柯并没有关注权力关系的经济层面，也就是究竟谁从权力控制里面获得经济乃至政治利益。在福柯这里，权力是多元复杂、抽象和难以名状的整体，它无所不在，并且权力在社会结构里不仅自上而下而且自下而上发挥作用。兰特里齐亚认为，这种解释，让人产生误解：既然所有人都受控于各种资本主义规训机制，那么任何人随时随地都可以从中分一杯羹，获得权力。在福柯思想体系里，不能辨清谁是权力拥有者，好像不是某个精英集团、群体或阶层拥有权力从中获利，倒像是抽象的权力有自己的运作机制，是权力控制了个人或群体。兰特里齐亚看到福柯思想积极的一面，即受压迫者也有自己的机会，也拥有力量，可以通过抵抗获取权力，但在福柯的"权力泛化论"（69）里，资本主义规训机制产生毫无自主思想、驯服的人，看不到剥削关系，只看到"没有思想的僵尸"（70）。无名的权力无所不在，渗透一切，受压迫者所谓的抵抗，只不过是权力在受压迫者身上产生的条件反射，缺乏真正的目标。

福柯的著作暗示：在资本主义实施规训的场所，在实施标准化控制和培训的时候，这个规训机制需要密切监控所有个体的、个性化的、差异性的细节，建立数据库，以期有针对性地实施标准化培训，演绎了知识就是力量，知识就是控制；每一个人受到暗中监控，在舞台上独自表演，却看不到监控者，沦为知识或权力的对象；个人成为被采集信息的对象，个人不再是可以互相沟通的主体，不能互相影响，也不能聚集在一起谋划抵抗。一言以蔽之，福柯强调资本主义体制的规训、控制，人完全受控于无所不在的权力，只能陷入彻底的绝望。

对此，兰特里齐亚认为，葛兰西的思想提供了抵抗的空间。葛兰西在泰罗主义的基础上提出，受规训的对象度过危机、适应之后，在从事机械生产之时，更有思考的自由。兰特里齐亚认为，葛兰西固然过于乐观地高估受规训者的自由度，低估资本主义规训对思想的钳制，但他提供一个思路：在资本主义规训的经济场所可以发展批评意识，反而能够保持差异性，改造社会结构和价值观。应该说，兰特里齐亚深受马克思《资本论》的影响，他所说的"批评意识"具有强烈的马克思主义思想成分，提倡以一种不同的体制、价值观和生活方式替代资本主义体制、价值观和生活方式；他所说的培养批评意识，很大程度上偏向于培养劳动者的阶级意识，以对抗资本主义的剥削和控制。

兰特里齐亚又推而广之，批评福柯的美国拥趸者，批评新历史主义者。新历史主义批评将文本置于历史语境,注重分析文化、语言与表征,强调文本历史性和历史文本性,大写的统一的历史变成小写的复数的历史。兰特里齐亚虽然批评新批评派只关注文本的自主性,称之不能正视社会文化历史等外在限制因素的影响,文本不是超验的作者创造的,也不是自主、独立的封闭世界;但他也认为,文本是个体的、具有一定独特性的作家所创造,因此新历史主义批评的问题是过分强调决定论,过分强调自我是文化传统、体制机构、种族/族裔、性别关系、经济和环境、权力分配等外在因素的产物,忽略主体是有差异的个体存在,具有决定性,有不同的表现形式。

史蒂芬·格林布拉特(Stephen Greenblatt)是美国新历史主义文学批评的泰斗,他在 20 世纪 80 年代初提出,文学与历史相互作用、相互影响,文学是各种力量交汇冲突的场域,并不反映一个稳定单一的历史背景,文学既是历史的一部分,又是塑造历史的力量之一;文学与文化互相联系,文学是文化网络的一部分;在文学与权力政治方面,文学既是意识形态作用的结果,又参加意识形态塑造。格林布拉特继承福柯的权力理论,注意到权力意识形态和阶级冲突,认为权力具有机构属性,但权力又是难以捉摸、难以定义的,渗透在所有社会关系里,社会各群体的矛盾冲突都是政治冲突的体现。但在兰特里齐亚看来,格林布拉特过分强调"权力"的重要性,认为自我的塑造不断受压制,自由的自我表达受困于极权主义叙事的牢笼,叛逆的、对抗性的主体被社会规训抹去;主体的对抗形成于特定社会规训背景之下,注定难以偏离既定的轨道,所有对抗主流意识形态的努力终将成为虚空。

在这种情况下,格林布拉特的策略是倡导"彻底的唯美主义",推崇福柯所偏好的"所谓无政府主义的边缘人物"(100)。在格林布拉特的戏剧评论里,戏剧人物在不同于周围社会的、夸张的戏剧性表现中,在这种纯美学时刻,也只有在这纯美学时刻,才摆脱主流意识形态和权力的压迫,体现不同于正统的、自我塑造的倾向。兰特里齐亚认为,这种文学政治策略，过于强调外在限制因素，甘于承认自我是外在力量的产物，承认自己被塑造成自己不想成为的样子，等于宣布自己在权力面前无能为力，却躲在安全封闭的幻想空间，以纯美学形式表达自己的无政府渴望，维持一个关于可以自由塑造自我的美梦。这样就不必去在现实中寻求自由的空间，不必寻求从现实压迫中解放出来，不必去撼动无处不在、压迫自由的权力结构。兰特里齐亚毫不留情地批评说，这属于游戏式的意愿，实际上倒成为极权文化的帮凶，代表当时美国文学理论界从新批评向文化社会批评转型期的困境。兰特里齐亚相信创造性自我的能动性，坚信改变还是有可能发生的。

二、新旧实用主义与理论视野下的个体性和独特性

兰特里齐亚除了批评福柯的权力论及其拥护者，还批评美国新实用主义不如旧实用主义关注个体及其能动性，至少不像詹姆斯。一般认为，詹姆斯忽视社会责任，缺乏理论意识；但兰特里齐亚认为，詹姆斯本质上相信，哲学的阐释工作同时也是一种介入世界的方式，要么带来社会变革，要么维护社会现状；不管知识分子自己怎么看，他们总在扮演某种社会角色，所有的理论活动同时也是实践活动，区别只是詹姆斯不说理论，而是说信念。在兰特里齐亚看来，詹姆斯所说的信念跟理论相似，可以归结为一套行动准则，通过阐释各种文字或非文字文本带来改变。信念塑造我们的阐释行为，我们则可以通过评估信念的实践结果，对信念和自己的实践负责，并且调整和改变准则。

詹姆斯的思想除了带有社会变革的色彩，还强调地方性、差异性、时间性等语境。兰特里齐亚指出，理论化往往代表一种掌控全局、掌控差异性、让地方性驯服在统一性之下的渴望。詹姆斯的价值在于他反对把地方性和具体化的话语予以系统化和概括化，反对所谓统一的、可以"涵盖一切的元叙事"（110），因为它必然消除个体性、差异性和多样性。至于历史，詹姆斯眼中的历史是未完成的文本，没有所谓唯一的作

者，美国历史文本是众多作者合作的，总有来自不同地方、互不相干的人在不断增补更新；他反对自以为义的政治集团，倡导解放弱小的、地区性的、地方性的和边缘化的人。在兰特里齐亚眼中，詹姆斯的实用主义就是"精灵"，是一种批判性的解放力量，让那些属于独特的、地方的、自我的，得以摆脱学术的、资本主义经济、政治权力的消费、控制与否定；它知道但并不屈从于令人窒息的、专横的世界，它对这一切说不；抽象主义的写作和思维方式不断企图抹去文化多样性和差异性，但詹姆斯的实用主义珍惜世界文化多样性。

在美国批评界痴迷于法国理论时，新实用主义以"反理论"的名头兴起，兰特里齐亚以詹姆斯的实用主义思想予以反击。自20世纪50年代末起，到1982年《批评探索》（*Critical Inquiry*）发表一篇题为《反对理论》的论文，美国文学批评界反对批评理论的声音越来越多。兰特里齐亚不赞同《反对理论》里的观点。他认为，人从根本上无法摆脱理论，因为人在理解世界时，天然需要对种种差异和具体事物进行归类概括，去除差异性，以建立规律与秩序。但另一方面，兰特里齐亚也承认，在解释具体世界时，理论不可能在所有时间所有地点都正确，"理论化冲动"可能产生可怕的实践，带来"最为丑陋的政治影响"（125），在政治、经济领域体现为资本主义和帝国主义等"理论化冲动"。正如詹姆斯所说，"帝国就是理论（一种理论化冲动）；理论或传统哲学就是帝国（一种帝国主义冲动）"（112）。在兰特里齐亚看来，虽然詹姆斯对理论提出批评，但他的工作仍属理论工作，并且他所批评的理论与新实用主义者所反对的理论不同。詹姆斯把理论与美国在海外的帝国主义活动联系在一起：美国侵入海外的有机文化系统，把自己的思想强加给别国，这种理论化、概括化的思路和做法消灭多样性，对地方性、独特性和具体的现实实施压迫，最终摧毁人的自我，将劳动力和人际关系商品化。詹姆斯反对帝国主义文化和经济侵略，反思资本主义语境下个人的命运，提倡接受个体性、独特性、差异性和多样性，接受理论自身的不断修正。

相比之下,"反对理论者"虽然自称是继承詹姆斯的实用主义,其实逃避历史政治责任。20世纪50、60年代至80年代的批评理论,其实围绕文学的本质和作用展开,马克思主义、结构主义、女性主义和心理分析等让文学离开象牙塔,到经济、权力、性别和阶级领域发挥社会作用,将个体性和差异性释放出来。在这个背景下提出"反对理论",无异于缩小批评理论的范畴,把批评理论关进密闭的空间,贬低文学批评的社会作用,无视批评理论在社会批评方面已取得的成绩。

概而言之,兰特里齐亚在批评新实用主义时,以积极和辩证的态度看待批评理论的社会功能。他认为,理论是"特定社会整体内对文学和文学批评从事批判性的文化工作"(Graff et al. 106)。虽然有些理论在封闭的圈子里自说自话,但仍有一些产出具有现实意义的批评,如肯尼思·伯克和雷蒙德·威廉姆斯等人的理论工作。其一,理论通过教别人如何以特定方式阅读和思考文学,服务于教育,因此具有政治功能。从这个意义上说,文学理论是一种社会实践,在文学和文学批评领域开展文化工作。其二,理论能够帮助我们考虑和判断不同解释程序所产生的结果。理论固然会把自己变成一个思想体系,表达特定的信仰和相关实践,排斥别的理论,但真正的理论家是开放的,包容差异性,允许并审视与自己不同的想法,这样就不会自视过高,自以为拥有绝对真理。这样的理论不再是"清高的知识分子毫无意义的专业活动"(108),它能促进反思,促进质疑,包括质疑自己,关心社会中起支配作用的权力和与之相应的抵抗冲动。其三,理论使我们更亲密地参与历史,其最大优势是与我们的生活历史密切相关,并随着社会力量和社会基础的变化而发展和升级。真正的理论态度承认,理论是建立在观点的基础上,受社会、历史和文化的限制,带有个人偏好,既承载和传播思想,也承载和传播伦理道德和价值观,代表一些人的利益,反对其他人的利益;传播某种意识形态,维持或质疑现有社会结构,支持或抵制某些思想。

真正的理论态度对理论的效果承担责任,也更能接受观点和理论的多元化。

　　这种坦诚且具有包容性的理论,并不抹杀个体的差异性和独特性,充分体现在兰特里齐亚的理论批评和文学批评实践中:在批评理论方面,他细致地甄别不同批评理论家的微妙之处;在文学批评中,他将形式主义美学的文本分析,与所研究的作家传记资料结合,联系作家的性别、经济、社会、家庭等决定因素,进而将个人置于更广阔的社会结构,分析该结构。他特别选取华莱士·斯蒂文斯作为分析对象,但与哈罗德·布鲁姆等人从历史角度分析斯蒂文斯的诗歌不同,兰特里齐亚既不忽略"斯蒂文斯语言丰满的情欲""语言的游戏"(Salusinszky 201),又将他的诗歌话语与其他话语相关联,包括他以前的诗歌、诗歌外的资料如日记、书信、散文、传记等,引入诗人的婚姻、家庭、生活、写作等细节。他把这种批评策略称为"讲轶事"(anecdote),从形式上看,故事、轶事属于"边缘性的、反常规的文学形式"(Salusinszky 196),独特而具体,既有效抵制形式主义美学的禁锢,又避免理论空洞的泛泛之谈。兰特里齐亚由诗人的故事/轶事展开,联系更广阔的社会历史背景,不仅得以借美国历史的政治进程还原故事的主题,更重要的是还原历史中真实的、具有能动性的、活泼的主体,为研究斯蒂文斯也为文学史研究"开辟新道路"(Cain,"Ariel" 615—616)。

　　兰特里齐亚从解析斯蒂文斯的《坛子轶事》("Anecdote of the Jar",1919 年)入手,分别采用当时比较流行的新批评、弗莱原型批评、诗人的诗歌体系等批评视角,但这些只能起到隔靴搔痒的效果。兰特里齐亚采用更有效的方法,在文本细读法基础上,结合作品的历史背景、政治蕴含,以及作者的个人经历,解读作品中的文化历史含义。他先指出斯蒂文斯在诗中以坛子意象,在两个层面上象征压迫和统治力量。一个是在历史、政治层面上象征种族征服以及经济与文化帝国主义。兰特里齐亚向前联系到斯蒂文斯之前一代威廉·詹姆斯(William James)抗议美国出兵干预菲律宾，向后联系到斯蒂文斯之后两代的迈克尔·赫尔（Michael Herr）反对美国对越南的介入，表明诗人以诗歌表征，对权力和压迫提出质问和批评，积极影响文化历史。

另一个象征含义体现在文学及文学历史层面上。具有"美国盎格鲁"（Ariel 6）特色的新批评曾是学术界的"警察"，在高等教育中体制化，培养工于"文本细读"的学生，只会钻研文字，不能超出文字的"自主"世界之外进行文化批评。福柯和詹姆斯等激发的文学批评潮流，或者说兰特里齐亚本人在《批评与社会变革》里热烈倡导的政治批评，在学术领域里已经不只是颠覆性质的批评实践，却跟他所抨击的新批评一样会沦为抽象的理论，成为斯蒂文斯所害怕的"警察"（O'hara, "Saving Ariel" 624—631），通过学科规训，对个人实施系统化操作规训，产生压迫。斯蒂文斯以其诗歌话语表达个性与反抗。在他的坛子诗歌里，坛子代表上流社会传统的诗歌规范、官方文学，斯蒂文斯则以自己的诗歌，加入意象派的反传统诗歌运动。他提倡劳动者、普通人说的干净朴实的语言，反对浮夸和故弄玄虚的"官方"语言，以具体的意象反对抽象，彰显独特性和个体的价值。

此外，兰特里齐亚还考虑到文本背后的文学历史原因与作者具体的个人社会历史的交汇，揭示诗人的文学自我意识、经济意识和性别意识。一方面，斯蒂文斯作为一个经济主体，美国中产阶级男性，为了过上舒适的中产阶级生活，需要承受巨大的经济压力，努力工作获得经济保障。父亲严厉的忠告，街上见识到的意大利裔移民和落魄穷人，都让他意识到经济独立带来的压力。这种压力，让他每天脚踏实地去保险公司上班，最后甚至担任公司副总裁，妥妥的高级白领。

另一方面，是斯蒂文斯对诗歌生活的热爱，与他在经济领域的男性角色产生一定冲突。在斯蒂文斯的时代，无论是资本主义经济社会趋势，还是当时的上流社会风气，都对诗人、对写诗不以为然，认为这是"女人"的事。更糟糕的是，诗歌传统因为崇尚所谓自主性而脱离社会现实,失去应有的文化力量;文学批评界上流圈子/主流诗歌圈子也自我贬低,将诗歌变成软弱无力、无病呻吟的消遣。难怪斯蒂文斯在书信里也称自己写诗是"淑女样的",也就是"女性化的",意思是说,诗歌是中产阶级女性的消遣。给他带来愉悦的写诗工作和写诗的自我,不仅不能带来经济收益,反而会贬损他男性属性的超我。兰特里齐亚痛感这个现象被很多人忽略。他以桑德拉·吉尔伯特(Sandra Gilbert)和苏珊·古芭(Susan Gubar)《阁楼上的疯女人》(*The Mad Woman in the Attic*, 1979)为例,批评两位女学者属于本质论女性主义(essentialism feminism),她们在专著里将男性视为同质化的父权群体,对女性实施压迫。其实她们只关注了中上层阶级女性作家遭受性别歧视,没有考虑到中产阶级以下的女性作家和男性作家也是受父权文化压迫的群体,特别是男性在阶级流动的拼搏中同样遭受经济问题带来的性别歧视,从事文化领域工作的男性更是受到压迫。

兰特里齐亚相信,斯蒂文斯的意识形态里体现了资本主义商品文化和性别文化的强权压迫,致使他的生活和工作呈现互相矛盾的两面性:经济和艺术。他在获得阶级意识和性别意识的同时,受到资本主义商品文化(拜物主义)和性别规范(男性担当经济支柱的男子汉角色与诗人被女性化)的影响,接受中产阶级男性的经济和性别角色定位,在一定程度上"既内化又抵制这个社会规定'普通人'必须遵行的生活方式"(Lisa 74—77)。

但是,兰特里齐亚独特细腻的批评视野,使他不止看到斯蒂文斯所受的历史、政治和文化影响,也不止看到诗人在这些影响和限制因素下形成的自我意识。兰特里齐亚透过斯蒂文斯诗歌的肌理,看见诗人抵制与反抗冲动背后丰富细腻、内敛的内在生活与诗性自我,从而构建斯蒂文斯的——毋宁说是兰特里齐亚自己的——诗性主义。

三、诗性主义的精灵

究竟什么是艺术的精灵,或者说,什么是诗人努力挣脱外在限制因素的诗性主义、诗性的自我,很难用确切的言语予以定义,因为语言符号本身也是一种束缚。兰特里齐亚以伯克推崇的表征和修辞策略,尝试从若干个侧面描述和定位,使之逐渐有一些轮廓。

首先,兰特里齐亚将诗歌艺术与渴望联系在一起。一方面,创作中的诗人一直在渴望,在行动,让自己的诗歌从可有可无的消遣变成带有批判意识的社会力量,变得具有重要文化意义。兰特里齐亚解读《坛子轶事》和《星期天早晨》("Sunday Morning")时,都结合斯蒂文斯的生平和社会历史环境,揭示斯蒂文斯诗中的反叛和批判气息。"活泼涌动的男人围成一圈/在夏日的早晨狂欢/颂唱他们对太阳的狂热信仰",在这类诗句里,兰特里齐亚看到斯蒂文斯强调主体能动性,批评经济与文化帝国主义,憧憬结束资本主义经济学里的性别压迫和经济压迫,憧憬没有社会差异的、平等的、崇尚自然的兄弟社群。

这种反叛和批判使诗歌具有社会关联性,并在普遍认为诗歌柔弱无力、"女人气"的文化中,赋予诗歌阳刚力量,使之像斯蒂文斯《弹蓝色吉他的人》("The Man with Blue Guitar")里表现的那样,像"弥撒书"一样重要,让人畏惧(Ariel 163)。当然,兰特里齐亚挪用"阳刚之气"等性别符号时,努力剔除文化符号表征的性别歧视。他强调,斯蒂文斯后来不再急于证明自己的"阳刚"力量,泰然接受文化赋予诗性的"女性气质",成为"双性的综合体"(223)。也就是说,斯蒂文斯是要让诗歌在表达细微的审美观察、印象和内在感受中(传统所谓属女性的),体现出宏观的文化目标,执行文化使命(传统所谓属阳刚的)。

另一方面,兰特里齐亚所说的诗性主义渴望是流动的、处于变化中的,就像斯蒂文斯《最高虚构笔记》("Notes Toward a Supreme Fiction")所表现的,没有确切的、静止的、外在的目标和终点。"渴望本身就是他快乐的根基"(*Ariel* 196),因为"确切"和"固定"本身就会成为一种束缚,是实施权力控制的"警察";因为意图都会"受到资本主义商品化氛围的污染"(238)。兰特里齐亚指出,斯蒂文斯渴望写出有社会分量的诗歌,同时又不想写出这样的诗;他渴望改变,但又不相信激进的举动和社会结构变动;既有变革的渴望,又不会被渴望的目标束缚;虽然带有批评的意图,却没有明确的批评目标;带有乌托邦式的憧憬,却不知道憧憬的确切是什么。兰特里齐亚并不认为这是一种矛盾,或者犹豫,甚至是软弱,相反,他要强调的是,所谓诗性的自我包含一种流动性的渴望,是渴望的流动态,不是静态心态;是不断发现,不是强制接受,是一直处于没有终结的过程中,目标是变化的、开放式的。

其次,诗性主义是注重内在性(interiority)的诗意自我,类似斯蒂文斯在《内心情人的最后独白》("Final Soliloquy of the Interior Paramour")里所说的属灵的理想境界,发自存在之核心的诗意时刻,不受任何外在权力的干扰,是与想象力独处的、灵动的境界。外在上,"没有行动纲领和计划,没有历史主题,没有哲学体系"(*Ariel* 204),挣脱权力的干涉和压迫;内在上,并不渴望权力的力量,得享想象力带来的救赎,对抗福柯所说的权力和资本主义的惩罚与规诫。因此,诗性主义拒绝抽象性和概括性,拒绝标准化生产,它崇尚创作的冲动,追求"新颖、新奇、原创、自然生成"(205),随性发挥。

这种内在的诗意时刻,注重内在的感受与印象。兰特里齐亚将斯蒂文斯的这种内在的诗意时刻,描述得近乎宗教渴望和宗教感受,而为了使之具体化,又借用世俗的事、挪用商品消费主义的话语来比喻,将它比作斯蒂文斯对经历新奇商品和美食的期盼,对未知的新鲜印象、刺激、愉悦、感悟的期盼。许多批评者认为《星期天早晨》中的女性代表对永恒福音的宗教渴望,代表抵制达尔文、抵制唯美主义或抵制《圣经》高阶批评等的保守形象,代表传统缪斯,与现代主义思想和文风格格不入。哈罗德·布鲁姆等人则认为,该诗代表斯蒂文斯的内心,是他自己的一个侧面（Bloom 27）。兰特里齐亚发展了布鲁姆的解读，认为它并不属于19世纪晚期捍卫艺术神圣地位的诗歌，而是通过表现唯美主义的生活享受，体现诗人丰富细腻、内敛内在的生活。诗中出现"晨衣""鹦鹉""地毯""咖啡""橘子"等意象，表明女主人公有一定经济地位，正悠闲地享受早餐；对物品的描述折射了这位女性的感官体验和情感变化，反映了斯蒂文斯本人在纽约的生活经历和情感。斯蒂文斯在日记里描写他租住的地方，室内装饰跟诗里描述得非常相似：灰底红玫瑰图案的地毯，五彩孔雀图案的浴室地垫，百合和勿忘我图案的墙纸，浓郁的雪茄烟袅袅升起在天花板上，等等。兰特里齐亚透过资本主义商品消费的痕迹，看到在贬低诗歌及创作、将之女性化的文化里，为斯蒂文斯带来经济保障的保险工作，以及那些令他痴迷的异域物品和美食，给他带来某种"补偿"（Helmling 151—154）。斯蒂文斯所购买的商品对于他来说已经失去了商品意义，剔除了商品消费的色彩，成为开启先验存在的起点，他借这些符号表征的是脱离物品束缚的一种诗意感受和存在。

但是，兰特里齐亚刻意将这种致力于内在性、表现感觉和印象的诗性主义，与专注自我、远离混乱喧闹俗世、崇尚自主的、孤立主义的形式主义美学区分开。这种诗性主义与外界有所关联，它与所在的历史、政治和文化密切相关，既然受到历史、政治和文化限制因素的影响，就带着某种时代的使命感，不至于变成无关历史的休闲、避世的消遣小品。这样的艺术在审美的、描绘感知和语言的狂欢里，并非封闭在自主的文学世界里，并不与现实生活隔绝，而是走向诗歌的受众，用具体的细节、审美的时刻诉诸诗歌的受众，改变他们的生活现状。在斯蒂文斯的例子里，他坦承自己具有一定的文化和经济属性，也面对具有一定文化和经济属性的社会群体，也就是面向中产阶级，他们基本生活有所保障，没有激进变革的渴望，正因为如此，他们尤其需要用美为其波澜不惊的生活提味。这或许也是兰特里齐亚自己艺术的政治宣言：面向中产阶级知识分子和文化批评学者、文学评论者，让他们直面艺术的社会政治属性，最终才能从"性别、阶级和体制机构的执行者等限定因素解脱出来"（*Ariel* 151）。

这种诗性主义是艺术家从外界多方获取印象、思考并记录和封存在艺术创作里，滋养内在活泼的、创造性的诗性。外界，是指"真实世界""社会现实"（232）、"社会领域""文化语境"；兰特里齐亚又把获取的过程，比作是"狩猎"，比作"艺术帝国主义者"从征服对象那里掠夺，"挖掘开采、捕获战利品"（233），只是这里剔除了帝国主义从第三世界掠夺的政治意味；获取的是艺术家的意识、艺术品，获取的目的是消费，但不同于资本主义消费，它寓意获得滋养内在世界的养分。就像斯蒂文斯自己坦承的，收集新奇物品的诗人带这些物品脱离它们原来所处的社会网络，收藏在安全的地方。同样，诗人让所收获的各种印象和感悟脱离其物质背景，将美好的时刻和意象内在化并封存在诗歌的话语里，经受想象力的重塑和创造。这个审美的时刻，这个诗性化过程，让诗人在一定程度上突破经济和性别的社会定位，成就个人化的自我，在一个内在化的、私人的物理空间和心灵空间，成就诗性的自我。

艺术及其主体固然遭受各种控制和压迫，如资本主义、帝国主义、父权、形式主义（指政治和资本经济主导的媒体、机构等）乃至学术界及其理论建构所形成的权力和机构，但兰特里齐亚坚信，艺术具有强大的力量，艺术主体的诗性主义具备活泼、自由的气质，应该也能够从体系的内部对抗各种形式的压制力量。兰特里齐亚心目中的诗性主义，对各种形式的系统、监督和警察保持警惕，抵制抽象策略，表明个体不必屈服于社会权力系统，也不必屈服于文学叙事系统。诗性主义和诗性自我既强调主体具有活泼的能动性，带有反叛和批判的气息，使诗歌具有社会力量，又强调流动性，没有确切、静止的目标和终点。诗性主义既是内在性的诗意自我，同时又与外界有所关联，有一定的使命感，用具体的细节、审美的时刻，诉诸受众，改变他们的生活现状。这种诗性主义是艺术家从外界多方获取印象,在内敛沉思中滋养内在的诗性,富有创新的创造力和想象力。兰特里齐亚在评价斯蒂文斯的过程中,在他自己小说里描绘小说人物时,都关注和充分揭示他们个体的独特性,这让他自己跟斯蒂文斯、让他的读者跟他创作的小说人物有愉快的接触。他在批判著作里再现斯蒂文斯诗歌里个人的特殊性,也将在他自己的小说里创造具有特殊性的人及其特殊时刻,让读者从中获得快乐。

第二章 文化政治学的艺术表述

兰特里齐亚通过他的小说，以艺术形式表述政治学与诗学的有机结合，强调艺术创作中的反叛激情。在小说里，兰特里齐亚以其暴力叙事，从许多层面揭示资本主义权力和文化霸权实施的显性和隐性暴力压迫，也揭示受压迫者的反抗。在美国语境下，显性和隐性暴力压迫与反抗发生交互作用，主要体现在美国主流文化与意大利裔等少数族裔群体之间，体现在美国父权文化与男性尤其是少数族裔男性之间，也体现在父权文化与女性之间。兰特里齐亚在探讨压迫和反抗的关系时，特别注意关联阶级、性别、种族等层面的交集，构建独特的、个体化的族裔身份、男性身份属性和女性身份属性。他也以艺术家的身份和意识，寻求突破和超越边界的束缚，获得表征的自由，为艺术赋能。

第一节 兰特里齐亚小说的暴力叙事

进入21世纪，人类的暴力并没有因时代变迁、技术进步等有所缓解。在经济全球化和资本主导的世界里，国际和国内战争、种族冲突、文化和宗教冲突、阶级和性别等暴力压迫以及暴力犯罪、恐怖活动仍在延续，世界范围内暴力事件频频发生，体现了资本主义及其全球化扩展下压迫与被压迫、主流与边缘、强势与弱势之间的权力关系和张力。暴力不仅源于国家内部不同性质、不同利益群体的纷争,更源于国与国之间的政治、经济博弈;而外在的混乱与压迫反过来更激发个人冲破各种压迫、获得自由的抵抗性的主观暴力。

暴力一直受到学者的关注。皮埃尔·布尔迪厄(Pierre Bourdieu)探索暴力自上而下的实施过程,以象征暴力概念解释统治集团如何使其意识形态贯彻到被统治群体,实现对现状的合法化和自然化。斯拉夫·齐泽克(Slavoj Žižek)和福柯等思考暴力的来源,透过显性的、主观的暴力,即所谓"明确可见的"事实暴力或可清晰辨认实施主体的主观暴力(Žižek, *Violence* 1),看到隐性的、客观的系统暴力,它包含了"西方经济和政治体制的顺畅运作所带来的灾难性后果"(1)。沃尔特·本雅明(Walter Benjamin)则从暴力实施的目的思考,以法律暴力、神话暴力、神圣暴力构建暴力"层级结构"(Friedlander 159—185),认为暴力是制定法律以确立新权力、保护法律以维护已有权力和统治的手段,"所有的暴力手段不是立法暴力,就是护法暴力"(Benjamin 278),法律暴力从神话暴力所包含的、"命运的秩序"里"不确定的、含义模糊的"力量(295—296)挪用无限权力。兰特里齐亚也关注暴力,但他不仅从批评理论角度探讨暴力,更从文学作家角度、以虚构小说为媒介思考暴力,为暴力问题提出解决方案。

在文学批评界,兰特里齐亚的文化批评活动可谓是针对社会现实暴力的一种"批判性的""抵抗性的""对抗性的"(Xu 33)活动。他深切感到现实像"某种异形存在","不断对我们施压的暴力"(Lentricchia, *New Criticism* 33)。这自然与他的美国意大利裔属性有一定关联。美国意大利裔与其他少数族裔一样,无论作为个人还是群体,也曾经历来自盎格鲁—撒克逊主流文化的歧视与压迫。兰特里齐亚作为美国意大利裔劳动者的后代,"一路奋斗进入学术界,……这必然成为他关注阶级、族裔和性别差异等历史背景的重要原因"(O'hara, "Becoming Oneself" 241）。早在 1957 年，本雅明和福柯极大地影响了兰特里齐亚对暴力的思考，促使他决心以人文主义学术理念为平台，"代表受贬低者、被践踏者，""从事有目的、有隐秘政治目标的研究"，批判社会、种族、族裔、经济和性别偏见与压迫（Depietro 17）。也正因为兰特里齐亚以文学批评为武器，他尤其关注社会、经济和历史因素如何制约艺术的自主性和创造性，如何限制文学批评的社会批判力度。他深恐在美国资本主义和商业化背景下，"资本主义现代电子技术控制下的影像工厂"会淹没作家，使之失去影响力（Lentricchia, *Crimes of Art* 29），使艺术变得苍白无力。① 他坚信艺术家必须清醒地看到资本主义社会和政治权力结构，不能被它掌控、俘虏、降服或控制。

不同于批评著作，小说创作为兰特里齐亚提供了思考暴力的有力媒介。一方面，小说能够以其具体的表征，更全面、细腻地表达他对暴力的思考；另一方面，想象力创作具有改变和传输力量，不仅传达作者的思想，而且人的主观暴力通过"想象力作出回应，抵挡抹杀人性的混乱现实"（*New Criticism* 33）和"机构暴力"（140），有助于改变暴力的社会现实。他在小说里往往以显性暴力叙事讲述形式各样的主观暴力，但在显性暴力叙事的表层之下隐含了隐性暴力叙事，揭示各种形式的权力在维护已有权力和统治过程中如何实施隐性系统暴力，解析了从个人（《刀手》等）到群体（《炼狱之声》）再到跨国层面（《路得记》）象征暴力的实施过程，展现隐性暴力与资本主义及其全球化扩张的密切关系；但兰特里齐亚并不止步于此，他还讲述了受系统暴力压迫的人如何应对和抵抗现有文化秩序。他希望通过小说有效地促进读者改变意识，重新审视现实世界，抵抗甚至干预现实中系统和个人的、显性的和隐性

---

① 许多批评家曾探讨商业化社会里如何保护和激发艺术的生命力。早在 1947 年，西奥多·阿多诺（Theodor Adorno）和霍克海姆（Horkheimer）提出了"大众文化"概念，揭示文化产业对大众意识的影响，也揭示它对艺术作品自主性的限制（*Culture Industry* 98）。阿多诺相信，艺术的生命力在于它"站在社会的对立面"，它必须抵制资本主义大众社会，否则就会"沦为商品"（*Aesthetic Theory* 321）。

的暴力，实现某种跨界与救赎。

一、显性暴力叙事的文本表征

兰特里齐亚小说中的暴力叙事从外在形式上首先体现为显性暴力叙事，就是用文字表述齐泽克所谓主观暴力的内容，描写使用主观暴力的渴望、语言、行为或事件及其影响。小说涵盖从个人到群体到跨国层面各种形式的主观暴力，主要或部分地围绕某种形式、某个领域、或某个（某些）暴力事件、或施行暴力的渴望展开，这些主观暴力的事件在小说文本里占有一定篇幅，对小说人物产生影响，在某种程度上有助于表达小说主题，引起读者思考。

在个体经历层面上，《临时抬棺人》里的艾略特·孔德（Eliot Conte）追查两个女儿被性侵、被谋杀的案件，同时涉及多年前发生的黑手党暗杀事件、眼前发生的连环杀人案；《安东尼奥尼的忧伤》除了讲到黑社会凶杀，也涉及女主人公曾经遭受性暴力的经历。在群体经历层面上，《炼狱之声》涉及纽约州尤蒂卡的族裔群体冲突、权力斗争和暴力事件；主人公罗伯特·塔格利弗罗（Robert Tagliaferro）在逃离60年后返乡，将一些重要人物聚集在一起，跟他们讲述小城始祖群体的暴力历史，以期改变他们的现状。小说《路得记》则涉及跨国的军事暴力，讲述了古巴危机、海湾战争、伊拉克战争和战争危机及其政治影响。

兰特里齐亚小说的显性暴力叙事具有一些显著特点。首先，它往往再现暴力或血腥细节，呈现暴力的语言、动作、对肉体产生折磨的血腥暴力画面，或描写小说人物的恐惧心理。例如，小说《刀手》一开头就描述主人公理查德·阿西西（Richard Assisi）的噩梦：他梦见一个人当着三岁孩子的面，对着一个面带羞涩微笑的司机开枪，"脑浆、鲜血四处迸射"（132）。后来他又梦见亲手杀自己的"好爸爸"，把他"吊起来，头朝下，赤身裸体，双脚捆绑，挂在天花板的勾子上……深入地切开父亲的喉咙，……鲜血涌出……"（158—159）。小说还描写理查德婴儿时期目睹的一场车祸，描写屠宰场流水线屠宰动物、黑诊所里堕胎手术的血淋淋场面。此外，画面对比强烈，例如在婴儿面前展现血腥场面、杀死"好爸爸"等，突出暴力中的不道德元素。

第二个特点是在主观暴力情节里加入色情、死亡因素，在刻画上达到影视传送的现场感。兰特里齐亚在《意大利女演员》里，用一种近乎夸张的方式，以三分之一的篇幅，讲述了一个骇人听闻的故事：色影视艺术家杰克·德尔·皮耶罗（Jack Del Piero）为了重新找回艺术灵感，恢复当年艺术的巅峰和荣耀，应一对自称西吉斯蒙多（Sigis）和伊索塔（Iso）夫妇的要求，在他们房间里安排数个摄像头，忠实记录这个女人（伊索）在性爱中杀死男人（西吉斯）的整个暴力场面。小说模拟摄像机视角，记录这对男女在封闭空间里的所有动作、声音，甚至那个男人死后腐败的气味变化。色情、暴力、死亡组合，字里行间透露出摄像镜头般的冷静，细节描述却令人不适，可谓将现代小说描写主观暴力的做法发挥到极致。

第三个特点是讲述人内心深处的暴力冲动和暴力渴望，小说人物内在的这种力比多式的驱动力推动小说的叙事进程。兰特里齐亚相信，人具有内在的暴力冲动潜能。阿伦特（Arendt）基于现代科学和哲学思想，也认为"人类生物天生有一种支配他人的本能和内在的好斗性"（Arendt 39）。在《刀手》里，主人公理查德·阿西西是妇科医生，有社会地位，生活富足，受人尊敬，也有一个稳定往来的女友，内心却充满暴力冲动和嗜血的渴望，对辛普森杀妻案①有着病态的兴趣和关注。小说围绕着他内心隐藏的暴力冲动展开。

此外，兰特里齐亚常采用回忆、反思、讨论等间接方式呈现主观暴力及其影响。《刀手》通过理查德的回忆，对他青年时期亲历的车祸现场、屠宰场和地下诊所堕胎手术的血腥场面展开详细描述，强调回忆激

---

① 1994年，橄榄球运动员辛普森（Orenthal James Simpson）被指控杀妻，电视上全程播出审理过程，轰动美国。最后辛普森以无罪获释。

发了他压抑已久的暴力冲动，致使他最后甚至几乎用刀子伤害女友。在《炼狱之声》里，尤蒂卡早期意大利裔移民通过欺骗、杀害等手段获得财富和权力的故事，是通过罗伯特讲历史的方式叙述；尤蒂卡当前的族裔冲突导致刀枪杀害和暴力抗议的故事，则是通过他和他的听众讲故事和讨论的方式叙述的。在《路得记》里，兰特里齐亚通过描写回忆、经历者的讲述，揭示国际军事冲突给亲历战争的伊拉克人民造成痛苦，给小说主人公路得·科恩（Ruth Cohen）及其丈夫托马斯·卢凯西（Thomas Lucchesi）带来伤害，特别是卢凯西的死给路得带来创伤。

不过，仅仅关注小说外在的主观暴力表征是不够的；兰特里齐亚深入探讨暴力的深层次含义，在显性暴力叙事的表层之下包含了隐性暴力叙事，一方面为读者解锁显性暴力背后的运行机制，包括暴力操演过程、结构性起源及实施目标，一方面展现遭受暴力侵害的和被压迫的一方表现出的压抑性或革命性的抵抗。兰特里齐亚在《精灵与警察》中曾表示，所谓压抑性的抵抗，是指受压迫的人不会表现出明显的暴力行为，只是在意识上予以抵抗；但在革命性的抵抗中，受压迫的人可能采取暴力行动，加重军事、文化和宗教冲突，加重阶级、种族和性别冲突。无论何种抵抗，都会在不同程度上挑战或威胁现有法律秩序。

这种深层次的探究，可以追溯到本雅明对暴力的讨论。本雅明在论述暴力时使用的 *Gewalt* 一词既带有暴力的意思，又带有"合法权力、掌权的和公共力量"等含义（Derrida 6），因此，德里达将暴力引申到"包括法律、政治和道德在内的象征界"（31）。后来的学者继承德里达的说法，渐渐把暴力跟机构的权力、权威、统治、压迫联系在一起（Bohrer 2014；Friedlander 2015）。齐泽克所说的隐性的、客观的系统暴力可以用来指这种深层次的暴力，借用福柯的话来说，就是权力、掌权者或机构以权力的名义，向人的身、心施行暴力，以显示它们的权力和力量，最终使暴力的对象心存惧怕，甘愿顺从（Foucault 135—194）。将暴力从显性维度扩展到隐性维度，探究隐性暴力的操演过程、结构性起源及实施目标，有助于解读兰特里齐亚小说里的隐性暴力叙事。

二、隐性暴力叙事中的压制与反抗

兰特里齐亚的小说总在探讨各种形式的权力或规诫力量如何在无形中发挥规诫作用，对人施行辨异、归正、惩罚和消灭等手段，对人产生影响、压制和束缚，导致暴力价值观内化，或者激发被压迫者抵制的渴望，构成了小说的隐性暴力叙事。

兰特里齐亚最关注的是资本主义系统暴力。毋庸讳言，资本主义带来经济繁荣和财富，但资本主义也是一种疯狂的经济剥削制度，唯利是图的资本流通机器带着难以揣度的力量，"决定了物质社会进步的结构：各阶层人口的命运，有时甚至是整个国家的命运"（Žižek, *Violence* 12）。它有实施暴力的强大力量，通过训诫手段，让人在经济上产生效益，在政治上则思想顺服。面对这种隐性的系统暴力，个人容易通过主观暴力的渠道发泄其受到压制禁锢的个性。在全球化时代，资本主义更是成为实施暴力训诫的合法话语。当代社会多种形式的暴力，最终都可以追溯到资本主义经济权力关系。兰特里齐亚将多数小说人物放置在资本主宰的空间里，从个人的暴力冲动、群体的殖民或种族/族裔暴力再到跨国的暴力网络等三个层面揭示资本主义政治文化体制如何实施护法性和立法性暴力，在国内、国际上如何对个人和群体产生伤害。

兰特里齐亚在小说《刀手》里，探讨个人的内在暴力冲动及其与资本主义现实的交互关系。两个血腥暴力的噩梦指向主人公理查德的暴力冲动，表明他似乎是个生性暴力的人，但随着理查德的回忆展开，一种隐性暴力叙事形成，展现信奉弱肉强食的资本主义价值体系里青少年时期的理查德在学校和社会场域里经历象征暴力的过程。所谓象征暴力，是指作为权力一方的掌权者或机构向符号资本（语言等）注入价值观，通过符号对系统内的个人进行灌输、教育和规训，致使个人接受该价值体系及其机制为合法，并在某种程度上内化、延续并参与其中。一般而言，掌握权力的个人或机构按照自己的意识形态和价值观通过命名、分类等手段，特别是通过贴标签和构建刻板形象进行话语规训，塑造社会结构，维持自己的地位，最终在实质上构成本雅明所说的立法暴力。这种语言的社会实践"构建社会主体对社会的认识……并且它越受到广泛认可，也就是越有权威，造成的影响就越大"（Bourdieu, *Language* 105）。在布尔迪厄看来，象征暴力的这种操演尤其体现在男性性别建构方面（*Masculine* 49—53）。同样，兰特里齐亚在《刀手》里，将理查德经历的象征暴力与所谓男性阳刚属性联系在一起。

首先，小说主人公理查德经历了被贴标签和刻板形象归类的话语符号规训。在学校里，理查德"瘦小"，柔弱，长着"青春痘"，"头发古怪好笑"（144），因此被视为软弱可欺，遭受羞辱。小说没有明确指出校园霸凌的实施者，但理查德的遭遇代表他所在文化的价值观，身体的瘦弱或强壮成为符号，被赋予重要的价值判断。与此同时，理查德出身于贫穷家庭，家里缺乏必要的社会关系，因此他找不到零工补贴学费和生活费。这就使人物遭受的语言暴力与底层的阶级地位和所受经济压迫联系在一起，构成主人公渴望挣脱压迫的背景。

第二，理查德受到屠宰场场主维克多·格拉齐亚迪（Victor Graziadei）的心理规训和实践规训，经历所谓男性阳刚价值观灌输，内化暴力价值观。维克多招18岁的理查德做临时工，因此需要将他培训成合手的工具。首先，维克多暗示理查德具有暴力的内在本性。他跟理查德讲述理查德6个月大时见到公交车撞人的流血场面竟毫不惧怕，反而微笑，向理查德指出他本性冷酷残忍、有"绝望、杀人的"倾向（144），非常适合在屠宰场工作。这种心理暗示和语言规训促使理查德以同样目光审视自己。但维克多的判断其实是非常可疑的。没有明确证据表明，尚在母亲怀抱里的6个月婴儿能够有害怕流血和死亡的价值判断。其次，维克多为理查德树立强弱两种对立的符号和价值观，为他明确了发展目标。他向理查德展示自己的肌肉作为阳刚的符号，为理查德注入一种渴望：你应该拥有像我这样"阳刚的臂膀"，"粗壮有力"（145）；相反，"你善良的父亲太善良"（151），"是个娘们"，"散发着善良的臭气"（158），一无是处。最后，维克多带领理查德来到他的屠宰场进行实践规训。在这个社会实践空间里，屠宰流水线被赋予强者生存的符号意义，理查德的沉默空白里填充着维克多的教导，指导他去作如下思考：软弱者会成为流水线上等待被屠宰的动物，强悍、暴力的男性才能成为流水线上的刀手。经过符号、心理和实践规训，理查德认可了维克多的价值观，也认同他所谓"阳刚"的身份属性，内心发出"我渴望……强壮的身体……我要发泄"的喊声（158）。至此，象征暴力在理查德的自我身份属性特别是男性身份属性建构方面产生重大效果。小说以理查德的两个梦传递这个信息：他杀死面带羞涩微笑的司机的梦，与杀死"好爸爸"的梦，象征着他摒弃和蔼可亲、太过"阴柔"的父亲，接受硬汉维克多做自己的教父。

《刀手》里的暴力叙事揭示了象征暴力的一个可怕后果：弱肉强食的资本主义价值符号规训就像毫无感情的机器，以其冷酷的习俗规则生成同化的、缺乏个性的人，被符号化的个人失去个性自我和身份意义，找不到自身价值。中年的理查德生活优裕，受人尊敬，却无法摆脱维克多的符号规训，没有成就感和满足感，自卑、压抑、焦虑、绝望。结果，理查德不能建立稳定亲密的人际关系，与父亲不和，三次离婚，女友狄安娜的爱也难以拯救他。他感到压抑和被异化，渴望挣脱和反抗，他选择逃离与隔离，努力保持适当的物理距离和心理距离。但最终这种渴望却转化为暴力冲动和嗜血的渴望，投射到亲人身上，他于是做出企图杀死父亲（梦境）和女友的举动。理查德内化所谓"阳刚"男性身份属性，在反抗中仍然不由自主地践行暴力价值观，说明所谓资本主义硬汉法则已经让他腐坏。①

兰特里齐亚不仅审视资本主义现实的象征暴力如何规训个人的身份建构，而且在小说《炼狱之声》中将之扩展到群体层面，考察美国主流群体与少数族裔群体权力关系中象征暴力的操演。如果说《刀手》突出经济因素和弱肉强食的社会法则，弱化了人物的意大利裔族裔背景，《炼狱之声》则突出种族和族裔因素与政治经济压迫的相关性，揭示殖民主义、种族/族裔主义体系的形成及其系统暴力，以解决主流与少数、族群与作为"他者"的族群之间的压迫和冲突问题。

《炼狱之声》明确将个人的杀戮和征服渴望与弱肉强食的社会法则、群体的殖民主义土地扩张和种族压迫联系起来。小说延续了《刀手》对理查德个人暴力冲动的探讨，一开头在描写18岁的主人公罗伯特外出打猎的心理时，突出了杀戮和暴力征服的意象：他要去冰封的荒野"拓荒"，他"渴望"去"放血"（Inferno 3），去征服土地。但紧接着，小说从罗伯特个人的暴力征服冲动，扩展到群体的杀戮和暴力征服渴望，并将殖民主义与土地扩张、弱肉强食等原则联系起来。小说通过罗伯特的历史老师指出，最早是莫霍克人迁移到尤蒂卡征服这个处女地，但后来白人殖民扩张到此，他们是充满"渴望"的殖民"帝国主义者"，是实施血腥暴力征服的"强者"，通过非法手段不断侵占和扩张领土，并在毁灭后建立"新秩序"（135—136），并且进一步压迫后来的移民。然而，小说不像路易斯·厄德里克（Louise Erdrich）《圆屋》（*The Round house*）、托米·奥伦吉（Tommy Orange）《那！那！》（*There There*, 2018）等美国印第安裔小说那样批判白人殖民扩张及其压迫，而是以曾经的被压迫者、现在掌权的尤蒂卡意大利裔为核心，揭示象征暴力在群

---

① 兰特里齐亚在另一部小说《临时抬棺人》里延伸了男性在男性身份属性方面经历象征暴力的主题，揭示男性在另外一个层面上经历性别规训：阳刚男性身份属性意味着在政治和经济等领域取得成功，所谓失败者的男性身份属性则被视为有所亏欠。本章第三节将详细探讨该小说如何将主人公的暴力冲动与反抗指向实施象征暴力的父权文化本身，以探讨性别和族裔压迫与反抗。

体层面的操演，展现殖民主义、种族主义的系统化剥削机制，强调其系统性与历史延续性。

早期尤蒂卡意大利裔移民曾经历经济困顿和政治压迫。小说《炼狱之声》暗示美国意大利裔移民在 19 世纪末 20 世纪初作为新移民经历本土主义者（Nativist）的排斥，即基于移民的民族、种族、文化差异的排外主义，遭到比他们早来的老移民荷兰人、英国人、德国人、爱尔兰人的歧视、侮辱和压迫，甚至掌握一定政治权力后的意大利裔仍感到自己遭受白人盎格鲁—撒克逊区议员的种族骚扰。

但是，尤蒂卡意大利裔移民选择与压迫者及其价值观认同。首先，从权力关系角度看，尤蒂卡意大利裔移民是与强者认同，认同其弱肉强食、不择手段取得经济和社会地位的价值观。他们在故国没有出头的指望，到了这个新大陆则拥抱"干别人"的机会（7）。正如阿伦特指出，"被侵犯者梦想暴力，被压迫者'梦想至少有一天'他们自己能够坐在压迫者的位置上，穷人梦想富人的财产，被迫害者梦想自己的猎物角色跟猎人的角色对换"（Arendt 20—21）。尤蒂卡意大利裔始祖是多元的，有的"如此温柔，如此慷慨大方"（Lentricchia, *Inferno* 36），有的却采用欺诈、掠夺、谋杀等手段，"欺骗朋友，甚至欺骗自己的婶姨叔伯堂表亲戚"（5），参与非法土地买卖与财富掠夺，获得权力和地位。其次，从种族/族裔角度看，他们认同种族主义价值观，冒充白人，① 拥抱白人至上的种族策略，反过来歧视和压迫"他者""弱者"，鄙视其他种族/族裔，尤其是黑人，展现了族裔群体权力流动下新种族主义秩序形成的过程。最后，从经济角度看，尤蒂卡处于经济衰退期，各个族群间的纷争和戾气加剧，社会陷入暴力和混乱。经济原因促使跻身中上层社会的尤蒂卡意大利裔借助于种族主义系统暴力，力图守住既得的政治权力和

---

① 在美国人口普查中，意大利裔曾被视为单独的种族（race）。20 世纪八九十年代以后，美国意大利裔学者强调意大利裔曾是被边缘化的欧洲白人族裔，并指出美国意大利裔在美国 2014 年人口普查中是第四大族裔群体，有自己独特的族裔属性（Alessandria, et. al 282—298）。

经济利益。

尤蒂卡意大利裔成为掌握权力的主流群体后,对其他少数族裔采取群体贴标签和刻板形象归类的手段,在话语符号规训和实践层面实施象征暴力。用布尔迪厄的话说,就是掌握政治权力的族群通过种族归类,赋予受害者某种负面的本质,将其困在被污名化的牢笼里,构成种族主义压迫(Bourdieu, *Other Words* 28)。首先,以议员斯皮纳为代表的一些美国意大利裔强烈歧视美国非洲裔,言语之中实施群体贬低,称他们是"内心扭曲,趋炎附势"的"黑鬼",向周围的人灌输"黑人不可能跟我们平等"的观念(Lentricchia, *Inferno* 45—46),让大家与他们划清界限。其次,这些跻身尤蒂卡主流的美国意大利裔采取污名化策略对待其他后来的少数族群,轻蔑地称之为"亚文化"(31),指责少数族裔在"我们的城市、我们的文化里"造成"环境破坏"(44),称他们"自我痛恨",从周边贫民窟涌入的流浪者则"发疯了",他们都在从事"秘密的无政府主义活动"(85)。此外,小说还揭示种族主义暴力在实践层面上的操演:实施者在地理空间上延续了种族隔离的做法,意大利裔获取了土地,建设自己的街区,用篱笆、物品和刀枪设置有形和无形的边界,使之如同"堡垒"(30),不容黑人或其他族裔涉足;在政治空间则排挤黑人和其他族裔,阻挠他们进入政治领域、获得政治权利,甚至以"冷酷的暴力"(31)压迫他们,以维护既有种族等级秩序。

可以说,取得一定政治经济地位的尤蒂卡意大利裔这样做,在一定程度上折射并延续了早期意大利裔移民经历的种族主义意识形态暴力。美国主流文化始于对新大陆的殖民扩张和征服,为了维持其资本主义经济和政治体制的顺畅运作,对少数族裔群体实施殖民征服、支配和规训,构成隐性的系统暴力。殖民者压迫和统治的手段,用法农的话说是"明确以执法者自居,将暴力引入被殖民者家里和思想里实施压迫和统治"(Fanon 4)。他们在训诫、征服的过程中植入种族主义价值观。尤蒂卡意大利裔在面临压迫时固然采取积极的、革命性的反抗策略,却内化了弱肉强食的社会法则和殖民主义、种族主义的意识形态，在实践规训中不仅实施维护既有经济和政治秩序的护法暴力，而且排斥其他族群，陷入以意大利裔为核心的民族主义狂热，实施建立新种族秩序的立法暴力。兰特里齐亚在小说中突出经济因素和阶级冲突，揭示种族主义和族裔狂热里渗透着资本主义系统暴力。

兰特里齐亚的隐性暴力叙事不仅演绎资本主义系统暴力在个人和群体层面的操演过程，而且揭示资本主义机制、政治权力与现代媒体互相渗透，编织成全球化的暴力网络，时刻影响和操纵国际政界、商界和文化界，改变地方和国家等空间的人及其命运。首先，政治权力本身就是一种湮没个人的力量，跨越国际边界，致使无辜者成为跨国政治网络的受害者。《路得记》里的路得在古巴危机时期，不知不觉中被自己的政府操纵，卷入暗杀卡斯特罗的政治阴谋中，她因此受到创伤。在伊拉克战争时期，卢凯西和路得身在美国，却被一股跨国政治力量拉进政治漩涡，前往伊拉克去采访萨达姆，致使卢凯西命丧巴格达。如果说，兰特里齐亚在《刀手》里描写的人物尚能够有所反抗，《路得记》里的卢凯西遭受伊拉克极权主义政治权力的戕害，无能为力。

其次，政治权力与唯利是图的资本主义勾结，彼此助长，对外激发国际冲突甚至导致战争，对内造成贫富分化，产生更加恶劣的伤害。全球化经济和文化网络打开人的视野和沟通途径，但资本主义的全球扩张和掠夺也给人民带来创伤。兰特里齐亚在《路得记》里，以白宫象征经济利益主导的西方政治机构，以伊拉克代表利用资本流动加强其政治权力的非西方国家，这些政治机构在资本主义唯利是图的本性驱动下，引发古巴危机、海湾战争和伊拉克战争。

至于现代媒体，兰特里齐亚曾在《精灵与警察》中表示，它作为"文化权力传播"主要通道（94）和重要机构，与政治权力、资本合谋，使用"表征技术"执行各种意识形态工作、达到规诫目的，常被权力用来灌输思想，也被资本市场操纵，"消费、控制和否定一切特殊性、一切地方性及一切隐秘的自我"(123),对人的思想实施隐性的系统暴力。在小说《意大利女演员》里,主人公杰克受文化市场名利吸引,为了寻求突破,采用不道德甚至涉嫌非法的方式,拍摄真实的性、暴力和死亡,制作惊世骇俗的视频。在《路得记》里,现代媒体网络的触角伸向全球各个角落。《纽约客》的编辑嗅到伊拉克和萨达姆的新闻价值,挖出早已被遗忘的摄影师路得,获得他们经济状况的详细信息,追踪他们的下落,投其所好地开出诱人的条件,许诺重金外加再版卢凯西尘封多年的作品,吸引路得和卢凯西离开他们隐居的地方,前往伊拉克采访萨达姆,导致卢凯西踏上不归路。个人在资本、政治和媒体编织的社会网络里沦为受害者。可怕的是,政治权力、资本权力、文化权力编织成全球化权力网络;随着资本流动在全球扩张,这个权力合谋的网络也从地方到国家再到跨国不断自我增长,在无限扩张的无形网络里实施跨国的霸权主义暴力,人们对它也越发琢磨不透,越发找不到发泄愤怒的目标。

遭受系统暴力的小说人物不一定能够找到发泄愤怒的目标,他们可能会隐藏其反叛的激情,但也可能将之释放出来,既产生革命性的抵抗,又会产生抑制性的抵抗。卢凯西和路得夫妇在伊拉克认识了马德加(Madga),她在战争中失去丈夫。因她曾在欧洲游历,对20世纪前50年西方工业文明充满怀旧,她搜集和复原50年代的老物件,这种艺术生活成为她对残酷现实的抑制性抵抗。路得则采取不合作式的抵抗,她最初在瓦尔登湖式的湖边隐居,最后在尤蒂卡大街上的人群中彻底隐退,表明她不与实施隐性暴力的政治网络和媒体网络合作。

兰特里齐亚的隐性暴力叙事既批判了系统暴力,也就是资本主义社会的权力、体制和机构的立法性和护法性的暴力,又揭示了受压制者抵抗性的暴力,包括革命性的和抑制性的抵抗。然而,作为书写隐性暴力叙事的作者,兰特里齐亚在他的暴力叙事里也透露了他自己作为一位文学艺术家的越界的渴望。

三、文学艺术家越界的渴望

艺术家总能敏锐地感知来自外界的种种压制因素，也能感知来自它们对思想的束缚，它们与作家对自主性、对创作自由的渴望产生冲突。兰特里齐亚在《艺术的犯罪与恐怖》中认为，作为文学艺术家，小说作者总在试图批判或反抗"不公平的西方经济文化秩序"，反抗试图湮灭个人自我的种种力量。作家抵抗与颠覆的冲动表现为作家越界的渴望，它近似恐怖主义的破坏激情，隐藏在浪漫主义和现代主义文学传统里，旨在"震撼人心地唤醒人们解构西方经济和文化秩序的意识"（39）。换言之，艺术家虽没有恐怖主义者的暴力行为，但在艺术作品里表现出与之相似的越界渴望和破坏性的本能，体现作者革命性或抑制性的抵抗和破坏激情。

除了兰特里齐亚，也有其他学者和作家注意到，小说人物的暴力冲动和愤怒表达了作者自己的越界渴望。吉尔伯特和古芭在《阁楼上的疯女人》中分析女性作家时曾提出类似观点，只不过她们重点分析女作家对父权秩序及其压迫的抵制，认为"女作家通过替身的暴力，再现她自己逃脱男性牢笼和男性文本的愤怒渴望……具有极大破坏性"（85）。简·爱追求平等却遭受压迫，要求自己也能够活出丰盛的生命却遇到阻碍，她渴望打破压迫的暴力冲动非常明确，只是她表达的方式不是自己实施暴力行为，而是通过她的替身伯莎烧毁代表父权制的庄园，砸残罗切斯特，以表达她对拘禁力量的愤怒反抗；与此同时，作者夏洛特·勃朗特（Charlotte Brontë）通过小说人物，也释放她"阁楼上的疯女人"式的反叛怒火。弗吉尼亚·伍尔夫（Virginia Woolf）在简·爱身上显然看到勃朗特反叛的激情，评价说"（她）在应该平心静气写作的时候，却一边写一边发怒……她应该写小说里的人物，可是她写的是自己"（Woolf 76）。勃朗特将自己反叛的激情和声音加到小说人物身上。

兰特里齐亚的暴力叙事讲述小说人物抵抗系统暴力时的愤怒、抵抗和越界渴望,在一定程度上反映了作者本人的内心。《刀手》里理查德表现出强烈的暴力冲动,《炼狱之声》里罗伯特渴望通过讲述历史破坏尤蒂卡意大利裔的殖民主义逻辑,《路得记》里路得从巴格达独自返回其隐居的第九湖治愈创伤时几乎变成"阁楼上的疯女人",都指向系统暴力现实,展现其作者兰特里齐亚面对系统暴力压迫时的对抗和破坏激情。

兰特里齐亚这种越界的艺术渴望,其目的不仅是侵犯和改写西方经济和文化秩序,而且要改变大众意识。当然,直接的主观暴力形式也会起到同样效果。齐泽克在论述"9·11"恐怖事件时指出,恐怖主义暴力行动唤醒了生活在美国资本主义经济繁荣世界的人,他们本生活在"与世隔绝的人造世界"里,现在梦醒,发现暴力在"真实世界"无所不在,近在咫尺,他们自己也直接或间接地卷入其中(Hauerwas 386—389)。阿伦特也认为,"暴力……确实会将苦痛生动地演绎出来,引起公众注意"(Arendt 79)。但对于兰特里齐亚而言,暴力叙事,甚至暴力本身,不仅将苦痛之事生动地演绎出来,而且要引导读者认识到,产生苦痛的隐秘根源乃是系统暴力。此外,暴力叙事也不仅仅引起公众注意,它更要以其巨大的感染力起到震撼人心的效果,彻底改变大众意识。

兰特里齐亚暴力叙事里越界的渴望赋予小说以政治维度,在一定程度上与作品的艺术审美特性产生张力,增强了改造公众意识的效果。一方面,作家将暴力以艺术形式表述,使之在文学作品里升华,成为一种政治性质的宣告,表达了作家抵抗强权压迫、渴望变革、捍卫自由空间的激情,带有一定的政治目标。兰特里齐亚在批评著作《艺术的犯罪与恐怖》里清晰地描述了艺术家那对抗性的自由精神。他相信,艺术家"毫不松懈地倡导独特和自由的自我,并成为这个自我的超级代言人",艺术家"不肯屈服的艺术意识"是"世界上不会屈从强权的宝贵财富"(31—32)。兰特里齐亚在小说里刻画了各种不同的对抗方式,理查德破坏现有西方经济文化秩序的暴力冲动、罗伯特带有破坏性质的文化使命、路得带有暴力倾向的愤怒，最终凝聚在《意大利女演员》里杰克那令人不安的艺术作品里。杰克为了他所谓的艺术，在追名逐利的影像世界里迷失自我，丧失伦理道德观和良知，他的艺术创作跨越了边界，他"选择邪恶作为唯一真正的自由"，作为他在商业化社会里通往"自我发现和自我再造"的唯一途径（Crimes of Art 115）。然而，杰克那越界的录像作品应和了鲍德里亚对"9·11"事件的评价。如果"9·11"事件是以恐怖对抗霸权的恐怖统治，以不道德的抗议对抗不道德的全球化网络（Hauerwas 406—407），以极端方式达到震撼效果，可以说，杰克的影像作品是以不道德的影像对抗现代媒体不道德的传播方式，他的作品像恐怖主义袭击一样，其效果从最初引起震惊，到令人产生病态的着迷、反感、批评乃至批判等。用鲍德里亚的话说，"9·11"暴力事件综合了"影视的白魔法和恐怖主义的黑魔法"（413），表达了被压迫者颠覆系统暴力统治的革命性渴望，而杰克的案例要颠覆的则是媒体和文化市场对艺术家施加的隐性暴力。

另一方面，兰特里齐亚高度注意平衡暴力叙事的政治维度和审美维度。"艺术若追求美，就不会是政治工具；艺术若成为政治事业的旗帜，就不再是艺术"（Crimes of Art 115）。暴力叙事固然可以改变公众意识、唤醒一种颠覆西方资本主导的经济文化秩序的觉悟，但它本身不能成为实现暴力摧毁的政治号召。在兰特里齐亚看来，人不能以自由的名义行残暴之事。其原因正如阿伦特所说，"暴力只有在追求短期目标时才可能保持理性"，如果暴力行为的短期目标没能很快实现，很可能会"将暴力行为引入整个政治体"，生成更加暴力的世界（Arendt 80），败坏人的价值观和思想。艺术及艺术政治本身不能内化暴力价值观。艺术作为反抗各种强权压迫的批判性场所，它的力量并非源于使用暴力摧毁式的强力，而是来源于它反对一切形式的强权和暴力手段。艺术以其批评和抵抗的本质，不仅时刻警惕隐藏在各个角落、各种形式的强权压迫，而且也时刻警醒自己是否受强权思想侵蚀、流露强权思想的印记。

为此，兰特里齐亚在艺术创作中探索抵抗的边界，在探索中前进，在抵抗中又学会调整、有条件地妥协，并在此基础上继续探索更大的自由发展空间。在抵抗的暴力冲动中宣泄的小说人物，被兰特里齐亚以各种方式隔绝起来。在代表革命性的抵抗方面，《刀手》里的理查德最终被封锁在封闭的物理空间，《意大利女演员》里的杰克则进入一个封闭的心理空间，但他们的退隐向资本主义经济文化体系发出挑战的信号。在代表抑制性的抵抗冲动方面，《路得记》里的路得最终隐退在尤蒂卡街上的普通人当中，拒绝为实施系统暴力的机构唱赞歌。《炼狱之声》里的罗伯特，也是在讲述历史故事后再次逃离尤蒂卡，至于尤蒂卡的未来如何，罗伯特自己的未来如何，兰特里齐亚为我们留下想象空间，让我们去揣摩抵抗的边界和进程，揣摩抵抗者如何超越自我的限制和眼前的目标，走向与普通大众、与外部更广阔世界和更长远的未来建立联系。

不仅如此，艺术家抵抗压迫和实行社会变革的工作，都在艺术这一特殊场合下进行，必须符合艺术家这个特殊的角色，起到艺术家应该担当的伦理道德责任。当今世界正如齐泽克在《危险梦想的年代》(*The Year of Dreaming Dangerously*) 里指出，霸权主义意识形态、资本主义的主导作用以及现代媒体传播都是促进世界范围内暴力泛滥的因素。在影视作品里呈现的暴力元素，若不能改变观众的意识，只能让观众对暴力变得越来越麻木，导致影视界暴力泛滥。在文学作品里，单纯为了迎合大众文化市场而使用暴力元素的例子也不胜枚举，暴力叙事如不能起到改变大众意识的效果，必将把文化市场进一步引向低俗。作为文学艺术家，兰特里齐亚充分考虑到这个问题。在小说《意大利女演员》里，主人公杰克最终在自己倾慕的女演员克劳迪娅（Claudia）的谴责下，在自己的良心不安中，毁掉不道德的视频，这在一定程度上隐喻了作者对这种艺术手法的否定态度。兰特里齐亚借小说批判商业化影视文化作品中暴力、性和死亡泛滥的现象，批判资本主导下不惜一切代价追名逐利的倾向。通过杰克毁掉自己视频的做法，小说对自身的暴力叙事进行了戏仿式批判和毁灭。

不同于众多的理论家，兰特里齐亚以文学批评家和文学艺术家的双重身份，从独特的视角探讨暴力问题及应对策略。布尔迪厄以其象征暴力等概念着眼于暴力的实施过程，齐泽克和福柯等着眼于公共权力、对暴力进行结构性探讨，看到显性的、主观暴力背后隐性的系统暴力，本雅明则从暴力实施的目的思考，扩张了暴力的概念，揭示暴力手段与暴力目的之间的深刻关联。兰特里齐亚以文学评论家犀利的批评视角和艺术家的想象力，创造了他自己的虚构世界，揭示人类暴力的本性、暴力实施的手段和过程、暴力的系统性和结构性以及实施目的。他在小说中以其显性暴力叙事讲述各种外在的、主观的暴力，对读者产生强大的情感冲击，但他又在显性暴力叙事底下内置了隐性暴力叙事，在《刀手》里解析个人如何经历象征暴力、激发个人内心的暴力冲动，在《炼狱之声》里将个人经历的暴力扩展到群体经历的资本主义、殖民主义、种族主义等系统暴力，又在《路得记》里将群体经历的系统暴力拓展到跨越国界的权力网络暴力。兰特里齐亚书写受压迫者的抵抗，其实是在书写自己作为艺术家通过艺术改变大众意识、改变压迫秩序的渴望。作为作家，兰特里齐亚"直面人内心深处的丑陋……直面我们内在的暴力、我们内在凶残的本性"，渴望通过艺术想象"找到超越和升华的途径"（*Crimes of Art* 39），为人类存在寻找脱离现有社会结构局限的途径。他平衡政治诉求和艺术审美之间的关系，协调压迫性的体系和受压迫者的暴力渴望之间的张力关系，也协调各种权力的系统暴力与作家自由的渴望之间的关系，通过对抗和拒绝合作表达反叛，通过艺术表征实现变革。

如果虚构世界的创造者可以比拟为世界的创造者，那么，小说艺术家其实可以说是在其艺术世界里扮演了实施本雅明所谓神圣暴力的角色,只不过文学艺术世界里的神圣暴力,并不具有本雅明神圣暴力概念原有的"弥赛亚式马克思主义或古老末世论"性质(Derrida 62)。本雅明"对基于暴力的、世俗意义上的法律进行批判式摧毁,这本身就彰显了纯粹的神圣暴力,其意在产生一个新的历史纪元"(Witte 11)。与本雅明批判和解构法律暴力的做法相似,兰特里齐亚对结构性的系统暴力进行批判式摧毁:资本主义权力和机构建立在法律暴力(立法和护法)的基础上,与具有立法暴力性质的抵抗形成张力,兰特里齐亚在揭示这种张力中,解构了基于法律暴力的资本主义机构和权力之合法性。

在本雅明看来,法律暴力从神话暴力挪用力量,反过来神话暴力的力量具体表征在法律暴力上;但在本雅明具有宗教意味的视野里,法律不仅给人定罪,而且更加显明人的罪,因此,他提倡以神圣暴力消解神话暴力,因为神圣暴力是摧毁法律、为人抵罪并让人脱离罪。兰特里齐亚作为文学艺术家,也不肯在他创造的艺术世界里立定一套确立支配与被支配关系的法律。如果说本雅明所说的神圣暴力具有一定的抽象性和模糊性,兰特里齐亚以其独特的人物经历及其虚构世界,具体演绎了如何超越神话暴力的"目的与手段体系",脱离神话的强权力量。作为艺术家,兰特里齐亚在暴力的美学表征之下,扮演的是近似神圣暴力里面的神性角色:在艺术形式上对自身的暴力叙事进行戏仿式的批判和毁灭,在思想上呈现抵抗边界的流动性,呈现抵抗者努力摒弃自我、与外部世界建立联系的广阔视野,展示了文学艺术家和文化批评学者不断探索的批评与自我批评之道。

第二节 美国意大利族裔性的书写与超越:《炼狱之声》

莱斯利·费德勒(Leslie Fiedler)曾经充满自信地宣布,20 世纪三四十年代,大批美国犹太学者和作家发动或参与了一场"将东欧犹太移民的孩子们从美国文学文化边缘带到中心地位的运动",使他们得到承认,"被选为整个国家的发言人……向全世界……宣言",他们的作品成为"经典的一部分"。他们在作品里以"美国犹太人的声音"说话,既有美国特性,又不可避免地具有犹太特质,结果,美式英语、美国人的梦想以及美国的文学历史,都因为美国犹太艺术家和批评家而发生根本改变(ix, x, 14)。可以说,20世纪60年代以来,美国各少数族群也在从事类似的工作,致力于把众多边缘群体从美国文学文化的边缘带到中心地位,揭示和对抗美国主流文化对少数族群文化实施的显性和隐性文化暴力。

但是,美国意大利裔文学研究远远滞后于美国犹太文学及其他族裔的文学研究。尽管美国意大利裔作家的作品不容忽视,却受到忽视(Gardaphé, *Italian Signs* 7),20世纪80年代中叶,美国意大利裔文学研究仍是不毛之地(Bona ix),它得到认可的程度或取得的成功,远不及美国意大利裔导演的电影(Talese, "Voice" 314)。所幸从20世纪80年代末至90年代,美国意大利裔学者也行动起来,开展美国意大利裔文化研究。兰特里齐亚的小说《炼狱之声》(1999年)可谓行动的一个组成部分,构成美国意大利裔声音中的一个音符。

《炼狱之声》涉及美国意大利裔族裔性,从文学角度思考身份属性和族裔性等问题。评论界特别感兴趣的是小说里的意大利裔黑帮形象。美国意大利裔学者弗雷德·L. 加达菲(Fred L. Gardaphé)指出,兰特里齐亚描述了一个有着屈辱历史的同性恋黑手党教父,不仅破坏黑手党世界"表面上呈现的传统异性恋基础",而且质疑它的硬汉气质,颠覆了现代影视媒体塑造的黑手党神话(*Wiseguys* 89—102)。撒母耳·帕迪尼(Samuele F. S. Pardini)将小说与德里罗的《地下世界》(*Underworld*)展开比较研究,认为两位作家在各自的美国意大利裔黑帮故事中借助历史记忆,破坏了美国主流文化的同化叙事(254—267)。兰特里齐亚把这部小说人物放置在自己的家乡纽约州尤蒂卡，但他不仅仅是在揭示美国主流文化对意大利裔文化实施的文化暴力和压迫，书写美国意大利裔的族裔性，改写美国主流文化的肌质，更是从一个与众不同的角度，通过借用、质疑和颠覆族裔叙事里常用的族裔符号，揭示狭隘主义的族裔性所实施的隐性暴力压迫，从个人经历与心理感受、符号意义和象征意义等角度思考族裔性在身份属性中的价值，探索跨种族、跨族裔、跨文化社群所要面对的种族/族裔和阶级压迫与冲突，寻求多种族、多族裔和平共处的原则。

一、美国意大利裔的族裔符号与颠覆

美国犹太文化文学研究是美国族裔研究的先驱，可以为当代美国各族裔研究提供参照。借鉴美国犹太学者弥尔顿·高登（Milton Gordon）和撒母耳·黑尔曼（Samuel Heilman）对象征意义的犹太性（Gordon 194）和美国犹太属性（Heilman 66—67）的论述，可将美国族裔小说里的族裔性归纳为以下主要表征符号：先祖、血统、民族自豪感，移民历史及移民后代现状，语言，宗教习俗，饮食，家庭与生活方式等。

美国意大利裔叙事里也经常采用这些族裔表征符号。美国意大利裔饮食（Dottolo 356—276；Patrona 17）、家庭（Alessandria et. al. 282—298）、语言（Tamburri, *Short Films* 21—25）与族裔自豪感（Giunta xi, 1—5）、意大利历史（Viscusi xi）等都被视为美国意大利裔构建、理解和维持其族裔性的主要媒介。意大利裔作家和学者还关心意大利移民和美国意大利裔在美国遭受的歧视和排斥、经历文化迷茫和家庭冲突、追求社会公正的历史，如约翰·方特（John Fante）的《问尘情缘》（*Ask the Dust*，1939）和海伦·巴罗里尼（Helen Barolini）的《温伯蒂娜》（*Umbertina*，1979）等。

在普遍探讨族裔性及其象征符号的背景下，倾听一些不同的声音，能够给族裔研究带来新的视角。安东尼·J. 坦布里（Anthony J. Tamburri)、马丽·乔·波娜（Mary Jo Bona）等意大利裔学者认识到批评目标不能仅限于辨认几个"美国意大利裔符号，仅仅把（书面和可视的）文本当作社会文献来阅读并/或看待，或者搞某种形式的自我宣传"（Tamburri, *Re-reading* x—xi），还应当使用语言符号抵制主流文化的同化作用，记录和形成抵制阶级、性别、族裔压迫的声音，记录美国意大利裔男男女女在历史上作为被边缘化、被隔离的群体追求平等、公正和信仰的声音（Bona 2—9）。兰特里齐亚的《炼狱之声》先于这些学者认识到族裔文学作品超越族裔符号、表达抵制声音的重要性。他将小说人物放在意大利裔背景下，小说包含美国族裔叙事里典型的文化符号，如祖先和家庭、移民历史及移民后代的现状、语言和饮食，但兰特里齐亚颠覆了这些惯用的文化符号，表达了他独特的社会思考。

《炼狱之声》从许多方面看都像一部追寻身份属性、探索族裔性的小说。小说主人公罗伯特·塔格利弗罗是个孤儿，从小被黑人莫里斯·里德（Morris Reed）夫妇收养，住在尤蒂卡"族裔混杂的区域"，他的族裔性"模糊不定"（4），但他有意大利人的姓氏和外貌特征，在这座"族裔界限分明的美好城市里，是个族裔怪胎"（71）。从童年时代起，种族/族裔不清就是他的痛处，他努力认同意大利裔格里高利奥·斯皮纳（Gregorio Spina）夫妇做他精神上的养父母。他在 18 岁生日那天外出打猎，相当于行成年礼；他戴着养母玛尔维娜（Melvina）编织的帽子，象征着黑人养母给予他温暖；他要去"放血"（3），猎物要献给卡特里娜·斯皮纳（Caterina Spina），用的枪是格里高利奥·斯皮纳赠送的。就在那一天打猎途中，他发现一具婴儿尸体。罗伯特把它埋葬，从某种意义上象征着他将自己的过去和旧我埋葬。这件事直接导致他离开尤蒂卡，只身来到纽约一家书店工作，与以前的世界完全切断关系。他独自一人蜗居在书店地下室阅读，42 年后返回尤蒂卡寻求自己的身份属性和族裔，决心给家乡带来公义。

故事整体上很像族裔成长小说，讲述一个意大利裔主人公心理心智的成长经历；所不同的是，罗伯特的成长阶段几乎被整个切除，只占小说几页的篇幅。小说也不像许多其他族裔小说那样，勾画出主人公从贫寒到一定社会地位的轨迹，如亚伯拉罕·可汉（Abraham Cahan）《大卫·列文斯基崛起记》（*The Rise of David Levinsky*, 1917）、黄玉雪（Jade Snow Wong）《华女阿五》（*Fifth Chinese Daughter*, 1945）、阿德丽安娜·翠吉亚尼（Adriana Trigiani）《盛典女王》（*The Queen of the Big Time*, 2004）。罗伯特60岁，只身一人，随身带着一个箱子，以及"一辈子修道士生活的积蓄"（*Inferno* 17），在自我流放后返乡完成自定的使命。在他返回尤蒂卡的"七天"里，他才真正完成成长过程，完成对自我的认识。

《炼狱之声》包含美国族裔小说的许多标志性"符号"，其中之一是讲故事。与美国华裔、印第安族裔等许多族裔一样，美国意大利人继承了意大利文化中讲故事的传统，它源于意大利村庄城镇守护地方传统的"历史歌者"，后来渐渐形成丰富的口传文化（Gardaphé, *Italian Signs* 24—25）。美国意大利裔小说经常采用民间故事，许多美国意大利裔学者也会在文学评论里叙述自己的族裔故事，"以个人化和政治化的方式研究那些经常处于美国文学边缘的文本"（Ruvoli 136）。兰特里齐亚在小说里安排罗伯特讲述尤蒂卡早期意大利移民历史，就是用讲故事的传统将尤蒂卡意大利裔头脑人物吸引到他身边。罗伯特回到尤蒂卡时认识了早期意大利裔移民的后代亚历克斯·卢卡斯（Alex Lucas），后者接纳罗伯特住在他家里，帮他获得邀请得以参加尤蒂卡意大利裔头脑人物的聚餐，这些人包括代表政界的市议员塞巴斯蒂安·斯皮纳（Sebastian Spina）、代表地下势力的黑手党教父约瑟夫·帕特诺斯特拉（Joseph Paternostra）、代表科学界的牙医阿尔伯·切索（Albert Cesso）、代表知识界学术界的教授路易斯·阿约伯（Louis Ayoub）。除了阿约伯教授，其他人都是早期意大利裔移民的后代。罗伯特讲故事的目的，是像柯勒律治的"老水手教导你们"知晓"真实历史的真实力量"（34—35），也就是通过讲述，让被忽视、遮盖、遗忘或扭曲的过去被听者知晓，引起思考和改变，让他们改变对尤蒂卡历史和现状的认识。

但《炼狱之声》呈现的美国意大利裔历史，重点并不是意大利移民遭受先来者、当地白人的歧视；兰特里齐亚暗示尤蒂卡早期意大利裔移民在故国没有生存空间，移居美国后遭受歧视，但他并没有详细描写他们受苦受难的细节，也没有描写同化过程中的文化、身份和代际冲突等。兰特里齐亚颠覆这种书写族裔历史的方式。首先，他突出族裔历史里还可能存在欺凌、暴力、掠夺等不光彩的一面。罗伯特讲的是尤蒂卡意大利初代移民如何通过欺诈、掠夺、谋杀等手段获得财富、权力和地位，这在族裔小说的历史书写中比较少见。第二，兰特里齐亚将新历史主义思想巧妙植入小说，挪用尤蒂卡历史上的真人真事，揭示族裔历史可塑造甚至可篡改的特性。他强调不同族群渐次抵达尤蒂卡，或杀戮征服，或遭受欺负，后来为了自己的目的，编造篡改历史，塑造自己的英雄形象。因此，关于尤蒂卡早期历史，有九个不同的亚文化书写了九个不同版本。罗伯特在不同场合出于不同考虑，也讲述了不同版本的意大利初代移民历史。第三，兰特里齐亚将后殖民主义思想植入小说，表明尤蒂卡各族群的迁移，本质上是以征服、杀戮、暴力掠夺为主的殖民活动；他们最初受到歧视和压迫，站稳脚跟后，却往往认同并接受强者逻辑，歧视欺凌"他者"和"弱者"。塞巴斯蒂安·斯皮纳代表曾经遭受压迫、后来得势的尤蒂卡意大利裔，他歧视尤蒂卡黑人和其他族裔，惧怕他们的崛起和反抗力量，经常发表种族歧视言论。

兰特里齐亚在后来出版的批评著作里明确指出：在权力关系中，强势者内心必然潜伏着文化优越感和歧视、偏见，被奴役的反叛者往往会模仿压迫者的行为方式，采用压迫者的文化偏见和暴力形式，因此，权力关系的双方都必须摆脱内化的殖民主义价值观，发现自我，再造自己的文化（Crimes of Art 119）。在《炼狱之声》里，摆脱内化殖民主义价值观的第一步，是颠覆尤蒂卡意大利裔当权者书写的历史，用霍米·巴巴的话说就是颠覆"以文化霸权施行征服的努力"（Bhabha 45）。罗伯特的讲述，破坏了以斯皮纳为代表的尤蒂卡意大利裔首脑的"血统自豪感"，或族裔自豪感。所谓血统或族裔自豪感，是基于家族、民族或种族的自豪感。斯皮纳的血统自豪感里含有强烈的种族偏见，很接近威廉·萨默（William Summer）所说的民族中心主义（ethnocentrism），即自己所在人群乃是一切的核心，是定位和衡量万事万物的核心，因此"常常导致骄傲、虚荣、信奉自己所属群体的优越性，鄙视外来人"（qtd. in Merton 248）。在《炼狱之声》里，罗伯特讲到尤蒂卡的早期建造者那些不可告人的勾当，让他的听众倍感震惊。黑手党教父帕特诺斯特拉认为罗伯特"太夸张了"（140），市议员斯皮纳称罗伯特是在诋毁美国，是可忍孰不可忍（143）。然而，罗伯特扮演了"文化批评学者的角色，通过让这些人直面自己的罪恶行为，纠正过去的错误"（Depietro 61）。他迫使他们重新审视自己的过去和现在，倾听故事的人最终不得不承认，尤蒂卡的历史是"土地欺诈"的犯罪历史，甚至"美国从第一天开始就是一部土地欺诈史"（Lentricchia, *Inferno* 145），尤蒂卡意大利裔的所谓优越性背后，隐藏着欺骗和犯罪史，散发着"臭味"（140）。

  除了意大利族裔历史书写，兰特里齐亚还颠覆了美国意大利裔文学作品里树立的家庭与父亲形象。许多美国意大利裔小说描写了诚实、勤劳的意大利移民家庭，父亲老老实实地工作努力养家糊口，母亲照顾家庭，例如约翰·方特《等待春天，班迪尼》（*Wait Until Spring, Bandini*, 1938）、皮耶得罗·蒂·多纳托（Pietro di Donato）《混凝土里的基督》（*Christ in Concrete*, 1949）、马里奥·贝纳苏蒂（Marion Benasuti）《爸爸没有稳定工作》（*No Steady Job for Papa*, 1966）、杰利·曼吉奥内（*Jerre Mangione*）《阿利格罗山》（*Mount Allegro*, 1972）、蒂娜·德罗莎（*Tina DeRosa*）《纸鱼》（*Paper Fish*, 1980）等。但兰特里齐亚在《炼狱之声》里描写的家庭和父亲形象与上述小说里的完全不同。《炼狱之声》开头描写格里高利奥·斯皮纳夫妇有能力掌控环境（他们的权力来源可疑），对罗伯特充满吸引力。但在罗伯特返回尤蒂卡时，组成意大利裔核心圈的成员是：充满种族仇恨的塞巴斯蒂安·斯皮纳，切索医生和阿约伯教授两个老单身汉，丧妻的艾利克斯，除切索和亚历克斯以外都没有孩子。这些人虽然与意大利裔移民初代有血缘关系，传统的意大利裔家庭意象完全缺失。

此外，小说还颠覆了美国意大利文化一个重要的父亲形象：黑手党传统里的教父。加达菲在他的著作里引用理查德·甘比诺（Richard Gambino）的《血中之血》（*Blood of My Blood*，1975），证明教父在意大利家庭秩序中处于第二层级的地位：值得信赖，有能力保护家族成员，指导和帮助教子成长，化解困难；随着马里奥·普佐（Mario Puzo）的《教父》（*Godfather*，1969）和盖·塔利斯（Gay Talese）的《尊汝之父》（*Honor Thy Father*，1971）等作品流行，教父在20世纪70年代演变为"英雄式"黑手党教父形象，勇气与荣耀兼备，忠诚于家庭，保卫家族。然而，《炼狱之声》描写的黑手党教父约瑟夫·帕特诺斯特拉表面上风光无限，掌握生杀大权，其实暗藏着懦弱耻辱的过去：他在50年代开赌场，常去巡视，结果被抢劫犯持枪要挟。他没有像电影里那样英勇地打败劫匪，反而被人家用枪逼着脱光衣服，露出女性般的双乳——他的绰号"圣母"由此而来。劫匪甚至剥光他的衣服进一步羞辱他，最后拿着钞票大摇大摆地离去。这段历史是尤蒂卡的禁忌话题，现在由罗伯特讲述出来，颠覆了黑手党"英雄式"教父形象。不止如此，兰特里齐亚还进一步颠覆了传统黑帮的硬汉形象。他笔下的这位黑手党是个同性恋，年轻时是老教父的娈童，现在90多岁，跟身边一个金发碧眼小伙子保持同性恋关系。曾几何时，男同性恋者被认为是软弱、不够男子汉气概（Kimmel 10）。兰特里齐亚调侃这种恐惧心理，用这样一个教父颠覆黑手党神话里的所谓阳刚教父形象。

兰特里齐亚还戏仿族裔叙事里常用的饮食元素。饮食被认为是美国意大利裔身份属性——也是许多族裔身份属性——的重要组成部分。所谓美国意大利裔饮食，是美国意大利移民在新环境下逐渐形成的饮食习惯，包含具有意大利裔特色的食品，如面食、面包、通心粉、意大利面、比萨、橄榄油、意大利腊肠等，是移民为了适应环境发明创造的，曾经在20世纪20至30年代"塑造了意大利裔身份属性"，"体现一种独特形式的家庭生活及亲密关系"，是美国意大利裔集体身份属性的象征符号（Cinotto 3）。聚餐或宴会更是意大利裔沟通、交流、建立紧密关系、做生意的最佳场合。在《炼狱之声》里，饮食符号具有象征意义，是罗伯特构建和理解自己族裔属性和种族属性的一个媒介。罗伯特少年时期亲近斯皮纳夫妇，令养父莫里斯非常恼火。意大利通心粉是意大利裔的一个象征符号，因此，在莫里斯心里，通心粉跟那对意大利裔夫妇联系在一起，他拒绝吃通心粉。但他对养子的爱胜过仇恨，在罗伯特离家出走的日子里，他想念牵挂罗伯特，养成吃通心粉的爱好。莫里斯死后，罗伯特认识到自己因为深陷族裔身份属性的困惑，没有珍视养父母对他的爱，决定吃莫里斯所喜爱的食物来纪念他。这个情节象征着他重新认识并接受养父母的爱。

尽管饮食在小说人物的族裔意识里有一定的位置，但兰特里齐亚颠覆了美国意大利裔饮食符号的传统意义。书中多处详细描写意大利裔食品、烹饪和盛宴，罗伯特本人对意大利菜肴及烹饪如数家珍，但他同时又是个厌食症者。他在餐前、餐后讲故事，三次盛宴构成小说三个重要章节，但这些聚餐并不是传统的欢乐宴饮，倒成了罗伯特让食客痛苦、起纷争的最佳时机。他跟亚历克斯讲的故事，让后者记起令他们家姓氏从卢卡变成卢卡斯的伤心往事；他暗示尤蒂卡第一位切索曾残忍对待第一位卢卡，让切索受到打击；他在讲述最早的荷兰移民如何敬畏尤蒂卡、尊之为"圣母"时，暗示帕特诺斯特拉的屈辱历史，让他从高高在上、自我感觉良好的状态跌落，导致这位教父匆匆离席。

在三次盛宴上，罗伯特又成了导致纷争的杂音，搅乱了原本和谐的聚会。罗伯特不仅讲历史，而且引导食客们讨论尤蒂卡眼前的族裔冲突，讨论经常出现的枪杀、刀砍等事件。罗伯特批评阿约伯的自负情绪，为的是让这位"知识人"（94）不要保持沉默，也不要只是冷嘲热讽，要用他的知识纠正历史错误，用他的学问摧毁不公正。罗伯特还令所有在场的人面对严峻的现实：就在他们欢宴的饭店外面，尤蒂卡街上又燃起愤怒的烈焰，枪杀流血事件时有发生，许多街道名牌被愤怒的人拔掉，扔到下水道里。他们既然是尤蒂卡的领袖，必须对城里的贫穷、压迫、族裔冲突和暴力负责。兰特里齐亚用意大利裔饮食符号，揭示尤蒂卡意大利裔的阴暗面。三次盛宴的地点是地下室，食客们下到地下室里，仿佛下到但丁或弥尔顿笔下的炼狱，接受审判和惩罚。罗伯特就像法官一样，宣判他们有罪。

另外一个族裔身份属性的符号是语言。小说里出现一些意大利词语，但它们是支离破碎的，甚至被意大利裔移民后代们遗忘了。具有讽刺意味的是，唯一关注意大利语的是族裔身份模糊的罗伯特。意大利语言被抛弃的另一个表现，是意大利人为同化而修改自己的姓名。盖·塔利斯曾撰文指出，20世纪50年代，一些意大利裔作家为了让出版商和读者接受他们，把自己的意大利名字改成盎格鲁-撒克逊名字（Talese，"Voice" 316）。在《炼狱之声》里，罗伯特对他的意大利姓氏塔格利弗罗进行词源考，追寻它为适应环境而发生的拼写变化。拥有这个姓氏的人从意大利散布到欧洲各地。在法国，他们入乡随俗变成塔利弗罗；在英国，他们为了不受盎格鲁-撒克逊人的排挤，变成托利弗。后来，他们迁移美国，变成塔利弗罗，共有这个姓氏的人不仅有意大利人，还有白种美国意大利裔，例如美国众议院第43届发言人撒母耳·塔利弗罗·瑞本（Samuel Taliaferro Rayburn），还有非洲裔和意大利裔混血儿，如著名的教育家、作家、演说家布克·塔利弗罗·华盛顿（Booker Taliaferro Washington），以及迷人的舞者克雷·塔利弗罗（Clay Taliaferro）。这个意大利姓氏不仅仅是意大利裔的族裔符号，它的流变，暗示同一血统的人迁移变化、不同名字不同肤色的人同血缘的现象。

综上，兰特里齐亚通过重述尤蒂卡意大利裔早期移民历史、通过颠覆家庭和父亲形象、饮食和语言等重要的族裔性符号，表明罗伯特与其说是寻求意大利族裔属性，不如说是打破过分迷恋族裔属性所带来的分割。如他所说，他来是为了破坏，为了打破意大利裔建立在不真实的历史基础之上的壁垒。讲故事，以黑人身份购买斯皮纳的房产，都是罗伯特打破尤蒂卡族裔地域分割的具体行动。

二、书写与改写美国意大利族裔性

一直以来，族裔性的形成或研究，关键在于族裔与他者（包括主流文化和其他族裔文化）的区别。美国的族裔小说及其研究诞生于文化冲突：族裔群体作为新教盎格鲁—撒克逊主流文化的"他者"，为了对抗主流文化的歧视和边缘化，提倡多元文化主义，努力突出本族群的独特性。但针对多元文化主义，美国学界也出现质疑的声音。艾伦·布鲁姆（Allan Bloom）在《论美国精神的封闭》（*The Closing of the American Mind*）里认为，多元文化主义消解西方传统文化的中心地位，破坏美国传统的核心价值观，导致文化相对主义和狭隘民族主义，加剧美国内部不同群体的政治纷争，造成国家分裂与种族间不和。塞姆尔·亨廷顿（Samuel Huntington）在《我们是谁？》（*Who Are We?*）中指出，强调族裔独特性的做法，割裂了国民同一性。兰特里齐亚在《炼狱之声》里也发出反思和质疑的声音。

兰特里齐亚似乎预见到，过分强调族群差异性容易激发族群间矛盾，遮蔽族裔、种族和阶级冲突等更值得关注的问题。对于兰特里齐亚而言，族裔性不是孤立的概念，而是特定社会和历史背景下的产物，是族裔、种族、阶级、性别等因素交集的产物。在美国，族裔性首先跟种族/族裔密不可分。兰特里齐亚注意区分两种不同的民族/家族自豪感。罗伯特将自己的意大利姓氏，跟塔格利弗罗家族的著名人物关联起来，这让罗伯特在一定程度上能够从历史中找到自己的价值，从历史里得到教训。相反，斯皮纳"是个冷漠的意大利裔"（23），他的"家族自豪感""美国意大利裔自豪感"（164）以所谓伟大、实为虚幻的家族、族裔、种族历史荣耀为荣，瞧不起别的族群。他的家族/族裔自豪感更像狭隘的文化沙文主义。

兰特里齐亚认为，"冷漠的意大利裔"其实就是种族歧视的微妙表现形式。斯皮纳的族裔自豪感，其实是基于他的白人身份属性。作为移民群体的尤蒂卡意大利裔变成尤蒂卡的主流群体，他们的政治权力和话语权，正是建立在与他者（即其他种族或族裔）不同的血统、民族或种族自豪感上。这类人掌权了，自认为属于美国白种人，反过来用他们的文化逻辑压迫其他非白人种族和族裔群体。斯皮纳自称是"带连字符的美国人"（45），即美国—意大利裔，根据他的思路，他不只是某个个别的欧洲族裔，而是属于欧洲裔美国白种人（McDermott & Samson 245—261）。他强烈歧视美国非裔，因为"他们是黑人"，为了跟他们划清界限，他不惜跟其他族裔如"我们的爱尔兰弟兄"、跟"美国—犹太裔"、跟"美国—威尔士裔"联盟（Lentricchia, *Inferno* 45），其实骨子里瞧不起他们。斯皮纳的这种做法，实质上是从"白人族裔属性"转到"白种人属性"，借用"多元文化和种族色盲（colorblind）意识形态说辞的掩护"遮盖其白种人特权（Lopes 564），无视种族问题和种族政治。不仅如此，兰特里齐亚还预见到更严重的后果。他描写赤裸裸的种族主义者斯皮纳代表一类人，他们相信在自己的身份属性里"使用连字符"是一种特权，这种"连字符式民粹主义"（Jacobson 9）加上种族主义歧视，在各族群中间制造敌意和分裂。但在小说里，斯皮纳却因为动听的、富有感染力的说辞而赢得众多支持者。兰特里齐亚以其深刻的洞见，预见未来保守主义与民粹主义相结合、造成严重文化撕裂的场面。

即便罗伯特自己也回避不了被这种文化沙文主义逻辑侵入的危险。他年少时意在抛弃黑人养父的种族，迷恋意大利族裔，其实就是迷恋欧洲白人族裔性，因为此时的尤蒂卡美国意大利裔显然拥有白人特权。后来，他追溯自己的姓氏历史，能够看见这个家族的人在成为英国人、法国人、美国人过程中遭受的歧视和同化经历，却完全无视他们迁徙过程中碰到的种族问题。相反，他的黑人养父莫里斯对黑人与白人的界限有着强烈意识。在他们讨论布克·塔利弗罗·华盛顿的名字出处时，罗伯特只看见"爱的融合"，说布克根据国父华盛顿和意大利姓氏塔利弗罗取名；莫里斯对种族问题则有清醒的认识，他立刻指出，布克"只能用白种人国父的名字……给自己取名"，因为白人的名字里才蕴含力量。罗伯特承认美国最早的塔利弗罗是"种植园里的绅士。拥有很多奴隶"（Lentricchia, *Inferno* 108），他也知道意大利裔塔利弗罗跟黑人通婚的现实，但他完全没有认识到这个现实背后的种族问题。莫里斯去世后，罗伯特记起他少年时迷恋意大利族裔性，莫里斯曾生气地称斯皮纳是"奴隶主"（154），罗伯特这才顿悟，看清自己的偏执。

通过罗伯特的顿悟，兰特里齐亚揭示族裔问题里存在族裔/种族/性别歧视等多元交集（intersectionality）：莫里斯的祖母居住西西里南方的时候，那里的意大利人和非洲人友好往来，和平相处；但在美国土地上，族裔性里渗透了种族歧视。罗伯特最终看到，在美国弗吉尼亚的种植园主塔利弗罗们让他们的"黑人奴隶怀孕"生子，给这些孩子捆绑上这个姓氏的枷锁，然而再没人提他们黑人母亲的名字，因为他们是黑人女奴。兰特里齐亚在探讨族裔性时，不仅揭示族裔性的核心离不开种族问题，而且暗示黑人女奴遭受种族和性别双重歧视问题。

兰特里齐亚不仅将族裔性与种族问题联系在一起，而且将之与阶级联系在一起。兰特里齐亚将激烈的族裔冲突放置在尤蒂卡经济衰退的年代。亚历山大·托马斯（Alexander Thomas）的著作《歌山的阴影下》（*In Gotham's Shadow*, 2003）印证了小说描写的那段历史：20世纪50至80年代，尤蒂卡经济不振，阶层间冲突增加，激化族裔问题，反过来族裔矛盾又加剧阶层间冲突。尤蒂卡各受压迫族群改变社会的策略是反种族歧视，矛头直指有钱有势的意大利裔。1979年，赫伯特·甘斯（Herbert Gans）在分析20世纪60年代族裔活动时揭示了这类矛盾冲突的根本：族裔性成为贫穷移民谋求生存和发展机会的政治策略，他们把族裔性和族裔组织视为对抗社会不公的心理和政治防御武器（195）。从这个角度看，美国多元文化主义不仅是文化/种族平等权利之争，更是阶层之争。难怪有学者认为从差异性角度审视族裔和文化收效不佳，担心"多元文化主义过分强调文化和身份属性问题，使人们的注意力偏离经济公正和性别平等等其他重要的问题"（Nordin xix）。兰特里齐亚显然看到族裔/种族冲突背后的阶层分化和经济利益问题。

确实，族裔性常成为某些别有用心的人谋取政治权力和经济利益的工具。《炼狱之声》里的斯皮纳在竞选市长时能言善辩，声称尤蒂卡意大利裔应该团结一致，集体投他一票，好让他改变混乱的现状。他为了获得支持，不惜指责黑人和其他族裔导致尤蒂卡内部彼此为敌、自相残杀。然而，兰特里齐亚深知，对于他们而言，贪婪胜于他们所谓的族裔自豪感。罗伯特重金购买斯皮纳在玛丽街1303号的房产，希望作为玛丽街上的第一个黑人，渗入斯皮纳所谓的"意大利裔堡垒"。斯皮纳为金钱所动，将房子卖给罗伯特。罗伯特并不知晓这一步究竟是否能够打破族裔/种族壁垒，但有一点很明确，斯皮纳其实是虚伪的机会主义者，口称族裔和自豪，心里最惦记的其实还是经济利益。

虽然罗伯特在一定程度上改变了他的听众的思想意识，但对于尤蒂卡的社会问题或种族问题，并没有立竿见影的解决方案可以带来彻底的改变。兰特里齐亚通过罗伯特和艾利克斯的讨论表示，如果小说采用"情节主导"的方式，用计谋手段杀死斯皮纳或败坏他的名声，就会写成一部"低俗小说""廉价小说"（166）。同样，小说也不肯落入族裔批评理论的话语俗套，写出诸如尤蒂卡的意大利裔得了教训、黑人庆祝黑人文化胜利之类的"通俗小说"大结局（171）。兰特里齐亚借罗伯特和艾利克斯先按这个思路臆想故事情节：

"斯皮纳个人并不是问题的根源"……

"……必须羞辱斯皮纳自我标榜的血统自豪感。是时候让尤蒂卡的美国意大利裔付出代价了。斯皮纳是关键,让他获胜,让他高高在上站在市政大厅,美国意大利裔式的骄傲需要市长这个位置和讲台。倒台前的大胜利。"

"我们品德高尚,因为我们是意大利裔。"

"我们会互相支持,相亲相爱,因为我们是意大利裔。"

"做意大利裔真他妈的光荣。"

"我敬你一杯,我的意大利朋友,不过我觉得你的价值观很恶心。"

"美国意大利裔真他妈是个伟大的族群。"

"斯皮纳上台,必然引发美国意大利裔大规模自我清洗。他们会痛恨自己的族裔。他们都会想把姓氏改成温莎、斯宾塞,或鲍尔斯。"

"等到剥去那层白人族裔的骄傲,我们就发现了你,玛丽街上藏了个黑鬼。这不过是时间问题。每个月都会是黑人遗产之月,黑人就会了解木柴堆里藏着的白鬼,或者反过来也一样。"

"是的是的!干涸的尤蒂卡子宫在后族裔和后种族社会里重生。从不洁的木柴堆里。太初有不洁。我们回到不洁。"

"罗伯特·塔格利亚弗罗回到犯罪现场,预言了全面重生……"

(165)

两人一唱一和,充满嘲弄和讽刺,颠覆了族裔研究和文化研究的套话,更是预见了美国狭隘的民族/种族/族裔主义政治掌权后的社会混乱。兰特里齐亚暗示,种族问题和族裔混居所面临的问题,不是仅凭一些建议、计划或行动纲领就可以一蹴而就解决的。罗伯特自己也不能确定,他购买斯皮纳房产的做法,能够在多大程度上破除族裔/种族障碍。因此主人公罗伯特在小说结束时再次离开尤蒂卡，逃脱了《炼狱之声》的文本。正如美国意大利裔学者加达菲所说，罗伯特"扮演了施洗约翰的角色，为预备智者的到来铺平道路"（Depietro 69）。他所能做的，只能是为进一步的社会变革做预备工作，为将来的改变奠定基础。

兰特里齐亚笔下的尤蒂卡犹如微缩版美国：移民不断涌入，多种族裔混居，各个族群争取权力、权利和利益，族裔压力激增，文化撕裂严重，社会动荡不安。这似乎预示了多年后全球资本、移民跨国流动，世界各地经济与文化冲突加剧，暴力事件频发，对多族裔多种族如何和平共处提出了预警。齐泽克在13年后表达了相似观点："多元文化主义的争议……关键在于不同文化应该怎样和平共处、怎样才能和平共处，在于这些不同文化要想和平共处，必须共同遵循怎样的规则和做法"（Žižek, *Dreaming* 45）。兰特里齐亚以尤蒂卡为写作蓝本，以罗伯特作为文化批评者，通过书写尤蒂卡意大利裔的历史、现状和未来，揭示族裔性的跨文化、跨族群、跨阶级性质，不考虑族裔的历史性和复杂性，或者说，不考虑它的多种历史社会文化因素，必然会削弱争取社会公正和平等的努力。兰特里齐亚不仅颠覆了常见的族裔符号，改写美国意大利裔的族裔性，而且探讨了多族群、多文化和平共处的可能性和基本原则。

三、美国意大利族裔性的超越

兰特里齐亚从许多层面弱化族裔与所谓他者的差异性。他借用意大利姓氏的流变故事，暗示不同血统或不同族裔其实拥有"共同的源头"（*Inferno* 106），所谓族裔性，是族群随着时间流逝和空间迁移散居、受到不同环境塑造而有所不同，是动态发展和变化的，"是经过一代又一代的个体再造和再解释形成的……族裔性不是简单地靠代代相传、口传身授和学习得到的；它富有活力，常有变化……"（Fischer 195）。许多学者不仅看到族裔性的动态特征，而且看到它背后文化与文化之间的交互影响关系，指出过分强调"维护少数族裔文化"，有可能会导致"静止的文化，限制其成员，使之不能完全融合到主体文化中，因此被剥夺了跟其他文化进行有意义交流的机会"（Nordin xix），反之，强调族裔性的动态发展特点，有助于不同族裔间的联系、交流和沟通。

兰特里齐亚既注意到族裔性的动态发展变化，又突出族群间需要通过一些人类共同的价值观和共通的情感感受，建立联系、沟通与交流。他为罗伯特设置模糊的族裔，表明族裔性只是个人多重属性的一部分。小说除了揭示莫里斯的"黑人形象"，更是突出他的父亲形象，突出他是"藉行为"而非藉血缘关系做了父亲（*Inferno* 151）。他不仅收养了意大利或/及黑人血统的罗伯特，也照顾失去父亲的白人孩子达里尔（Darryl）。

收养乃是善行，广义上寓意接纳、照顾、收留、收养和行善，以此建立联系。罗伯特从莫里斯那里继承了这个"藉行为做了父亲"的传统，培养亚历克斯重新建立自己的意大利裔族裔性，教导他走出丧妻的阴霾，重新开始生活，与石南·法克斯顿（Heather Faxton）建立亲密关系；而后者"富有智慧，端庄大方、温暖、宽容、美丽"（63），给这个尤蒂卡男性单身汉世界带来一抹光明。罗伯特还充分信任亚历克斯，将大笔资金交给他去打理，并请亚历克斯继续照顾达里尔和他母亲。这些情节安排表明，莫里斯将收养与建立联系的思想传递下来，"黑人和白人之间乃至与意大利裔之间的秘密纽带"（110）是黑人莫里斯。但这里的父亲角色或身份只关乎人，收养寓意接纳，超越了种族和族裔性。兰特里齐亚向读者揭示，痴迷于血统和族裔属性会导致文化撕裂，收养/接纳则成为多元文化建立跨族裔、跨种族联系的纽带。

小说里的阿约伯教授写了一本与小说《炼狱之声》同名、以罪与死为主题的著作，兰特里齐亚以"元叙事"方式借他之口解释《炼狱之声》的主题是撕裂与建立联系："自我"选择反抗和逃离，成为独立的自我；但这样的自我容易陷入自恋，无限膨胀，于是"自我即地狱"（89），① 即给自我设置了存在主义限制，因为"在一切污秽事当中……刻意撕裂是最污秽的"，也就是说，撕裂后的自我会变得污秽，最终发出饥渴的嚎叫，这就是"炼狱之声"（193），小说的名字由此而来。断裂导致自我迷恋，并进一步导致自我膨胀，暗示某个族群的人对族裔血统和历史持有偏执的自豪感，也是某种自我迷恋和自我膨胀，会造成族裔/种族间的断裂，撕裂整个多族裔/种族的社会共同体。

  罗伯特也需要挣脱自我的枷锁，突破族裔性的限制，挣脱这些内外枷锁后才可以进入广阔的新空间，重建自我，而自我突破的关键也在于建立联系。罗伯特不断审视自己，感受到尤蒂卡族裔混居的环境对他产生压迫，受困于血统/族裔的枷锁，于是逃离尤蒂卡的狭隘族裔分割。在纽约书店地下室里，他像陀思妥耶夫斯基《地下室手记》里的地下人一样受困于自我，封闭在他的阅读世界里，因为"孤独"而像个"疯子"，养成解读"深层含义"的学院习惯，留下"无趣"（Lentricchia, *Inferno* 208—209）和"滑稽"（107）的烙印。詹姆斯·乔伊斯《都柏林人》（*Dubliners*）里的都柏林人受困却已经麻痹，纵然渴望逃离却无能为力；兰特里齐亚却强调罗伯特有所行动，努力逃离自我的囹圄，与他的过去、与种族和族裔历史建立联系：他返回尤蒂卡，与尤蒂卡的意大利裔联络，通过讲述历史，促使他们审视自己的生活，最终他自己也超越对族裔性的追问。罗伯特像拉尔夫·艾利森（Ralph Ellison）笔下看不见的人，努力寻求自己的身份属性，发现周围的人被蒙蔽，认不清自己，对自己所处的群体满是偏见。然而，艾利森笔下看不见的人到小说最后才决定走出地下室，面对社会，改变现实世界，兰特里齐亚让罗伯特一开始就肩负改造社会的使命，并从头到尾一直贯彻执行。可以说，罗伯特不断在逃离狭隘的空间（如族裔性），进入更广阔的新空间。

---

  ① 不言而喻，小说中这句"自我即地狱"是对萨特"他人即地狱"的转用，借以批判对自我的迷恋。

他不断剥去旧自我,脱离狭隘族裔性的束缚,不断发展新自我,好让自己能够与世界保持联系,执行社会变革的任务。兰特里齐亚又将罗伯特逃离的渴望和行动,扩展到包括清教徒在内的任何移民逃离本土、对新世界和自由的渴望。

兰特里齐亚不仅将罗伯特追寻族裔性的渴望与寻父、收养/接纳的概念联系在一起,而且与更具普遍意义的、寻家回家的渴望联系起来。当罗伯特追问"我的父亲是谁"时,莫里斯回答,"我。你是我迷失多年、戴着枷锁的儿子。欢迎回家,孩子"(Inferno 111)。"戴着枷锁"来自罗伯特的意大利姓氏,本意是切刀,引申为"砍断历史枷锁的人",因此,"戴着枷锁的儿子",寓意罗伯特受困于血统/族裔的枷锁不能自拔;回家,或许可以帮助他砍断历史的枷锁。显然,兰特里齐亚与其说在书写族裔身份认同主题,倒不如说是书写回家主题。

寻根/血统、追寻族裔性很可能不仅是对家的追寻;在罗伯特的渴望里,隐藏着一种更深刻的追问,即人对自己身份属性的一种存在主义式探寻,是人类追问"我是谁""我从哪里来""我将到哪里去"等终极问题的现实版本,换言之,就是人采用寻父寻根等有限的、具体可见的途径回答终极问题。兰特里齐亚在小说题献里引用赫尔曼·麦尔维尔(Herman Melville)的《白鲸》(Moby Dick):"我们的灵魂深处就像孤儿,母亲未婚生子,死于生产:生身父母的秘密被他们带进坟墓,要等我们进坟墓才会知道。"这就将人对身份属性的追寻与灵魂深处的孤独感联系在一起;灵魂在世上不断探寻,其具体可观的一个表现形式,就是在血统里寻找依靠和认同,追寻父亲、先祖并与之认同。正如高登所说,人喜欢归属于某个群体,认同"某个血统组成的同胞群体,这个群体小于全人类,而且常常小于国家"(Gordon 25)。但兰特里齐亚将罗伯特对"我是谁"的追问从族裔性引向存在主义,让人的身份属性超越了族裔性。小说预设罗伯特的族裔属性不明,苦苦追寻而不得,正对应人类至今无法满意回答"我是谁"的问题。

然而，兰特里齐亚并非倡议抽象的族裔性或甚至清空族裔性，因为族裔毕竟帮助传达作者诸多细腻的情愫、心照不宣的领悟和感知事物的别样视角。小说最末近似跋的一小段文字题为"一位逃脱大师的哀歌"，写的是一个"怀旧的作家，很久以前就逃了"，离开他在尤蒂卡做园丁的移民父亲（*Inferno* 217），这显然暗指兰特里齐亚自己这位逃离尤蒂卡意大利裔飞地的作家。外面的世界让他能够追求"美国自由"（*The Portable* 165），让他有更大空间探索、建构和表达自我。特定美国历史背景下的成长经验，包括阅读、经历、作出的选择和行动，造就他的独特自我。但是，"族裔性是身份属性里根深蒂固的情感成分"，"很难压制，或者说很难回避"（Fischer 195），对于"逃脱大师"兰特里齐亚而言，族裔是他在意大利裔族群里成长的心理感受，成了他逃脱很久后的怀旧和对父母家乡的思念，里面有"空空如也但广袤而茂盛的草地"，"面无表情、沉默"（217）的父亲、曾经熟悉的方言和饮食习惯，越过时间和空间的距离。如果说，兰特里齐亚早期作为一个知识分子和文学批评家曾"回避来自他本族裔背景的文学"（Gardaphé, *Little Italy* 104），但越来越多细节表明，美国意大利裔劳动者阶层的家庭背景塑造了他的自我（DePietro 147），促使他在作为文学批评家时倡导能够承担社会责任的对抗性文学和批评（Lentricchia, *Social Change* 6—9），在转向文学创作后更是深入发掘那参与塑造他的家庭历史背景（*The Portable* 164）。因此，读者面前是一个"逃离"意大利族群却逃脱不了意大利族裔且有多族裔混居记号的文学批评家和小说家兰特里齐亚。这也是为什么他的多部小说都以尤蒂卡为背景，即便不以美国意大利裔为主题创作，也会或多或少涉及尤蒂卡意大利裔及其生活。

作为美国意大利移民后代的作家，兰特里齐亚在两种力量间寻求平衡：一个是在祖先、族裔中寻根，另一个是在族裔之外的自我塑造。因此，他的意大利血统和父母家庭等因素组成他多重身份属性的一部分，从国家、族裔、种族、阶级与性别等维度渗透在他的意识和个人身份属性里。他将自己的经历和思想投射到小说人物罗伯特身上。通过这个人物的经历,兰特里齐亚重新界定了美国意大利裔或甚至其他族裔群体的身份属性意义:他们是在美国历史文化背景下各种文化交汇冲突并且是族裔/种族、阶级、性别等多元因素交集下塑造形成的、由各具独特性的个人组成的。

值得指出的是,文学艺术家具有独特的个性自我和丰富的想象力,富于创造性,必然打破许多禁锢,包括与某个群体认同的族裔身份属性。正如维尔纳·索罗斯(Werner Sollors)所说,所谓族裔写作也在不断成长,从讲述移民开始,"从非虚构到虚构……从简单到复杂……从'眼界狭隘'的边缘地位到具有'普世意义'的重要地位"(241),因此,"把作家归类为某族群成员是非常不全面的做法,并非长久之计,或至少是非常不充分的归类"(14—15)。作家不会用团体掩盖自己的渺小,他们拥有独特的个性、自由的创造力和想象力,创造出许多新的事物(Hoffer 67);他们积极批评社会现状,必然投入族裔政治,寻求社会变革,但由于政治狂热也会"造成智识贫瘠和情感干枯"(165),专断地吸干他们的创作精力,他们丰富的创造力必然驱使他们与之相抗并警惕这类运动,让他们超越狭隘的族裔群体,覆盖更具有同理共情性质的问题。同样,兰特里齐亚拒绝受限,相信艺术家的想象力和创造力给人自由,让人警惕并对抗狭隘的种族、族裔或性别身份限制因素,拒绝成为"自己所属族裔群体这边的拉拉队"(*The Portable* 164)。他与富有创造力的意大利裔作家德里罗一样,"既与自己的族裔背景保持批判性的距离,同时又不否认它滋养了自己的想象力"(Daniele 111—117);兰特里齐亚使用美国意大利裔族裔符号,既批判美国主流文化,又批判族裔文化,同时提醒文化学者和文学批评学者,所谓族裔文学"不是族裔学,也不是政治学,我们只能说,想象力性质的族裔写作会有助于描述文化,会合理地宣扬政治观点"(Reilly 12),但不应该是自说自话的叙事。最终,族裔性应该是人类共有的情感和价值观在不同的视角下被审视，通过具体的个人经历，以不同方式、声音或载体表现，包含作家独特的视角、细腻的情愫及思考。

出于这一深切的关注，兰特里齐亚在小说里借用主人公罗伯特表现他在批评论著里的一些观点和立场，在一定程度上使《炼狱之声》带有比较明显的政治意图。兰特里齐亚在访谈里坦然承认了这一点（DePietro 158），一些批评者也注意到小说里情节刻意安排的痕迹比较重（Russo 440—441），人物性格比较扁平，使用太多厚重晦涩的暗指（Miller, "Review" 153）。但这其实不一定是小说的弱点。正如伏尔泰在《老实人》（*Candide*）里结合辛辣的机智和夸张的浪漫冒险情节，嘲讽和批判当代欧洲文明，同样，兰特里齐亚胜在戏仿族裔成长小说，颠覆刻板的族裔符号，以讽刺一些人因为过度迷恋种族/族裔分割变得愚蠢和自大。兰特里齐亚甚至模仿乔纳森·斯威夫特（Jonathan Swift）《一个温和的建议》（*A Modest Proposal*）里的讽刺，① 在小说里安排阿约伯教授"提一个温和的建议，减少或甚至还可以消除针对孩子们犯下的可怕罪行"（*Inferno* 127），兰特里齐亚借此讽刺尤蒂卡当权的意大利裔对其他少数族裔实施的压迫，或更确切地说，是在讽刺族裔/种族压迫。

但更重要的是，小说里辛辣的嘲讽带有自我反省的意味，"揭示并严厉批判了现代作家的根本幻想"（O'Hara et. al. 131—144）。主人公罗伯特作为文化批评者，在讲故事当中批判极端族裔主义者，但兰特里齐亚更大的意图在于审视罗伯特自己探寻族裔性的心理状态及心路历程。兰特里齐亚带着嘲讽的意味展开叙事，提醒读者，文化学者自身也会因为文化和历史限制因素和特定的意识形态而受限。罗伯特等文化批评者必须脱离对本族的迷恋，走出自我隔离，认清被自己内化的文化霸权价值观，正视自己是否其实已经站在了被批判方的立场。小说主角罗伯特始于渴求意大利裔身份属性，最终却不认同尤蒂卡意大利裔，反而认识

---

① 《一个温和的建议》讽刺说爱尔兰穷人为缓解贫困可以把孩子卖给有钱人当食物。

到族裔性不仅仅关乎一个人归属某个特定族裔群体，而且更关乎结构性不平等和身份政治，看见自己其实属于多元的族裔/种族杂糅身份。小说已经超越"追寻族裔性"。

兰特里齐亚还表明，关注族裔性的作家或文化学者需要甄别不同族裔诉求的细致差别，甚至也要审查自己的诉求。起初，主人公罗伯特坚信言辞的力量，坚信知识分子能够通过讲故事实施惩罚，在执行变革任务伊始不免带有一些自负，代表知识分子的阿约伯教授也是如此。但罗伯特在尤蒂卡与人密切交流联系的过程中，得以重新审视自己的文化使命，对其他人的看法也在改变。他最终能够从人性化的角度审视众人，看到黑手党教父帕特诺斯特拉像普通人夫妇一样与自己的伴侣一起过日子；看到牙医切索是个疼爱孩子的父亲，享受着天伦之乐以及和朋友们的友谊；甚至政客斯皮纳在政治上似乎也变得缓和了一些。至于阿约伯教授，罗伯特也不再刺激他走出沉默式的合谋并正视内心掩藏的自我。在最后的晚餐上，罗伯特把尤蒂卡故事讲成一个充满善意、和善、给予的故事。兰特里齐亚笔下的这位文化批判者放弃最初"让人目睹一场破坏活动"（32）的目标，变得更加人性化，更温和，更循序渐进，更能考虑并尊重人性和个人的差异性。

兰特里齐亚在《炼狱之声》里提出一个非常严峻的现实问题：遭受压迫的美国少数族裔在争取提高社会地位的努力取得成功后，是否会内化文化霸权压迫的价值观，过分强调所谓族裔独特性和差异性，导致狭隘族裔主义乃至种族主义和狭隘民族主义并演变为文化暴力，对其他少数族裔/种族实施文化压迫，进一步造成文化分割和撕裂，深化文化压迫的复杂性。这也提醒文化学者，尤其是少数族裔出身的文化学者，在以言语为武器挑战和反抗文化霸权的隐性暴力压迫时，如何不会使自己的文化叙事演变为另外一种文化暴力。因此，兰特里齐亚在《炼狱之声》里不仅仅关注美国意大利裔，不仅仅是探究某个人或某些群体。毋宁说，他通过借用并在一定程度上颠覆美国意大利裔族裔叙事中惯例使用的符号,旨在超越狭隘族裔性的边界。他叙述的是如何让带有不同经历和历史的个人跨越族裔/种族的边界聚在一起;他叙述的是讲故事的人或文化批评者、文学与文学批评必须超越狭隘的族裔身份属性的压迫与束缚,跨越封闭的自我,与更广阔和充满无限可能的人类群体认同,以便让自己的批判视野变得更加敏锐,认清自己乃是多元身份属性,是一种跨族裔/种族的身份属性,以便更有效地促进积极的社会变革。

第三节 父权文化下男性身份的书写与跨界:《临时抬棺人》

对于兰特里齐亚来说,所谓"边界"从来不是"坚硬的障碍,相反,它让我们可以从任意一边与之建立关系,或者也可以来回跨界"(转引自 Gagnier 399—400),也就是说,边界带有不确定性、模糊性,亦具有超越场域或关系的灵活性;既是一种限制和具有一定暴力色彩的压迫,又充满无穷的可能性。兰特里齐亚在访谈中曾经表示,他"喜欢推动边界,打乱配方"(Ohara & Lentricchia 7)。这种推动边界的倾向,反映了他"对现实多元性的意识,或者说反映了归类和边界体系是人为建构的"(Gagnier 405),是一定意义上的隐性暴力压迫。

当下美国文化研究在身份属性、文化流动性和杂糅性、跨文化接缝等问题上,"不断解构和重构等级结构秩序/边界、权力技术、社会和空间规范"(Ozun et al. 13),以期实现跨界和突破。杰赛克·菲比扎克(Jacek Fabiszak)等人在《文学与文化的十字路口》(*Crossroads in Literature and Culture*)中研究文学和文化领域跨界的各个层面,包括跨越道德和/或社会边界,打破父权秩序所强加的界限;跨越语言和文化的边界,探索私人领域和公共或者社会领域的边界,重新调整文学规范和文类,以拓展艺术的时空界限。更有许多研究者积极审视文学、翻译、科技、媒体、表演等文化形式,以突破旧有的文化之需,拓展艺术视野(Totten 1)。对边界的探索释放了已有的边界,带来新表述、新视野和新方法。由于文学创作是跨领域、跨学科乃至跨越形象、情感、认知的活动,兰特里齐亚作为文学艺术家,更能充分发挥想象力,在小说创作中探讨、扩张并改写边界,而他的这种跨界尝试,不仅体现在《炼狱之声》里对超越族裔属性边界及其压迫的思考,而且体现在《临时抬棺人》里对性别属性边界及其压迫的思考上。

在《临时抬棺人》里,兰特里齐亚着力探讨男性面临的性别边界,扩展男性的身份属性建构。小说主人公艾略特·孔德曾经是麦尔维尔学者、原加州大学洛杉矶分校教师、私人侦探、尤蒂卡政界大亨的儿子。他在火车上看见有人虐待妻子和襁褓中的女儿,打抱不平,开始追查此人身份,发现他是15年前黑手党火拼中的杀手杰特·肯特(Jed Kinter),最后发现艾略特自己的父亲竟然是幕后操纵人。兰特里齐亚在错综复杂的侦探悬疑故事里,编织主人公艾略特与其父亲希尔维奥·孔德(Silvio Conte)复杂的父子关系,探讨艾略特的俄狄浦斯情结和镜像阶段危机,探讨他对身份属性的追寻,揭示父权文化如何设定性别边界,实施"男人被女性化"的文化塑造(male feminization)和文化暴力压迫。小说有趣又深刻,成为艾略特·孔德三部曲里最引人入胜的一部。

一、父权文化下男性"被女性化"的文化塑造过程

所谓父权文化下男性"被女性化"(male feminization),是与"理想男性"法则(Rotundo,"Changing Ideals"23—38)完全对立的一个概念。所谓"理想男性",是指拥有强大权力和支配权(包括对其他男性、女性、对其他阶级和种族的支配),或在经济上获得成功,或至少从事政治、经济等所谓"阳刚"工作的男性。男性必须在规训中达到这种理性模式,"成长为阳刚型男人,经历'男子汉教育'"(Pease 379—

385)。没能达到标准的,会被认为不够男人、不够阳刚、像女人、无能,也就是在文化意义上"被女性化"。不可否认,男性"被女性化"是美国社会男性主导的父权社会针对政治权力、经济收入或工作等树立起来的价值观,带有文化性格塑造的色彩,因此经常成为美国文化学者研究的对象(Douglas 235;Kimmel, *History* 89—90;Connel 37),也是美国文学表现现实生活的一大主题。①

男性"被女性化"的文化现象成为小说《临时抬棺人》潜在的线索乃至人物性别冲突的根源。首先,这种性别冲突体现在"理想男性"与"被女性化"之间的冲突。作为小说尝试批判的对象,主人公艾略特的父亲希尔维奥·孔德代表父权文化的"理想男性"法则。一方面,希尔维奥是主宰尤蒂卡城的意大利裔黑手党教父,掌控尤蒂卡的政治权力。他一手编织了尤蒂卡的社会网络,可以任免市长、警察局局长,为尤蒂卡意大利裔和其他各族裔谋取利益,代表无形的法律和权力。另一方面,依照法国心理学家拉康的理论(Lacan 10),希尔维奥对主人公艾略特构成象征界的大他者,不仅在家庭、在社会等场域重复"形塑"他,而且对他产生强烈的精神压迫。艾略特完全不能按照父亲这种"理想男性"标准"控制自己的生活、控制环境和他人"(Schrock et al. 286),经常需要父亲帮他摆平事情。他的房子是父亲为他购买的,他没能通过私人侦探许可证考试,最终还是父亲出面才使他获得这一证书。他煞费苦心追查黑手党凶杀案主谋,却一直没能查明真相,最后还是父亲自己临终前承认的。在万能而强大的父亲面前,他总感到渺小、无能与羞愧;无论走到哪里,他都处在父亲强大的身影里,总担心自己不够"阳

---

① "理想男性"成为美国少数族裔男性身份建构的参照对象。华裔作家赵健秀(Frank chin)《甘加丁之路》(*Donald Duk*, 1991)等小说尝试从中国传统文学中寻找灵感,重构"阳刚"的华裔男性形象,以融入美国社会。意大利裔作家德里罗《地下世界》(*Underworld*, 1997)等小说也以这种"理想男性"为楷模,却对实现这种男性身份属性持怀疑态度,只是对改变现状基本上束手无策(Duvall ed. 125—136)。兰特里齐亚在《临时抬棺人》中寻求突破,以男性"被女性化"现象为切入点展开文学书写,为遭受文化压迫的意大利裔乃至其他族裔男性寻求路径。

刚"。他不断经历所谓"理想男性"规范下"被女性化"的文化塑造过程,父与子、男性与男性之间的现实关系被扭曲。

其次,这种性别冲突体现在持以"文学旨趣"的男性与"被女性化"之间的矛盾。许多美国文化研究者发现,在美国文化文学领域的男性被认为在从事女性职业,故而遭受"被女性化"文化压迫尤其突出,他们往往不能与政治和经济领域的男性同日而语(Rotundo, *American Manhood* 170; Douglas 235)。对于兰特里齐亚而言,男性"被女性化"就相当于贬损文学和文学爱好(Lentricchia, *Ariel* 146)。在《临时抬棺人》中,喜欢看书、爱好文学的艾略特成为意大利裔的另类,被认为不够阳刚,"真要做事的时候,那没有什么用"(117)。父亲对他从来不予认同,更不会夸奖,反而大力夸赞自小在运动场上表现突出、艾略特的好朋友安东尼奥·罗宾逊(Antonio Robinson)。在父亲眼中,男孩子在运动场上表现勇猛,说明他阳刚、有活力、独立坚强,是个男子汉。安东尼奥常被希尔维奥带去钓鱼,去高尔夫球场会见重要客人,最后甚至被希尔维奥提拔为尤蒂卡警察局局长,他显然符合所谓"理想男性"的标准。相反,艾略特坚守自己的文学爱好,大学毕业后选择在大学里教文学;离开教职后仍不肯放弃文学和写书,走向希尔维奥理想的反面,也成为安东尼奥的"反面"。父子之间形成的"理想男性"与"被女性化"之间的对立,延续到艾略特与安东尼奥的新一代之中。

第三,这种性别冲突体现在自我的对抗与"被女性化"之间的张力。兰特里齐亚曾明确指出,父权文化对男性实施压迫,"教不肯服从的男性如何异化自己、鄙视自己,甚至也这样教肯服从的男人"(*Ariel* 168)。小说中,父亲的冷落让艾略特从小感到自卑;"理想男性"法则的压迫,让不能"达标"的艾略特陷入内疚和强烈的负罪感。他不断抵抗,坚持自我,却总是失败,因此对自身的无能感到憎恶。两个女儿被杀的消息成为催化剂,一来他对她们被害无能为力,二来他在女儿年幼时就离婚,没能尽到父亲责任,致使他的内疚、负罪感和自我憎恨激增到无以复加的地步，进而表现为发怒、好斗、暴力冲动乃至暴力行为。兰特里齐亚多次描写艾略特突然变成"愤怒的器皿"（*Pallbearer* 19），成为"狂暴怪物"（118）。艾略特除了有好斗的举止，而且有暴力幻想。他喜欢的斯堪的纳维亚探案惊悚小说里有大量犯罪和暴力的情节，他喜欢射击，甚至在厨房里切菜也给了他实施暴力的快感，成了他宣泄暴力冲动的途径。在小说里，兰特里齐亚还为艾略特树立一个"分身"，就是父亲曾经雇佣的杀手杰特·肯特。艾略特通过虐待妻女的杰特这一"分身"看到自己的失职和罪责，决心杀死杰特，以此消灭自己的负罪感，消除父权文化的压迫，释放自我。换言之，深刻的负罪感加深艾略特的对抗，但这种对抗不是表现为直接对抗父权，而是表现为艾略特的自我与分身之间的张力。

第四，这种性别冲突的根源可以追溯到"女性"的缺失，或者说"母亲意象"的缺失。艾略特的母亲早逝，母亲的形象主要通过她丈夫及朋友碎片式记忆勾勒出来，她甚至没有名字，没有声音，几乎全程缺席；艾略特显然缺乏母爱滋养。他的教母是父亲的情人，完全听命于父亲，是影子一样的存在，也得不到艾略特的认同。不仅如此，父亲极少与之讨论母亲。艾略特没能完成拉康所说的镜像阶段与"母亲意象"的认同，形成破碎的自我，导致他只能在"理想男性"观念下尝试获得所谓"母爱的补偿"，不断找寻"理想母性"。他结婚后无法与妻子建立稳定的关系，找不到"女性"的认同；任教时爱上比他年长 16 岁的教务长之妻，受挫后向教务长施暴，被大学开除，象征"恋母情结"的失败；在知悉两个女儿被杀后痛不欲生，但与侦探凯瑟琳·克鲁兹（Catherine Cruz）相遇，凯瑟琳和善温柔，像"阳光一样"给予他安慰（76），给他带来"安静的睡眠和美好的梦"（34），填补了他缺失的母亲意象，让他在情感宣泄和爱情中得到一定治愈，在某种程度上协助他解决身份危机，实现超越，得到救赎。

在兰特里齐亚笔下，男性"被女性化"是一种文化塑造过程。面对父权文化的代表,主人公艾略特被赋予"女性化"的特征。缺乏父亲的"理想男性"气质,得不到所谓大他者和周边人的认同,无法实现自我,变相地成为一种不得不经历的"被女性化"塑造过程,导致艾略特失去自我身份认同的根基,既影响他的性格,又影响到他的人生道路。如何超越自我,突破"边界",成了他的生存目的。

二、男性"被女性化"现象在意大利族裔问题上的象征寓意

主人公艾略特遭受"被女性化"的经历不只是个人的体验,而是扎根于复杂的历史背景中,体现在权力关系、同化与冲突中族裔身份的复杂性、文化共谋等方面,揭示该文化现象从个体男性的故事,到美国意大利裔乃至少数族裔的边界扩张,折射了美国意大利裔文化与主流文化互动过程中父权文化的影响,有助于解读主流文化与族裔文化之间压迫与被压迫的历史关系、暴力和犯罪在该关系中的作用,从而使之具有多样化的象征寓意。

将个体男性"被女性化"的经历与他们的族裔/种族联系在一起,体现了兰特里齐亚撰写这部小说的象征寓意,即揭露美国少数族裔群体与主流群体的权力关系:美国少数族裔群体遭受歧视和暴力压迫,被美国主流文化这个大他者"女性化",前者被视为弱者、女人气,后者则扮演强悍阳刚的大他者角色,对前者实施征服、支配和规训。

首先,这种权力关系体现在"学校"这一场域。学校是意大利裔等族裔男性经历"被女性化"压迫的重要场域,校园霸凌的受害者遭受羞辱,往往牵涉到他的族裔和性别属性。希尔维奥随父亲自贫穷的意大利南方移民美国,从小遭受歧视,因此在给儿子起名时,抛开意大利名字选用"艾略特",因为在他的族裔政治中,意大利名字显得弱小可欺,"美国意大利裔男孩武装上"一个拥有"美式霸气"的名字,会显得非

常威武,助他顺利通向"曾经向希尔维奥、卡明尼、多米尼哥、弗朗塞斯科等意大利裔封闭的地方"(77)。他的这一心理间接反映在安东尼奥身上。安东尼奥有一半黑人血统,在学校常被人嘲笑捉弄,又不敢直接反击,被人嘲笑"很娘"。这也暗示了希尔维奥的学校经历,更成为他期许艾略特走向成功时的"内心独白"。无独有偶,在小说《刀手》中,意大利裔主人公理查德·阿西斯这个三次离异、带有暴力冲动的妇产科医生,读书时长得瘦弱可欺,也被人调侃"很娘",可谓希尔维奥的"分身"。校园暴力强化了不平等的性别结构和族裔结构(Sauer 261—274; Peguero et al. 1—9),令当事人强烈感受到"被女性化"文化压迫与自身的族裔/种族之间有密切联系。

这种权力关系也体现在主人公艾略特借助"学校"塑造自我的渴望。如果说意大利裔"被女性化"是来自外部的压迫,从而导致内在的觉悟,那么如何摆脱外部压迫,适应主流文化价值观,重塑自身的价值观,也就成为美国意大利裔乃至意大利裔文学构建性别属性的重要途径。《临时抬棺人》中,艾略特本人积极建构符合美国主流社会标准的"理想男性"身份属性。他脱离意大利裔不重视读书的传统,积极投入美国学校教育之中。他热切接受美国主流文学的规训,致敬"海明威爸爸和美国文学的硬汉传统"(3)——海明威在美国男孩成长过程中曾发挥楷模作用,教许多美国男孩成长为独立、刚毅的美国男人(Kriegel 91—99)。意大利裔的孔德和盎格鲁-撒克逊白人新教文化的艾略特组合,成为文化杂糅的艾略特·孔德,但正如其作者兰特里齐亚自述,他"灵魂里美国新教的部分胜过意大利天主教的部分"("My Kinsman"1—23)。这不仅适用于《炼狱之声》中的罗伯特,也适用于艾略特·孔德。艾略特·孔德主要还是美国新教的艾略特,他的意识里渗透着美国文学阅读和西方经典文学教授经验。但是,艾略特所谓"美式霸气"的名字和他的硬汉培训反而让他遭到戏谑与嘲讽。他的盎格鲁-撒克逊同学不称他为诗人艾略特,而是给他起绰号叫"硬屎艾略特",暗示他的暴力倾向并非海明威式的硬汉气质,直指他的意大利裔背景,表现出对意大利裔的歧视与偏见,让艾略特感到自卑。

其次,美国少数族裔文化与主流文化之间权力关系的象征寓意,最为直接地体现在"社会"这一场域。如果说艾略特通过学校教育尝试融入主流社会的"同化"努力举步维艰,那么希尔维奥和安东尼奥就代表少数族裔等边缘群体的另外一些男性:他们面对贫穷和压迫采取暴力反抗的道路,因为他们缺乏教育、职业、家庭关系等资源,从应对校园霸凌开始就学会以暴制暴,以构建阳刚的男性属性(Taylor et al. 781),他们既是受害者,又是暴力施害者(Eisenbraun 463)。希尔维奥通过暴力构建自己的阳刚属性,33 岁当上纽约州黑手党老大,人送绰号"机器",暗示他为人做事冷酷残忍。他为了打败意大利裔黑手党对手而收买警察,安排了美国黑手党史上"壮观"而戏剧性的一场火拼。安东尼奥不想成为种族暴力的受害者,愿意接受暴力价值观,情愿"为父权制干脏活"(Kenway et. al. 122),成年后找希尔维奥做靠山,接受指令参与黑手党火拼,成了当权者实施暴力的帮凶。兰特里齐亚在小说续集《尤蒂卡杀狗人》进一步表明,因为遭受暴力的少数族裔男性,有可能走上暴力犯罪的道路。小说里,政客金伍德利用"9·11"后人们害怕恐怖主义的心理,利用人们把恐怖主义活动与穆斯林联系在一起的刻板印象,策划抓捕可疑的穆斯林,以获得政治资本。艾略特的学生、波斯尼亚穆斯林默尔克·伊万诺维奇(Mirko Ivanovic)被怀疑搞阴谋,致使他的父母受牵连被捕死在监狱。默尔克以暴力回应,策划暗杀金伍德。暴力对暴力,就此形成恶性循环。

除了族裔,阶级因素在希尔维奥的生活中也起到很大作用。他来自美国意大利裔工人家庭,很可能跟儿子一样有类似的家庭问题。他地位显赫时,并"不从中分一杯羹"(*Pallbearer* 165),仍然住在父母曾住过的破房子里,他承认自己跟儿子一样,"在家庭游戏的赌场上,牌运不佳"(167)——他的移民父母为了生计忙碌,没有时间关心他。住在老房子里，很可能是他潜意识里修补过去的方式，好像这样就可以得到成长过程中曾经缺失的爱。

"被女性化"现象不仅反映美国意大利裔与主流社会的权力博弈，而且折射社会场域下身份认同危机与族裔身份的复杂性。美国意大利裔作家约翰·方特曾在小说《等待春天，班迪尼》里批评一些意大利裔迫切渴望美国化，奉美国属性为阳刚，贬低意大利属性，将之女性化（Marinaccio 43—68）。但在兰特里齐亚笔下，主人公艾略特一面追求美国主流社会构建的男性身份属性，一面珍藏对意大利裔文化的美好经验：意大利裔饮食、意大利歌剧、意大利语等族裔符号，以及注重家庭和亲情的意大利家庭价值观，皆让艾略特在心灵上贴近族裔之根。然而他的意大利裔认同感在美国社会现实中不断遭遇冲击，被撕裂、消解。在家庭亲情方面，父亲常常忙于政治，忙着争权夺利，无暇顾及家庭生活，没能跟儿子建立亲密的父子关系。他自己也承认，"政治生活……把一切都挤掉了"（*Pallbearer* 161），包括儿子成长过程中最需要的陪伴和关注，难怪艾略特深感痛苦。至于母亲在小说中缺失，意味着意大利裔文化里占重要位置的母亲形象在美国残酷的社会现实中被迫缺失。总之，意大利传统价值观移植到美国社会中不能稳固站立，导致意大利裔丧失身份属性根基，在与美国社会现实大他者认同中举步维艰，产生身份撕裂和危机。

但是，艾略特的意大利裔认同感遭到撕裂的同时，他与美国主流文化的认同努力不仅举步维艰，而且与意大利裔文化产生冲突。艾略特努力将自己塑造成正直正义的人，其实是在同化过程中将美国主流文化塑造为正直正义的化身，因此在他的潜意识里，意大利移民在美国形成的意大利裔文化，常成为美国主流文化价值观的"对立面"，驱使他自觉或不自觉地陷入文化冲突的"陷阱"中：他认定父亲的意大利裔天主教信仰与黑社会行为不符，只不过是"宗教秀"（37），因此越发拒绝与年迈的父亲和好。他不断审视父亲教导的意大利南部家族传统信条："对家人和朋友的忠诚高于道德和……法律"(89),"无论如何,都要爱你的兄弟"(193)。一方面,他听从这个传统。安东尼奥的助手迈克尔·科卡(Michael Coca)曾同样受雇于希尔维奥参与黑手党火拼,企图以此敲诈他。艾略特替安东尼奥胁迫科卡封口;安东尼奥则主动帮他除掉杰特,他们最终联手,完全符合兄弟互相照应乃至不惜采取非法手段的意大利家族传统。但另一方面,这个传统实质上是家族利益大于一切,包括大于道德与法律,致使艾略特不能成为完全的守法公民,给他造成心理冲突,让他为自己"在地狱里沉沦"感到不安(193)。美国主流社会价值观作为艾略特潜在的、但无疑是决定性的价值判断标准,使他成为不同于父亲、复杂矛盾的意大利裔。

小说除了揭示美国主流文化和意大利裔文化的权力关系以及由此造成复杂的族裔性,还表现两者围绕权力关系形成某种"共谋"。首先,从希尔维奥的视角看,艾略特心中"正直正义"的美国主流文化可能属于完全相反的性质,美国政治势力与意大利裔黑帮之间存在不少共性,构成二者政治合作的基础。黑帮"老大"希尔维奥与政界携手谋求政治权力和经济利益,曾和其他"老大"联合帮助肯尼迪竞选总统,他本人最终也站到尤蒂卡政界顶端。在艾略特故事第三部《莫雷利往事》里,黑手党与政界勾结的网络甚至涉及更高层政治圈。小说称,纽约州长托马斯·杜威在1948年总统竞选中得到黑帮的协助,几乎击败杜鲁门。小说主人公莫雷利后来因为要揭露政界跟黑帮勾结的事被人暗杀。这种政治合作关系从一个侧面消解了美国主流文化的大他者形象。

其次,《临时抬棺人》中,美国主流文化与意大利裔文化形成文化合谋,共同构成象征界的大他者,对意大利裔男性实施性别规诫。无论美国主流文化,还是美国意大利裔文化,皆让艾略特的文学梦受挫。美国现实社会崇尚经济成功价值观,而尤蒂卡意大利裔移民在其贫穷的出身、歧视和"成功学"的熏陶下,一定程度上内化了不择手段获得所谓成功、实现美国梦的价值观和男性身份建构策略。这样，美国主流文化与意大利裔文化共同以其"理想的"男子汉标准，不断拷问艾略特的价值取向，一定程度上导致他自我怀疑，在文学研究道路上难以为继，只好转行当私人侦探，日常工作是关注"不断重复调查肮脏的通奸案""背景调查"和"离家出走的孩子"（54）。在小说续集《尤蒂卡杀狗人》里，继承父亲财产的艾略特终于可以安心做文学教授，撰写麦尔维尔研究著作，突出表明文学道路之艰辛不易。

事实上，"被女性化"现象不仅体现在美国意大利裔之中，也渗透在美国各少数族裔。历史上，美国白人尤其是白人中产阶级，有意识地以性别作为历史建构的一部分，维护白人与有色人种（包括移民）、上层社会与工人阶层、男性与女性之间的等级秩序（Kimmel, *History* 72），这在 19 和 20 世纪之交尤为突出。当时，黑人和移民的"有色人种兴起"，对美国白人的男性自信和优越感造成威胁（89—90）。1879 至 1906 年间的《警察公报》杂志里，很多讨论带有种族性质，"主要因为 20 世纪的白种男性感到来自许多力量的挑战——经济、政治、性别"（Reel 197）。为此，美国白人中产阶级一面积极建构理想男性形象，以规训白人男孩，一面将边缘群体"女性化"，以加强既有的社会秩序。大量人类学和社会学话语，将非异性恋、非本土生的男性和黑人男性建构成女性化的弱者，缺乏阳刚之气、低人一等（Kimmel, *History* 10）。亚裔男性被刻画成女人化、被阉割的刻板形象（Messner 68），犹太裔男性被描写成女性化的男人，书呆子，脸色苍白，身体虚弱（Kimmel, *Manhood* 275—276）。尽管动物般粗暴、野蛮的性意象被用来形容美国非裔男性（Messner 68）和拉丁裔男性（75—76），但在不同场合，根据不同政治需要，他们也被歧视性地比作女人。

兰特里齐亚紧扣美国父权文化的性别和暴力意象，寓意美国主流群体和少数族裔群体之间征服与被征服、压迫与被压迫的关系，揭示文化流变中族裔身份的复杂性。美国意大利裔等少数族裔在与主流文化的冲突和对抗中"被女性化"，传统价值观和认同感被消解、重构，致使遭受文化压迫者自觉或不自觉地陷入自我怀疑、自我萎缩、自我矮化的"陷阱"，也让原本多样性、异质性的自我身份属性坍塌、消解，甚至陷入彼此戕害、自我残杀的困境之中。

三、身份解构下男性"被女性化"文化现象的艺术改写

兰特里齐亚因为对文学批评过分政治化感到失望，自文学批评转向文学创作，但他一直关注"诗性冲动被资本主义文化女性化"（*Modernist Quartet* 195—196）的问题，不忘寻找文学应有的价值和力量。他与德里罗一样，坚信艺术需要参与社会，塑造和改变社会，艺术家要与观众保持联系与合作，实现艺术创新（Duvall ed. 137—150）。但如果说德里罗在《坠落的人》（*Falling Man*）中对艺术是否足够强大表现出一定的疑虑（Olster 152—168），兰特里齐亚则始终寻求让文学艺术充分表达批判精神，为诗性冲动赋能，以回应这种疑虑。这样，"被女性化"不仅是父权文化塑造，寓意美国意大利裔文化与主流文化的权力冲突，而且成为兰特里齐亚文学创作的一个出发点，即通过揭示、改写文学文化乃至一切领域"被女性化"的文化现象，为父权文化压迫的男性乃至为少数族裔进入美国文化、构筑"多元融合"的文化机制而寻求道路。为此，他在《临时抬棺人》中突出表现主人公艾略特的暴力冲动和诗性冲动之间的关联，将美国文学和意大利歌剧这两个重要的艺术符号作为最大的隐喻来阐释诗性冲动，消解象征界大他者对文学领域的性别化歧视，改写自我身份，实现跨界。

主人公艾略特的暴力冲动和怒火，可以追溯到拉康所说的原始的、自主的驱动力（Lacan 17）。但兰特里齐亚曾在《精灵与警察》里表示，

这种原始驱动力并非一般认为属女性的,① 其"性别和诗性属性"并未"受到男性超我的塑形"(240),它一直在发挥作用,既驱动主体在象征界大他者压迫下不断自我塑造,又驱动主体反抗象征界的权威、法规和习俗,并不断自我创新,表达不断发生改变的自我。

这种原始驱动力会驱使艾略特去同化乃至服从作为大他者的父权。兰特里齐亚注意到这种原始驱动力"具有脆弱性",尽管它竭力要成为独特的自我,但是在社会压力下却"不能保持原始的自主性"(*Modernist Quartet* 200),不断被象征界塑造。在《临时抬棺人》中,主人公艾略特的文学爱好是经由美国学校教育和自身的阅读经历而塑造起来,更说明他要从象征界获得表征符号。在美国社会这一象征界,艾略特不断探测对抗与让步的空间与边界。父亲在临终前向艾略特讲述了自己如何通过各种手段获得权力,击败对手,捍卫家族和族裔群体利益,俨然 20 世纪 70 年代美国意大利裔叙事里典型的教父。艾略特为父亲的超级男子汉气魄折服,跟父亲手下的人一样心甘情愿称他为"老大"。父亲仿佛沉浸在故事里,两次用故事里的声音教他喊"老大"时要多带些感情,一如他曾这样教手下人。在此,父子复合场景仿佛变成黑手党入会仪式,艾略特被权力的魅力吸引,仿佛听从父权文化的召唤,屈服在所谓大他者的权威之下。

这种结局或许会让人倍感失望,但它其实更彰显了兰特里齐亚的一种勇气。这种"和解"象征着父权意识的一种延续、权力关系的牢固,乃至美国主流文化的强大力量。兰特里齐亚的目的不在于彻底反抗,而在于呈现抗争与让步并存,表明是同样的原始驱动力,驱使着受压迫者既作出一定让步,又去勇敢面对这样的"暴力机制"。至于如何面对,

---

① 克里斯蒂娃认为原始驱动力是母性的,诞生于前象征期,具有不确定性、不可言说、充满律动、暧昧、背叛与混乱(Kristeva 27),既有暴力好斗或死亡冲动的一面,又遵循快乐(pleasure)和欢愉(jouissance)原则,因此具有对抗性、创造性和表述性,成为音乐和文学艺术创造的源泉(Guberman 26)。

兰特里齐亚选择了文学和音乐,因为"越界恰恰构成了'艺术'"(Kristeva 68—71)。

具体而言,文学和音乐在主人公艾略特的意识里构成重要的抵抗力量,促使他抵制"被女性化"文化压迫。小说经常提到麦尔维尔和《白鲸》,在一幅白鲸油画面前,艾略特似乎看见某种不确定的、超出想象的、无以名状的东西,让他既着迷又害怕。白鲸象征压抑的父权文化,艾略特则像亚哈一样"向美国体制机构发出挑战"(Lentricchia, *Crimes of Art* 127);或至少"像以实马利一样成为唯一逃脱白鲸的"(*New Criticism* 26)也就是逃离象征界父权文化的压迫。小说还经常提到《罪与罚》(*Crime and Punishment*)、《化身博士》(*Dr. Jekyll and Mr. Hyde*)、《弗兰肯斯坦》(*Frankenstein*)等文学名著,这些探讨人的暴力和暗黑层面的声音,与象征界父权秩序实施暴力和支配的声音交替出现,暗示艾略特挪用象征界实施支配和压迫的暴力逻辑,作为自身的反抗力量。意大利歌剧亦成为艾略特能量释放、逃脱象征界规训的一种途径。由于歌剧史就是"寻求欢愉的渴望与始终要控制它的体制之间发生矛盾冲突、不断调整和再调整的历史",因此有评论者认为,歌剧最终以其阴性的一面,即人声和音乐元素,战胜那企图控制它的阳性一面,即象征界的所指元素(Žižek et. al. 205—247)。艾略特在歌剧的声音里找到了抵抗父权的有力表征。安东尼奥跟艾略特一样热爱歌剧,在歌剧声音醉人的表达里找到片刻欢愉,他虽然臣服于教父,但他跟艾略特一样,潜意识里与教父所代表的大他者抗争。小说以兄弟俩一起听歌剧开始,以两人在艾略特的公寓里吃饭听歌剧结束,象征他们至少在某种程度上挣脱象征界的枷锁,得到一定自由。就这样,美国文学和意大利歌剧这两大重要艺术符号,在艾略特的抗争和越界激情中发挥关键作用。

不仅如此,兰特里齐亚还通过文学和音乐改写,重塑艾略特的身份属性。与小说作者兰特里齐亚一样,艾略特也从文学评论者跨界为文学创作者。他在制服科卡前预先写好了脚本,描述将要采取的行动。写作让他"前所未有地感觉良好。写脚本让他无比兴奋"(*Pallbearer* 147);执行脚本的过程则以意大利歌剧来推进,实现了兰特里齐亚所说的艺术家越界的渴望——一种近似恐怖主义"瓦解西方经济和文化秩序"的渴望(*Crimes of Art* 2)。艾略特变成带有犯罪和暴力倾向的文学创作者,他的"跨界"转向成为一种公开宣言,意在瓦解不公平的西方资产阶级父权文化秩序。在这一过程中,他逐渐认清自己越界的渴望,使之升华,在重塑自我中感到自由和力量。文学经验让艾略特感到释放,感到想象力的自由,感到有力量。这种表达抵抗和创作的自由,按照《精灵与警察》里所说的,"现在有它最后的也是最佳的保障,就是审美活动本身",文学是"自由的领地,虽然资本世界的日常生活威胁和掏空了这种自由,但文学经验,也只有文学经验,滋养着它,保护着它……"(217)。在贬损文学的社会里,当父权成为阉割者时,这种阉割反而促使艾略特借助文学探索自己的危机和困惑,剖析他内心深处复杂的"弗兰肯斯坦"怪兽。

不言而喻,艾略特通过文学和音乐的艺术改写来重塑自己的身份属性,凸显身份属性的复杂性、模糊性和流动性,彻底解构了所谓"阳刚的"男性身份属性,更颠覆了历史语境下美国主流文化刻意营造的"理想男性"的话语权力。兰特里齐亚曾说过,"变化是真理,变化是生命最真实的形式。也不是真的改变,……是'可改变性'"(223)。最终,艾略特证明自己既能够变成"阳刚的"黑手党式人物,跟"刽子手"(*Pallbearer* 185)安东尼奥、跟大族长希尔维奥比较接近,工于心计,善于暴力行动,但他更可以变成被人视为"女人气"的文学工作者,注重内心生活,情感细腻,具备挑战象征界秩序的力量。这种"可改变性"预告他"或者可以成为故事的主角,……故事结尾尚不可知;虽然有悲剧性的缺陷,本质上还是个像样的人"(54),预示着他将在《尤蒂卡杀狗人》中进入生命新阶段。他将安心做文学教授,在日常生活中学习承担责任：他将成为凯瑟琳的爱人、他们新生女儿的父亲、有正义感的朋友和邻居；他要为曾经折磨迈克尔·科卡负责，后者装疯卖傻，在癫狂的掩护下杀害或威胁跟艾略特关系密切的人，让艾略特不安和痛苦。艾略特仍然积极保护家人、邻居和朋友，在法律涉及不到的领域仍然想私自执法，幸亏迈克尔咎由自取，死于非命，艾略特没有真正进入可争议领域。在《莫雷利往事》里，他仍然是具有强烈正义感的文学教授，力主保护受欺凌的和受压迫的人。暴力冲动仍然驱动着他的行动。但他已经学会驯服自己的暴力冲动，在法律的框架下，合法地谋划他的"私自执法"计划，合法地抓住企图暗杀养子的杀手，为弱者申冤。艾略特身份属性的复杂性呈现出叠加、杂糅的性格，形成某种形式的"共谋"。

艾略特以其身份属性的复杂性和流动性，挑战西方现代性二元对立的性别符号及其文化表征。所谓经济政治领域的"阳刚"男性，与人文或文学领域"被女性化"的男性，这种二元对立的表述是个伪命题。两者皆为同一种原始驱动力驱动，驱使主体按照自身特点，在抵抗父权文化压迫的暴力冲动中，不断经历着创造与变化，成为动态的主体。但对立或对抗不是绝对的，主体既可能被大他者同化，又可能以暴力和死亡冲动抵抗大他者，或者以其快乐和欢愉原则抵制大他者。兰特里齐亚最终挑战的是二元对立的逻辑思维，自根源上消除二元对立关系。他曾在《精灵与警察》里表示，艺术家是"自给自足的双性单元"（223）、雌雄同体的存在。现在，他在小说里进一步予以演绎，表明原始驱动力是无性别的，但含有双性共存共生的可能性，驱使主体打破性别等级秩序，获得多种可能性，在与外界互动中形成变化、流动、身份杂糅的自我，实现真正的跨界和改写。主人公艾略特作为美国文学与意大利歌剧结合的共生体，隐喻不同文化的等级秩序被消解，走向共生共存；作为兼具黑手党式人物和文学创作者的共生体，隐喻文学改变社会的力量，突出一种诗性改写的价值。

如果说麦尔维尔是以写美国水手和士兵的方式让文学变得更加阳刚，通过书写男性之罪，抵抗"……多愁善感和娘娘腔之罪"（Douglas 294），那么对于兰特里齐亚而言，他是以想象力书写犯罪和暴力、压迫和反抗，通过表述文学工作者反叛的激情和暴力冲动，解构文学在社会文化里"被女性化"的倾向，让文学焕发生机和力量。在《临时抬棺人》中，兰特里齐亚描写的不只是主人公艾略特被女性化和暴力反抗的个人经验；他不仅对艾略特进行心理分析，而且对整个社会和文化进行一场心理分析。他一言指出美国文化价值的根本趋向——"理想男性"问题，并站在所谓"理想男性"的反面，以"被女性化"为切入点展开叙述，从而将个人的暴力冲动、自我的激情抗争、父权观念无处不在的隐性暴力压迫、主流文化的运营颠覆结合在一起。在他笔下，男性"被女性化"是美国父权文化的塑造与压迫，是美国主流文化与少数族裔之间权力关系的呈现，也是文学工作者进行艺术改写、重构身份属性的契机。小说挖掘艺术的力量，以文学与音乐破坏西方现代性所推崇的二元对立，打破二元对立的性别表征符号，解构美国主流文化与少数族裔文化之间的二元对立，使审美与艺术获得重生。兰特里齐亚以其艺术创作，解构用二元对立的性别表征符号描述不同领域/群体高下优劣的惯例，证明文学艺术可以成为应对不公平的文化现象、推进社会与文化进步的武器。

第四节　女性书写中的
多元交集、赋能与反抗

兰特里齐亚打破西方现代性二元对立的跨界创作，不仅要将男性从社会性别压迫中释放出来，而且要将女性从更加沉重的社会性别或父权文化压迫中释放出来。1983 年，兰特里齐亚就已经在批评论著《批评与社会变革》里表达了对女性社会地位的关注。在兰特里齐亚看来,传统哲学起源于奴隶制和性别歧视的社会,通过分工和划定圈子的做法征服人这一主体(114)。社会性别分类,或者性别歧视,乃是社会或权力实施管理的一种常见方式。西方哲学史上一直将"自制力、头脑清醒和理性等同于哲学",等同于男性;柏拉图以降的西方哲学"让人不由得认定……诗歌是非理性的,是女人气的"(114)。男性代表哲学,代表理性;女性代表不理性,为情感冲动所累,不具备修辞说服的力量,不是主动的行动者。这种哲学传统解构了女性主体,把女性变成需要被征服、被理性教化的对象。兰特里齐亚认为,这种社会文化上的"女性"和"男性"之分,将基本的生理学差异变成等级差异和等级对抗,对女性实施文化暴力。兰特里齐亚借用伯克的思想解构了西方哲学传统中这种男性/女性二元对立。根据伯克的思想,性别不可能是理性或非理性行为的源头,男性或女性主体只是行为的实施者。这一解构的思维方式将女性从性别二元对立的压迫下解放出来:女性既不是非理性的,也不能代表非理性。

兰特里齐亚支持女性主义运动的多种诉求:教育、儿童抚养权、反性骚扰和性别暴力、反对媒体刻画的女性刻板形象等,这在他的小说里都有所体现。他在小说创作中,将阶级、种族和族裔、性别等层面交叉结合在一起,在多元交集视阈下审视女性所遭受的显性和隐性暴力压迫。在这个多元交集的框架体系里,"各权力体系——如父权、阶级、种族、残疾人歧视(ableism)、异性恋合规性(heteronormativity)——互相建构和互相作用,任何社会范畴(性别、社会阶级、种族、性向、性别属性、身体健全状态等)总是通过相关语境的其他范畴被赋予含义"(Rutherford 619—644),因此,透过这个框架体系,兰特里齐亚揭示父权传统、阶级、种族和族裔等因素在女性身上的交集影响,从多层面表现权力体系对女性主体构建的干预:在《炼狱之声》里,他关心女婴的生存状态;《刀手》和《安东尼奥尼的忧伤》涉及女性遭受性暴力,《临时抬棺人》等涉及家庭暴力;《路得记》《意大利女演员》则分别涉及女性在商业文化、在商业色情片中的身体和被凝视的文化暴力。

但更重要的是,兰特里齐亚在小说中重点突出女性面对各种显性和隐性暴力时的反抗,是女性赋能(empowerment)的范例。所谓女性赋能是新自由主义与后女权主义的一个关键词,是指增加和提高女性在社会、经济、政治和司法等领域的能力,创造一个环境让女性相信她自己能够掌控自己的生活状态,她会努力战胜逆境,主张自己的权利,独立、自信、有个性,做出跟自己利益相关的决定,承担自己的责任(Rutherford 623)。兰特里齐亚颠覆了带有女性歧视性质的二元对立,塑造丰富的女性形象,让沉默的母亲发声,让被物化的缪斯成为具有独立人格的主体,让遭受显性和隐性暴力的女性行动起来,成为抵抗暴力的女侠。

一、男性政治中打破沉默的母亲

兰特里齐亚的小说往往再现了男性主导的、女性缺席的世界,或更确切地说,是父亲主导这个世界的政治、经济和文化运作,编织和建构权力网络,母亲则总是缺席或失声。在《刀手》里,主人公理查德在意大利裔男性世界里摸索着成长,在代表暴力冲动的维克多和代表善与爱的父亲之间艰难抉择、努力建构他的男性身份属性时,他的母亲一直是缺席的,并在他成年之前就去世了。在《炼狱之声》里,小说开始几页里固然描写到罗伯特从小有黑人养母悉心照顾他,也有意大利裔教母喜爱他,小说的大部分篇幅却是罗伯特在一群传统家庭意象缺席的意大利裔单身汉中做文化"教父",致力于重构他们的文化意识。在《临时抬棺人》里,艾略特·孔德的母亲早逝,小说里关于她的回忆是模糊的,甚至是缺失的,艾略特艰难地应对他与意大利裔父亲希尔维奥的父子关系,并与他所代表的父权文化大他者抗争。

母亲的缺席或失声，增加了男主人公对母亲意象的渴望，这在一定程度上解释了兰特里齐亚笔下的许多女性不仅聪慧、有教养，有品位，而且更重要的是不乏母性特点。在《临时抬棺人》里，幼年丧母的主人公艾略特总是渴望在女友、在妻子身上重新认同母亲镜像。他爱上的两个女性就具有这类特点。比他年长16岁的教务长之妻，有"充满活力的个性，真正复杂的思想，更为细腻的情感……对表演艺术无可挑剔的品位"（4）。艾略特后来被侦探凯瑟琳·克鲁兹所吸引，更是因为凯瑟琳温柔体贴的母性特征：她谈吐优雅，为人温柔，细心体贴。她的笑脸、她的举动，让艾略特感受到母性的爱和温暖。《炼狱之声》里，亚历克斯丧妻后陷入悲痛，襁褓中的幼女失去母亲。但石南·法克斯顿的出现让他走出阴霾。这位女性聪慧且有悟性，受过良好教育，秉承西方文化经典和传统，谙熟艺术和文学，有思想深度，有艺术品位。她还很阳光，善良，情感细腻，充满爱心。她在小说将近三分之一时开始不断出现在罗伯特和亚历克斯的口中，却到小说最末才正式出场，从楼梯上降到地下室的宴会上，像"光束"一样让人眼前一亮，造成一场"骚动"（209）。从文化意味上看，这种描写使她具有意大利天主教文化中极其重要的圣母形象，而她也确实成为亚历克斯的救赎，两人因此在罗伯特再次逃离后共同象征着尤蒂卡的未来和希望，给这个尤蒂卡意大利裔男性世界带来希望。从艺术创作角度来看，在兰特里齐亚这位创作者笔下，"男性出于母亲，余生一直用来表征母亲。他是一个妈宝"（179），依恋母亲，渴望通过艺术创作，通过在世界上的创造，不断再现大自然的孕育法则，模仿大自然的创造法则。

最终，兰特里齐亚小说里的母亲或具有母性的温柔女性不再是沉默的形象，她更是善于发声表达自己并带领男性化解困境的女性。在《刀手》里，理查德的内心充满暴力冲动，充满自卑，不能与周围的人建立稳定亲密的关系。他的女友狄安娜（Dianne）不仅富有女性魅力，而且智慧、有耐心和包容心。她善于倾听，尤其是倾听理查德诉说他的过去，努力了解理查德，积极促进和发展两人的亲密关系。更重要的是，狄安娜仿佛受过心理咨询专业培训，善于询问，像心理咨询师一样安慰理查德，了解他的心理需求，安抚他，鼓励他，引导他走出阴暗的心理，走出沉闷的情绪，体现了良好的教育素质。

在这部以理查德为核心视角、充斥着理查德声音的小说里，狄安娜大多时候都在耐心倾听理查德讲述往事，但是，兰特里齐亚仍然让读者听到了狄安娜的声音。理查德非常在意自己的外表。他对自己脸上的痘子不满，并把怒气发泄在狄安娜身上，但狄安娜巧妙地引导理查德，说她见到一个电影明星满脸都是斑点；理查德抱怨自己的头发难看，狄安娜则指出那个电影明星的头发更难看，他也不如理查德高，身材不如理查德好。理查德终于开心地得出结论："我们在电影里看到的都是假的喽？"（176）这个对话突出理查德的性格：他仍然像青少年时期一样对自己的外表感到自卑，自怨自艾，同时还带着报复性的暴力心理，把怒气和戾气发泄在爱人身上。狄安娜则以爱抚慰他，效果明显。

狄安娜还擅长引领理查德探索自己的情感。理查德以冷漠的态度，跟狄安娜讲述他第一次去维克多的地下诊所参与堕胎手术的整个过程时，完全省略自己的内心感受，因为他已经习惯压抑自己的内心感受，不能描述自己当时的情感反应。在小说里，这种状况经常出现，这时，狄安娜往往不再沉默，而是像心理咨询师一样发问，引导理查德重新认识自己的情感：

"你看见她光彩照人的裸体。她很漂亮。"
"是的。"
"你害怕了？"
"是的。"
"你感到头晕。你觉得可能会晕倒。"

"是的。"

"你觉得特别兴奋刺激。"

"是的。"

"现在会不会有些兴奋?"

"一点点。"

"感到邪恶?"

"是的。"(199)

狄安娜通过询问,多方引导理查德逐步探索自己被压抑的感受,并以她的爱为支持和帮助,试图帮助理查德找出心理问题,进而帮助他摆脱心理问题,恢复心理平衡。狄安娜是带有母性特质的女性形象,虽然着墨不多,但她并不沉默,也不软弱,她跟兰特里齐亚小说中许多其他女性一样,带着自己的主见和声音,也带有自己显明的个性。

这种带着母性特质、给予男主人公心理咨询、安慰和引导的女性形象延续在《路得记》里。摄影师路得需要面对过度关注自我的丈夫、作家卢凯西。卢凯西怀疑自己的健康状况,认定自己得了结肠癌,他还怀疑路得是否全心全意爱他。最重要的是,他害怕自己"除了艺术虚构之外,没有快乐,没有亲密,没有避难所,什么都没有"(3),但他又怀疑自己的写作能力,担心自己不能写出伟大的作品。他因为多疑变得有些偏执。路得不断安慰他,帮助他,疏通他的恨意、恐惧和嫉妒。与《刀手》里理查德的女友狄安娜相比,路得作为妻子陪伴在卢凯西身边,更加耐心和温柔。路得替卢凯西寻医问药,一遍遍向卢凯西表达爱,一遍遍跟他保证他的作品并非无足轻重。更重要的是,路得为卢凯西着想,愿意为实现卢凯西的愿望牺牲自己的喜好,迁就卢凯西的需求。路得本不想再与政治打交道,不想去巴格达采访萨达姆,但为了实现卢凯西的愿望,为了能再版卢凯西的作品,她牺牲自己的意愿,带上卢凯西，一起来到伊拉克。

《刀手》里的狄安娜、《炼狱之声》里的石南·法克斯顿，这些带有母性光辉的女性形象预示了兰特里齐亚其他小说里那些刻画得更加丰满的女性形象，包括《路得记》里的路得和《意大利女演员》里的克劳迪娅，她们对抗资本主义商业社会对女性的文化暴力，与小说里带有性格缺陷的男主人公形成反衬。

二、消费社会中拒绝被物化的缪斯

在资本主义商品经济和消费文化中，女性常被物化，作为赢利的工具。电影、新闻等商业化媒体以及小说常会出现对女性的性别化（sexualization）刻画，也就是利用刻板的女性形象，强化女性性别标签，首先把女性刻画成性感、妖艳的诱惑者。一方面，商业文化媒体在不知不觉中反映已有的刻板形象，因为对女性的偏见已经写入集体记忆，成为固定的思维模式；另一方面，媒体有意识地借用并强化已有的女性刻板形象，投市场所好。兰特里齐亚在小说里再现了这种倾向，并对这类刻板形象予以颠覆。

在《路得记》里，媒体报道和描述路得时，就是走"性感的诱惑者"路线。古巴危机期间，路得在古巴采访卡斯特罗后出版了《古巴故事》，获得广泛关注，得到白宫青睐，后来又受雇于报社去采访萨达姆。电视台和杂志为了抓取眼球，纷纷报道路得。但是，媒体的重点不是评判路得的才华、能力和艺术成就。它们的卖点是把她塑造成集"艺术性与背叛"于一身（11）的女记者，为此，媒体不惜多方暗示和渲染路得与肯尼迪乃至与卡斯特罗有神秘关系，将她的成功归因于性诱惑，并且加入间谍色彩，迎合并强化父权文化对女性的固化偏见，引起路得对商业化媒体和政治的排斥与抵抗。

这种将女性身体物化、将女性作为性感的诱惑者的一个极端体现，是色情片的制作和消费。文学评论者古芭指出，"色情制品是最为性解放的艺术形式,也可以说是性压迫的缩影在艺术重新得到强化,对于了解我们的文化历史至关重要"(Gubar,"Representing Pornography"730)。传统色情片主要由男性制作且目标消费者主要为男性,因此往往将女性表征为"堕落的性玩物"(730),女性的身体被当作色情的对象、商业经营的工具,女性在色情片叙事里成为被窥探的目标、被强暴和杀戮的对象。在小说《意大利女演员》里,色情艺术家杰克·德尔·皮耶罗为西吉斯和伊索夫妇拍摄色情片,就属于将人的身体作为被窥视的对象和性玩物、作为商品赢利。在这个影片里,伊索在性爱中将西吉斯杀死;在《安东尼奥尼的忧伤》里,她又变成娜迪亚·德·西蒙尼(Nadia De Simoni),一个"长腿、金发碧眼的尤物",能够让所有男人着迷的性感女人(17),和堕落版的杰克一起邀约男主人公汉克·莫雷利(Hank Morelli)及其女友珍妮(Jenny)一起加入他们即将拍摄的另外一部色情作品。在这一部作品中,轮到她为她所谓的不朽艺术"献身":在这回的拍摄计划里,轮到她将被杀死。

兰特里齐亚反对以女性的身体作为商品,反对不公正的性别待遇,但更反对人的身体被物化、被破坏。在这两部小说的色情影片情节设计里,兰特里齐亚让男性和女性同时参与拍摄,与传统色情片里的女性一样,男性的身体也成为被注视的对象。在《意大利女演员》的设计里,被杀死的是男性,颠覆了传统的色情叙事,表明在商品社会里,无论男女,都被异化和物化,他们不再是有血有肉的个人;在价值观扭曲的商业社会,艺术家、表演者和观众,都可能会为了名利不择手段,丧失伦理道德,失去是非判断。

兰特里齐亚颠覆的第二种刻板女性性别形象,是文学传统中男性塑造的缪斯。缪斯是希腊神话中主司文学、科学和艺术的灵感女神,9位缪斯分别掌管不同的知识和艺术领域,尤其是文学、舞蹈和音乐,传统上认为她们是男性艺术家创造力的源泉,激励和引导他们达到艺术的至臻境界。纵观世界文艺史,缪斯的形象大多来自男性诗人的构想和塑造。意大利诗人但丁的《新生》和弗兰齐斯科·彼特拉克（Francesco Petrarca）的《歌本》（*Canzoniere*）可谓早期称颂完美女性为缪斯女神的诗歌代表。从但丁到莎士比亚，男性作者共同塑造了传统的缪斯形象：她拥有男性期望的所有美德，是美和真理的化身，被男性诗人爱慕，但因种种原因诗人无法拥有爱情，这种不可得的爱情成为诗人艺术创作的灵感。

在《意大利女演员》中，杰克将意大利女演员克劳迪娅物化、理想化和神圣化，变成传统的缪斯女神，激励和引导自己的艺术创作。现实中的克劳迪娅·卡汀娜（Claudia Cardinale）是一位传奇的意大利电影演员，她生于1938年，曾在20世纪60至70年代著名欧洲电影中扮演角色，如意大利导演费德里科·费里尼（Federico Fellini）的电影《八部半》（$8\frac{1}{2}$）。1990年后，克劳迪娅退出公众视野；直到2000年3月，她一直是联合国教科文组织世界水日的亲善大使。然而，克劳迪娅凝固在往昔照片和电影中的甜美微笑、年轻靓丽和性感狂野的形象总能引起大众的共鸣。兰特里齐亚在小说里改写66岁克劳迪娅的故事，描写杰克迷恋商业媒体影像塑造的、永远年轻美貌的克劳迪娅，不可自拔。兰特里齐亚又在小说里虚构了生活中的克劳迪娅，她坚持不懈地打破杰克的幻想，在杰克的艺术生活和现实生活中扮演反传统缪斯的角色。

小说中，尽管克劳迪娅被过度商业化的现代媒体塑造成完美的女人，却依然忠于真实的自己，过着普通人的生活。她出现在杰克面前时，虽然容颜衰老，却不是照片和电影中毫无生气、毫无思想的形象，她是有生命、有思想、有世俗欲望和缺陷的平凡女人。她遵守生老病死的自然法则，外表不再光鲜亮丽，却有着丰富的内心世界和独立性。她不再是被男性艺术家神化和崇拜的无声的克劳迪娅，而是一个积极、勇敢的女人，能够在平等的基础上直面欲望和追求爱情。在经济上，克劳迪娅是独立的。她通过工作实现财务自由，不仅没有在经济上依赖男性，反而成为杰克的经济支柱，为他提供住处，在他需要的时候给以支持。在精神上，克劳迪娅也是独立的。她有自己的生活准则——活在现实中。她能从容面对衰老，拥抱真实的自己，享受当下。她喜欢观看足球比赛，阅读有关自动机械的书籍，有时也学着组装小零件。在情感上，克劳迪娅也是独立的。她既可以独自生活得很好，也可以和她爱的人一起享受快乐时光。在66岁时，她有勇气重新追求浪漫的爱情。她爱上杰克，渴望和他建立稳定的婚姻关系。但当她发现杰克活在对她永远年轻美丽的想象中时，她让杰克面对现实："我一直都不是照片中的样子……我不漂亮。亲爱的，摄影师卡罗就是魔鬼。费里尼也是一个不可思议的恶魔"（92）。当她意识到杰克不能真正接受她现在的样子和状态时，就拒绝他的求婚。克劳迪娅有勇气表达自己真实的想法，捍卫自己坚守的原则，她从不屈尊妥协让自己陷入被动。

兰特里齐亚笔下的克劳迪娅颠覆了传统的缪斯形象。她是有声音的，并且她指导杰克从虚拟的艺术世界回归日常生活。当克劳迪娅发现杰克沉迷于他的虚幻想象以逃避现实，就试图将杰克拉回现实。更重要的是，她代表理性与道德，指引杰克从不道德的艺术回归。黑白照片和电影中的克劳迪娅被艺术家杰克视为缪斯女神，激发他的创作灵感，但杰克信奉的是一种与现实生活隔绝的艺术，也就是说，他自以为在艺术世界里拍摄色情与谋杀，可以不必承担法律和道德责任。克劳迪娅并没有像杰克预想的缪斯那样，给他艺术灵感并帮助他"重回20多岁时的黄金时代"（24），反而成为杰克色情艺术创作的终结者。当杰克向克劳迪娅展示他拍摄的视频时，克劳迪娅谴责杰克所谓的艺术品是不道德的，并直接指明他对视频中的谋杀采取漠不关心的态度也是非法的。杰克争辩，"艺术家，作为艺术家，是超越善和恶的"（104），而克劳迪娅毫不留情地质问他，最后成功地说服，更准确地说是命令杰克毁掉他所谓的艺术作品。兰特里齐亚塑造的这位女性，颠覆了传统的缪斯形象：她不仅是有血有肉、不完美的人，而且是一股反对艺术过度商业化的颠覆力量。兰特里齐亚以这个艺术形象，诠释了他在《新批评之后》对脱离道德、社会和政治责任的孤立主义审美话语的批判。

兰特里齐亚以积极正面的女性人物，反衬具有人格缺陷的男性人物。当那些男性人物陷入困境或者封闭在自我的孤独世界里挣扎时，这些女性不仅填补了男性世界里的空白，并成为引领他们思想和生活道路的新时代缪斯。兰特里齐亚在《意大利女演员》里，以女演员克劳迪娅反衬色情艺术家杰克，在《卢凯西与白鲸》与《路得记》里，以女主人公摄影师路得反衬作家卢凯西，最终，她们在兰特里齐亚的其他小说里被刻画成更具反传统特质和抵抗行动的女性形象。

三、多元交集下反抗暴力的女侠

在父权文化中，性别歧视除了表现为将女性的身体作为商品，性侵或性暴力也是性别歧视的一种表现。遭受性侵、性暴力的女性受害者不仅忍受身体的痛苦，还要遭受精神上的暴力压迫。社会学者认为，通常被性侵和强奸的受害者反而受到指责，即使经过多年的女权运动和工作，荡妇羞辱仍然是公众通常的反应（Locke et al. 7）。至于遭受家暴的女性，通常也因为父权文化的影响走不出家暴的怪圈：她们可能受父权文化的影响，认同施暴者的价值观，接受男女不平等的观念，特别在经历侮辱女性的言语和行为后，人格受到打压，导致她们否定自身价值并对施暴的男性产生过度信赖；她们也可能为了保持所谓家庭完整，忍气吞声；她们也可能经济不独立，求助无门，没有出路，必须依赖男性，只好选择默默忍受；她们也有可能因为自身善良或性格软弱，总抱有幻想地选择原谅等。

兰特里齐亚在小说里或多或少地描写到性侵、性暴力或家庭暴力事件，将这些事件追溯到父权文化的性别压迫或性别歧视。在《刀手》里，理查德企图在性爱中以刀伤害女友狄安娜，就属于性暴力。理查德从小受到他的精神之父维克多给予他的所谓男性阳刚文化教育，在屠宰场流水线的屠宰工作结束后，会到妓院释放情绪。这种文化不仅让他变得冷漠，而且教育他女性是被征服的对象，他可以通过征服女性，释放暴力冲动。因此，在他的潜意识里，女友狄安娜不是平等相爱的女人，而是他要征服、吞噬、彰显他所谓阳刚力量的对象。在《临时抬棺人》里，艾略特的两个女儿年幼时疑似遭到她们的继父性侵，成年后不明不白地被人杀害，艾略特怀疑她们的继父，却苦于没有证据。他在火车上碰到杰特·肯特实施家暴时联想到自己的女儿。在杰特眼中，女人和婴儿不是与他平等的人，她们没有独立的人格，必须完全听从于他，他有权力随心所欲处置她们。眼前的一幕让艾略特忍不住联想到自己的两个女儿可能有相似遭遇，因此拔拳相助，为眼前这两个被欺凌却又不能发声说话的女性伸张正义。

在兰特里齐亚的小说里，如果说艾略特两个受害的女儿以及杰特的妻女遭受欺凌却不能发声，其他的女性就不同了，她们坚强、果敢、坚定，有反抗的智慧和行动力。在《刀手》里，狄安娜面对理查德的刀子，感到了威胁，果断将理查德踢翻在地，以枪指着理查德，坚决将他赶走："你给我从这里滚出去，我保证不打死你。别让我再看到你，不然我就宰了你"（246）。她的做法与许多家暴案例里的女性不同。许多女性难以走出家暴的怪圈，经常在施暴的男人表现出悔意、道歉并寻找借口之后，或者在施暴男性软硬兼施之后，都选择原谅，然后再次陷入家暴，如此循环，愈演愈烈。有的女性最终甚至选择以暴制暴，杀死施暴的男性，不得不为此承担法律责任。狄安娜了解理查德的脾气，经过很长时间的磨合、抚慰、劝导、引导，发现仍然不能改变理查德，最终选择果断放弃。

《安东尼奥尼的忧伤》里的珍妮发展了这种女性形象，更有勇气、智慧和行动力。珍妮在读书期间遭受前男友吉米·斯卡沃内（Jimmy Scavone）对她实施的性暴力，当时她只能选择忍受和逃避，远离斯卡沃内。兰特里齐亚将性别暴力与男性沙文主义联系在一起，珍妮遭受性别暴力的原因，竟然是因为吉米在学业内外都不如珍妮优秀，因此心理上企图通过这种暴力形式，制服和压倒珍妮。兰特里齐亚借此批评产生这种暴力形式的父权文化和不平等的性别等级结构。

然而，兰特里齐亚并没有着力描述珍妮学生时代遭遇性暴力过程，这件事是咖啡店老板克里夫·瑞特罗纳（Cliff Rintrona）与男主人公汉克·莫雷利谈话中透露给汉克的。在小说里，关于珍妮遭受性暴力的回忆及其对她产生的影响仅占极小篇幅。更多篇幅是在描写大约十年后她跟汉克刚刚开始恋爱时，带着侠义心肠追寻汉克祖父莫雷利之死的真相。她为了洗去好友克里夫·瑞特罗纳的嫌疑，不惜悄悄找到身为律师的前男友吉米寻求信息；她在跟吉米会面时设法保护自己，成功制服企图向她施暴的吉米。这段经历给汉克带来焦虑和不安，成为他们未来婚姻生活中难忘的一个事件。

兰特里齐亚用很多笔墨着力描述珍妮与吉米会面时采取的策略和行动。她预判这次会面会遭到凶险，早有准备。吉米在酒店房间告诉珍妮，克里夫确实是杀死汉克祖父的凶手，但在珍妮转身要离去时，吉米拿枪威胁珍妮与之发生关系。珍妮沉着冷静而又足智多谋，假装配合他，讨好他，一边取出事先准备好的刀子，设法将他阉割。珍妮经历了受害、受羞辱、忍气吞声、退隐逃避、治愈等一系列常规阶段之后，最终选择面对和反击，以阉割的形式对抗性别歧视、性侵文化和父权文化，为自己构建了活泼的政治属性：反抗。在兰特里齐亚笔下，遭受性暴力的女性以其智慧、勇气、掌控力和行动力，颠覆了刻板形象，阉割产生性别暴力的父权文化。

兰特里齐亚的另外一类女性形象比抵制性暴力和父权文化更进一步，她们被赋予极大的反抗和追求社会公正的能力。权力及其体制机构的暴力一直是兰特里齐亚关注的问题。最初，兰特里齐亚的策略是为原本男性化的体制赋予母性的色彩。一般而言，在传统上，体制的、政府的、监管的权力力量是属男性的。兰特里齐亚认同福柯的观点，时刻警惕权力实施的隐性的系统暴力。法律机构和警察队伍被认为是附属权力机构的一部分，是实施规训乃至实施隐性暴力的主要场所。在《临时抬棺人》里，兰特里齐亚将凯瑟琳塑造成警察局的侦探，她在问讯时温柔体贴，善解人意，与另外一位问讯艾略特的男侦探罗伯特·林特罗纳（Robert Rintrona）形成鲜明对比。罗伯特·林特罗纳粗暴、粗鲁，捶着桌子，口出脏字向艾略特吼着，凯瑟琳则彬彬有礼地称呼"艾略特先生""先生"，对他的回答能够用心理解，对他的处境富有同理心；两位侦探同样爱好歌剧，但罗伯特·林特罗纳从情绪上听音乐；凯瑟琳不仅能够欣赏，而且能够听懂并说出音乐的表述。她深深地触动艾略特，最后成为他的伴侣。简言之，兰特里齐亚为这位权力机构的成员赋予了温柔的母性色彩，以艺术家的浪漫想象，改造冰冷严苛的权力机构。

从艾略特三部曲第二部《尤蒂卡杀狗人》开始，兰特里齐亚塑造了一位更加明确抵抗权力、追求社会平等、带有侠女气质的反体制形象——黑人女杀手杰拉尔丁·威廉斯（Jeraldine Williams），用她的暴力行动表述边缘人抵制与反抗的渴望。在《炼狱之声》里，兰特里齐亚给主人公罗伯特高中时暗恋的对象起名杰拉尔丁，她被一语带过。在《尤蒂卡杀狗人》里，杰拉尔丁变成著名广播主持人森扎玛（Senzalma）的保镖。她身材苗条、表情严肃，身穿意大利定制的阿曼尼紧身制服，是个美丽的神枪手。艾略特的发小、尤蒂卡警察局局长安东尼奥和助手迈克尔·科卡年轻时参与黑手党暗杀，后者以此要挟安东尼奥。为了帮助安东尼奥，艾略特曾折磨过科卡，恐吓他必须保持沉默。多年后，科卡为了报复，伤害与艾略特关系密切的人。他设计绑架并杀害艾略特的邻居夫妇，杰拉尔丁赶到，开枪救了邻居家的孩子安吉尔·莫雷诺（Angel Moreno），完成第一次侠义之举。

在艾略特三部曲第三部《莫雷利往事》里，兰特里齐亚更加明确杰拉尔丁的角色和作用设计，人物形象也更加丰满。传统的黑手党杀手是男性，但在这部小说里，兰特里齐亚赋予杀手以女性形象，并且在杰拉尔丁身上体现了性别、阶级、种族/族裔属性的多元交集性：她是底层女性，是黑人，属于所谓底层的、弱者、被边缘化的群体。兰特里齐亚隐藏了她的具体经历和成长过程，她究竟是代表黑社会的暴力还是公正与复仇的天使，边界是模糊的。但这位处于边缘位置的底层黑人女性，却被兰特里齐亚赋予了正面的性格和人格特点。她冷静和理智，拥有智慧和谋划，拥有高超的职业杀手技能和好莱坞常胜英雄的气质和能力，更重要的是，她富有正义感和爱心。

从很多方面看，这位黑人女杀手是艾略特暴力冲动和颠覆渴望幻化投射的形象。首先，杰拉尔丁的许多做法契合艾略特的心意。艾略特关心在意养子安吉尔·莫雷诺——也就是《尤蒂卡杀狗人》里被杀邻居的孩子，杰拉尔丁也非常关心她三年前亲自救下的这个孩子，时常托人打探安吉尔的消息。最重要的是，杰拉尔丁经常办成艾略特想办却不能办的事。小说一开始，安吉尔和一群老年朋友在克鲁索酒吧聚会，弹着心爱的吉他唱歌，一个有着神秘过去的 87 岁老者维克多·波卡（Victor Bocca）将安吉尔的吉他毁坏，这种暴戾行为让安吉尔崩溃，也让艾略特等人担心他会重新经历三年前目睹父母被杀的创伤。按照艾略特的本能和暴力习性，他很想立刻将波卡消灭，理智却告诉他不能这样。经常关心安吉尔的杰拉尔丁正好来这家咖啡馆看望安吉尔，默默目睹了安吉尔的遭遇，悄悄跟随回家的波卡踩了点，最后符合艾略特心意地连夜将伤害安吉尔的波卡杀掉。艾略特后来得知，尤蒂卡大名鼎鼎的黑社会头子莫雷利因企图揭发政界与黑帮勾结的事，遭人暗杀，但跟他合伙的知情者波卡却被高层忽略多年，现在才被发现，于是高层委托杰拉尔丁暗杀波卡。后来，杰拉尔丁又将波卡的外甥文森特·巴拉卡及其母亲杀掉，前者威胁到艾略特家的安危；后者在临死前发出种族歧视的谩骂。杰拉尔丁还在艾略特一家遇到威胁时，比艾略特更高效地保卫艾略特及其家人。此外，杰拉尔丁深知艾略特心里深藏的痛苦。艾略特一直怀疑前妻及其丈夫杀害了自己的两个女儿，一直想将他们绳之以法却苦于没有过硬的证据,杰拉尔丁自称了解内幕,证实了艾略特的怀疑,了解他渴望报仇却不能雇杀手报仇的痛苦,承诺只要他同意就替他办成。杰拉尔丁似乎象征了艾略特复仇的渴望,至于这个渴望能不能满足,就悬于艾略特的一念之间。

其次,杰拉尔还拥有艾略特渴望但不能拥有的性格特点。作为职业杀手,她从不会像艾略特那样"让愤怒把自己变得很脆弱",她在杀人的时候没有情感,"不会让一丝情感破坏精湛的技术"(*Morelli* 65)。但她并非全然麻木的杀人机器,尽管她自己口头上不肯承认,却非常可贵地具备关心人的情感,见到安吉尔时,像母亲一样"双手托着他的脸庞","抚平他乱蓬蓬的头发","淡淡地微笑了"(67)。艾略特很可能希望既保留自己丰富的情感,爱凯瑟琳母女,爱兄弟安东尼奥和侦探罗伯特·林特罗纳等人,同时又能冷漠地杀掉仇人,并且像杰拉尔丁一样干脆利落,不留痕迹。

杰拉尔丁像是艾略特潜意识里的人物。她经常变换名字,甚至杰拉尔丁可能也是假名;警方不知道她的国籍、种族,没有她的照片,查不出她的行踪,甚至不知道她的真实性别。她像影子一样难以捉摸,像潜意识一样模糊不清,更像艾略特幻化出来的替身。她"极有魅力,一个冷美人,让人害怕"(26),与其说艾略特被她的女性魅力吸引,不如说艾略特为自己幻化出来的更强大的替身所着迷。

在杰拉尔丁的人物刻画上,兰特里齐亚颠覆了阳刚硬汉与柔弱女子的二元对立,她符合卡密尔·帕格里亚(Camille Paglia)所提倡的"平等机会女性主义",也就是说,她体现性别平等的概念,是"坚强男性与坚强女性的联盟体"(34),是男女同盟(an androdrenious alliance/double)的体现。作为一个有正义感的职业杀手,她实现了艾略特或者许多人心里潜藏的侠盗梦想:在法律的框架下不能完成匡扶正义时,采用暴力形式惩罚恶人、实现正义,并成功逃脱法律的规戒和惩罚。不仅如此,作为黑人女杀手,她还代表底层、少数族裔、女性等被边缘化的群体，实现反叛和颠覆西方文化秩序和权力关系结构的暴力冲动。她既从属于类似黑手党的群体，有时又受雇于政界——后者在小说中体现为普罗维登斯州（Providence）的政治顶层，她归属于政治权力与地下势力互相勾结、互惠互利的网络；但为了保护安吉尔，她又敢于违背顶头上司（黑帮团伙）和雇主（政界）的命令，是颠覆权力体制网络的叛逆因素。与所有与权力抗衡的反叛力量一样，她最终只能自我流放，逃到意大利避难——她从意大利定制的阿玛尼制服象征着她的情感与身份之根，为她赋予了一个族裔/种族、性别、阶级交集的、意味深长的身份属性：有意大利渊源的黑人女性职业杀手。

兰特里齐亚小说里的女性人物经历了从简略的勾勒到成熟丰富的刻画。在早期的小说《刀手》里，理查德的女友狄安娜有智慧、有耐心和包容心，《炼狱之声》里的石南·法克斯顿聪慧且有悟性、秉承西方文化经典和传统、谙熟艺术和文学，象征着收留、爱心、治愈和希望。她们预告了兰特里齐亚以后小说里更完善的女性形象。兰特里齐亚还以积极正面的女性人物，反衬和引领具有人格缺陷的男性人物。在《卢凯西与白鲸》结尾出现的路得，将要成为引领作家卢凯西回到生活中的缪斯，并在下一部小说《路得记》里成为坚强而又有个性的摄影艺术家路得，不仅是她的作家丈夫卢凯西的佳偶良伴和益友，而且成为后现代空间里富有活力、争取自我表征的艺术主体。在《意大利女演员》里，克劳迪娅扮演缪斯角色，安慰、帮助杰克，代表道德力量，成为色情艺术家杰克的救赎，对抗电影媒体界的商业主义；杰克则相反，像浮士德与魔鬼签署了出卖灵魂的协议，从《意大利女演员》里那个"温顺的失败者"，变成《安东尼奥尼的忧伤》里"邪恶的恶人"（Jackson 18）。兰特里齐亚在后来的小说里更是为女性赋能，特别是为劳动阶层、被边缘化的女性赋能，塑造了具有侠义气质的女性。在《安东尼奥尼的忧伤》里，兰特里齐亚赋予咖啡馆女服务员珍妮面对暴力性侵时的镇定、机智和勇敢，让她得以惩罚为了征服她而企图再次施暴的前男友，象征性地阉割了实施女性歧视和压迫的父权文化。在艾略特·孔德三部曲里，兰特里齐亚糅合了通俗小说的风格，描写最具行动力的黑人女杀手杰拉尔丁·威廉斯，赋予她精湛的职业水平、冷静的头脑、充满正义感的心，是种族/族裔、性别、阶级等层面的合集，代表边缘群体与实施压迫的西方经济文化秩序对抗的激情和冲动。

如果说兰特里齐亚意在以小说促进社会变革和改变个人意识，可以说，他刻画的女性形象不仅颠覆父权文化对女性刻板形象的塑造，而且颠覆父权文化为女性制定的规矩和准则。兰特里齐亚在小说里为女性赋能，赋予女性人物坚强的性格、强大的自主能力和对抗能力，她们在男主人公的生活里扮演安慰、引领、救赎等重要角色，但更重要的是，她们象征了抵抗文化暴力与压迫的激情和行动，可以称得上是女性主义运动大潮中的杰出人物。兰特里齐亚精心刻画这些女性人物，对她们的欣赏和赞美跃然纸面。她们成为女性谋求性别平等和推动社会变革的艺术表征，与小说里的男性人物一起——意大利裔也好，非意大利裔也好——共同构成兰特里齐亚文化政治诗学的艺术表征。

第三章 文化政治诗学的主体

兰特里齐亚在他的批判生涯里一直关注艺术、艺术家和文化批评者的作用和地位,因此选择以这类人为主人公,先后创作了《炼狱之声》《卢凯西与白鲸》《路得记》《意大利女演员》和《安东尼奥尼的忧伤》等小说,刻画了作家、文化批评者和文学教授、摄影师、电影导演和电影演员等人物。他把这些人放置在后现代空间特别是消费文化里,探讨作为文化政治诗学主体的艺术家创作中的自我与自主性,探索艺术家与现实世界建立怎样的关系。

第一节 文学创作中的艺术家:
《卢凯西与白鲸》

2001年,兰特里齐亚在《卢凯西与白鲸》里,通过深入描写大学文学教授、"实验派"作家托马斯·卢凯西的心理活动,包括他儿时的初恋、卡夫卡式的梦境、对写作的议论、厚重的哲学思考等,关注文学艺术家文学创作中的自我与自主性,关注艺术创作与现实生活之间的关系——所谓现实生活,包含社会、家庭以及文学前辈的影响等错综复杂的因素。

小说共分五个部分，各由一系列非连续性的小故事组合而成，没有十分清晰的故事情节主线，整体上呈现出碎片化和不连贯性的特点。第一章"危机中的怀旧者"由"晕动症""马尔维纳斯群岛""粉丝俱乐部"和"歌剧之夜"四个小故事组成。第二章"欢乐高血压"由"艺术家的诞生""第一部小说完成时，卢凯西做梦当父亲""度假"和"中心酒店会谈"四个故事组成。第三章"特聘作家"有两个故事："道德沦丧基础班""道德沦丧高级班"。第四章"追寻麦尔维尔"对《白鲸》展开文学评论。第五章"性爱与维特根斯坦"包含三个故事："肉欲手推车""一个可怕的人"和"爱的逻辑"。在这些故事碎片里，兰特里齐亚将梦、幻想、回忆和真实生活交织在一起（Depietro 13），常常让人分不清梦境、回忆和幻想，颇具后现代派风格。因此，既有评论者赞扬小说让人"手不释卷"，值得多次阅读（Gallicho 27），也有评论者认为小说只会吸引对实验派感兴趣的学者，建议离大学远的书店无需储备太多册，因为它只适合专门广泛搜集小说的人或机构（Dewyer 189）。

可以肯定地说，这个为小说家卢凯西描绘的"拼贴式"肖像，是基于兰特里齐亚自己创造出来的。评论者注意到小说带有自传性质，因为兰特里齐亚在创作这部小说之前一直在思考麦尔维尔的《白鲸》，感到必须让这位伟大的作家成为自己小说的一个重要角色；于是，他从自己的"梦中选出几个片段，发展为一部抒情小说"（Depietro 13）。作为作家，卢凯西关注的问题很多，他探求麦尔维尔小说《白鲸》的隐含意义，追寻创作的价值，探索艺术家创作中的自我和自主性。他以父与子的关系为比喻，探讨文学传承和影响的焦虑，探讨艺术与生活的关系、艺术与暴力的关系，而这些都是兰特里齐亚在批评论著里特别关注的问题。

一、文学创作与自我

小说的主旨是追寻。兰特里齐亚让主人公卢凯西在麦尔维尔的《白鲸》中寻找隐藏的含义，隐喻他自己要在文学创作中探索艺术家的自我，特别是他面对写作时的一种强烈的使命感。《卢凯西与白鲸》的封面设计隐喻了这个使命感：一只巨大的白鲸，张着血盆大口，露出锋利的牙齿，即将吞掉一个掉入巨浪的人。这个设计固然暗指麦尔维尔的小说《白鲸》，但它也让人想起《圣经》中约拿的故事。神呼召约拿做先知，向尼尼微人预言灾难和悔改的消息；约拿感到任务难以完成，逃到海上，神安排海上起风浪，让约拿被大鱼吞到肚子里，最后约拿得救，决定执行神差遣他说预言、拯救尼尼微的使命。写作，于兰特里齐亚也是一个难以逃脱的任务。在他遭遇人生低谷、文学批评事业上感到难有突破时，写作，更确切地说是创造性写作，是他"坚不可摧的堡垒"（63）。他要通过创作发出重要信息，正如当初麦普金修道院修道士对他说的："你应该把这一切告诉世界，必须写下来。……你是作家，写出来就好了"（Depietro 21）。这些话语就像神的启示，让他不能回避自我。作为作家，他必须审视自己的内心世界，将各种思绪诉诸笔头，写出自己，并告诉世界，以获得内心的平静。

可以说，艺术家创作的源泉来自自我，特别是痛苦中的自我。兰特里齐亚在访谈中曾经表示，"我有时怀疑自己是不是在培养或渴望存在主义的痛苦境地，以便激发我在创作中寻找避难所。生活越糟糕，写作就变得越容易"（O'hara & Lentricchia,"Interview" 11）。这样，卢凯西这个人物就变得容易理解了：他总在悲伤的驱使下长途旅行，拜访临终的朋友；在父母身体状况急剧恶化时，他不辞而别，坐游船下南海旅行，追寻麦尔维尔早期的水手生涯，渴望从麦尔维尔到过的地方，唤出他那剽悍的写作之灵。即便卢凯西的父母先后去世，他仍不肯回去，继续旅行长达半年。只有悲伤的旅途才能激发他的灵感，让他才思泉涌，通过写作走出病态心理、愤怒的情绪、毁灭和死亡的冲动。

写作，让艺术家探索自我，剥去虚假的面纱，直接触及真实的自我。在小说创作过程中,兰特里齐亚真正做到了贴近自我,"与自我联合"(Depietro 25),写真实的自我。他在《夜晚之畔》中写道:"你作出让步,暂时休假不再做你自己,用某种方式忘记自己,这样才能发现更令人满意的自我,你开始思考'观点'和'信仰'……"(110)。在《卢凯西与白鲸》里,卢凯西的声音其实就是兰特里齐亚自己的声音,卢凯西"向自己袒露自己,也许最终直面一个恐怖的真相:他那可悲的空虚"(102)。这个空虚或许就是存在主义的空虚,但只有发现真相,才能够去面对;认清自己病态的自我怜惜,才能自我解嘲。因此,兰特里齐亚笔下的卢凯西有时深陷自我怜惜中,有时候又相当轻松愉悦,甚至滑稽搞笑。存在主义式的空虚、病态心理、愤怒的情绪、毁灭和死亡冲动,驱使作家在创作中寻求释放。

由于创作是为了探索自我,为了表达自我,小说的情节显得并不那么重要。卢凯西高度赞扬《白鲸》:麦尔维尔的主要目的不是描写紧张刺激、引人入胜的海上冒险,他的重点也不是与鲸鱼斗智斗勇的故事。他热衷于书写偏离故事主线的离题话,他热爱比喻。对于麦尔维尔来说,比喻第一,情节第二。卢凯西像他的作者兰特里齐亚一样,喜欢引用他欣赏的德里罗在《白噪音》(*White Noise*)里的一句,"所有的情节都会走向死亡……"(*Lucchesi* 61)。情节性的小说由故事的开始、中间和结尾构成,结尾最终将文本封闭、终结,最终死亡。兰特里齐亚曾在《新批评之后》里批评弗兰克·克默德所说的有序、封闭的虚构世界,提倡还原丰富多彩的现实。因此,毫无意外,卢凯西批评所谓有开头和结尾、注重情节的故事。在卢凯西看来,麦尔维尔拒绝文本的封闭和僵死,麦尔维尔用非虚构写作,用不断偏离故事主线的"离题话",延缓叙事情节的进程,阻止故事情节走向死亡。他用语言的行动,让文本活动起来,并且永活。作家卢凯西像麦尔维尔一样,"病得很重,他得的病,是他对文学的热爱不再服务于故事,而是服务于它自身,他为语言深深地迷醉"(*Lucchesi* 61)。他写作的主要目的也不是讲故事,而是用语言剖析自我。唯有语言自发式的自由流动,才可能表征朦胧氤氲、含混不清甚至矛盾的自我,也才能带着有限的自我脱离预定的死亡结局。卢凯西的作者兰特里齐亚也是如此,他采用明显缺乏情节的叙事,用意识带领语言,寻求突破语言的牢笼,也寻求突破自我意识的牢笼。文学艺术家的创作自由,来自那个活泼好思的自我,用语言在行动。

二、文学创作与现实生活

然而,对于兰特里齐亚来说,这种所谓自发的、自主性的、来自"非理性"自我的写作并不像表面上呈现的那么简单。艺术(家)与生活本质上处于复杂的辩证关系。以语言为媒介的文学创作行动,既与生活密切相关,受现实生活的塑造,又寻求突破生活。因此,兰特里齐亚在小说里实践的,有时似乎与卢凯西宣称的完全相反,他让卢凯西不断与另外一个自我争辩,有时赞同,有时意见相左,有时摇摆不定,在与自己的争辩中寻找创作的真谛。

文学艺术家置身于社会、家庭环境里,受多种因素的塑造,但艺术家在许多方面需要与外界隔离开,远离尘嚣。创作时的自主性源于自由的想象力,这种自由首先需要独立创作的物理空间,才能沉浸在想象力的私密空间。兰特里齐亚认为,"艺术家需要自私——独处、与他人保持距离、专注自己的内在生活——即使与亲人和朋友坐在同一张餐桌用餐时也是如此"(Depietro 157—158)。创作时,他必须逃脱周围嘈杂的现实。因此,兰特里齐亚描述60岁的卢凯西渴望从儿时记忆和有关麦尔维纳斯群岛的幻想里获取写作灵感。在第二章的第一个小故事"艺术家的诞生"里,兰特里齐亚描写卢凯西16岁时为躲避喧闹的家,寻求独处,爬到屋前的樱桃树上,故事暗指意大利作家伊塔罗·卡尔维诺(Italo Calvino)的小说《树上的男爵》(*The Baron in the Trees*, 1957),讲的是一个住在树上的男孩的故事。卢凯西在自己的樱桃树上,仿佛那个男孩，成为自己想象世界的王，他沉浸在想象当中，幻想着他的单恋得到回报。在自己的想象世界里驰骋，这是艺术家的开端。卢凯西用麦尔维尔为自己远离他人的做法找到依据："在七年时间里，乔伊斯写了《尤利西斯》。在七年时间里，麦尔维尔相当于写了四部《尤利西斯》，其中一本是《白鲸》"（Lentricchia, *Lucchesi* 58）。究其原因，麦尔维尔在自己孤独的"洞穴"里写作，远离尘嚣，才能写出丰富的作品。

文学艺术家还需要自由的创作空间。在小说里，卢凯西宣称："艺术家是自主的。他必须是自主的。他需要自由，需要跟所有渊源脱离开，包括文学的和家庭的"（86—87）。卢凯西所说的自由，首先是指创作上与现实、与家庭的渊源脱离联系。卢凯西在小说中使用父母的名字，让父母很不开心。显然，兰特里齐亚借小说写自己的真实经历。他在小说里也经常使用自己的资料，有时候甚至不改变真人的名字和地点，使用真实发生的事件，例如，他在《夜晚之畔》和《约翰·克利泰里》等虚构作品里，使用了父母和亲戚、朋友和邻居的名字，并且对这些资料再加工，进行艺术化处理，使它们更具戏剧性。此外，兰特里齐亚也不忌讳使用历史上的人物，在小说里想象与这些真实的人建立联系。第五章的第二个故事"一个可怕的人"，由已故美国维特根斯坦专家诺尔曼写的六封信组成，诺尔曼在给朋友、同事和情人的信中，谈到他与业余哲学家卢凯西交往的事情。在小说里，卢凯西劝父母把故事和真人分开。他借用路德维希·维特根斯坦（Ludwig Wittgenstein）的哲学思想，指出名字的承载者与名字的含义不同："名字的承载者会死；人……会死；但含义继续在使用。我们不能把名字的承载者跟名字的含义搞混了"（87）。在卢凯西看来，他只是借用，名字已经脱离原来的使用者，脱离现实生活，被赋予丰富含义。

但就在同一部小说里，卢凯西又借维特根斯坦关于名字的哲学思想，批评将名字抽象化的做法。他引用维特根斯坦的《哲学研究》提醒读者，抽象的思考会导致思考者脱离具体的生活，脱离有血有肉的人。

卢凯西认为，维特根斯坦声称名字的承载者死后名字的含义仍在，在这个哲学原理下面，埋藏着维特根斯坦的痛苦回忆，即，他从自身生活经验知道，在抽象的名字背后，在这个抽象的哲学原理下面，其实埋藏着两任同性恋情人弗朗西斯·斯肯纳（Francis Skinner）和大卫·品森特（David Pinsent）逝去后给他带来的痛苦，是活在他回忆里的、活生生的人。然而，抽象的哲学原理书写不出生活经验中的欢乐痛苦、甜蜜忧伤，没有"温热的身体，没有美好美丽的身体"，没有真实的人。这也是维特根斯坦"不想搞哲学"、常说"要离弃哲学"的原因（100）。在哲学里，他失去了真实的生活。同样道理，卢凯西宣称他在文学作品里挪用的名字已经脱离现实、成为虚构世界的独立存在，其实并不完全准确。这些名字仍然存在于创作者的意识里，包含具体独特的、个性化的内容，与创作者有千丝万缕的联系。

卢凯西所说的在创作上与家庭的渊源脱离联系，还涉及作者的族裔问题。兰特里齐亚经常被问到究竟是否属于意大利裔作家。可以肯定地说，族裔经历和家庭背景影响了兰特里齐亚，给予他灵感和题材。他的小说人物往往出身意大利裔。他自己也承认，他在创作时一旦将自己曾经熟悉的意大利裔人名或地名写在纸上就才思泉涌。这就不难理解他为什么在小说里经常使用各种美国意大利裔文化符号。在《卢凯西与白鲸》里，卢凯西的一些幻想围绕意大利歌剧和黑手党展开。第一章里的"歌剧之夜"讲述卢凯西的幻想：他晚上到剧院听歌剧，在歌剧院受到礼遇和尊重，最后被叫去代替意大利男高音帕瓦罗蒂（Pavarotti），可他因为怯场，在表演前尿裤子。第二章第四个故事"中心酒店会谈"讲述托马斯·卢凯西（Thomas Lucchesi）与纽约黑手党教父托马斯·卢凯希（Thomas Lucchese）的会面。这两个小故事里，出现了歌剧和黑手党这两个嵌入大众意识的美国意大利族裔符号。

但是，作为文学艺术家，兰特里齐亚的主要目的不是为宣传某个特定的族裔、派别、群体而写。2010 年，霍夫斯特拉大学（Hofstra University）举办了一次题为"危险的教学法：意大利和美国意大利裔研究宣言"的大会，兰特里齐亚作主旨发言，他在发言中表示，他在创作时不仅仅是美国意大利裔作家，也不仅仅是男作家，他是意大利裔、男性、天主教徒、美国人等因素的交集。更重要的是，他在创作中会逃离社会学限定因素的界定，表达艺术家的"创造性、想象力、艺术和神秘"（*Portable* 159）。创作中的艺术家拥有社会限定因素之外的创造力和想象力，这让他创作出许多非意大利裔人物，也创作出丰富的女性形象。作为文学艺术家，兰特里齐亚在进行想象力创作时所表达的主旨已经不局限在某个族群里。他在艺术创作中实践《新批评之后》所说的，艺术家如何在特定历史文化框架下发挥主观能动性和想象力，进行有突破和创新的艺术创造。

　　兰特里齐亚是一个体验和经历生活的艺术个体，借助族裔，或者意大利裔元素，探索艺术与暴力的关系问题。《卢凯西与白鲸》第二章的名字取自 1945 年上映的一部美国电影《欢乐高血压》（"High Blood Pleasure"），讲的是一对双胞胎兄弟的有趣故事。兰特里齐亚给作家托马斯·卢凯西和黑手党教父托马斯·卢凯希起谐音的名字，在黑手党面前，作家卢凯西没有话语权。卢凯希以为卢凯西说的济慈是个犹太人，不接受卢凯西反驳。这两个人，一个是英语专业，用诗意的语言书写暴力，另一个自称是"严峻的犹太背景下的意大利裔裁缝"（27），亲身实践暴力行为。兰特里齐亚指出他们都爱好写作，暗示卢凯西与卢凯希就像电影《欢乐高血压》中的双胞胎，或者说黑手党托马斯·卢凯希"是艺术家卢凯西在族裔之镜里扭曲的形象"（Depietro 71），受过教育的人和歹徒有时可能是"同一枚硬币的两面"，"黑帮卢凯希实践作家卢凯西想做又不要承担'后果'的事。作家暗暗模仿黑帮，但他不想承担黑帮行为的可能后果"（74）。诚如兰特里齐亚与麦考利夫在《艺术的犯罪与恐怖》中所示，艺术家的想象力里隐藏着与恐怖分子相似的暴力倾向和反叛激情，旨在颠覆西方资本主义经济文化秩序。兰特里齐亚在接受采访时也说，艺术家越界的冲动，近似于实施暴力犯罪的冲动，"写作就是表达一些必须表达的东西，不写出来就会毒害我的心灵。一切都写出来了，我就感觉好多了。例如，暴力是在我的小说里进行的——就像在《刀手》里那样——这样我就不必在我们所谓现实世界中这样做了"（Depietro 150）。兰特里齐亚借用意大利裔黑手党的符号载体，表达的是文学艺术家越界的冲动。艺术家受到现实经验的影响，但在创作时，艺术家在一定程度上脱离现实世界，跨入想象力世界，成为现实世界与艺术世界相交的界面，成为读者通达想象力世界的媒介。

卢凯西所说的在创作上与现实生活脱离联系，还涉及创作者阅读经验中的重要元素：创作者的文学前辈。在这部小说里，兰特里齐亚继《新批评之后》，以艺术创作的方式，继续探讨布鲁姆提出的"影响的焦虑"，探讨文学传承和传统对作家自主性的影响。为此，他致敬麦尔维尔，就孤儿的主旨展开讨论。麦尔维尔在写作时自视为"孤儿"，挑战"受政治和经济支配的、充满敌意且强大的外部环境"（Depietro 76）。麦尔维尔"相信自己被抛弃；他是儿子"（Lentricchia, *Lucchesi* 49），他在写作时，"自己是自己的父亲"，通过创作，创造新的自己，"自己获得新生"（Depietro 77）。兰特里齐亚借用麦尔维尔的故事，用他笔下以实玛利的孤儿身份比喻文学艺术家：作家必须先假定自己是孤儿，是独立自主的；他必须摆脱之前艺术家的影响，脱离限制因素，先成为独立自主的作家，创建自己独特的想象力空间，创造自己的世界。

然而，艺术独创往往不是凭空而来，艺术有一定的传承，是在前人的基础之上发展而来的。兰特里齐亚注意甄别——或者毋宁说是打破——独创与传承的边界。"以实玛利必须逃脱，不然就没法讲故事了。这个活下来的原因微不足道。以实玛利必须独自逃脱，发现自己再次变成孤儿，才好确立自己的作家身份，只有作家才能讲这个故事，因为他只有一个恰当的主题，就是正在崩溃的父亲根基被毁。这个失去亲人的男孩没有父亲,他才是艺术家的父亲,这位艺术家偶尔必须记起那个失去亲人的男孩"(*Lucchesi* 56)。艺术家在创作时固然想象出自己独创的艺术世界,但艺术家必然是先受到造就,必然带有前辈的印记。先有传承这个前提,才可以说到摆脱前辈的影响,实现独创。兰特里齐亚在第五章"性爱与维特根斯坦"的第一个故事"肉欲手推车"里,使用手推车意象,暗指文学前辈的影响。这一章说到卢凯西的小说创作,说卢凯西在小说里用手推车意象作为两个小说人物的性爱工具。这一章还讲述了卢凯西邻居夫妻的故事:邻居的丈夫不堪妻子背叛自己,冬天里将熟睡的妻子捆在车上,自己则赤身裸体推着车走。手推车的故事暗指两个文学前辈和他们的作品:一个是威廉·卡洛斯·威廉姆斯(William Carlos Williams)的《红色手推车》(*Red Wheelbarrow*),诗人使用简洁的核心意象"手推车"来传达丰富的意义;另一个暗指是《白鲸》第十三章"手推车",讲的是以实玛利和魁魁格之间日益加深的友谊,手推车是他们亲密的象征。卢凯西在评论麦尔维尔的《白鲸》时,提到弥尔顿的诗《亚当与夏娃的初恋》,暗示以实玛利和魁魁格之间有同性恋之嫌。对于卢凯西而言,手推车变成了艺术的载体,需要推陈出新,需要作家"在自己的流沙中寻找新的艺术载体"(92),使陈旧的艺术载体复苏。卢凯西用性爱比喻写作,比喻创造新生命,寓意从文学前辈那里脱离出来,为已有的文学意象创造新意。

卢凯西是如此,他的创造者兰特里齐亚也是如此。他完全不否认受到文化或文学前辈的影响,在小说里与他们积极对话。他在《卢凯西与白鲸》里改写麦尔维尔的《白鲸》,在《意大利女演员》里改写意大利导演费里尼的电影《八部半》,又在《安东尼奥尼的忧伤》里改写意大利导演安东尼奥尼的电影《奇遇》(*L'Avventura*),在前人作品的基础上寻求突破,为已有的意象赋予新的含义。

当然,卢凯西所说的创作上与现实脱离联系,最终还涉及艺术品与市场的关系。卢凯西不是畅销小说家,商业上并不成功。小说第一章第三个故事"粉丝俱乐部"是个荒诞的幻想,讲的是卢凯西的父母和他的妻子拿着他的书,突然在他面前倒地死掉:"他们自己主动倒在我的脚下。我最伟大的粉丝"(13)。卢凯西的书因为涉及许多真实人物,给他的妻子和父母带来痛苦,这几个所谓的"粉丝"宁愿和这本书一起死,也不愿和它生活在一起,显然,他们厌倦卢切西的创作。这个故事暗指欧文·沃利斯(Irving Wallace)的同名小说《粉丝俱乐部》(*The Fan Club*, 1974)。在沃利斯的小说里,一群年轻人绑架了一个大众明星,强迫她与他们发生关系。跟卢凯西的小说不一样,这部描写性和犯罪的小说受到商业市场的欢迎,严肃小说和流行小说的受欢迎程度形成鲜明对比。毋庸讳言,兰特里齐亚的卢凯西带有一些自传色彩。他通过调侃卢凯西,很可能在自嘲地暗示自己的小说没有受到批评界和读者的足够注意,也承认自己"不会写那种商业小说"(Depietro 159)。作家希望能够被市场的接受,但又必须保持其艺术性。为解决这个问题,兰特里齐亚再次转向麦尔维尔,指出他在《白鲸》里的策略性让步:麦尔维尔写了受大众欢迎的亚哈追逐白鲸、海上冒险的故事,但在这个故事主线之外,他加入许多偏离故事主线的内容,在与之有所交叉的另外一个世界里任由想象力驰骋。小说出版后,起初不能为市场接受;当小说最后受到追捧时,读者往往也只注意到亚哈追捕白鲸的故事。但是,兰特里齐亚坚信,评论者的评论是短暂的,麦尔维尔的想象力世界是永恒的,它安然无恙地封存在他的艺术作品里,不会遭受外界和时间的侵蚀,里面埋藏的宝藏最终必然会被发现。

艺术(家)与现实生活处于既有一定联系、又相对独立的辩证关系中。创作需要自由的想象力,需要独立创作的物理空间和私密的想象力空间,但创作必然取材于社会和个人生活,作家既有家庭/族裔和文学渊源,在创作上又需要脱离这些渊源,寻求独立性、独特性和自主性。此外,创作者要求读者独立审视被创造的虚构世界,然而阅读是多种因素交织的体验,读者必然将阅读到的虚构世界与创作者的经历、与读者本人的经验联系在一起。卢凯西所谓创作与外界隔离其实是个悖论。更准确地说，只是相对而言。对于创作者也好，阅读者也好，没有完全独立的虚构世界。

三、文学创作的自主性

文学艺术家的想象世界与具体的生活既有联系，又保持一定的独立。这种辩证关系体现在兰特里齐亚的创作里。一方面，兰特里齐亚强调文学创作上需要创建独立的空间。他在《夜晚之畔》里也说，"艺术与生活的区别非常脆弱，但又非常重要，它让我的'生活'更艰难。我不能说，别管什么鬼区别吧，因为我自己有一半是相信的"（88）。正因为他相信艺术有别于生活，他塑造了一个竭力与外界隔离开、在独立的物理空间里孤独创作的卢凯西，一个沉浸在想象力的私密空间的作家，他在努力创造脱离家庭、社会和文学渊源的艺术空间。另一方面，兰特里齐亚深知割裂艺术生活与现实生活的危险。一些评论者也在小说里看到兰特里齐亚延续《新批评之后》对作家"自主性"的批判，看到他用小说严肃地批评了现代作家的浪漫主义幻想。在《卢凯西与白鲸》第四章"追寻麦尔维尔"里，作家梦想能够全然地自我创造，将自我彻底再造成审美的自我，完全自主、独立地存在于艺术作品背后，主导艺术作品的选材和风格，与外界无干（Depietro 131）。但艺术家若完全处于想象世界，选择艺术先于生活，不免与生活产生脱节，成为一个自私的人，对于现实世界的介入作用也会有所折扣。

艺术与生活之间既有联系，又需要保持相对独立性，这种张力促使作家有时陷入矛盾之中。在这种张力下，卢凯西变成一个脾气古怪、自私、封闭、不善与外界交流的人；他像麦尔维尔的以实玛利一样，在封闭的艺术世界里失去创作的灵感，渴望突破、渴望暴力摧毁束缚，摧毁束缚创作灵感的自我和写作的堡垒。以实玛利用海上旅行释放破坏和摧毁的冲动；他又常在棺材店门口徘徊，遇上送葬队伍必然尾随其后，这些向死的冲动迫使他必须摒弃孤僻病态的心理，通过到外界去探险释放能量。同样，卢凯西也通过旅行和航海，通过回忆和幻想与各式各样的人互动，实现自我的新生和创造。卢凯西发现麦尔维尔最终从写作，从已经"被毁的爱的堡垒，从他那被不断摧毁的、写作的堡垒"，"回到真实的生活里，回到被毁的家庭生活里——长久以来，他一直对家庭生活说不"（Lucchesi 80—81）。同样，卢凯西最终也要回到生活中，发现生活才是他最有活力的缪斯。在小说最后一章"爱的逻辑"里，卢凯西教授在飞机上碰到女乘务员路得，与她大谈哲学并谈情说爱。这个结尾象征艺术家必须投入到生活中。

这也是卢凯西的作者兰特里齐亚的写照。他在访谈中坦承，贝利（R. M. Berry）在《美国书评》里的评论很到位："卢凯西是阴郁、梦幻版的兰特里齐亚。对于这个名不见经传的小说家来说，没有什么事情是自然而然发生的，他杂糅了酒神狂欢式自我毁灭和自我创造"（Depietro 158）。兰特里齐亚在语言和艺术的世界里狂欢，在对自我摧毁式的剖析中获得新生和创造力。这种艺术里的新生，是指作家通过艺术描写现实生活，与生活产生联系。

艺术回到生活，首先要书写生活的感官体验。兰特里齐亚笔下的卢凯西拒绝寻求所谓"深层"的真理，关注"感性的现实"，描写具体的生活。但这并不是说卢凯西没有形而上的追寻，只不过卢凯西渴望像麦尔维尔一样，强调"感官生活那薄薄的一层丰富多彩的表面以及形象的描述"（Lucchesi 58）。兰特里齐亚在《夜晚之畔》里承认，"感官美是首要的诱惑，我从不拒绝"（58—59）。生活经验里感性的美，不仅吸引他，而且正是他所要捕捉和记录在文字里的，正如他在《精灵与警察》里评论斯蒂文斯一样。其次，艺术家通过艺术干预现实生活，与生活产生联系。难怪一些评论者会看到兰特里齐亚小说的政治力量，因为他坚信艺术的审美力量对现实产生强大的影响力，"文学释放审美力量……扰乱理论分类，干扰意识形态立场，与历史语境有一定关联；可以产生不可预见的社会和心理后果；既可以甘心服务于某个政治立场，又很有可能会背叛它"（Depietro 86）。对于兰特里齐亚来说，究竟是循规蹈矩、遵循惯例，还是选择艺术的幻想，尽管他会迟疑，会有矛盾，但"他的大部分热情都放在艺术上"（86）。

这部小说充分体现了兰特里齐亚的艺术观：文学艺术家受到现实世界的塑造，艺术源于生活，但人有主观能动性，能够发挥想象力和创造力，让艺术家在艺术创作的时刻超越现实和家庭渊源的束缚，获得创作自由，让作品独立存在。然而，完全隔绝在想象力世界的艺术家必然陷入困境，受到自我的束缚，因此艺术家一方面必须回到生活当中重新获得灵感，受到生活的锤炼，并重新在外部环境的束缚下，渴望回到"写作的堡垒"，回到想象力和语言的避难所；另一方面，艺术家必须用自己的作品描写生活，介入现实生活，用艺术作品影响世界。这，也许就是艺术家的现实，或者，就是艺术家的宿命。

第二节　后现代空间里的艺术家：《路得记》

艺术家渴望独立自由地驰骋在想象力的空间。但艺术家在所谓艺术的避难所里往往会陷入困境，必须回到生活，与外界建立联系，并在外部环境的锤炼下，重新回到"写作的堡垒"，但艺术家如何在其自主性和社会性之间保持平衡，如何与外界建立恰当联系，在当代纷乱的后现代空间里尤为重要。为此，兰特里齐亚在《路得记》里将艺术家放在这种特定环境下，考察其自我危机与主体性重构。

小说里的男女主人公都是艺术家。71岁的男主人公卢凯西延续《卢凯西与白鲸》里的身份，是个过气的作家，曾经出版小说《前列腺对话》(The Prostate Dialogue),① 现在渴望在创作上有新突破；女主人公与《卢凯西与白鲸》末尾卢凯西在飞机上认识的乘务员路得同名，但她是位才华横溢、颇有名气的摄影师，年轻时曾在古巴采访卡斯特罗，出版《古巴故事》，轰动一时。小说开始时，58 岁的路得厌倦了政治，厌倦了媒体，试图摆脱过去。她定居尤蒂卡，与卢凯西结为夫妻。兰特里齐亚借用《圣经》里路得的名字，让她追随《圣经》时代路得的脚踪，来到现代的巴格达。不同的是，兰特里齐亚反转路得的族裔身份和命运：《圣经》时代的路得是"外邦人"，是摩押（现中东地区）女子，在摩押失去了她的犹太丈夫，后来返回已故丈夫的家乡犹大地，归了犹太教；小说里的路得是犹太人，2002 年海湾战争和伊拉克战争之间，在丈夫卢凯西的陪伴下来到巴格达采访萨达姆。卢凯西在伊拉克失踪，疑似失去生命；路得成功完成采访和摄影任务，只身回到丈夫的家乡尤蒂卡。《圣经》里的路得最后因信仰蒙恩得救，成了著名的犹太王大卫的曾祖母；后现代空间里路得的未来如何尚不可知。

兰特里齐亚在小说里通过对比卢凯西和路得两个人物探讨艺术家的自我。有评论者指出，卢凯西渴望通过创作活动、通过各种文化叙事了解和创造自我，却注定失败 (Depietro 87—102)。尤蒂卡的卢凯西需要通过"路得的全球化经验刺激他的行动，让他从脆弱的本土化状态行动起来"，投入广阔世界的全球化多元化里 (111)；路得则看到自己的主观能动性，发现可以选择自己的叙事，创建自我。不过更重要的是，兰特里齐亚把艺术家放置在后现代全球化交流的空间里，目的是探究资本力量、媒体力量和政治力量在地方和全球的流动及其形成的网络，考察其对艺术家的自主性所产生的影响。后现代空间不仅是一种文化意识形态或幻想，而且是真正的历史现实，是资本主义在全球第三次原始大扩张 (Jameson, Cultures 88) 下形成的一种新的空间形态：社会主导功能

---

① 兰特里齐亚给这部小说起这个名字，显然在戏仿夏娃·恩斯勒 (Eve Ensler) 1997 年推出上演、表现女性主义的戏剧《阴道独白》(The Vagina Monologue)。

和活动越来越围绕资本网络、媒体网络和政治网络等展开，生产、经验、权力与文化的过程和结果被重新定义。资本、媒体和政治网络的全球化联络和互动促使"权力关系戏剧性重组"（Castells, *Network Society* 502），对地理空间、对文化空间、对个人产生极大影响。在小说里，兰特里齐亚选取古巴、白宫、尤蒂卡、第九湖和巴格达等地理空间，追随卢凯西和路得在各个地理空间和文化空间的转换，揭示后现代空间网络对艺术家自主性造成的威胁和提供的机遇，探讨后现代空间里艺术家如何创造自己的空间，重建主体性，充分发挥社会作用。

一、后现代网络关系下的空间流动

兰特里齐亚让他的两位艺术家在不同的历史时间和个人时间，在古巴、白宫、尤蒂卡、第九湖和巴格达等几个不同的地理空间迁移转换。如果说常年居住尤蒂卡的卢凯西是脆弱的地方性的象征，那么路得就是全球化沟通的象征。她行走世界各地，与卡斯特罗、肯尼迪和萨达姆等人接触，在资本、政治和现代媒体网络化的后现代空间里，集中体现了人员的跨国流动和国际化印记。

小说《路得记》里的尤蒂卡是这个流动转换的枢纽。全球化资本给她的区域文化带来异质性和同质性。尤蒂卡曾拥有繁荣的制造业，聚集了大量意大利裔和其他族裔移民。在资本全球化过程中，尤蒂卡因其传统的制造方式陷入长期的后工业经济危机，获得"制造业铁锈带"的称号。然而，世界各地的多元文化继续汇入尤蒂卡，包括意大利裔、犹太裔、荷兰裔、德国裔、爱尔兰裔、波斯尼亚裔以及亚裔等。卢凯西是意大利裔，从小生活在尤蒂卡，在外闯荡几十年后回到家乡定居；路得是犹太裔，成名后来到尤蒂卡。两人的结合，代表全球化迁移中尤蒂卡的多元文化融合。

资本主义全球化进程渐渐消除地区文化差异，促使尤蒂卡文化同质化。大家从相同的广播、电视和杂志上获得信息；不同民族穿上相似的衣服，参加相似的娱乐活动，去同样的影院观看同一部美国电影，生活方式也越来越接近。所有这些都使尤蒂卡各族移民越来越趋同。但与此同时，各族群也努力在同质化进程中保留自己的族裔特色和个人特色。《路得记》里，查利·迪斯塔法诺（Charley Distefano）开着意大利餐馆，拉里医生（Larry）为社区犹太裔服务，俄罗斯邻居在院子里种植樱桃树纪念他们的俄罗斯祖先。卢凯西在玛丽街上散步，"街上散发着大蒜在橄榄油里慢慢煎成金黄色的香味，还有美国意大利裔厨房里酱料倒出后散发千百样的香气。呼吸着这样的空气，卢凯西心情愉快"（75）。意大利裔厨房及其特色餐饮成了体现尤蒂卡多元文化的一个元素。

处于第三世界的古巴在小说里作为导弹危机的背景城市，体现了政治与经济全球化的交集。资本流动给它带来"新工业空间"（Castells, *Network Society* 417）。哈瓦那以雪茄制造闻名，信息技术和资本的全球化流动，带动制造业的全球化流动，把哈瓦那雪茄带到全球各地。当路得告诉卢凯西她当初在古巴采访卡斯特罗时，将美国雪茄作为礼物赠送卡斯特罗，卢凯西评论说："他有世界上最优秀的哈瓦那雪茄，怎么会抽便宜的美国雪茄呢？"（106）古巴雪茄成为资本和政治全球化和交集的符号。

另外一个扮演重要角色的城市巴格达，更明显地呈现资本全球化流动的痕迹。巴格达具有悠久的历史，是古老的宗教中心，拥有厚重的传统文化资源，丰富的政治蕴含，成了卢凯西渴望寻求艺术突破的地方。这里有清真寺圆顶建筑和尖塔，能够听到来自底格里斯河畔清真寺里穆斯林敬拜和歌唱的声音。当卢凯西和路得被领进他们在巴格达的住所时，迎接他们的是一场视觉盛宴："八个大理石大浴室，带多色玻璃圆顶，到处是模压和彩绘的木墙和木质天花板，镶嵌着釉面的金属门，墙上是原木窗户，彩色大理石马赛克地板，一些地下通道，花木雕刻，穿孔的镶板上拼出《古兰经》诗句"（142）。带有西方科技色彩的装修材料，遮不住伊拉克传统文化的元素。兰特里齐亚在小说中指出，"严肃的艺术家不喜欢西方那些发明创造"（135）。卢凯西和路得热爱古老宫殿建筑，对现代建筑持有警惕和戒备心理。然而，在资本主义经济影响下，巴格达贫富差异显著，"光明与黑暗各半"（92）。巴格达一半肮脏落后：拥挤的露天市场和庭院，挤满病人的传统医院；另一半却又新又发达：宽阔的道路，繁忙的车流，豪华购物中心，具有"国际风格和不敬虔的现代性"（92）。

在后现代空间里，除了资本全球化流动，政治权力在全球范围内建立政治网络，操纵各社会力量，企图控制全球，或解决全球化冲突。在《路得记》中，白宫作为一个强大的政治中心，美国政治权力的象征，带动了各空间的互动。白宫对古巴和伊拉克实施干预，通过古巴导弹危机（肯尼迪政府）、海湾战争和伊拉克战争（布什政府），加强它的全球化政治网络。在后现代空间里，政治网络对文化空间、对个人的影响比以往范围更大、程度更深。

在政治网络和政治权力面前，个人显得极其渺小。战争作为政治网络的核心武器，给战争中的国家和人民带来毁灭。兰特里齐亚借用《圣经》里摩西出埃及前的十灾意象，渲染战争带来的危机："海湾战争中，鸡也不下蛋了，只好杀了喂狗，可狗也不肯吃。下的雨也是脏的，电话不通。海湾战争时，她的果园里到处是死鸟；现在，大家都在谈论新一轮冲突，鸟类就决定提前死掉。她每天早上醒来，都会看见底格里斯河着火，厨房满是死苍蝇"（175），这段描述里暗含了血水灾、牲畜灾和苍蝇灾等。在巴格达街上，卢凯西走近人们问路时，他们举起双臂，好像避开恶魔一样匆匆离开。伊拉克人害怕美国人给他们带来的灾难。显然，政治网络全球化扩散，白宫给伊拉克带来灾难；政治空间的侵入，剥夺了被侵入空间人民的生活。

除了战争，政治也在其他方面改变私人生活。政治丑陋，毫无人性，带来死亡，致使个人沦为"困在永远的政治剧场里的后现代身体"（12）。路得在古巴摄影采访时，美国政府的间谍利用她的天真和无知，要借她之手暗杀卡斯特罗，导致一个12岁的古巴小女孩受牵连，在她眼前死去，两个间谍也被抓起来杀掉。在政治权力面前，人不仅失去生命，更会失去个体性和个性，成为权力塑造的对象。小说中的萨达姆说，"我认为自己是总统艺术家，把原材料，也就是伊拉克人，雕琢成器，免于变化带来的混乱"（161）。路得在萨达姆的宫殿里采访萨达姆，萨达姆高谈艺术哲学，与此同时，卢凯西却沦为萨达姆极权主义政治权力机器的受害者。卢凯西患有前列腺疾病，在户外缺水太久，巴格达导游穆罕默德给他水喝，后扶他去公园角落灌木丛后面方便。然而巴格达便衣跟踪拍摄，根据一些片段怀疑两人在做同性交易和毒品交易。最终，卢凯西在巴格达机场准备回国时被警方带走，从此杳无音讯。

卢凯西和路得的生活和私人空间不仅被资本和政治网络渗入，也被信息网络侵入。一方面，现代媒体网络利用资本和政治网络提高竞争力和经济收益。对于《纽约客》来说，伊拉克战争，路得的摄影报道，会让报纸增加发行量并盈利。路得从巴格达回到尤蒂卡后，对于卢凯西的失踪，媒体表现出惊人的冷漠，甚至幸灾乐祸：电视、杂志只看到收视率和发行量；出版社只看到作家卢凯西失踪会让他的再版作品畅销。

另一方面，现代媒体与政治结合，形成复杂的关系。首先，政治权力利用媒体网络，谋取人们的支持。《路得记》里的白宫和伊拉克都依赖新闻、出版、摄影、电视等现代媒体，创造鲍德里亚所说的"超现实"（Baudrillard 1—2），传播有利于政府的信息，塑造和操纵着人们的头脑。布什在电视上宣布发起海湾战争时，电视报道就像电影或神话般的游戏，把美国政府塑造成超级英雄，摧毁邪恶的伊拉克，拯救世界。为了获得政治资本，卡斯特罗经常通过媒体作秀，到街上亲切会见百姓，每天定时定点在保安陪护下跟当地的孩子打垒球。同样，肯尼迪、萨达姆和布什也通过媒体给大众留下美好印象，积累政治资本。萨达姆同意让路得采访他，为他拍照片，就是要通过美国媒体，在全世界面前呈现一个强有力的领袖形象，展示他的政治力量，与他心目中的大魔王布什抗衡。

其次,《路得记》也描写政治被现代媒体塑造,成为超现实空间,表征和被表征之间、影像和现实之间的界限被消解。诚如鲍德里亚所示,在后现代空间里,真正的海湾战争和伊拉克战争似乎不是发生在中东,倒像发生在美国有线电视新闻网和全球媒体的战壕里(Baudrillard 28)。人们关注的重点不是大规模杀伤武器,而是战争的表征和影像。新闻记者带着"有限的、消毒过的视角报道杀戮和痛苦"(Castells, *Network Society* 486),将海湾战争现场带到卢凯西的家中。卢凯西等美国观众在客厅里观看战争报道,好像看了一场激动人心的演出,自己也充满强烈的爱国情怀。他们只看到美国实力强大,代表正义和民主,伊拉克软弱,萨达姆代表暴政和独裁,却看不到战争给具体的人带来的灾难。

媒体创造超现实政治,也创造超现实的政治人物。卢凯西被媒体报道浸染,把肯尼迪想象成阳刚、英俊的男人,到处拈花惹草。在路得的印象中,肯尼迪充满活力、刚毅果决,是精力充沛的政治家、出色的外交家。但路得应邀到白宫参加肯尼迪的家庭聚会,眼前的一切颠覆了她的想象。她看到的是一个精疲力竭、忧心忡忡的男人,患有阿迪森病,他因为自己的决定会导致许多生命受到危险甚至被毁感到压力很大。路得想象中的和接触到的萨达姆差距更大。媒体刻画的萨达姆是个野心勃勃、有权有势的人,在国内实施残暴的独裁统治。但在采访中,路得发现他"迷人而热情,感到一种让自己害怕的、要信任他的冲动"(Lentricchia, *Ruth* 153)。她很难相信,他就是媒体报道所说的"批准酷刑和大规模屠杀的屠夫,还亲自杀人,冷冰冰地,不带一丝情感"(153)。路得感受到来自权力的可怕吸引力,感受到在权力的侵入下个人意志不得不降服。

来自公共空间的资本、政治权力、现代媒体侵入并扰乱个人的私密空间,在资本、政治和媒体等网络无孔不入的渗透下,个人的、家庭的空间与公共的、政治的空间发生互动,让人无处躲藏。

二、后现代空间网络中的艺术家

资本、政治和现代媒体网络化扩张形成后现代空间,深入个人生活的方方面面,生成了新型政治和文化身份,让艺术家渴望躲避到艺术殿堂的避难所里,但艺术家不可能与外界完全隔绝,拥有所谓绝对独立、纯粹的艺术空间。位于纽约州北部的第九湖是卢凯西和路得的瓦尔登湖,但第九湖并非与世隔绝的伊甸园。它原本是资本精英洛克菲勒及其后代的地产,约翰·洛克菲勒欣赏路得的《古巴故事》,将此地作为礼物送给路得。除了资本,现代媒体形成信息流,带动资本和政治网络的流动,侵入两位艺术家的私人生活,塑造他们的记忆和意识。

在后现代空间里,卢凯西缺乏任何信念,他得的是后现代疾病,一种"慢性疾病"(4)。作为作家,这慢性疾病的根源是哈罗德·布鲁姆所谓的"影响的焦虑"。如果说《卢凯西与白鲸》里的卢凯西极力要摆脱文学前辈的影响,刻意让自己成为"孤儿",那么《路得记》里的卢凯西更多地考虑文学的创新和传承问题。在文学创新方面,卢凯西渴望超越文学前辈,渴望创造自己的文学艺术空间,为此,他不免"将自己永远封闭在他艺术的坟墓里"(4),将自己封闭在自己的文学世界里。在文学传承方面,兰特里齐亚仍然使用父子关系的比喻,强调卢凯西和路得"没有孩子,以后也不会有孩子"(93),表达了艺术家对传承的担忧。小说一开始展现的卢凯西,是个被自我意识分裂的人。他凝视着浴室镜子里自己衰老的脸庞,无比焦虑,分裂为自我和作为他者的自我。作为主体的卢凯西为作为客体的卢凯西哀伤。他必须为自己构建一个艺术空间,于是他创造了一个虚构的小卢凯西(Depietro 91),对抗衰老和死亡。卢凯西称,"小托马斯·卢凯西没有欢乐,没有亲密关系,没有避难所,什么都没有,这一切都只存在于他的小说艺术里"(Lentricchia, *Ruth* 3)。小卢凯西成为幻想中年轻的自我,更加理想化的自我。

在后现代空间里,卢凯西企图"从文化中获取各种叙事"以了解和创造自我(Depietro 89),其中最首要的是通过已有的文学叙事解释和定义他的生命。他哀叹自己没有名气,使用艾米莉·狄金森(Emily Dickinson)的诗句:"我的生命是一把上了膛的枪",表明他渴望建构强有力的自我身份属性。他和路得隐居在第九湖这个华尔登湖似的地方,他自然而然地联想到超验主义。在巴格达,他们应邀拜访穆罕默德的朋友马德加时,卢凯西告诉路得,说他觉得他们就像间谍小说里的主人公。他"热衷于引用古典诗人,阴郁的诗人,特别是他们在最黑暗的时刻所写的诗。他们让他感到快乐"(Lentricchia, *Ruth* 166)。他偏爱那些有暗黑之心的诗人在最黑暗的时刻所写的诗,这似乎预示着他最终不幸的结局。文学前辈对他的影响超过他的意识,甚至似乎塑造了他的命运。

然而,卢凯西最大的问题是以他的妻子路得作为他所造的神话核心(Depietro 92),他通过将路得和她的艺术理想化乃至神化,以此塑造艺术的自我。他认为路得的《古巴故事》是有政治价值的艺术,而他自己之所以默默无闻,是因为他的作品缺乏政治维度。他渴望参与到政治里,使自己的文学作品也能像路得的摄影作品一样,具有政治深度和广度,获得公众认可。然而,他创造的路得神话,材料却取自媒体失实的报道,路得不得不一再向他解释,所谓社会和政治维度为她的艺术作品注入深刻的意义,是不真实的幻想,是现代媒体传播塑造的。政治给她带来的是伤害。卢凯西用不真实的媒体材料塑造自己的艺术,必然走入困境。

卢凯西害怕自己与外界的联系不足,导致自己的作品太封闭,因此听凭政治、媒体网络构建的外在空间侵入他和路得的私人空间。在尤蒂卡、在第九湖的隐居生活让他感到创作灵感枯竭,精神涣散,心情低落。因此,他允许甚至刻意寻求哈瓦那和白宫的政治空间侵入个人私密空间。他和路得在散步时,白宫与古巴的政治网常常通过他的意识渗入他们的私人空间,"我在干什么呢?约翰·F. 肯尼迪?"(4)卢凯西还让现代媒体掌控了他的时间、他的意识和思想。现代媒体给后现代空间里的个人带来一种"后现代精神衰弱症"（Soja 331），让人不仅无法辨明真假，而且受它操控。卢凯西的意识里渗透着现代媒体关于肯尼迪与路得有亲密关系的虚构。电视滚动报道伊拉克战争，卢凯西几乎片刻不离电视，因此忽略路得的存在。路得感到绝望，只好搬走，租住在街对面的一家公寓。卢凯西赶去道歉，但在他的思想意识里却是要对"敌人"路得展开"地面攻击"（Lentricchia, *Ruth* 89）。政治空间通过电视媒介介入私人空间，搅扰了两人的亲密关系。

电视上的虚拟世界已经侵入卢凯西的意识，扰乱他对真实空间与虚拟空间的分辨，如同现在的互联网虚拟世界。卢凯西身在尤蒂卡家中，心却已经进入海湾战争的政治空间，他像将军一样"指挥战争"，"一边吃饭，一边看电视，对有关萨达姆的报道评头论足，乃至破口大骂"（84）。电视媒体成为一个节点，把美国尤蒂卡家庭与伊拉克连接在一起，让政治空间侵入家庭空间，致使卢凯西不能审视自己的真实状况，常常需要路得提醒他回到现实空间："你现在不在伊拉克。你在看电视——开心解闷而已。"卢凯西却辩称："伊拉克是我的古巴……"（100），仿佛浸淫在海湾战争的报道里，就拓展了政治维度，让他能够创造艺术。

卢凯西过于依赖外界的表征叙事，因此失去了自给自足的自我意识，甚至要付出生命的代价。在卢凯西看来，路得在古巴危机中是无所畏惧的英雄，完成了伟大的采访任务；他也要通过伊拉克之行，成为无所畏惧的英雄，创作出具有政治维度的伟大小说，"就算踏着我的尸体走过去也要去"（40），不幸一语成谶。面对萨达姆政府这个极端形式的政治权力及其毁灭力量，人的生命是渺小脆弱的。卢凯西在伊拉克机场消失，隐喻了后现代空间作者之死，也隐喻了资本主义、媒体和政治网络主导的文化中作者已死的命题。如果他知道自己即将死去，他会说，"我完全可以想象自己在这种文化中失去头脑"（165）。

卢凯西企图通过虚构的自我、通过对文学前辈的突破、通过自己塑造的路得及其艺术神话，在媒体创造形象的世界里，在艺术被拿来作为商品供政治和市场消费的世界里，为自己创造一个艺术的自我空间，但最终还是在巴格达，他终于有所发现："生活根植于某个地方。有机的文化。他终于要开始写尤蒂卡小说了，而且写对了"（150）。兰特里齐亚要说的是，卢凯西终于悟到，他要写的其实根植于诞生生活、滋养生活的地方。那么他要写尤蒂卡，就要写尤蒂卡的地方和人。他要创造的表征空间，应该基于有生命的、滋养作家生命的地方。但这个目标要等到他的妻子路得去实现。艺术家在极端政治面前被消灭；能够逃逸的是另外一个他，是路得，是艺术家的另外一个自我，一个可以全活的自我。

兰特里齐亚笔下的卢凯西和路得，一个作家，一个摄影家，就像硬币的两面。卢凯西倾向于跟外界政治联通，路得则喜欢隐居。她在意识到自己被政治阴谋操纵、意识到生命在政治面前无足轻重后，渴望远离后现代网络的触角，用避世抵抗后现代空间，在艺术的避难所里创造她自己的艺术空间。肯尼迪总统一面说领袖不能只对"抽象"的生命负责，一面又哀叹总统的国家责任重大，对个体生命的责任与国家责任不能两全（47）。萨达姆大权在握，自称要对伊拉克人民负全责，但在华丽的言辞背后，却是对个体生命的漠视。因此，路得痛恨政治。政治让路得受伤害，也改变了她的摄影风格。在古巴的时候，她拍的是人物的脸，真诚和认真是她创作的源泉。在古巴之后，她几乎没有给人拍照，转而渴望"抽象的艺术"（111）。

但路得的艺术属于兰特里齐亚在《新批评之后》所批评的孤立主义美学（aesthetic isolationism）。她信奉唯美主义，以为在她的瓦尔登湖，就可以"免于非文学时间性的污染，免于广义历史的污染"（35）。此时的路得，代表许多信奉孤立主义的艺术家，他们相信独特的、强烈的、无比细腻的情愫（sensibility）让艺术家有别于常人，孤立主义让他们与现实保持距离，以为这样才能"对真理有独特的洞见"（216），才能保持艺术家的"真实"，创作出与众不同、彰显艺术家主权的艺术品。然而，路得拍摄的"抽象艺术"并不能让她有"独特的洞见"。如果说她还拍什么人的话，就是在第九湖拍摄大自然之余，拍摄卢凯西，只是当时她还不知道其意义是什么。

此外，艺术家并没有全然避世的港湾。资本、媒体、政治网络固然将个人与外界连接在一起，它们同时又无孔不入，对她作为独立、自主的主体身份属性提出挑战，让她感到异化、困惑、不安、无助。在后现代空间里，文化被淹没在经济和市场之中。路得厌恶市场对艺术的操纵和运作，拒绝商业摄影，希望这样可以与资本主义市场经济保持距离，自己掌控自己的摄影艺术。然而，资本经济剥夺了人们的创造力，也侵蚀着艺术家的艺术生命。路得跟伊拉克导游穆罕默德描述她的莱卡 M6 相机时，说它"光彩照人，它是如此小巧，如此顺畅，如此顺手，即使没有三脚架，也如此清晰。这样的超级品质让摄影师拥有充分的自由——能够最大限度地随机拍摄。拍摄对象不必摆拍，她可以随之移动。她的莱卡让她时刻可以迅速、反复、随意地拍摄萨达姆。莱卡 M6 真是一件尤物，是永远的快乐源泉"（*Ruth* 128）。路得的描述像一则商业广告，摄影艺术家路得一直抵制消费主义，却没有意识到她自己的思想意识和语言不免也受到污染。

无所不在的媒体网络和政治网络也压迫着路得。新闻媒体看到《古巴故事》的卖点，像"食尸鬼"（77）一样，纷纷聚集到路得家门口采访她，不停让她回忆她希望回避的古巴之旅和白宫体验，以便获取更多轰动的新闻；又让她出山去巴格达，不断扰乱她的生活，也扰乱她内心的平静。卢凯西劝说路得接受《纽约客》的采访任务时，充分体现了资本、政治、媒体的共同作用：首先，他们需要足够的金钱，以维持中产阶级的生活。他是有个性的文学艺术家，放弃在中西部学院教学，小说不畅销，积蓄减少，身体每况愈下；路得为了她的艺术理念，不肯接受商业摄影的任务，但她心脏不好，需要安装除颤器。他们需要钱。其次，卢凯西毫不犹豫决定去伊拉克，这在很大程度上是因为他希望给他的创作进行政治输血。再次,因为这次出行,他的小说、路得的作品不仅会给他们带来经济收益,更可以带来名气:"金钱、宣传、对我们僵死的事业的巨大推动、进入历史的机会"(40)。卢凯西屈服于自己对名和利的欲望。

在现代媒体的网络中,路得本人也成为媒体帝国和政治权力的棋子、被用以获得经济收益的工具。作为摄影记者,现代媒体的一员,路得也成了沟通跨国政治领域的节点,她曾经是卡斯特罗和肯尼迪之间的桥梁,在伊拉克战争前,又成了萨达姆和布什之间、巴格达和世界之间的桥梁。最终,她的采访通过《纽约客》等媒体传播,她所塑造的萨达姆也将刻入读者头脑里。

在资本主导的后现代空间里,路得没能始终以批判态度保持距离,没能保持弗列德里克·詹姆逊所说的"某种审美距离,将文化行为放置在庞大的资本存在之外,从远处攻击它"(Jameson, *Postmodernism* 48)。最终,路得必须在记忆中治疗创伤。卢凯西消失后,路得回到第九湖独居,她的悲伤在孤独中无限延长,她沉湎于过去的记忆。在回忆中,她记起卢凯西的话:"独处和沉默是错的;在偏远的大自然里生活,无论多么美,都是干枯,是死亡"(Lentricchia, *Ruth* 129)。毕竟,当封闭在自我的世界里,照片是"陈旧、死气沉沉"的(169)。回忆,将过去与现在重叠在一起,给予她启示:独立自主的艺术既要保持独立自主,又必须与世界、与生活联系在一起,才有意义;她必须将她所代表的艺术自主性与卢凯西所代表的艺术社会性有机结合在一起。

三、后现代空间里艺术家的主体性

在后现代空间网络,艺术家通过创造自己的艺术空间,也就是亨利·列菲弗尔(Henri Lefebvre)所说的表征的空间,来抵制后现代网络的侵蚀,构建独特的主体性。路得需要重新思考自己与世界的关系:她的生活不应该是隐居和与世隔绝。她回到尤蒂卡后,再次拒绝与资本、媒体、政治网络合作，拒绝《纽约客》制作关于萨达姆访谈的节目。但与以前不同的是，她需要重组自己的身份属性，重构主体性。由于"被异化的城市首先是一个空间，这里人们既无法绘制自己的位置，也无法绘制整体的城市"（Lynch 52），为消解异化，人应该想象自己所在的空间里，个人的位置是什么。路得必须在流动的后现代空间里，为自己确立一个位置，从资本、媒体、政治网络交叠的后现代空间里，重建属于自己的意义。

路得的方法是结合全球化身份属性和地方身份属性。所谓全球化身份属性，是指基于后现代空间逻辑的空间流动性建构意义。首先，路得积极面对变化中的世界，她不再排斥现代科技，认同现代科技产品可以为我所用，可以改善她的生活质量。她主动找医生安装心脏除颤器。其次，路得积极面对现代社交媒介。原来在第九湖时，她不使用电话、互联网，也不与人打交道。现在她学会通过互联网查询卢凯西的消息，会跟熟人邻居沟通。再次，她原先不喜欢媒体上的政治新闻，厌恶政治干预她和卢凯西的私生活。现在她换了一种视角看待时事，关心各个事件对作为个体的人产生怎样的影响。她浏览杂志，看到荒废的核电站照片，关心照片所传达的环保信息。她抬头对着想象中的卢凯西微笑，想象卢凯西会对这样一张具有政治意义的照片做出怎样的反应。路得通过关注政治，与已经逝去的卢凯西建立联系，让卢凯西的生命在她的思考和记忆中延续，在这种延续中，她自己也与外界建立了联系。

地方身份属性的建构，是人面对"全球混乱秩序和无法控制的、快节奏的变化"做出的"防御性反应"（Castells, *The Power of Identity* 68）。全球化概念过于庞大和抽象，路得必须将它缩小，具体化到尤蒂卡玛丽街她身边的人。尤蒂卡是"一个有机的地方，充满原始的生命，构成一个值得观察、值得挖掘的世界"（Depietro 109）。并且与全球化身份属性相比，地方身份属性是基于地方的一种建构。个人与地方的互动非常重要，因为"我们的存在、我们的身份属性，都是通过这些关联和互动的行为构成的"（Massey 5）。路得最终还是需要跟地方关联，从尤蒂卡的地方历史重构意义，从她与当地的互动重构自我的身份属性。

一方面，路得重新认识当地的历史，重新认识生活在她周围的人。之前，路得不太关心周围住着什么人，只觉得他们太好奇，给她一种"在剧院被围观"的感觉（Lentricchia, *Ruth* 113）。并且她只认识有限的几个人，包括她的医生拉里、迈克尔神父（Father Michael）、餐厅老板迪斯塔法诺和她的邻居罗斯·马提亚（Rose Mattia），但平常也只在必要时才与他们交谈，几乎不知道他们的情况，更不用说他们的个人历史了。现在她开始走出家门，与邻居互动，结交朋友，了解小城的历史和人的故事。她这才知道，美容店的前店主也叫安吉，她因为丈夫的原因被迫放弃自己的事业，离开了尤蒂卡。

尤蒂卡和玛丽街丰富多样的历史和人的故事，让这座城不再抽象、空洞，也让路得得以与尤蒂卡有一种更加紧密的连接，赋予她归属感。卢凯西消失了，路得"从卢凯西的童年生活里再造出自我，通过这个方式与他更加靠近"（O'Hara et. al. 140），通过这种形式延续并更新了卢凯西的身份属性。她甚至依据安吉的故事创造一个新的自我：她改名也叫安吉，把头发留长及肩，打扮成当地意大利裔女人的样子，并按照伊拉克风格戴上俄罗斯围巾。当她获得安吉的身份时，她觉得自己"获得了一些背景。获得某种性格。她长胖了，现在笑容也多了"（Lentricchia, *Ruth* 193）。她穿得比较随意，跟人交往也多了。她跟《圣经》里的路得一样，在丈夫的故乡重建新的身份属性，只是《圣经》里的路得归属犹太文化，现在的路得则杂糅了多种民族/族裔、文化、阶层的身份属性元素。尤蒂卡历史，特别是兼具国际化和地方独特性的历史，让路得可以重构自己的地方身份属性，从而获得新生和创造力。

在兰特里齐亚的思想里，艺术家的自给自足不是逃离，而是在生活里、在具体的人里创造和创新。在巴格达，路得拍摄辉煌的宫殿、街上的行人、餐馆，以及清真寺的信众，她用自己的摄像机构建富有生命力的巴格达，构建她自己的历史空间。独自回到第九湖疗伤，她终于认识到，她曾经在第九湖摄影，留下丈夫珍贵的瞬间和记忆。摄影，是拍摄活生生的人，拍摄生活和瞬间，个体的人在艺术表现里、在艺术生命里起到重要作用。在尤蒂卡，"玛丽街是生命之所在"（138）。她投入到生活中，与普通大众、社区邻居、街道上活生生的个人建立联系。在小说最后的场景里，"她——头也不回——已经消失在人群之中"（194）。她创造了自己的表征空间：她的艺术在人中间，她生活在他们中间，与他们建立联系，表现他们，成为他们的一员。

在《路得记》中，兰特里齐亚将卢凯西和路得放置在后现代空间里，资本网络、现代媒体网络、政治网络塑造了物理空间和文化空间，也塑造了两位艺术家的生活经验和艺术生活。作为后现代空间的主体，卢凯西和路得遭受资本、媒体和政治网络的压迫，但他们总是试图以艺术保持抵抗：卢凯西通过文学创作、路得在摄影艺术中创造自己的空间。卢凯西终于被巴格达的极权主义消灭了，再也没有机会重建自己；然而，路得经过创伤，最终基于全球身份属性和地方身份属性重建自己的主体性，表明面对后现代空间的网络笼罩，我们总是有能力选择自己具体而独特的叙事。兰特里齐亚对具体个人的个体性和独特性的关注，延续了他在《精灵与警察》里表述的诗性主义艺术观，成为理论思想在艺术作品中的具体体现，并且将进一步在后来的小说《安东尼奥尼的忧伤》里有所表现。但在《意大利女演员》里，兰特里齐亚将继续并深入探讨现代媒体和文化市场中的艺术家。

第三节　现代传媒技术与消费文化中的艺术家：《意大利女演员》

在以现代传媒技术和消费文化为主导的现代图像社会里，人们的社交方式和自我构建模式均发生了根本性的改变，伴随而来的隐患也日益突出。电影是现代视觉文化形成的真正分水岭（Cullen 130），电影发明者最初就将它定位为"一种赚钱的商业娱乐的诱惑"（Czitrom 132）。随着科学技术日益成熟，电影、电视与互联网等数字媒体进一步渗透至生活的方方面面，"从个人、政治、经济、美学到心理、道德、伦理和社交，它们无处不在，影响着生活的方方面面。媒体就是信息。不了解媒体作为环境的运作方式，就不可能理解社会和文化的变化"（McLuhan 26）。它们构造了鲍德里亚所说的拟像世界，充满虚假性、不道德性、非法性以及商业性，特别是在商业化社会里，"传媒文化创造出迎合大众的风格、品味以及形象等，同时也重塑大众的品味和他们在方方面面的喜好。被塑造的图像和观众的欲望不断循环地相互影响，进一步模糊了媒体和现实之间的界限"（Hancock and Garner 163—187）。实质上，现代媒体和消费资本主义对人实施隐性的文化暴力，通过巧妙手段支配人的欲望，塑造人的思想意识。兰特里齐亚对资本主义传媒主导下的传播媒介技术及其图像社会深感担忧。他在《路得记》里讨论艺术家在后现代空间的生存状况和自我建构时，涉及现代媒体对艺术家的自我所实施的隐性暴力，在小说《意大利女演员》里，他以极其震撼的艺术方式，更加集中地探讨现代媒体技术、其生成的图像/视觉文化如何对社会、对文学这一传统媒介尤其对艺术家的自我建构产生影响。

小说以意大利为背景，刻画了曾经红极一时的美国意大利裔电影制作人杰克·德尔·皮耶罗和他的缪斯女神意大利女演员克劳迪娅之间的爱情故事。20 年前，杰克因在色情作品创作中表现美的手法及激进的实验派风格忽然名声大噪；但他随后在创作上陷入瓶颈。在一场小众电影节上，杰克第一次遇见心仪的著名电影演员克劳迪娅，虽然她已不再年轻，却风韵犹存。两人跨越年龄差异相爱，但杰克很矛盾，害怕亲密的关系会破坏克劳迪娅留在他心里的美好形象。与此同时，他接受年轻的西吉斯和伊索夫妇极其变态却极具诱惑的邀请，以他们为主角拍摄充斥性、暴力和死亡的视频，希冀能如他们所说，因为视频的罕见及冲击性，重拾昔日名誉和成功，实现艺术不朽。兰特里齐亚以文字媒介，揭示在消费主义主导的现代媒体视觉文化里，艺术家如何迷失在拟像世界，逐步丧失主体性和自由意志，在自以为富有创造性的时候，其实扮演跟政治权力及其文化机构、跟资本权力及其商业文化合谋的角色，最终被异化，违背伦理道德，甚至触犯法律。

一、历史文本创造的图像

商业化的、不真实的形象创造行业其实由来已久。历史上，文学作品、流行故事、绘画、雕塑等都属于塑造图像或形象的媒介，在其特定的历史和社会背景下形成，这些历史文本在一定程度上构成拟像，有力地塑造着历史和社会。在《意大利女演员》中，兰特里齐亚通过解读三个与里米尼城（Rimini）相关的历史人物故事及其形象，追溯形象创造的历史传统。小说中的一些地理位置、人物名字和情节，都是根据历史事实改编而来的。

在里米尼城发生的第一个故事涉及 13 世纪的保罗·马拉泰斯塔（Paolo Malatesta）和弗朗西斯卡（Francesca），但丁的《神曲》对其进行了重新阐述。历史上的弗朗西斯卡通过政治联姻，嫁给了有残疾的里米尼领主乔瓦尼·马拉泰斯塔（Giovanni Malatesta）。但在里米尼，弗朗西斯卡爱上乔瓦尼同父异母且已婚的弟弟保罗。恋情持续大约十天后，他们被乔瓦尼杀死在弗朗西斯卡的卧室里。但丁将这桩三角恋改编成凄美的爱情故事，讲的是长相丑陋的乔瓦尼让英俊的保罗做替身，诱骗弗朗西斯卡同意嫁给自己。弗朗西斯卡爱上保罗，答应嫁给他，在婚礼后第二天早上才发现乔瓦尼的骗局。"他们传奇故事中的许多细节，要么无法证实，要么大错特错，在但丁的笔下却得到不朽之名……但丁撒谎了"（25）。保罗和弗朗西斯卡的形象被但丁重新塑造并美化，在艺术中得以永恒。兰特里齐亚通过对比两个故事，不仅表明通过媒介创造现实的拟像、服务于权力的做法在历史上由来已久,还对但丁"伟大诗人"的文化权威地位提出质疑:但丁美化权贵,在一定程度上成为权力创造拟像的合谋,而兰特里齐亚恰恰要质疑艺术家在政治权力及其文化机构中扮演的这种合谋角色。

在里米尼发生的第二个故事涉及 15 世纪"原始的"西吉斯蒙多(Sigismondo)和伊索塔(Isotta),马拉泰斯塔教堂(Tempio Malatestiano)的壁画描绘了他们的形象。西吉斯蒙多全名西吉斯蒙多·潘多夫·马拉泰斯塔(Sigismondo Pandolfo Malatesta),号称"里米尼之狼",是意大利商人和贵族。在历史文献中,他是意大利勇敢杰出的军事领袖、诗人和艺术赞助人。但在小说中,里米尼人认为他是个不择手段、谋取私利的人,好剥削又奢侈浪费,大家甚至认为他杀害了第二任妻子派瑞希娜·马拉泰斯塔(Parisina Malatesta);但在历史文献上,她的神秘死亡仅被模糊地一笔带过。

至于这位原始的西吉斯蒙多究竟相貌如何,小说也给出两个版本。在教堂壁画中,西吉斯蒙多高大魁梧,与五百年后《沃尔泰拉周报》的报道完全不同:"他身高五英尺四寸,手握利刃,右臂长于左臂;额前刘海——正如各种画像和奖章上描绘的样子——显然是为了掩盖一小块骨头赘疣。下巴其实没那么结实,下颌凹陷"(98)。西吉斯蒙多利用政治特权美化自身形象,掩盖缺陷,使自己成为完美英雄。壁画艺术家在美化西吉斯蒙多的过程中,究竟是为权力所迫,是为经济所迫,还是积极合谋,兰特里齐亚再次提醒读者思考。同时,虚假的壁画美化权贵的形象,也让读者质疑文献记载里的所谓光辉形象,思考和质疑历史记录者或文字工作者与权力的关系及其文化角色。

在里米尼发生的第三个故事涉及 21 世纪自称西吉斯蒙多和伊索塔的夫妇俩。根据两人自述,他们有钱有地位,是人们猜测、八卦、怨恨和欲望的对象。但小说还讲述另外一个版本的故事揭示这对夫妇的真实面目。据里米尼人讲述,他们夫妇原名西丝蒙多和纳迪娅,是非洲人,并非意大利人。他们隐藏种族和身份，冒用15世纪著名的西吉斯蒙多和伊索塔的名字。小说后来称他们为西吉斯和伊索，以示区别。起初，夫妇俩都从事拉皮条的勾当。后来，他们答应一个富人的提议，让伊索为这个富人生孩子，从中获取财富和地位。但里米尼人鄙视他们，说他们是高级娼妓和骗子，为了钱不择手段。他们决心重塑形象，或者说创造传奇，以获得与15世纪的西吉斯蒙多和伊索塔一样永恒的社会声誉。他们劝说杰克以他们为主角，拍摄制作一部由他们投资并主演的、史无前例的色情视频，希望借此将他们的影像永远保留，好让他们被历史记住，在艺术中永生。

里米尼的三个故事，以及每个里米尼故事的不同版本，均印证了人们以文字、图片、照片和视频等媒介留存并美化图像的渴望，也印证图像媒介的历史虚构性。权贵的名字，丰厚的报酬，永生的艺术作品，这些都吸引杰克这位现代摄影艺术家，杰克必须决定他在这新的历史创造中扮演什么角色：合作、一定程度的妥协还是颠覆。兰特里齐亚设计了一个巧合的细节：为他们拍摄视频的现代摄影艺术家杰克，跟15世纪为原始的西吉斯蒙多和伊索塔绘制壁画的艺术家，都是皮耶罗。

在历史的长河里，图像的媒介从传说故事、历史文献、文学作品和绘画变成了具有现代科技特色的摄影机，然而，人们受控于拟像与仿真的情形没变，通过图像媒介名垂千古的渴望没有变，参与拟像的艺术家也没有变，他们在这个过程中，或多或少与权力及其文化体系发生联系。福柯认为，历史是各种话语的相互关系，没有连续的历史，只有不连续的历史；所谓统一的历史只是当权者为了自身利益而鼓吹的"神话"。在小说里，原始的西吉斯蒙多和伊索塔夫妇使用政治权力美化自身形象，成为历史上的拟像，可以说，他们尚处在鲍德里亚所说的拟像的第一秩序，真实和虚拟尚可分辨；21世纪的西吉斯和伊索夫妇既处于拟像的第二秩序，将虚拟与现实等同，又处于拟像的第三秩序，将既定的拟像，也就是"原始的"西吉斯蒙多和伊索塔们所造的虚幻/仿真奉为真实，模拟他们的虚拟形象，并再造图像，塑造他们想要的事实。在这个过程中，创造图像的艺术家仍然是重要的桥梁，只不过这对夫妇自己参与策划和表演，在某种程度上也算是"艺术家"。

二、现代传媒技术下图像社会创造的神话

现代媒体利用科技创造的图像，在消费主义的促进下，形成一股不可忽视的力量，对人的影响比传统媒介更加深远。现代传媒科技呈现的图像被滥用于各种商业目的，通过"系统化操纵符号的活动"（Baudrillard 218），创造了鲍德里亚所说的"超真实"，满足人们对幸福、放松和娱乐的向往，但在这个表象背后，资本主义商业文化成为主导的权力，操纵图像信息对人实施快捷可怕的隐性暴力。例如，奢侈品牌的消费并非出于基础需要，而是受其所附带的"象征价值、地位、声望"（Hancock and Garner 163—187）主导。在《意大利女演员》中，年轻的西吉斯和伊索夫妇只穿范思哲和巴宝莉等奢侈品牌的服装；杰克在向克劳迪娅求婚时，也借助名牌衣服和香水等商业符号建构自身的价值。这样，艺术家能不能独善其身，或者能不能突破外界限制因素，以其自由意志予以抵制，这是兰特里齐亚最关注的问题。

主人公杰克从小与普通大众一样，深受现代媒体影像的影响。黑白照片和电影中的意大利女演员克劳迪娅惊艳华丽，完美无缺，凝固在由相机、电影等现代媒体虚拟创造的图像里。杰克深深痴迷于克劳迪娅在图像中的完美颜值，并通过克劳迪娅的照片和电影来认识和理解她。杰克崇拜与爱慕的，与其说是克劳迪娅，不如说是图像媒介创造的、虚拟的女神。这个不真实的克劳迪娅是沉默的、没有话语权的客体，在杰克的幻想中被不断美化再现为"性感美丽的女神"（90）、"引人顿悟的一束阳光"（9）。不仅如此，杰克在想象中编造与电影或者黑白照片中的克劳迪娅一起生活的回忆。媒体创造的拟像在杰克的想象中不断地被强化、美化和神圣化。

可怕的是，现代媒体创造的这个形象在杰克的幻想中被强化，取代了真实。"媒体事件和媒体引发的感觉变得和真实事件和真实情感一样真实，'真实性'和'现实'两个词失去了它们本来的意义"（Hancock and Garner 7），"真实"与"虚假"，"真实"与"想象"的界限变模糊。杰克几十年来认知和习惯的克劳迪娅，一直是媒体包装和个人想象美化后的样子，因此他在沃尔泰拉见到真实生活中的克劳迪娅后，心目中仍然是年轻美丽的她。杰克自欺欺人并享受这种自欺欺人的感觉。当克劳迪娅严肃地质问他，究竟喜欢的是现在的克劳迪娅，还是过去的她，杰克模棱两可地回答，"我不希望你变老或者说步入人生最后的阶段。我不想要任何阶段"（Lentricchia, *Italian Actress* 92）。事实上，杰克沉浸在现代媒体构建的完美虚拟世界中，无法抑或不愿接受现实世界的不完美，因而一直不肯正视衰老的克劳迪娅；他爱她，却失去了爱生活中真实的克劳迪娅的能力。他担心跟克劳迪娅在一起的时间长了，她纯洁神圣的天使形象会被世俗生活摧毁。

从某种意义上说，杰克的父亲帮助他创建并将图像世界里的缪斯神圣化。他带领杰克认识克劳迪娅的电影和照片，并向杰克传授他的"极端美学"理论，"我们不能对我们欣赏的美丽女人有肉体上的渴望……当我们真正感知和思考美，美就会击退欲望：它让意志麻痹，唤醒我们的思绪，让我们渴望到死亡里寻求安慰"（15）。杰克父亲受大众媒体的影响，以滥情的艺术观引导年轻的杰克，让他迷恋图像构造的美，对他的自我起到重要的塑造作用。在现代媒体社会里，他的"自我是不真实的（也就是说，它不会独立于大众媒体存在，不是一种持久的、可识别的实体），仅仅是一堆可丢弃图像的集合"（Dowd 199）。具体而言，杰克的自我认知世界，是由现代媒体塑造的美丽克劳迪娅及其他图像建构的，这也在某种程度上主导了杰克对美的苦行僧式欲望。他刻意拉开自己作为凡人与克劳迪娅作为"神圣天使"之间的距离，使克劳迪娅的形象更加纯洁、不可侵犯和遥不可及。

杰克的父亲不仅帮他塑造了理想的缪斯形象,而且在实践"极端美学"理论或文化叙事上以身作则。杰克父母结婚最初几年,母亲一直是父亲心中的完美天使,直到家庭的生活琐碎彻底褪去母亲的神圣光环,父亲对妻子的情欲才被点燃。他的母亲意外死于冠状动脉疾病后,父亲通过自杀实现了"一个戏剧性的伟大结局——瓦格纳的《爱之死》"(Lentricchia, *Italian Actress* 9),再次表明来自艺术家瓦格纳的文化叙事对这位父亲产生重大影响,让他实践文化市场建构的滥情的文化叙事,以死将他对妻子的爱永远封存起来。杰克习惯生活在幻想中,并因此失去面对现实生活的能力,这可能遗传自他父亲,或者至少很有可能是他从小就耳濡目染的。现代媒体创造的文化叙事,深刻地影响了两代人。

现代媒体创造的影像不仅影响普通人,更是影响了艺术和艺术工作者。克劳迪娅存在于静止的黑白照片中,被物化、神圣化和完美化,代表感性的缪斯女神,给予艺术家杰克创作的灵感。杰克受照片和电影中的克劳迪娅的启发,曾在色情电影创作事业上达到顶峰,并在各种知名电影节上获得特别奖项。然而,他从28岁开始一直处于智穷才尽的状态,直到48岁,第一次邂逅生活中已经60多岁的克劳迪娅,他的才情重新被唤醒。但他要通过与他的缪斯女神克劳迪娅保持距离,让这种"高强度、持续的痛苦又愉悦的爱"(23),这种没有回应的爱与持久的痛苦,给他的艺术创作带来灵感。他心目中的艺术让他与真实生活保持距离,或者毋宁说,让他脱离了真实的生活。

杰克与意大利导演费里尼的电影《八部半》主人公相似。可以说,兰特里齐亚在小说中,通过重新书写费里尼这部自传式的电影,阐释商业社会和现代媒体社会中艺术和艺术家的困境。费里尼是意大利电影导演,20世纪最伟大、最具影响力的电影人之一。他擅长将幻想和巴洛克式的意象与现实融合在一起,以其独具一格的风格而著称,他的电影《甜蜜生活》(*La Dolce Vita*)打破当时所有的票房纪录,为他在国内外赢得广泛名声。1962年，当人们期待他能创作出更多优秀电影作品时，他陷入创作瓶颈。电影《八部半》带有一定自传色彩，电影主角圭多（Guido）与费里尼一样也是著名的电影导演，在艺术事业和生活婚姻上处于困境。在电影里，圭多想请克劳迪娅饰演他理想中的缪斯女神。在圭多的预想中，她一身白色，是天使和完美女性的化身，带给圭多创作灵感。后来，圭多在现实里遇见真正的克劳迪娅，她一身黑色，象征她并非艺术家想象的那样。

如果说费里尼的《八部半》是电影里有电影，那么兰特里齐亚的《意大利女演员》则是小说里有电影。《意大利女演员》的主人公杰克和《八部半》的主人公圭多有很多相似点：他们都是著名导演，都遇到创作瓶颈，想象中的缪斯女神都叫克劳迪娅，他们幻想的克劳迪娅都与生活中的不一样，最终他们的缪斯女神都未能成功引导艺术家完成新的艺术创作。此外，圭多在电影创作中遇到的困惑和挣扎，正是费里尼在电影艺术创作过程中遇到的困惑和挣扎。同样，杰克在艺术和生活中遇到的问题，也是他的作者兰特里齐亚在现代媒体和消费主义主导的社会中遇到的创作困扰。兰特里齐亚批判小说中的艺术家杰克向功利世界妥协，而作为小说家的兰特里齐亚本人，也面临着与杰克一样的挑战。

小说中，杰克为了突破艺术瓶颈，为了所谓创新前卫的艺术，为西吉斯和伊索拍摄所谓的艺术作品，其实是利用性、暴力和死亡来吸引观众，从导演到演员再到视频的内容和呈现形式，无一不是努力迎合资本市场需求。为了让他们主演的色情视频从无数相似的视频中脱颖而出，西吉斯竟然同意在性爱中被伊索杀死并肢解。这对夫妇抛弃本名和出身，一直以别人的名字活着，却打算拍摄视频，在艺术史上永恒，颇具嘲讽意味。"最终，热点和视频成为一个不可分割的整体，成为美学、文化和历史整体的一部分，沿着时间的长廊毫无阻碍地向前滚动。他们会召开研讨会和会议，讨论研究我们"（62）。他们没有什么德行或英勇事迹可以让世界记住他们，选择让历史通过他们可怕的性和死亡，在艺术品的媒介里永远保留青春美貌的形象。在消费主义主导的视觉社会中，名字已经不重要。对于西吉斯来说，即便不能留名，也要让影像永存；既然失去了原来的名字，既然他本来的名字不能被历史永远记住，如果影像也消失了，那就是真正的死亡，因为"唯一的死亡是永远默默无闻"（7）。在现代媒体世界，创造永恒艺术品的途径，是凭借抓人眼球、惊世骇俗的影像，获得足够的市场份额。

西吉斯和伊索代表深受现代媒体和技术影响的现代人，他们渴求永恒，但他们所理解的永恒艺术，是受市场欢迎、受人追捧的艺术。在保罗和弗朗西丝卡生活的时代，在"原始的"西吉斯蒙多和伊索塔生活的时代，有权者或有钱者才能借文字、绘画等媒介永远保留自己名字或影像。然而，科学技术的发展，计算机、互联网等现代媒体的普及，让影像的影响更为广泛，被认为是"代表美国生活中真正民主文化的实现，这种文化跨越了阶级、语言和其他障碍"（Cullen 131），几乎所有人，无论种族、财富、阶级、年龄和性别，都可以利用现代媒体创造自己的影像，从某种意义上说都可以变成艺术家。西吉斯蒙多冒用的名字，在意大利语中意为"世界先生"，代表世人在现代媒体和商业主义影响下，痴迷于创造畅销艺术作品带来的名利。

在消费主义主导的视觉社会里，导演杰克对所谓成功和名望的渴望扭曲了艺术创作的初心，听凭自己接受资本制造的神话，陷入一个名利场的拟像世界，失去抵抗意识。在此之前，他是电影艺术家，不做"普通的色情作品"（Lentricchia, *Italian Actress* 26），"他的演员们总是全身包裹得很好，从来不会有肌肤接触"，他因为"在色情电影方面的激进尝试和精美画面"（4）获得特别奖。现在，他却拍摄真实发生的赤裸裸的性、暴力和死亡。他其实是在与权力合谋，只不过这次不是政治权力，而是资本权力。影像市场的竞争日益激烈，缺乏艺术灵感的杰克不得不采取异常手段制造轰动效果。与许多追名逐利的所谓艺术家一样,他在艺术的掩护下做着不道德、不合法和不人道的事。

与传统社会一样,在消费主义主导的视觉社会里,艺术家在很大程度上仍然受权力和商业资本的控制,艺术作品成为有权有钱阶层可购买并控制的商品。西吉斯和伊索夫妇作为视频赞助商,有权决定视频呈现的内容和形式。杰克的艺术成为金钱和权力的定制商品。所不同的是,资本的渗透比以往更加无孔不入。在杰克拍摄过程中,兰特里齐亚模仿商业化影视作品的广告植入。视频开始时,杰克的监控摄像头移到男女主角的衣着,给予他们定制的国际品牌服装特写镜头,让他们看起来就像"奥斯卡颁奖典礼上的电影明星"(64),这种对商业电影或电视节目广告植入的仿拟,暗示商业资本的可怕控制力。

消费主义主导下扭曲的价值观对艺术家的心理状况也产生负面影响。杰克在拍摄视频的几个月里身体状态不佳,精神状态也很差。从侧面表明他可能对视频的创作方式感到良心不安。杰克离开克劳迪娅所在的沃尔泰拉(Volterra)去里米尼时,已经下定决心为西吉斯和伊索夫妇拍摄视频,目的就是为了重新赢得曾经的声誉和关注。然而,当他来到里米尼时,他否认自己制作视频的意图,反而将背后的动力归因于缺乏生活费。当然,这只是他掩饰内心欲望与良心冲突的借口。在他离开之前,克劳迪娅竭尽全力劝说杰克放弃,但毫无效果,他最终还是违背自己的道德良心拍摄视频。

杰克既排斥商业化的现代媒体,又无意识地被其吸引,常常自相矛盾,无法提供完全可靠的叙述。他对名誉的态度就是一个很好的例子。"是他们邀请我前往沃尔泰拉的(克劳迪娅后来透漏,是在她的敦促下),就像我应邀出席那些小众的电影节一样"(4)。括号里的内容是杰克特意补充的,他想强调并非出于己愿,而是应克劳迪娅邀请才参加电影节。其实杰克频繁亮相平淡无奇的电影节,希望某一天多少能为他赢得一些机会。杰克窥见拟像世界的虚幻,却身不由己踏入,将它变成自己的真实。他用这种方式投入社会生活，其实并非真实的生活。

杰克的心理问题也源于他长期的孤独，导致心理问题和幻觉。杰克的童年是孤独的，因为他浸淫在媒体主导的世界，脱离真实的生活。孤独的杰克通过克劳迪娅的电影和照片来体验世界，拍摄视频给杰克带来"陪伴和安慰感"，因为它不仅给杰克提供了一种处理欲望的方式，也给他提供一种虚拟的人际交往。当杰克遇到克劳迪娅时，他的孤寂感在一定程度上得到缓解，但是克劳迪娅的陪伴并不能治愈他，因为他所熟悉的图像世界对他来说似乎更为真实，已经根深蒂固。他特别迷恋克劳迪娅的老电影和黑白照片，"比起现在的生活，他更珍惜"过去的世界（17）；但同时，他也受到来自"活着的真实世界"的挑战。克劳迪娅屡次提醒，"这个世界并不是黑白的。看看我——我是彩色的"（105）。彩色世界和黑白世界隐喻着克劳迪娅和杰克的生活状态。在黑白世界里，杰克被天使般的、完美的、年轻的克劳迪娅的形象所束缚，陷入一个已经过去并死亡的世界。杰克发现克劳迪娅真实的、充满生活气息的世界才是真实的，却又拒绝承认，因而陷入困境。

三、视觉消费文化中艺术家的社会责任

纵观整部小说，兰特里齐亚关注现代媒体技术带来的巨大冲击，以及在图像社会中艺术的道德与责任，探索艺术家与艺术之间的关系，引发人去思考它所带来的社会和道德问题。小说中，杰克拍摄性、暴力、死亡，是当今商业化视频的一个缩影。在当今最热门的影片中，暴力是一个重要且不可或缺的元素，但一味追求视觉效果和经济利润就会产生道德和伦理方面的问题。《意大利女演员》对视频摄影的描述占据小说近三分之一篇幅，文字通过摄影机式冷静、客观的详细记录，向读者展示暴力和色情如何在艺术的伪装下给人带来致命诱惑和视觉冲击，充分演绎了暴力美学。暴力以美学方式呈现，让观众惊叹于艺术化的表现形

式,分散和减弱暴力内容给人带来的不安和不适。同样,那对夫妇对死亡的自愿性掩盖了影片的不道德,兰特里齐亚诗意的语言弱化了视频暴力对读者的冲击。

在商业主义主导的图像社会中,人们逐渐对暴力和性等越来越习以为常。"票房电影和电视重播是越来越大尺度的暴力和性的领航者。电视电影也一样,观众对暴力场面习惯化——用药理学术语来说就是耐受性——对暴力的反应由强变弱,甚至因为反复接触而消失。更重要的是它对现实生活和行为具有潜在影响。当人们对暴力熟视无睹,就不太可能对真正的暴力做出反应,比如救助受害者"(Henderson 437)。尽管世界本身远比人们想象的更加残暴,但电视、电影和互联网上对暴力的过度呈现,让观众对暴力和死亡越来越漠不关心。相反,现代人有着快节奏又容易无聊的生活方式,渴望探索更令人兴奋的内容。现代媒体不仅快速、直接、广泛地传播信息,而且随着电子技术的更新,为人们不断提供更新的生活体验和视听感受。受视觉图像和数字文化的冲击,人们"盲目追崇娱乐至死"(Postman 31),甚至可能期望看到更加暴力和刺激的画面,以满足逐渐麻木的感官,追求娱乐体验。更糟糕的是,对暴力的过度报道、影视作品上的大力渲染甚至唯美呈现,可能会促使潜在的犯罪分子或恐怖分子模仿暴力,或实施更恶劣的暴力,形成恶性循环。

经过精心剪辑的视频、尺度大胆或者唯美呈现的色情、暴力作品不仅给观众带来强烈视觉冲击,如同吗啡一样成瘾,也会剥夺艺术家自身的思考和判断能力。在《意大利女演员》中,杰克、西吉斯和伊索夫妇作为导演和演员双方,都模糊了"道德"和"不道德"以及"合法"和"非法"之间的界限。对于杰克来说,他认为自己没有参与谋杀,只是在密闭的室外拍摄,不必承担责任,甚至还认为他将视频的谋杀内容"提升到严肃艺术的水平"(103),他在视频中记录的暴力是"一种可怕极致的美"(104),不受伦理道德和法律的限制。

在小说结尾,杰克没有受到任何的惩罚或制裁;也没有提到伊索是否承担法律责任。在图像社会中,违法的并且应该受到惩罚的,却变成合法的。

兰特里齐亚还揭示科学技术下图像消费主义给文学和传统写作带来威胁。一些图书过度使用图片或以性、死亡和暴力作为卖点,吸引大众,获取利润,无疑会冲击传统文学市场。在小说中,西吉斯蒙多曾以演员的身份出版他的色情书,全书配有彩色插图。兰特里齐亚带着嘲讽的意味给这本所谓的书起名,又称之为"这种玩意"或"这类玩意"(29)。但一个不争的事实是,视觉文化改变了人们的阅读习惯,严肃的文字创作越来越难取悦追求视觉刺激、不耐烦的读者。小说中的伊索自问自答,"在缺乏视频证明的情况下,为什么要相信作者呢?为什么要相信传说?摄像机取代了文字。我们压根不需要作家"(66)。伊索代表这样一类人,他们认为相机可以代替作家,坚信相机记录的影像比作者记录的文字更直接具体,更容易被接受。然而,如果文字的可靠性值得怀疑,在不负责任的制作者手中,现代媒体制造的视觉形象同样不可靠。

兰特里齐亚多方面强调艺术和艺术家在消费主义主导的图像社会中的责任,以克劳迪娅作为抵制图像消费主义的力量,代表现实、道德和人性。里米尼是西吉斯和伊索夫妇生活的地方,是杰克拍摄视频的地方,代表商业主导的虚拟世界;克劳迪娅所在的沃尔泰拉则代表现实生活和道德世界。杰克在里米尼和沃尔泰拉之间来回奔波,这一空间转换体现他在图像世界和现实世界之间、在不道德的艺术与道德生活之间的转换。期望通过艺术追名逐利的西吉斯死后仍然默默无闻,伊索也没有通过这次真实而惊世骇俗的演出成名,在小说结尾湮没。拍摄结束后,杰克回到克劳迪娅身边,在克劳迪娅的劝导下毁掉他创作的邪恶视频后,向她求婚。克劳迪娅成为他与拟像世界的最后一线维系。但克劳迪娅发现杰克仍未回归现实,拒绝成为别人的拟像世界,于是拒绝杰克的求婚。杰克不再创作,回到美国继续教书,他每天授课、洗碗、扫地、遛狗,一切似乎归于正常。

小说结局透露了兰特里齐亚的担忧,他担心商业化图像社会的力量可能过于强大,艺术家无法与之抗衡。克劳迪娅似乎成功地引导杰克回归生活。然而,杰克白天的生活是对现实的一种妥协。午夜时分,杰克独自在家时,想象和编造记忆的老习惯没有改变。他继续生活在幻想中,与死去的或不真实的人在一起。"我现在住在他留给我的房子里,在那里,我召唤我熟悉的鬼魂。母亲,父亲,弗雷德。那个'所谓的'西吉斯蒙多。克劳迪娅们"(107)。杰克仍然深陷现代媒体创造的拟像里,不能清醒,或不愿清醒。在第二年出版的《安东尼奥尼的忧伤》里,杰克再次出现,这位著名的电影制作人、江郎才尽的杰克教授仍然痴迷于所谓艺术的实验性突破,为重整旗鼓,计划带着来自《意大利女演员》、现更名为纳迪娅的女演员,继续以真实的性爱、性暴力和死亡为题材,制作更惊世骇俗、更突破道德和法律底线的作品。女演员纳迪娅延续她在前一部小说里的观念:真实的死亡增强电影震撼力,她毫无罪恶感,指望随电影"永生"。导演杰克则进一步被名和利、被消费主义和商业文化扭曲,淹没在文化消费市场追名逐利的潮流里。

在某种程度上,兰特里齐亚本人也像小说中的主人公一样,不可避免地受到图像文化的影响。《意大利女演员》的文本里有大量色情和暴力描述,像摄像机一样细致地描述西吉斯和伊索的一切活动。兰特里齐亚通过伊索对西吉斯的阉割和杀害,抨击商业化影视中暴力、性和死亡泛滥的现象,批判资本主导下人们不惜一切代价追名逐利的倾向,文本本身构成对大众文化的戏仿,小说对色情暴力场景的描写,给读者带来一定不适,但也带来震撼和反思。兰特里齐亚用他所抨击的东西填充他的小说,很可能引起争议,正如乔伊斯的《尤利西斯》曾引起争议一样。或许正是出于这个原因,在《安东尼奥尼的忧伤》里,小说的主人公汉克拒绝杰克的邀请，不愿参加他的色情片制作，表明他拒绝与杰克所代表的不道德的、商业化的文化风气合作。杰克的故事在《安东尼奥尼的忧伤》第一部分的第九章里就戛然而止，没有后续，在一定程度上体现了兰特里齐亚的艺术抉择。在消费主义主导的现代媒体视觉文化里，艺术家应当恰当把握艺术创新与各种形式的权力的关系，坚守伦理道德，这对于文化界审视艺术与现代传播媒体技术乃至与科学技术的关系具有重要的提示意义。

兰特里齐亚以自己的小说，展现他作为小说家的困境和对艺术家角色的自我反思。作为文化政治诗学的主体，艺术家的自我受到历史、社会与文化的塑造，这些塑造因素与主体的自主性产生张力。兰特里齐亚致力于探讨艺术家如何避免自我迷恋和与外界隔离，既投入社会，又保证其自主性，为此，他将艺术家放置在当代社会最为典型的两种生存状态里予以考察：后现代空间和现代媒体塑造的图像世界。在后现代时间和空间里，艺术家受到与现代主义时期完全不同的影响塑造。后现代空间的艺术家在全球化权力、资本和现代媒体文化等网络笼罩和空间流动中挣扎，努力确立全球属性和地方属性，通过与社会生活中的普通人建立联系，重建自己的主体性，寻求自己独特的叙事，创新艺术生命。但是，在后现代空间里，兰特里齐亚尤其关注现代媒体技术和文化消费市场如何将艺术家进一步引入影像化、符号化的消费主义社会，艺术家被虚幻的拟像世界左右，逐步丧失主体性和自由意志，在自以为富有创造性的时候，却坠入现代媒体商业化、违背伦理道德乃至非法的陷阱。兰特里齐亚的小说启发读者思考，促使读者以批评的态度看待后现代空间和现代媒体创造的图像世界。从这个层面上看，《路得记》和《意大利女演员》具体演绎了《卢凯西与白鲸》所关注的艺术家的社会角色，在推动社会意识的改变上发挥了作用。

第四章　文化政治诗学的文本艺术

兰特里齐亚从文学批评转向文学创作，可以说是一种跨文类的行动，让他得以在这个跨界过程中，从文学批评里解脱出来，从文学创作中获得自由，任由想象力驰骋。他在十余部小说的创作中，形成了自己的写作风格。在小说的类别与风格方面，他有意将实验派小说和大众化写作风格融合在一起，使小说杂糅多种文类，文类转换又带来多层次的语言风格，给予读者丰富的阅读体验。在小说叙事结构上，兰特里齐亚善于采用时空转换、叙事视角转换等叙事技巧与策略，使小说呈现非常独特的风貌，耐人寻味。特别值得一提的是，兰特里齐亚大胆探索和突破小说形式上的局限，不仅采用灵巧多变的叙事技巧与策略，而且非常突出地在小说《卢凯西与白鲸》里插入文学批评，在小说《安东尼奥尼的忧伤》里插入电影批评，并且有意识地借鉴电影元素。这些独特的艺术创作手法不仅突出小说主题，而且从多方面体现兰特里齐亚的文学观。

第一节　兰特里齐亚小说的文类与语言策略

兰特里齐亚小说的类别与风格非常灵活多变。他有意打破僵硬的文类界限,将严肃文学和通俗小说、戏剧、电影等融合在一起,杂糅了多种文类,不仅对文类惯例提出挑战,而且对小说的审美价值与市场价值之间的界限提出挑战。兰特里齐亚的第一部非文学批评著作《夜晚之畔》出版时,市场销售定位是回忆录,但当采访者问及这部著作究竟属于什么文类时,他却坦言,《夜晚之畔》不是严格意义上的非虚构作品,也不是出版社所归类的回忆录,而是属于虚构小说。起初,兰特里齐亚想写散文集,后来感到这种文类给他带来各种局促和限制,因此,他更愿意选择"一种非常开放的形式,可以有幻想;可以有叙事、逸事、对话、独白、一点点戏剧、一点点虚构"(O'Hara & Lentricchia,"Interview"5—39)。显然,兰特里齐亚从一开始就有意无意地进行跨文类创作。渐渐地,兰特里齐亚小说文类的多样性越来越明显,包含侦探小说、神秘/悬疑小说、犯罪小说、黑帮小说/电影、浪漫小说、学院小说和文学小说、戏剧、传记、邮件、新闻报道、历史等。在文类的跨越中,小说文本对不同读者的参与提出不同要求。随着文类的转换,小说呈现多样的语言风格,不同读者能够找到自己习惯或青睐的体裁和语言风格,得到不同的阅读体验。

一、兰特里齐亚小说中的戏剧

兰特里齐亚特别青睐的元素是戏剧。他在写作时"有强烈的意识,涉及电影、戏剧、演员和表演,把很多精力放在如何呈现不同的声音……以及表演特质上",因为"生活就具有戏剧性",也不乏幽默(5—39),这种思考使他在小说创作初期就开始有意识地使用戏剧元素:《夜晚之畔》从作家自身经历中提取许多素材,却具有一定的虚构性和戏剧性;《约翰·克利泰里》和《刀手》呈现出戏剧表演的生动性和现场感。此后,兰特里齐亚的小说里越来越多场景的呈现、人物的对话和冲突都具有戏剧特点,他也越来越多地在小说中采用戏剧脚本对话的形式,直接呈现对话,并以括号里加入舞台指导的形式,描写演员即小说人物的

（表演）动作或心理活动。在《卢凯西与白鲸》的致谢部分里，兰特里齐亚甚至明确表示，小说里的一些内容受到德里克·贾曼（Derek Jarman）的剧本和电影的启发，他特地将戏剧元素融入小说。

在《刀手》里，一个生动的例子是第 16 节，它以戏剧形式讲述 1959 年圣诞前夜理查德家宴上发生的故事。理查德的父亲约翰邀请女友埃尔西（Elsie）参加家宴，理查德认为母亲在世时，父亲曾经对她不忠，惹她生气，因此很想让父亲不痛快，就邀请妓女多拉来家里，假称她是医学院教授。在家门口见面介绍的场景很像表演戏剧：

> 我把她介绍给父亲，父亲看了她一眼，眼神怪怪的，让我说不清，我心里不太痛快。我说，"多拉教授，这是我父亲约翰。"
> "你好，约翰，我是多拉·布朗。"
> "很高兴有你在这里，布朗医生。"
> (36 年后，我听到他说，"很高兴拥有过你，布朗医生。"我看见他，死去的父亲，跟埃尔西做爱……埃尔西很漂亮。她们都很漂亮。) (211)

括号里的加注近似戏剧里的旁白，显然是理查德 36 年后回忆时的评论，行文中，就像戏剧进行当中，理查德突然停下来，背着戏剧中的其他人物，穿越时空似地告诉观众他的心理活动，用旁白的形式为观众解释他对戏剧人物的态度，指导观众对戏剧人物作出判断。当时，他因为听说父亲可能对母亲不忠，非常生气，因此在父亲找到女友后很不开心。现在，理查德在回忆，又想到父亲其实在母亲去世后不久就认识了多拉，就越发不能原谅父亲。括号里描写理查德的病态想象，表明父亲去世多年后，他不仅对父亲依然心存芥蒂，而且仍然没有摆脱屠宰场场主维克多的影响，心中没有爱，以阴暗的心理想象父亲、想象女性。

在吃饭过程中，一开始气氛融洽，但理查德一直想找碴激起冲突，在对话当中多次使用旁白交代自己的心理活动:"(整个晚上,谈话一直按我的计划进行:让他付出代价。在晚上一切结束前复仇。这两个女人绝对是合适的人选……)"(212)。这个旁白让理查德对父亲的不满、他的厌女症,一览无余。

但理查德的回忆里也不乏温馨时刻:

> 我父亲:"嘿!第一道菜来啦!"
> (自家煮的阔叶菊苣汤①,我和父亲用祖父的方言称呼这道菜……父亲一说到这个神奇的词,我就捕捉到他的眼神,重复说了一遍,我们两个人开始咯咯傻笑,一开始有点小心翼翼,互相保持一些戒心,然后又像一起密谋一样笑起来,同时又企图忍住。)(213)

至此,因为共有的意大利裔家庭和文化记忆,父子之间的关系稍微缓和,两人暂时紧密联系在一起。一个菜肴符号,厨房餐桌的记忆,象征了充满爱的意大利裔文化,不同于美国土地上弱肉强食的文化。这段文字很像舞台指导,描述当时父子俩的心理状态。但由于这个场景属于回忆,这段文字又像在描写理查德多年后才开始回味父子间的亲密情感。

随着这场戏剧表演的推进,父子俩的温馨时刻转瞬即逝。理查德继续沉浸在仇恨里,他因为饮酒过多,渐渐有些失控,报复心理越来越严重,把父亲的女友叫做"贱人"。父亲和女友去厨房准备菜时,理查德想跟多拉发生关系,惹恼父亲,但多拉不同意。

> 我,忽略她关于尺寸的暗示,"什么?洗碗布?……我们一会儿就把它拿回去。"
> 布朗医生:"我无所谓,热的冷的……你怎么跟他们解释,客

---

① 这里的阔叶菊苣汤(escarole soup),是美国意大利裔的一种菜肴。

厅里用洗碗布？"

  我，傻傻地："其实不需要那东西。我很干净。"

  她："别开玩笑……他们这会儿进来撞见怎么办？"

  我："那我就赢了。"（216）

  因为多拉不肯配合他激怒父亲，理查德越来越不耐烦，称呼也从"布朗医生"变成"她"，显得语气越来越着急，心情越来越不痛快。整个宴会就在这种戏剧对话中展开，直到最后在舞台戏剧对话中，用舞台说明的形式描写理查德喝醉，站起身，摔倒在地，被众人扶去休息，再到客人走后醒来。这场闹剧在兰特里齐亚的戏剧性表述中变得非常鲜活，一波三折，将场景和人物性格在观众/读者眼前展开。

  另一部更具浓厚戏剧元素的小说是《卢凯西与白鲸》。从整体上看，这部小说像一部四幕歌剧，每一章都是独立的一幕，每一章里面的若干个片段就像若干个场景。例如在第一章（幕）"危机中的怀旧者"里，第一个场景"晕动症"用写实的手法介绍卢凯西，讲述他病态式、强迫症式的习惯：长途旅行去拜访病榻上的朋友。第二个场景"马尔维纳斯群岛"用意识流的表现手法，讲述卢凯西的回忆：他回到童年，在对初恋的痛苦渴望中，将马尔维纳斯群岛跟初恋玛尔维娜（Melvina）联系在一起。第三个场景"粉丝俱乐部"，卢凯西回到家乡尤蒂卡的街上。第四个场景"歌剧之夜"，在亦真亦梦中，卢凯西和朋友来到歌剧剧场，他被邀请替代生病的男高音帕瓦罗蒂。在这四个场景里，兰特里齐亚在写实、意识流、幻想、梦境之间转换，场景或舞台布景在卢凯西的书房、街道、俱乐部、剧场之间转换。

  在《卢凯西与白鲸》里，兰特里齐亚也经常使用独白。第四章"追寻麦尔维尔"整章采用独白形式，对麦尔维尔和《白鲸》展开文学评论。第三章"特聘作家"里的"道德沦丧高级班"，也是以卢凯西的独白开始，他像哈姆莱特一样带着犹犹豫豫、不能释怀的复杂情绪："肥胖的懒惰之魔一直诱惑我,让我把秘密出版给公众看:我们时代的文学耻辱。但我抵制诱惑,只是尽量口头讲述,当然也没说什么,到最后,我的隐秘生活变得平淡无奇,连我自己都觉得无聊了,就再也不想写在纸上了。我在书稿的黑暗世界里快乐地摸索。我承认,我在书稿之外没有体验到生活的乐趣"(40)。卢凯西用独白形式剖析自己。值得一提的是,第六章第二个故事采用的是书信形式,让维特根斯坦专家诺尔曼在信里跟朋友、同事和情人倾诉;但从内容上看,这些书信组合起来很像一篇独白,使书信部分既自成一类,又与其他文字浑然一体。

《卢凯西与白鲸》也采用剧本里常见的舞台指导,以方括号标示。例如,"[做笔记:]'好比挪威在南大西洋'"(9),"在黑暗中,在他头脑里:'写作正在进行。'[修改成:]写作发生"(11),方括号里的文字标示出人物的动作,描写卢凯西总是封闭在自我里,封闭在他自己的创作世界里。小说还有很多旁白。例如,"她的姓没有留下来。[好:想不起来]"(7),像是把卢凯西隐藏在心底的想法或者阴暗的心理争战用旁白形式表现出来,透露给读者。

兰特里齐亚的小说里的戏剧元素使文本叙事活跃起来;舞台指导和旁白的巧妙运用,显明小说人物如何一步步深入探索或透露自己的内心世界,一点点理清原本混乱不明的潜意识,以便最终认清自己。

二、文类的转换

兰特里齐亚在同一个小说文本里往往并不局限于一两种文类,而是在多种文类之间转换,这在《临时抬棺人》里尤其明显。《临时抬棺人》跟兰特里齐亚以前的小说一样,仍然融合了多种文类,此时,兰特里齐亚显然已经彻底摆脱严肃小说的束缚,明确将类型小说(genre fiction,或称通俗小说)和文学小说(或称严肃小说)综合在一起,并且更加娴熟自由地在不同文类之间转换。

《临时抬棺人》给读者的最初印象是通俗小说，很能迎合大众口味。兰特里齐亚就像他评论罗伯特·弗罗斯特时所说的那样，采用一种"大众文化影响"策略，"偏爱普通读者，通过塑造一种亲民的、诱人的文学外表，让不上心的读者都会喜欢阅读……"（Modernist Quartet 70—71）。小说主人公艾略特·孔德是私人侦探，小说的总体框架属于侦探小说、犯罪小说或神秘/凶杀惊悚小说，主要故事情节围绕一系列犯罪案件展开。从故事情节来看，《临时抬棺人》像格特鲁德·斯坦因（Gertrude Stcin）所说的，是部成功的侦探小说："与纵横字谜游戏不同，侦探小说的乐趣源于叙事的不断延迟，在于不断的悬念，让人抑制住预测情节结局的渴望，专注于逐渐推进的叙事、迂回曲折的过程"（Levay 8）。确实，小说情节错综复杂，充满曲折，设计精妙，描写了犯罪、阴谋、连环杀人案，叙事不断延迟，充满悬念，扣人心弦，引人入胜，给读者带来惊喜，又让人充满期待和焦虑。

小说还在类型小说或称通俗小说中结合了流行电影的元素，增加阅读的乐趣。围绕艾略特的父亲展开的故事将他刻画成教父，使小说的部分片段像意大利黑手党故事，或者像黑手党电影。艾略特在火车上遭遇杰特·肯特虐待妻儿，义愤填膺，跳出来为弱者伸张正义。他先是揪住杰特实施武力威胁，后来开始调查杰特，这个部分带有家庭暴力小说的特点，接着演变成好莱坞英雄电影。当艾略特开始与警察凯瑟琳·克鲁兹约会，场景描写和转换又带有浪漫电影的色彩。此外，艾略特设计制伏安东尼奥的助手迈克尔·科卡，戴上面具折磨科卡，威胁他，让他对安东尼奥参与黑手党暗杀的事守口如瓶，兰特里齐亚特意将这一部分描述得很像戏剧或电影剧本，这时艾略特很像电影《精神病人》（Psycho）中的精神病杀手；兰特里齐亚又以意大利歌剧作为背景音乐，仿佛电影《教父》里带着背景音乐的枪杀场面，为小说增加了惊悚而美艳的色彩。

《临时抬棺人》的场景描绘、人物刻画和故事情节的设计，都受到充分肯定。评论者一致认为，小说集合了侦探、犯罪、黑手党等元素，将尤蒂卡历史上的点点滴滴融进完全虚构的故事中，情节紧凑，惊心动魄（Mullane 32—33），堪比让·克劳德·伊佐（Jean-Claude Izzo）马赛三部曲中的《费比奥·蒙特尔》（*Fabio Montale*），也让人联想起科波拉（Coppola）导演的马里奥·普佐（Mario Puzo）小说《教父》和意大利导演维托里奥·西卡（Vittorio De Sica）电影《偷自行车的人》（Lipez 3），给人带来阅读的愉悦感，堪称优秀的侦探小说。

但兰特里齐亚并不只是在写一部娱乐性质的侦探小说，他还综合了文学小说，或者说是严肃文学，涉及父权制、身份属性、族裔和种族问题等主题，为书写上纽约州和美国意大利裔文化做出贡献（Levine 26）。兰特里齐亚在文学批评生涯中特别注意到诗人罗伯特·弗罗斯特把"他的精妙之处隐藏起来"，他的诗显得好像并不含有"挑战性的内容"或"复杂的社会分析"（*Modernist Quartet* 70—71），同样，兰特里齐亚在《临时抬棺人》乃至整个艾略特三部曲的小说创作中，将小说的复杂和微妙之处隐藏在娱乐性比较强的通俗小说之下，引导有兴趣的读者深入阅读，深度思考，从中获得更多乐趣。他使用侦探和犯罪文类的叙事构成小说的"表层故事"（"overstory"）（*Lucchesi* 60），故事曲折，充满悬念，读者很容易体验到这个显性叙事，从中得到阅读的快乐。但在这个显性叙事里，还含有"隐藏故事"（"understory"），这个隐性叙事通过艾略特父子关系的故事，讲述资本主义父权文化下的男性身份属性建构、艺术家内心的暴力冲动、族裔/种族、性别等深层次的问题。这个隐性叙事不断浮现，总要去取代类型小说。毫不奇怪的是，在警察局，当艾略特向凯瑟琳·克鲁兹和罗伯特·林特罗纳两名警察发表关于歌剧男高音的评论时，当他的调查引导他回到他曾经教过的大学时，文本似乎变成学院小说。尽管兰特里齐亚在文本里不时用幽默来讽刺艾略特浮夸的学术话语、读书人的清高，但这些片段仍然给文本增加了严肃小说的色彩。难怪德里罗在小说的封面上评价它是"高雅的消遣",既"富有趣味、情节紧凑、令人热血沸腾",而且会吸引"那些期望目标小说带有深刻意义与内涵的读者"。兰特里齐亚让读者在娱乐之余,还能欣赏其精妙的艺术构思、深邃的思想,同时带领读者和他一起解剖当代美国社会的隐性暴力和权力关系、自我的心路历程。

兰特里齐亚通过追寻这一主题,将侦探小说和严肃小说两大类别自然融合一起:艾略特作为侦探,一直在追寻谋杀案的线索;处于父子关系中的艾略特,则一直在追寻解决父子僵硬关系的途径,探索自己的身份属性。这两种追寻跟文学批评者都有一定相似之处,都是试图从各种渠道尽可能提取证据,以寻求解决一个问题,或者验证一个观点;艾略特本人恰好是文学批评工作者,他一直在努力撰写麦尔维尔评论著作。

兰特里齐亚在不同文类之间轻松转换,打破了文类惯例,制造了"陌生化"效果,因此细心的读者可能会在某个时刻突然眼前一亮,发现"周围的世界被剥去熟悉的面纱",让我们看到不一样的光景(*Modernist Quartet* 198)。例如前一个时刻,艾略特还在侦探故事里追查凶手,在侠义江湖里匡扶正义、保护弱者,转眼间,他就突然进入一个完全不同的私人空间:他回到家,书房里满是"与美国文学和学术评论有关"的书籍(*Pallbearer* 21)。在这个相对私密的空间里,艾略特开始与安东尼奥讨论父子关系和他的愤怒问题,开启一场精神分析。侦探小说的叙事突然中断,犯罪小说的色彩突然消失,被严肃的文学小说取代,如此不断交替。这种突然转换产生强烈的对比,让我们在凶杀、侦探故事之下,关注他的父子关系问题,进而叩问追寻他的心理历程。

尽管兰特里齐亚努力让读者融入小说的文类转换当中,但他也在一定程度上颠覆读者对特定文类的心理预期。他经常在叙事朝特定文类的结局发展时,突然改变叙事进程,使之脱离某个文类的俗套。例如在

《临时抬棺人》里，他颠覆了读者对好莱坞电影式英雄故事的心理预期，也颠覆了侦探小说的故事结局：主人公艾略特并不是传统意义上的英雄，他不仅性格上有缺陷，而且谋杀案最终也没有按照福尔摩斯侦探小说的思路，经过主人公艾略特巧妙严谨的推理破案。故事结束时，他两个女儿的死仍然是未解之谜，他也无能为力。此外，兰德里齐亚也颠覆了人们对浪漫故事的预期，故事结束时，主人公艾略特因为种种原因，原定与凯瑟琳的约会没有下文，毫无交代，浪漫故事戛然而止。一直到艾略特三部曲第二部《尤蒂卡杀狗人》开始时，我们才得知艾略特和凯瑟琳已经生活在一起并育有一女。更重要的是，小说也颠覆了严肃小说应有的结局：主人公艾略特并没有真正解决难题：他与父亲似乎和解了，父子问题解决了，但他并没有完全接受父亲的身份属性；他虽然像父亲一样能够控制住敌手，像父亲手下的人一样，尊父亲为教父，但他自己并不能成为教父。至于他是否继续做文学教授，或者是否成功写出麦尔维尔评论，全部还是未知，艾略特的身份属性仍在形成中。不过从另一方面讲，正如格特鲁德·斯坦因所说，"因为未破案的犯罪仍然是个谜，反而更能影响读者的心态"（Levay 11）。这部小说结尾处这些散乱未解的问题，进一步制造悬念，促进读者思考小说，也激发读者好奇心，对小说的续集充满期待：他们在续集《尤蒂卡杀狗人》里将会发现，艾略特终于回到大学教文学，振奋精神，捍卫和守卫新的家庭和女儿。

总体而言，随着阅读的深入，读者能够体验兰特里齐亚小说文类的多样性和跨越性，探寻小说主题的多样性和丰富性。小说属于意大利文学评论家翁贝托·艾柯（Umberto Eco）所说的"开放式文本"（49），面向各种各样的读者。

三、多元化的语言风格

兰特里齐亚的小说因为不同体裁的交融与反差，往往会像"一部具有不同文学语言层次和形式的百科全书",不同文类风格各异的声音聚集在同一部作品里,呈现出巴赫金(Bakhtin)所谓的"复调"(heteroglossia)(301)。以《临时抬棺人》为例,小说把高雅与粗俗的语言、学术用语和俚语、职业语言和大众化语言、严肃的讨论和荤段子融合在一起,让人感到意外,却又觉得非常符合复杂而多层次的现实生活。

兰特里齐亚在这部以犯罪和侦探惊悚为主的小说中,经常引人注目地甚至略显不合时宜地插入严肃作家或文学作品的名字,符合艾略特的教育和职业背景。例如,兰特里齐亚用艾略特·孔德的名字暗示诗人T. S. 艾略特,暗示他的文学爱好。小说还提到《罪与罚》《化身博士》《白鲸》《奥赛罗》等严肃文学作品,暗示隐藏在艾略特内心的暴力冲动和暗黑自我,也暗示阴谋和谋杀、内疚和犯罪感等主题,为小说赋予了严肃文学作品的风格。另外,小说还提到《精神病人》和《蓝丝绒》(*Blue Velvet*) 等惊悚电影和意大利裔导演马丁·斯科塞斯(Martin Scorsese)的名字,提到《卡门》(*Carman*)、《波西米亚人》(*Boheme*)、《唐·卡洛》(*Don Carlo*) 和《假面舞会》(*Ballo in Maschera*) 等歌剧,不仅暗示小说在主旨上与它们有相似之处,而且为小说增加了大众文化的色彩。

《临时抬棺人》人物的语言符合人物的职业和教育背景。在评论歌剧时,警察林特罗纳和安东尼奥将听歌剧的感受跟性感受相提并论,措辞粗鄙。安东尼奥的评论是:"他妈的,这 X 真他妈的会唱,高潮了……"(24)。林特罗纳的评价是:"昨晚那孙子唱得真他妈漂亮,让人痛到那里去了。"他在评论里与安东尼奥一样使用脏话,但他们语言贫乏,不能详细描述歌剧传达的痛苦。艾略特的评论则是,"内疚之人的痛苦……罪人绝望地向神祷告",比较具体地指明是"内疚之人"的痛苦,但又是从形而上的角度解释痛苦感受,符合文学教授的课堂用语。此外,他的措辞也比较雅致,"让人陶醉的只有唱歌的声音,肉质感的声音像热血一阵阵涌上来包裹我们,深深地包裹着"(13),艾略特和林特罗纳一样,描述感官体验,但他的比喻不是那么直接,比较文雅。

在艾略特和安东尼奥的交流里,语言更加丰富,混合了歌剧和流行歌曲用语、文学语言和电影语言、精神分析用语、骂人的话和荤段子等。跟安东尼奥在一起时,艾略特一会儿像斯文的教授,用课堂话语讨论意大利歌剧,转眼就变成愤怒的粗人,满嘴脏话。小说里还经常夹杂着意大利语,这时的话题往往涉及人的存在最本原的食和性,仿佛艾略特在使用意大利裔移民先祖的原初用语中,放下斯文的面具,归于本真。酒后,艾略特全然放纵自我,和安东尼奥一起用粗俗的意大利俚语唱道:"久旱逢甘雨,饮酒会知交,洞房花烛夜,金枪永不倒"(25)。兰特里齐亚以多元化的语言,还原现实生活的多样性和复杂性,记录了人复杂的情感、印象、反思和观察。

兰特里齐亚在小说中融入多种文类以及不同风格的语言,不仅突破文类的界限,还原生活的多样性,而且尝试在严肃的文学创作与大众文化需求之间达成协调和平衡。一直以来,批评界对类型小说持有偏见(Levay 3),严肃的文学小说和类型小说之间存在隔阂,在一定程度上使严肃艺术处于清高孤立的状态。兰特里齐亚在艾略特三部曲之前的小说里,主要探讨文化批评知识分子和艺术家的生存状态和困境,小说有时晦涩深奥,隐藏许多文学和文化典故,目标读者范围受到一定限制;在艾略特小说系列里,兰特里齐亚突破了这种限制。他借主人公艾略特挑战所谓文类界限,特别指出艾略特喜欢"那些用来消磨时间的纳维亚侦探惊悚小说,他最近一直在读,一本接一本,读得很快。他在加州大学洛杉矶分校写关于麦尔维尔和福克纳的硕士论文时,对这类小说是不屑一顾的,——设计巧妙的低俗小说,高雅垃圾,让人头脑兴奋(像歌剧,一直如此;像性爱,曾经的体验)……"(*Pallbearer* 54)。这句话代表了小说的杂糅风格。兰特里齐亚将严肃文学、通俗小说、歌剧杂糅在一个句子里，明确破除文类界限，破除高雅文化和低俗文化的分界，将小说从高高在上的"高端文学"世界带到大众世界里，与普通读者沟通交流，同时又传播严肃的信息。

应该说，兰特里齐亚一直在关注所谓高雅与低俗之间的分界问题。在《精灵与警察》里他已经注意到，诗人华莱士·斯蒂文斯在诗歌里寻求自己独特的诗歌媒介，将自己的才华变成商品，既能带来美感，又能带来经济效益（146）。从《刀手》《炼狱之声》《卢凯西与白鲸》等比较具有后现代实验派风格的小说，到《安东尼奥尼的忧伤》再到《临时抬棺人》等更具通俗小说色彩的艾略特探案三部曲，兰特里齐亚越来越明确地践行了斯坦因的倡议，将实验派小说和大众化写作融合在一起，使自己的文学艺术作品"既有趣又有艺术性"，既启发严肃思考，又包含趣味（Levay 7—8）。兰特里齐亚又通过语言风格的变化，通过与不同文类作品的互文，表达丰富的主题主旨，引导读者深入思考，给阅读带来层次丰富的体验。

第二节　《刀手》的叙事技巧与策略

兰特里齐亚在小说中不仅尝试和融合各种文类与语言风格，给读者带来丰富的阅读体验，而且在叙事结构上，常常采用多种叙事视角转换和频繁的时空转换的叙事技巧与策略，突出主题，传递重要信息，这在《刀手》里尤为突出。

兰特里齐亚在《刀手》里，"尝试着不写赏心悦目的东西，而是尽量写些残酷、直白的内容"（Depietro 24）。小说主人公妇科医生理查德·阿西西小有名气，有一定社会经济地位，但在他内心深处，隐藏着冷漠、暴力和嗜血等扭曲的价值体系。18岁时，他与尤蒂卡当地屠宰场老板维克多结识交往，维克多引导年轻的理查德进入一个暴力流血的世界，带领他建构所谓阳刚的男性身份属性。此时，理查德的母亲去世不久，他对生性善良的父亲约翰心存芥蒂，因此越来越离弃善良的父亲，认同强悍、刚硬、充满暴力的维克多做他的精神教父。这段经历对理查德产生负面影响，致使他不能建立健康的人际关系，他与父亲不和，三次离婚，现在他与意大利裔女友狄安娜的感情也遭到破坏，尽管他努力摒弃过去的阴影，最终还是不能完全成功。

评论界对这部小说的评论涉及主题和语言两方面。在主题方面，评论者认为小说致力于探讨"男性身份属性、男性问题，印证意大利男人似乎特别看到爱与暴力间的相似之处"（Passaro 41），在这部小说的世界里，"爱情与暴力、回忆与谋杀有着千丝万缕的联系"（Rungren 91）。在语言方面，有评论者认为兰特里齐亚"用语言放血，小说文本发出绝望的尖叫、渴望救赎的尖叫，是一把割伤作者和读者的刀"（Malin 295），有的评论者却认为兰特里齐亚过分展示语言游戏，"削弱了故事，使暴力看起来更像是多余的语言练习"（Steinberg 64）。这些评论或者轻描淡写，或者有失偏颇。总体来看，《刀手》巧妙地将内容与形式结合，是一部匠心设计、结构精巧的小说。兰特里齐亚在接受采访时坦言，小说的主题就是暴力，就是要把这个残酷可怕的现象，在读者面前具体地刻画出来。研究这部小说的叙事结构和时空转换、叙事视角与转换以及人物对比与象征等几个方面，可以看到兰特里齐亚如何在艺术作品里有力地表征暴力与暴力冲动的主题。

一、《刀手》的叙事结构和时空转换

兰特里齐亚往往从时间和空间层面精心建构小说的叙事结构。小说的时间层面，是指作者是否按照时间发展先后顺序安排情节模块。兰特里齐亚喜欢在小说里使用多种叙事时序（order），他往往打破故事情节模块的物理时间顺序，过去与现在交替出现，让读者领会小说人物的内心如何在过去和现在之间互动。在表现过去与现在的交错时，兰特里齐亚喜欢大量使用记忆闪回（倒叙）和闪前（即预叙，提前叙述后面发生的事）描述过去发生的事情，补充说明过去对现在和未来产生的影响。《刀手》就是很好的例子。在这部小说中，现在是指1994年至1995年；过去是指这段时间之前发生的事情（尤其是1943年或1944年理查德三四岁、1959年理查德18岁、1965年理查德父亲去世等时间节点），整部小说扰乱了时序，过去与现在交替，如表1所示。

表1 《刀手》的叙事结构

章	节	时间	事件	人称
第一章 孩子	1	1965年春	理查德的父亲去世，他做噩梦回到1943/1944年。	第三人称
	2	现在：1994年6月29日	理查德接到维克多电话。真正的叙述开始。	第一人称
	3	1959年初秋	理查德第一次见到维克多。	第一人称
	4	现在	理查德评论他现在的生活，介绍女友狄安娜。	第一人称
	5	1959年	理查德和维克多第一次见面一天后在街上相遇。	第一人称
	6	现在	理查德与维克多电话联系。	第一人称
	7	1959年	理查德和维克多第二次见面当天，理查德参观维克多的家，维克多邀请他到屠宰场工作。	第一人称
	8	现在	接第6节的同一天。理查德和狄安娜的生活。	第一人称
	9	1959年	理查德讲述他在维克多的屠宰场的经历。	第一人称
	10	现在	理查德跟狄安娜讲述他第一次去妓院的经历。	第三人称
	11	现在	理查德关于卡门和维克多的思考。	第一人称

(续表)

章	节	时间	事件	人称
第二章 爱人	12	现在	理查德和狄安娜的某个早晨。	第三人称
	13	现在	狄安娜发现家里的面包刀移动了位置，受到惊吓。	第一人称
	14	1960年	卡门和维克多邀请理查德参加黑诊所堕胎工作。	第一人称
	15	现在：1995年4月	理查德跟狄安娜谈到他第一次给人堕胎的经历。	第一人称
	16	1959年圣诞前夜	理查德的父亲邀请女朋友家中聚餐，理查德喝醉。	第一人称
第三章 怪兽	17	现在	理查德决定穿怪兽服装，发疯行为。	第三人称
	18	现在：1995年5月	理查德离开狄安娜。	第一人称
第四章 尾声	19	1965年	理查德在医院看望父亲、父亲的葬礼。	第三人称
	20	现在：1995年6月29日	理查德的生日之夜。	第三人称

在第一章"孩子"里，过去与现在交替，时间结构非常对称。第1节描述的是过去，即1965年理查德得知父亲去世后，做了一个血腥的噩梦，梦见一个男人在一个三四岁的孩子面前开枪打死一个和善的司机。第2节讲述现在，即1994年理查德接到屠宰场老板维克多的电话，回忆父亲曾劝他远离维克多。第3节、第5节、第7节闪回到1959年，介绍年轻的理查德与维克多最初相识、维克多带理查德到他的屠宰场工作等场景。过去的回忆已经成为故事主线，比现在发生的事情更加扣人心弦；对现在的描述反而成了对过去的补充，评价或者体现过去对现在产生的影响。这种安排，加上这一章的名字是"孩子"，都强调过去记忆的强大影响力。理查德认识到过去与维克多的交往会给他现在的精神状态带来可怕的影响，努力摒弃回忆，然而并不成功，过去的记忆时常浮现。小说呈现为过去与现在交替的一种拉锯式的张力，象征着理查德现在所处的矛盾心理状态。

第二章"爱人"描写理查德与爱人狄安娜的一些亲密时刻，主要集中在现在的事件，目的似乎是颠覆前一章过去记忆对现在的干扰，然而，第 15 节虽然回到理查德与狄安娜在一起的现在，其实仍在继续讲述第 14 节理查德过去参加维克多地下诊所堕胎工作的事，继续渲染理查德内在嗜血的暴力冲动，与他青少年时期表现的脆弱形成鲜明对比。

第三章"怪兽"和第四章"尾声"是理查德心理斗争的结果，因此篇幅比较短。理查德内在的怪兽终于获胜，导致他在孩子们的生日聚会上表现得疯狂怪异，像怪兽一样。最后一章"尾声"以第三人称单数讲述，第 19 节回顾描述理查德父亲的葬礼，只是为了进一步突出过去对现在的影响；第 20 节来到最后时间点，理查德退隐。

小说除了经常使用闪回，也使用闪前，即提前叙述未来事件，只不过不如闪回频繁。在第 3 节，理查德第一次见维克多的时候，叙述者说："（咖啡店老板）卡门比我大 8 岁，他是我在玛丽街的隔壁邻居，他正准备把我介绍给一个一辈子住在我们街对面的人"（136），这里提前预示维克多的情况：他住得离理查德非常近，他将一辈子对理查德产生影响。在第 19 节开始的一个闪前描述里："第二天早上，理查德梦见那个人说'牵着这只手，和我一起走'，他的心思意念里充满了美丽的玛丽莲·湖，（一个月内）她将成为 3 位被称为理查德·阿西西夫人的护士中的第一位"（249）。这个闪前表明，这时的理查德虽然回来参加父亲的葬礼，但他心里不是忧伤，而是充满对玛丽莲·湖的渴望，在他父亲去世一个月后，他将会娶她。这个闪前揭示理查德的冷，表明他和父亲之间存在一些问题，导致他当时对父亲的去世无动于衷；或者对他来说，死与生没有什么区别。

第 11 节主要使用闪前的手法。理查德评价维克多和卡门，"32 年没说话了，我要跟他说什么？每天打电话，直到最后一天？违心地说我爱你，卡门？我飞到那里，出现在他床边，跟亲人们一起聚在他身边，看着他打吗啡后陷入幻觉……"（169）理查德不愿意回尤蒂卡见维克多或卡门，即便卡门可能处于弥留之际。理查德在闪前的描述中，预见回去后看见卡门的情形，这种想象性质的闪前，让理查德了解自己对老朋友的冷漠，也了解自己切断与过去联系的决心。因此，他认定"我再也不想跟维克多说话了"（170）。

除了使用现在与过去交错的时序，兰特里齐亚还善于安排叙事时距（duration）：小说对事件叙述有详细，有简略，形成不同时距，创造了不同的时间间隔、不同的叙事节奏，区分了事件的轻重缓急，突出影响重大的事件。按照热拉尔·热奈特（Gerald Genette）的术语，这些叙事节奏可分为四大类：第一是暂停（pause），指叙述时间大于故事时间，减缓故事进程，提供细节，强化过去影响因素对理查德的影响力；第二是场景（scene），叙述时间等于故事时间，其中，对话完全体现了场景，即叙述时间完全等于故事时间，"文本对话里的每个字句，与故事发生时的字句完全对等"（Rimmon-Kenan 54），这种完全忠实于场景的对话，强调事件的客观忠实再现；第三是总结（summary），把一段时间压缩到一个简洁的叙述里，一般叙述时间小于故事时间；第四是省略（ellipsis），叙述时间小于故事时间（Genette 95），它属于空白。总结和省略与暂停和场景相反，避免讲述与故事主线无关或作者不愿详细叙述的旁枝末节，可以加快叙述节奏。

在《刀手》里，兰特里齐亚交替使用暂停和总结/省略，形成不同节奏；小说特别详细描述1959年和1960年理查德与维克多、卡门交往的故事，突出理查德如何构建所谓阳刚的男性身份属性的详细过程。其中理查德和维克多的第一次会面、第二次会面分别占一节，小说又用三节详细叙述他们第二次见面后发生的事情，包括理查德参观维克多的家、维克多带理查德去屠宰场、带理查德第一次去妓院的经历。接下来一年的情况使用了总结手法："1959年的最后几个月，在那个冬天和接下来的春天、夏天和秋天，我们每个周四深夜在糕点店生意冷清时聚会"（187）。接着，小说又详细描写维克多在1960年的一个下午带理查德第一次到地下诊所参加堕胎手术。然后是省略，时间跳到1963年理查德突然决定永远离开尤蒂卡，切断与维克多、卡门及整个尤蒂卡城的联系。此后小说有两节详细提到1965年理查德的父亲去世前后的情况，但直到理查德1994年接到维克多的电话，打开记忆的大门，中间是30多年的空白，小说基本没有涉及，除了一两个地方总结式、浮光掠影地告诉读者，理查德三次离婚。至于对现在的叙述，起点是1994年6月29日，最后以1995年6月29日结束整部小说，详细描述这一年里理查德和狄安娜的关系。理查德试图从他跟狄安娜的亲密关系中获得幸福，最后以他忍不住向狄安娜施暴导致两人分手。这种安排表明，维克多过去对理查德的影响很大，最终他还是陷入他们构建的所谓男性身份属性的魔咒之下。

第15节理查德跟狄安娜讲述他第一次去维克多的地下诊所参与堕胎手术，小说完全采用两人对话的形式，即场景描述（scene），但兰特里齐亚同时综合了暂停、总结、省略等手法。首先是与总结与暂停并列使用。理查德在四点十七分接到邀请，需要在十点四十五分去，当狄安娜问他在这两个时间点之间做什么时，他的回答是简短的、总结性的，省略了许多细节：

"阿西西先生，案发当晚，四点十七分与十点四十五分之间，你在干什么？"

"我先买了一双鞋，风格和尺码跟维克多的一模一样。黑白色的便士乐福鞋。别问我怎么知道他的鞋码。"

……

"然后我回家吃晚饭。我父亲煮的饭好吃极了，跟以前一样。我狼吞虎咽，跟以前一样。我父亲看到我很开心。我心情沉闷，等等等等。"

……

"然后我就学习,直到十点半。"(196)

狄安娜和理查德两个人一问一答,像侦探在跟犯罪嫌疑人问话。理查德回答得很简洁;但紧接着,理查德非常详细地介绍做堕胎手术的地方和过程,并且在对维克多做手术时血淋淋的细节描述中,混合着他后来做见习医生时第一次看见血淋淋的接生场景的细节描述,属于暂停式手法。理查德简洁的回答与后面详细的人流/接生过程形成显明对比,使人不禁深入思考其中的含义:理查德买的鞋子跟维克多穿的一样,意味着他会效仿维克多;而这个简短的描述里又出现他的父亲,意味着维克多和父亲代表两股不同的力量,同时在他生活中发挥作用。然而,对于接生/人流过程的暂停式详细描写,使得这个部分的分量增加,尤其是生与死两者杂糅在一起描写,让读者更加注意到,这段经历对于理查德来说非常重要,可以说是他在屠宰场课程之后的高阶课程,不仅让他进一步习惯流血的场面,而且感到生与死似乎没有太大差别了。他在变成冷漠、无情的怪兽道路上又晋级了。

其次是在这段场景描述的对话和后面详细的手术过程描述中,兰特里齐亚还综合采用了省略手法:他完全省略了理查德自己的感受。理查德以客观态度描述手术和场景细节,没有描述自己的内心感受。在导师维克多的引导下,作为叙述者"我"的理查德已经没有情感,不再关注也不能描述自己的情感。随后,狄安娜像心理咨询师一样通过询问、理查德回答的方式,引导他重新认识自己的情感。这种暂停式手法呈现的场景对话,填补了理查德自述时省略的部分,也表明理查德的爱人狄安娜代表继理查德父亲之后爱的力量。

除了时序和时距的安排,兰特里齐亚小说里的空间表征也很有特点,具有强烈的象征意义。空间表征可以分为地形空间(the topographical level)、时空体空间(the chronotopic level)、文本空间(the textual level)(Zoran 315)。兰特里齐亚对这些空间的描述,非常具有电影画面感，场景在这些空间转换，衬托出人物的性格和心理变化。

《刀手》里主要有四个表现主题的地形空间，即静态的地理空间。前两个是维克多的房子和卡门的咖啡店。这两个地方都象征着维克多黑暗的人格特征，其装饰、布置给人一种沉闷、压抑、死气沉沉的感觉。然而，这些地方又是维克多教导理查德、成为他生活导师的地方。另外两个地方是理查德在实践中进一步受训的地方：维克多的屠宰场和他们做人流手术的黑诊所。屠宰场"位于布利克以北几个街区之外，在老工业区，一条阴暗的东西大道上，路边是毛坯房酒馆，满地碎啤酒瓶，链状的围栏上偶尔可见被人小心地挂上避孕套，里面沉坠着精液"（156）。屠宰场阴暗、暧昧、脏乱，少有人至。他们走到门口，"迎接我们的是一声尖叫，明显是从房子里发出，在夜晚的空气中发出震耳欲聋的声音，在城市上空升起，继而飞出这座城市，最后，就像通过精湛的技术处理，渐渐流畅地减弱归于无"（157）。这尖叫声是屠宰场里动物临死前发出的恐怖声音。在这里，流血和屠宰是常态，日复一日，维克多教导理查德"少有这种机会完全没有后顾之忧地深入表达自己……重复的快感，忘记情感。冷漠就是一切"（160—161）。暴力、流血和死亡没有让理查德感到害怕和恶心，反而让他觉得兴奋和着迷。果然，屠宰场经历之后，理查德做梦用刀切开父亲的喉咙。他高中以来遭受校园霸凌压抑已久的欲望、母亲的早逝造成对父亲的怒气和压抑情绪，得以通过暴力和流血的方式释放出来。

地下诊所在某个小巷的一个后门。维克多和卡门在工作前，"把沉重的黑布蒙在前窗和门上。我们就着街灯的光蒙上黑布。蒙上之后，我们陷入一片黑暗；卡门打开一盏小台灯"（196）。就着小台灯的光，接受手术的女子躺在长方形桌子上，形状像钉在十字架上，过程当中鲜血淋漓、四溅，情形十分恐怖，然而理查德渐渐从害怕和性兴奋，到最后毫无感觉，冷漠无情，对生死无所谓。最终，他成为妇产科医生，受人尊敬，被孩子爱戴，内心却是扭曲的疯子、压抑的怪兽，随时寻找机会迸发。上述四个地方，成为理查德接受维克多培训所谓阳刚的男性身份属性的重要场所。

时空体空间，即叙事的进程和行动构成的空间结构（Zoran 318），在《刀手》里最具代表性的是对屠宰场操作程序的描述：首先，捆绑动物的人把小牛绑到钩子上，然后小牛被推送到第一站，在那里放血的人把小牛切开，让它流血致死。最后尸体被移到刀手那里，刀手开始取出牛的内脏，整个过程完成。但为了防止屠宰场堵塞，捆绑动物的人必须跑到取内脏的那一站，把那些没有用的肠子铲到桶里。在这条流水线上，捆绑动物的人负责开头捆绑和末尾清除工作，这就是理查德的工作。在这个过程中，理查德不是真正意义上的刀手，但他一次次接受从生到死的培训，这个从生到死的进程造就他摒弃情感、麻木冷漠的特点。

至于小说的文本空间，即文字文本所构成的空间结构，一般分为三种：整体空间（the total space）、综合空间（the spatial complex）和构成综合空间的空间单位（spatial units）（Zoran 322）。小说《刀手》的整体空间，就是小说的大背景——尤蒂卡的社会和文化生态环境。尤蒂卡是个人情冷漠、畸形怪异的地方。维克多的父母经常吵架，部分导致了维克多的扭曲人格。在理查德的父亲约翰的葬礼上，参加葬礼的亲属被描写得如同《小城畸人》或《都柏林人》里的人物：《刀手》里约翰的妹妹是"孤独"的，和她在一起的孩子"像蚂蚁一样坐立不安"，她丈夫则"百无聊赖"；亲属们"穿过殡仪馆前门时，殡仪馆负责人大拉可用手拍他们的肩膀时，他们都很高兴"（254）。另外还有跟丈夫吵架的、迫不及待完成仪式的、举止怪异的，还有在丧葬场合追逐肉欲狂欢的。约翰的女友"被悲伤和情欲击垮"，口口声声说"你父亲是我一生的至爱"（259），接着却很快被带走加入这怪异的肉欲仪式。此外，尤蒂卡信奉弱肉强食的丛林法则，理查德在这个背景下成长，遭受校园霸凌、被羞辱，他渴望维克多"结实的胳膊所代表的阳刚之气"（145）。最终他离弃父亲所代表的和善和爱,选择强悍的维克多做人生导师、精神之父和男性身份属性建构的楷模。

综合空间是各种不同空间单位在文本里的合并。在《刀手》第15节里,理查德将他第一次见到维克多实施人工流产手术的过程,与他第一次当见习医生看见的接生过程合并起来叙述,"最残忍的流产;最难产的足月婴儿自然生产"(201)。理查德把做人流的维克多比作产房的医生;他又把两个流血的过程穿插在一起描述,只不过前者的描述更加血腥;理查德甚至注意到在两个场合,做父亲的都在流泪,前者是孕妇的父亲,后者是婴儿的父亲。最后,理查德还认为维克多取出放在托盘里的"东西",跟产科医生接生的新生儿是一样的。这样,死和生两个在不同时间、空间发生的事情被糅合在一起,形成综合空间。死与生的操作相似,表明理查德被驯化得对生死已经麻木不仁。

此外,兰特里齐亚还创造了心理或象征场域,他通过理查德的毛毯和梦境,创造了特殊的心理空间。毛毯是理查德的心理避难所。在理查德观看辛普森案审判时,"证据是假的也好。证据无可争辩也好。我按下遥控器关闭按钮,把母亲的爱拉到头上,这是她40年前做的毛毯,单为我一个人做的,在黑暗中想象自己变成被告的脸"(148)。对辛普森的审判,仿佛是对理查德内心暴力的怪兽进行的审判,毛毯象征母亲的爱,他用毛毯将自己遮盖,将自己从这个外在空间转换到那个想象的虚拟空间,躲在那里才觉得比较安全。在小说结束时,狄安娜离开他,在他真正独自一个人时,在他自我流放时,毛毯的遮盖再次成为他寻求庇护的空间。

梦境是理查德的另外一个心理空间,是他的"无意识用来解决现在或过去某种矛盾冲突的途径"(Freud 116),因此也具有很强的象征含义。《刀手》里第一个梦是理查德听到父亲去世后,梦见一个孩子饿了,一个羞涩的司机来给他东西吃,可是一个鬼鬼祟祟的陌生人上前,开枪打死了那个司机,牵着孩子的手让他跟着走。那个鬼鬼祟祟的人暗指维克多,司机暗指理查德的父亲约翰,孩子则是理查德本人。约翰一直试图对理查德施加正面影响,最终却被维克多的力量压倒,导致理查德最终受到维克多的影响更甚,成为内心阴暗、暴力和嗜血的人。

第二个梦出现在理查德参观维克多的屠宰场前。在梦里,维克多说理查德的父亲"是个娘们","散发着善良的臭气",还总是"转过另外一半脸让人打"(158),一副逆来顺受的样子;理查德用刀亲手将他父亲杀死,维克多则用煎饼卷粘着理查德父亲的血喂他,并向他展示《大英百科全书》的"K"词条,代表"杀"(kill)。在这个梦境的空间里,理查德在心里以杀人的形式完成"入会"仪式,抛弃了善良的父亲,接受暴力的维克多做他的导师和精神之父。

第三个和最后一个梦分别发生在理查德叙述自己第一次参加堕胎手术之前和之后,两者形成显明对比。在第三个梦里,理查德梦见与辛普森对话,跟辛普森讲述杀人的乐趣;在最后一个梦里,面对血淋淋的场面,他拼命关闭大门,表明他在努力跟自己嗜血的渴望搏斗,努力摆脱维克多的影响,在他的内心深处,两种力量一直撕扯着他。

兰特里齐亚在小说里安排过去与现在交错的时序,用闪回和闪前表现过去不断地侵入和影响理查德的现在;使用恰当的场景描述和暂停、总结和省略等时间表征手法,突出过去某些经历如何促进和培养理查德暴力、冷漠和无情的性格。最后,兰特里齐亚以屠宰场及流程等空间描绘,表现理查德在什么场域、如何被培训出暴力、无情冷酷的性格;通过运用梦境,使维克多对理查德的负面影响更加戏剧化。从第一章"孩子"到最后一章"尾声",象征了从生到死的生命周期,表明理查德过去与维克多的纠葛影响贯穿他一生,导致他完全陷入所谓阳刚男性的魔咒之下,维克多硬汉理念的影响与理查德父亲的慈爱两者之间存在冲突,这种矛盾冲突一直在撕裂着理查德,导致他总是被冷酷无情和爱的情感撕扯,形成分裂人格。

二、《刀手》的叙事视角与转换

兰特里齐亚经常在小说里同时使用第一人称和第三人称叙事。也就是说,在某些章节,兰特里齐亚以小说主人公为第一人称有限视角叙述故事,但在同一部小说的另外一些章节里,他又以第三人称全知视角叙述故事。小说《刀手》覆盖主人公理查德从 18 岁到 50 岁的阶段,主要使用第一人称叙事,有时也使用第三人称叙事。在使用第一人称时,兰特里齐亚交替使用内聚焦和外聚焦。所谓内聚焦,就是故事从某个或某些人物的角度叙述,叙事仅限通过其观察、认知和思想进行;而所谓外聚焦,就是叙事从人物的外部展开,像相机一样记录可见可听的事情,比较典型的例子是对话和舞台指示(Genette 192—193)。

在叙述现在(即 1994 年至 1995 年小说结束)发生的事情和日常行为时,兰特里齐亚往往使用第一人称叙述者和内外聚焦结合,并且混合使用现在时和过去时,展示理查德复杂的感受、认识和心理历程,吸引读者关注理查德的思想活动。经历的事件和叙述的事件是共时性的,让人有一种现场感。在《刀手》开头(第 2 节)理查德以第一人称现在时叙述现在(1994 年 6 月 29 日)发生的事:维克多打电话来。对此,叙述者用外聚焦、过去时评论说:"又是维克多,我父亲曾跟我说,那个人没有生命"(133),叙述者进入回忆,用外聚焦、过去时继续描述他和父亲关于维克多的对话:"我说,'你的意思是说他没有自己的生活?'"接下来仍是两人的对话,但叙述者突然改用现在时:"'不,'他说,'我是说没有生命。'我说,'跟你一样?'我父亲无视我的嘲讽。他毫无怨言,几乎毫无例外地,你打他左脸,他会转过另外一边脸来"(133)。这个部分本该用第一人称过去时回忆,但叙述者使用现在时、内聚焦描述和评价父亲,表现他对父亲傲慢和嘲讽的态度,以及和善的父亲不以为意的反应。对于叙述者而言,原来的外聚焦式回忆变成内聚焦的心理活动,仿佛过去的对话在他内心深处正活跃地演出着。接下来,叙述者

"我"又拉开心理距离、用外聚焦和过去时描述事件,"我父亲告诉我,他希望我离维克多远一点,越远越好,尽管呢,他说,他不该站在这个立场说话。"紧接着又是内聚焦,叙述者"我"用现在时评价说:"我不知道他的立场是什么。我父亲是很含糊的"(133)。这个内聚焦式的评价,表明很可能他到维克多打电话的现在仍然不了解父亲。对话结束后,叙述者又回来继续用现在时描述维克多和理查德的电话对话。

叙述者在评价他父亲时,他父亲已经去世,他本来应该使用过去时,然而他在不知不觉中使用了现在时,仿佛父亲仍在眼前和他说话一样。一般认为,在叙述事件中使用现在时,表明叙述者不与这些事件保持距离,也无法分析和解释这些事件(Damsteegt 43)。《刀手》里,叙述者"我"无法与父亲保持距离,在叙述时也仍然不能清楚地理清他与父亲、与维克多之间的复杂关系。兰特里齐亚用内外聚焦转换的写作手法,表明叙述者"我"的内在矛盾:叙述者"我"虽然坦然承认自己并不了解父亲的真实立场,但他并不知道自己其实与父亲之间存在非常深的情感联系。叙述者"我"在记录他与维克多的电话聊天之后,提醒自己,"我在说到我父亲的时候,要尽量不再使用现在式"(135),说明他也意识到自己在使用时态上的怪异之处。叙述者父亲之死对他产生很大影响,他对父亲的感情之深切,几乎是无意识地流露出来,只是他自己没有充分意识到。

从某种程度上说,维克多的电话是个不好的预兆,将叙述者与他的过去重新联系起来。接下来第一人称叙述仍然在内聚焦和外聚焦、现在时和过去时之间转换,证明维克多和过去的记忆对叙述者的现在产生可怕的冲击。叙述者"我"的看法、心理和思想状态开始显示出暗黑的一面,他对周围人、包括对女朋友狄安娜的态度急剧下降。

与此同时,理查德也在不断与维克多的影响搏斗,这些是通过内聚焦的特殊形式——内心独白——表现出来的。维克多的电话引发第3节理查德的回忆,他仍然用第一人称现在时,回忆第一次在卡门咖啡店见到维克多的场景,其中一些描述性、介绍性的话仍然转换为过去时,如"我曾是卡门咖啡店的常客,但我在那里从未见过维克多"(136);紧接着第 4 节采用内聚焦现在时,揭示叙述者"我"现在的内心独白:"维克多是个扭曲的人。我早就明白这一点,卡门,善良的卡门,并不比他强多少,那个狗娘养的。我在改变。近年来,我已经确定跟那些腐坏我青年时光的人保持适当的心理距离。特别是维克多。我绝不会心软"(142)。在这个阶段,理查德完全明白维克多的坏影响;只是尚不明白,随着记忆之门打开,他对魔鬼般的维克多的抵抗力会越来越弱。

在第 7 节中,理查德仍然用第一人称现在时回忆他第一次到维克多家,维克多让他在自己的屠宰场兼职,补助他读大学的费用。维克多知道理查德在高中受人欺负,知道他渴望强壮:"'你的好爸爸太好了,但现在你认识坏人了……咱们出去走一走,我带你参观那个地方。这个,'他说着,伸出胳膊示意这个苦行僧似的空间,'这个是我。'胳膊仍然张开着。'等你长大一些,老天保佑,你也会有这个的。'胳膊放下。'到时你就跟我一样了。'他笑了"(151)。维克多不仅了解理查德,而且对他很亲切,张开的胳膊似乎给予拥抱,给他鼓励,让他放松和释放自我:"在我面前,你是自由的"(152),终于,理查德把头枕在维克多肩膀上痛哭流涕。这个部分虽然完全使用现在时,却采用外聚焦,兰特里齐亚并没有让叙述者"我"做任何评论,也缺乏之前回忆时的内心活动,但前一节已经有充足的内心活动铺垫:"我等不及了!我要女朋友!我要发泄!我要看维克多讲话时像发疯一样!我要强壮!我要把自己的丑陋跟他秘密的极端勾当融合在一起……"(145)理查德明白,在维克多这里,淤积在他内心的郁闷情绪和暴力冲动可以"自由"释放,而痛哭只是第一步。在这个部分,现在时的使用和内心活动的缺乏,使得维克多的话在理查德的回忆里尤显得清晰和有影响力,维克多的话成为主导，完全取代了理查德原有的内心活动。

在第 8 节里，叙述者"我"回到现在，他以内心独白的方式，用现在时叙述他和狄安娜共进晚餐，气氛浪漫。然而，叙述者"我"突然感到，他不得不逃离这种亲密的氛围，他的心里并没有完全摆脱过去。在这段独白里，理查德并没有把自己的感受与回忆直接联系在一起，但显然前一节的回忆对这一节的二人世界产生了直接影响，只是叙述者"我"没有认识到。他的视角是有限的。在第 11 节，叙述者"我"明确表示要脱离维克多的恶劣影响，因此在第 13 节里，狄安娜发现有人闯入她家中后到理查德那里寻求安慰，理查德罕见地让她在自己家里过夜，并且加上内心独白说，"我变了吗？……这一次我要改变了"（181）。显然，他要摆脱旧的自我。然而，这并不长久。在第 15 节里，理查德收到卡门来信，告知维克多已死。维克多的阴影随着这封信又回到理查德心里。因此在第 18 节，叙述者仍然用第一人称现在时叙述他买了一把刀，藏着床底下；在他与狄安娜亲昵的时候，他突然拔刀刺向狄安娜。暴力的自我终于破茧而出。

小说除了使用第一人称的双重聚焦，另外还有六个部分采用第三人称叙事：第一章第 1 节理查德接到父亲去世的消息后，梦见一个鬼鬼祟祟的人杀死善良的司机；第 10 节理查德跟狄安娜讲述他第一次去妓院的经历，后两人与理查德医院的一个护士及其女儿交谈，这个部分完全采用戏剧对话的形式，中间插入剧本里常见的舞台说明；第二章第 12 节理查兹和狄安娜的某个早晨，后半部分仍然采用两人戏剧对话的形式；第三章第 17 节理查德决定穿怪兽服装去参加经他接生的孩子们的聚会，后半部分采用理查德和狄安娜戏剧对话形式讲述他在聚会上发狂的事情；第四章第 19 节理查德在医院看望父亲、参加父亲的葬礼以及第 20 节理查德独自过生日。在这六个部分里，第 1 节和第 19 节描写 1965 年理查德与父亲之间的故事；其他则描述现在，即 1994 年、1995 年的事情。

兰特里齐亚通过第三人称双聚焦描写理查德。在第 17 节，理查德为了参加孩子们的聚会，找到一个裁缝，仿照美国著名的儿童教育电视节目《芝麻街》中的木偶，缝制一套奇特的服装。这套服装让他"两只眼睛巨大：两只大白眼球，稍微有些对眼，安在头顶上。嘴是一种长着特别宽的鼻子的鳄鱼的嘴。声音是威士忌酒浸泡的低音：发出粗哑的喉音，但带着些滑稽和孩子气……"（227）兰特里齐亚还以第三人称评论、内聚焦的角度指出："这一次，他会彪悍地出现。彪悍这个词他一直珍藏在心里"（228），揭示了理查德渴望强壮、凶悍的心理。怪兽服装象征着理查德内心的魔兽，后来，理查德果然让心中的怪兽控制了自己，变成怪兽发狂并最后晕倒，使周围的人受到惊吓。

兰特里齐亚还用第三人称描写理查德与狄安娜之间的关系。在第 12 节里，也就是第二章"爱人"的第 1 节，第三人称叙事比较客观地呈现理查德和狄安娜之间的关系。小说用现在时描述理查德非常在意脸上的痘子。某天早上，他按习惯戴着法定失明人士专用眼镜，对着镜子挤痘子，突然看见背后的狄安娜，"她马上就要出浴，理查德突然灵感闪现，现在时机刚好，可以突然跟她再讲讲他过去的故事"（173）。这样，兰特里齐亚通过第三人称，透露理查德之前的许多第一人称叙述，很可能是讲给狄安娜听的。

此外，兰特里齐亚也用第三人称描写理查德与父亲之间的关系。在第 19 节，理查德拜访生病住院的父亲约翰，作者以第三人称叙事揭示理查德与父亲约翰的关系。因为使用第三人称，作者以全知、内聚焦的视角描写约翰的心理活动："理查德感到郁闷到窒息，约翰也是如此，他在妻子死后 7 年，终于不情愿地得出结论：理查德太过分了。他，约翰，7 年了，该换个活法啦……他对这个儿子岂不是一直都不计较吗？他为她的死怪罪过他吗？"（250—251）。父亲约翰心里在批评理查德，但小说同时用外聚焦记录约翰的话，他临终前对儿子说："我爱你，理查德"（253）。内外聚焦比较之下，表明约翰一直对儿子爱护有加，尽管理查德在母亲死前惹她生气，约翰也不肯怪罪他，甚至继续抛开一切芥蒂，一心要用爱对待儿子、影响儿子。

与此同时，作者以第三人称视角揭示理查德对父亲的反应。小说通过外聚焦记录理查德和父亲两人之间的对话，揭示理查德虽然知道父亲疼爱他，却一直因为母亲的死怪罪父亲，认为父亲对母亲不好，对父亲怀有怨气；此外，父亲温和、充满爱心的样子让理查德更加生气，他之前一直觉得这个和善的父亲实在没有个性，软弱无用；他更崇尚维克多式硬汉，希望父亲能够"反击、报复一下，别让所有人踩在头上拉屎撒尿"（253）。内聚焦进一步揭示理查德在父亲去世后的心理活动："他清楚记得父亲说'我爱你，理查德'的样子，父亲的声音一遍遍在他脑海里响起，但这话对于他来说毫无意义，当时如此，现在也是如此，那声音一遍遍重复回响但毫无意义，因为太木！太假！"（254）对理查德的内外聚焦描写是一致的，突出表明理查德的心理已经扭曲得非常厉害，情感上非常冷漠，乃至无法相信父亲在临终对他表达的情感。理查德内在的暴力和冷漠，加上来自维克多等人的影响，致使他无法拥有爱，最后只好离开尤蒂卡，离开维克多，切断与过去的联系。这从另外一个侧面也表明，理查德的父亲潜移默化地引导他，让他克制负面的人格因素。

第一人称双重聚焦揭示叙述者过去的重要时间节点及其对他产生的复杂影响，不仅让读者参与叙述者的心理活动，了解维克多对叙述者现在生活的影响，而且叙述者在叙述过程中反思自己。维克多和约翰代表两个矛盾的父亲形象，在理查德内心产生纠结。尽管他为远离维克多进行内心斗争，但维克多和他之间的联系非常紧密。回忆具有强大的力量，对现在仍然产生影响，最终理查德又走进维克多的魔咒。但尽管他不断受到维克多的影响，来自父亲的影响也对他产生作用。兰特里齐亚使用第三人称双聚焦，通过作者的介入，揭示人物性格，强化主题。全知式的内聚焦，更真实可信、客观地揭示人物的心理活动，让读者能够同时了解理查德和他的父亲的内心世界，了解两人之间难以调和的矛盾；第三人称外聚焦则烘托内聚焦，深化人物内心世界和矛盾冲突。

三、《刀手》的人物设计与象征含义

兰特里齐亚采用类比的方式建构小说人物，加强对小说人物的刻画，突出小说主题。《刀手》里大致有两对类比关系：维克多和约翰；理查德和狄安娜。

维克多和约翰形成一对类比。约翰是理查德的父亲，维克多则是理查德的精神之父，是他的人生导师。约翰象征着爱，维克多则象征暴力和强悍。这一点从他们的名字就已经有所暗示。理查德父亲的名字让人想到耶稣十二门徒之一约翰，他在他的职事上主要宣传爱，他的名字象征着爱。理查德的父亲约翰确实对理查德非常疼爱，不仅在吃穿上非常照顾他，而且一再原谅和包容理查德的恶劣态度和缺点。他对理查德的爱，一直在促使理查德远离维克多。相比而言，维克多的名字（Victor）含义是胜利。维克多博览群书，但言语粗鲁，并且固执地坚持暴力原则，在理查德的成长过程中，他与理查德父亲所代表的力量较量，可以说他在一定程度上获胜了，对理查德的影响更大。

理查德与维克多的关系、与约翰的关系也形成鲜明对比。理查德欣赏维克多，被他吸引。一方面，维克多对理查德的生活状况和内心状态非常了解，知道他遭受校园霸凌，也知道他需要强有力的朋友和精神导师。正如理查德自述，"在卡门咖啡店的那一刻之前，我从未听到过维克多的声音。除了卡门之外，我不认识跟维克多讲过话的人。我甚至不认识什么认识别人的人"（137）。表明理查德之前的生活非常封闭，除了卡门，他不曾跟别人打交道，当然更不会认识维克多这样的人。另一方面，维克多向理查德展示了男性强悍暴力的一面，也向他伸出友谊之手。从理查德在卡门咖啡店与维克多相识直至他应邀到维克多家参观及到维克多的屠宰场工作，维克多和卡门带理查德到妓院、带他到他们开的地下诊所，理查德完成了从青少年到男人的成年礼，获邀得以进入维克多和卡门的男性身份属性建构里。在屠宰场，维克多让理查德接受培训，看着流水线上不断重复的杀戮，并且亲手一次次地实施杀戮，感到暴力和杀戮的快感。此外，维克多还让理查德学会将女人视为征服的对象。在屠宰场的杀戮工作结束后，他们会去妓院寻欢作乐。这样，暴力与性、施行暴力与女性身体结合在一起，在理查德的意识里成形。可以说，维克多式的成年礼和男性身份属性建构，是以情感冷漠、强悍、暴力、征服、嗜血为特征，与约翰所代表的善良、爱心、所谓软弱和女性化等特点完全对立。

相比之下，理查德和父亲约翰之间的关系一直非常不稳定。他瞧不起父亲善良、软弱、不肯反抗的性格，没有人尊敬他，没有人怕他。青年理查德需要打零工，但在尤蒂卡，需要有关系才能找到，而约翰这个"善良的父亲没有关系"（151），什么事也办不成。理查德和父亲的关系疏远，"他听到父亲死去的消息后，睡得很好"（131），在父亲的葬礼上也非常麻木，毫无悲伤的感觉。

然而，约翰和维克多在理查德心中的位置非常奇特。理查德虽然怨恨父亲，但内心深处对父亲有一种奇妙的联系和依赖。理查德的父亲举办圣诞晚餐，邀请他刚认识的女朋友，理查德则故意邀请妓院的多拉，谎称她是大学老师。晚餐上，理查德喝醉倒地。醒来后，他在自己房间里。他跟父亲谈话。

> 理查德：你是我最大的对头。
> 约翰：我是你父亲。
> ［停顿。］
> 理查德：对于我来说你什么都不是。
> 约翰：我早就说过这话。

［停顿。］

　　理查德：你给我留一些没？你总会给我留一些的。

　　［沉默。］

　　理查德：你给我留一些没？

　　约翰：我扶你起来。［扶理查德起床。］感觉好点没？现在可以去厨房了吗？［停顿。］你现在长大了，我抱不动你了。

　　理查德：爸，你肯定给我留了一些。

　　约翰：准备好吃朗姆酒蛋糕了吗？

　　理查德：我就知道你留了。爸爸，我就知道。(223)

　　这段对话采用戏剧对白。理查德酒醒后仍然表达对父亲的不满，但父亲约翰对他无限忍让。当理查德说"你什么都不是"时，约翰不仅不生气，而且更加退让地回答"我早就说过这话"，完全像《圣经》上教导的"有人打你的右脸，连左脸也转过来由他打"，让理查德没办法吵起来。他像个贪嘴的孩子想吃蛋糕，知道父亲按一贯做法会给他留。一开始，他不称呼父亲，他从挑衅，直到喊"爸"再到"爸爸"，显示出他对父亲的依恋。他内心深处知道父亲为他做了许多，但他把自己的真实情感封闭起来，难得有这样的机会不由自主地流露出来。约翰让他远离维克多，他听取劝告，终于在父亲去世后离开尤蒂卡，30 年没有跟维克多联系。理智上，约翰的话仍然很有分量。在最后他发现维克多对自己的塑造已经不可逆转，他就将自己封闭起来，象征着他将自己嗜血的本能和暴力冲动封闭起来，表明父亲的忠告在他的理智里还是占了上风。

　　另外一对人物类比是理查德和狄安娜，兰特里齐亚用名字暗示两个人物的对应关系。理查德·阿西西（Richard Assisi）的姓名阿西西可以拆开为"理查德一个娘们"（Richard A Sissy），或者"理查德狗屁是我"（Richard Ass is I）。理查德在高中因为滑稽的姓氏被人嘲笑，成年后他也会经常自嘲。此外，接受维克多培训之后的理查德也经常自嘲是个浮夸、自私的蠢货，符合第二个谐音名字的含义。

狄安娜·马特罗（Diane Martello）的名字狄安娜是罗马神话中的月亮与山林女神、狩猎女神，是森林和动物的保护神，能够与动物交谈，控制动物；她还能使女性繁衍众多，并且保护婴儿；她还能治病，给人带来健康。兰特里齐亚把女神的这些属性都赋予狄安娜：狄安娜美丽，富有女性的魅力，理查德则是动物般的"怪兽"——第二章的标题就是"怪兽"。狄安娜经常与理查德交谈，像心理咨询师，也像驯兽师倾听理查德诉说，安慰他，引导他。理查德是妇产科医生，狄安娜就好像他的护身符，因为狄安娜女神具有帮助女性减轻分娩痛苦的属性。另外，狄安娜的姓在意大利语中是"锤子"的意思（168），表明了狄安娜的另外一个特点：身体强壮，性格独立，坚强果断。

从性格来讲，理查德有洁癖，有强迫症。他对周围环境非常敏感，喜欢房屋整齐有序干净。他在追辛普森案时，一边看电视，一边吃巧克力小饼干，但是他要先把巧克力小饼干以几何图形排列在眼前的茶几上。他还专注一些小事，如追辛普森案的时候操心会不会掉落饼干碎屑，总是用吸尘器清理这些碎屑，或者时不时地查看院子里土拨鼠会不会捣乱。等他决定改变清理碎屑的习惯时，"他只有到早上才用吸尘器吸尘。对于他来说，这是个艰难的抉择，但他还是抉择了，他对自己很满意"（266）。这个强迫症旨在消灭细节性的干扰和障碍，以达到某种有序的目的，很可能跟他从青年时期就对青春痘、头发、干瘦身材感到焦虑有关，因为这些外貌因素也属于男性身份属性建设中的障碍。暴力冲动看似与这种强迫症毫无关系，但其目的也是消灭阻拦他实现人格建设目标的障碍，不同在于手段更加激烈。相比而言，狄安娜比较不拘小节。第4节里，理查德在解释他为什么不肯完全接受狄安娜时，借口她有各种缺点，指责她扰乱了自己干净严谨的生活。

此外，理查德比较自我，拒绝与人建立亲密关系，因为亲密关系让他感到不安；他指责狄安娜有种种缺点，其实是害怕与她建立亲密关系。在两人的亲密时刻，他们一起共进晚餐，聊天，看电影，然而更亲密的"熟悉的危急时刻"接近，他却往往逃之夭夭，"逃到厨房：洗碗碟、烘干碗碟、清洗炉子、扫地、清理厨房台面"（154）。理查德经常这样逃避，源于他害怕真正亲密的、有爱的、与人分享的关系，而他逃避的手法就是强迫症式地搞卫生，仿佛亲密关系就是损害自我、损害他已建构的冷漠暴力男性身份属性的"碎屑"，需要清除。相反，狄安娜懂得如何建构人际关系，积极促进和发展两人的亲密关系。她了解理查德。面对理查德的坏脾气，她懂得"不要去跟他辩理"（175），想方设法引导话题，让理查德从多角度认识自己，评判自己，重建自信心。狄安娜象征着忍让、爱心和原谅。

然而，理查德的痼疾破坏了他和狄安娜的关系建构。理查德所建构的暴力男性身份属性把暴力、美与性结合在一起。面对狄安娜的美丽，他是要去征服和吞噬的。理查德看见狄安娜出浴时，"他的眼睛有自己的意志……违背他的意愿贪婪地吞噬着女神的身体"（174），他的亲昵行动也主要是征服，不是爱。他以征服美丽的女性为手段，成就自己的男性身份属性。在第18节里，维克多的死讯激发他的回忆，彻底释放他压抑已久的暴力冲动，让他渴望在暴力、性、美的组合里进一步确认阳刚的男性身份属性，最终企图在性爱中用刀刺伤狄安娜。

小说的名字《刀手》暗指理查德。屠宰场流水线上最高职位是刀手。理查德过去的工作是在屠宰场的流水线上、在堕胎的黑诊所里，都是死亡；现在的职业则是迎接新生命的降临。这两类工作与其说象征了从生至死的过程，生死的轮回，不如说象征生命自诞生起，就被送上弱肉强食的流水线。小说的名字《刀手》使用复数形式，表明在弱肉强食的食物链上，只有善于暴力流血的强者才可以成为食物链顶端的主宰，才符合父权社会通行的生存原则。维克多曾经对理查德说,刀手是"你永远达不到的级别,因为这需要技巧和合作"(160)。这似乎是预言,理查德内心的暴力冲动和嗜血本能,与维克多的男性身份属性建构理念相契合,他们需要形成联盟,他们建构的男性身份属性特征是暴力、疯狂和情感麻木冷漠。但是,小说叙事时空和多种叙事视角的频繁转换,突出了理查德内心矛盾的复杂性,也解释了他为什么最终没能成为像维克多那样的刀手。兰特里齐亚安排了对抗的力量,以约翰和狄安娜作为理查德的守卫天使,以爱、容忍与原谅激发理查德的情感和爱,给理查德带来积极影响;这种力量与维克多代表的邪恶暴力不断抗衡,难有明确的胜负结局。最终,理查德将自己封闭在自我的空间里,成为彻底孤独的人,表明他再次但可能仍然是暂时地将内心的暴力冲动和嗜血渴望贴上封印。

第三节 《卢凯西与白鲸》的文学批评

跨文类和灵活多变的叙事策略对于读者来说可能似曾相识,因为它们在麦尔维尔和德里罗等作家的虚构文本里曾经使用过,但在《卢凯西与白鲸》里,兰特里齐亚出人意料地也很成功地融合了文学批评,以自然而又耐人寻味的方式表达了他的文学与文学批评观,因此有必要另辟章节单独予以探讨。

自从20世纪20年代人们重新认识麦尔维尔、尊他为美国最伟大的小说家以来,《白鲸》一直受到批评界的关注。关于《白鲸》的评论可谓汗牛充栋,根据批评视角,大致可以分为几大类。第一类是溯源考(Peden 711),探究《白鲸》受到哪些文学经典的影响(Wells 711;Stone 445—448;Barbour & Howard 214—224)及其本身创作过程的时间分段（Barbour 345）。第二类涉及《白鲸》的场景（Scott 91—98）、意象（Walcutt 304—310; Miller, "Sun and Fire" 139—144）等象征含义（Gleim 404; Stoll 440—465）与隐喻（Heimert 498—534; Isani 380—385）。第三类涉及小说的哲学和宗教思想，包括魔鬼学与巫术、诺斯替神话（Trimpi 543—562; Vargish, "Gnostic" 272—277）、贵格会思想（Georing 519—538）、反超验主义（Hoffman 3—16）、加尔文主义（Vargish, 1977; Herbert 1613—1619）、伯克的思想（Glenn 165）、浮士德精神、古希腊和希伯来思想（New 281—303）等。第四类涉及小说的主题，如情感（Samson 227）、社会与政治（Reynolds 101—113; Ross 62—75），以及"经济、宗教、公平、命运、自由、民主、帝国主义、种族主义、自然、机器、诗歌、技术、死、生"（Schultz 52—59）等。第五类涉及叙事结构和技巧。评论者探讨几章鲸类学的内容在小说中的作用（Ward 164—183）、小说的戏剧元素（Vogel 239—247）、小说里的无序现象如何促使作品有序发展（Eldridge 145—162）、语言（Patterson 288—303; Clubb 252—260）、人物（Halverson 436—446）等。第六类涉及文类，包括悲剧（Millhauser 527—532）、科学报告、新闻叙事与浪漫史诗（Rosenberry 155—170）、诗性小说（Bender 346—356）、美国奴隶叙事（Berthold 135—148）和综合了寓言、教科书、史诗、比喻、动物学论文、哲学讨论、散文、浪漫小说、指南等的大杂烩（Hilbert 824—831）。可见，《白鲸》文学评论内容丰富，形式多样。

　　兰特里齐亚的《卢凯西与白鲸》与麦尔维尔及其《白鲸》有千丝万缕的关系，可以说，麦尔维尔和《白鲸》渗透整部书。两部小说在人物及人物刻画、叙事解构和叙事技巧上有许多相似之处，更重要的是，小说对《白鲸》展开了独特的文学批评。兰特里齐亚除了有自己独到的见解，还把文学评论嵌入虚构小说，这在小说创作史上实属罕见。兰特里齐亚其实是用整整一部小说阐释麦尔维尔，对《白鲸》展开文学评论；小说第四章"追寻麦尔维尔"深入剖析《白鲸》，成为践行兰特里齐亚文学批评方法的范本。兰特里齐亚的解构式分析，让读者"对麦尔维尔和《白鲸》甚至对文学作品的不朽有更全面的理解"（Gallicho 27），给予读者"深刻的启示"和莫大的享受（Gerlach 139）；同时，他从文学创造者而非文学批评者的角度分析《白鲸》，探讨艺术和艺术创作的本质，也为《卢凯西与白鲸》的创作意图和创作风格作了注脚。

一、以小说人物诠释《白鲸》

在《卢凯西与白鲸》里，兰特里齐亚首先用卢凯西这个人物来诠释《白鲸》。卢凯西的心思和生活几乎全部以麦尔维尔和《白鲸》为核心，包括他的灵感、他的情感、他的现实生活、他的幻想、他的教学和学术关怀，以及他的实验派小说。小说的主要故事线和目标是让卢凯西"不断、坚韧地修炼深度沉浸式美学训练"（38），追寻麦尔维尔并解读《白鲸》。卢凯西告诉他的朋友，他在写"一部实验派小说，篇幅巨大，写的是一个人打算捕捉《白鲸》的隐秘含义：这个人变成书呆子版的疯子亚哈，他需要透过麦尔维尔这部庞然大物一样的书，透过它简单诱人的语言，直击它的灵魂，直击它单一明确的、隐藏的，暗箭伤人式的、深刻的意义，不是潜伏在麦尔维尔的某一句话里，不是一句话！而是涵盖、渗透在所有句子里面"（101）。《白鲸》是具有实验派性质的鸿篇巨制，卢凯西也要写出这样的巨著，带有实验派性质；亚哈疯狂地追捕鲸鱼，卢凯西则执着地追寻《白鲸》隐藏的深刻含义，从字里行间寻找含义。也可以说，是卢凯西的作者兰特里齐亚在《卢凯西与白鲸》这部具有一定实验派性质的小说里探寻和解读《白鲸》的含义，乃至追寻艺术与艺术创作中的自我与自主性。兰特里齐亚用"元小说"的写作方式，通过小说人物卢凯西介绍小说《卢凯西与白鲸》，用一种略显浮夸的方式，说明《卢凯西与白鲸》的主要故事线和写作意图。

兰特里齐亚用卢凯西这一小说人物，再现和阐释《白鲸》里的人物，对《白鲸》构成一种补充说明式的文学评论。卢凯西与亚哈有惊人的相似之处。亚哈性情古怪，做事不合常规。虽然他是基督徒，但他与异教徒费达拉很靠近，他还使用非基督教船员的血举行异教仪式。他的船只在日本海上受到台风和闪电的袭击，三个桅杆起火，亚哈立刻声称自己是真正的火的孩子，俨然拜火教的信徒。亚哈霸道、自私、偏执。作为船长，他像国王高高在上，把船员当作奴隶。他疯狂地想报复白鲸，无视船员的需求。在他心中，追杀白鲸是唯一有意义的事情。同样，卢凯西也性情古怪，任性偏执，有时还有些自私疯狂。他是天主教徒，但写小说才是他真正的信仰。他在小说里使用身边人的真名，写的内容让那些人不好接受，但他是写作王国的国王，一切都要服从他的写作。他很难跟人相处；在大学教文学时，他的教学方法古怪夸张，惹得学生、同事和领导不能接受。更重要的是，他跟亚哈一样，都有一个固执的追求。如果说卢凯西用他的实验派小说寻求对自己有所突破，那么，亚哈也是通过捕杀令所有人惧怕的庞然大物，寻求对自己有所突破。

与《白鲸》一样，兰特里齐亚在小说里也设计了与主角对应的角色，以表现人物的复杂性。在《白鲸》里，与亚哈对应的是白鲸；在《卢凯西与白鲸》里，与卢凯西对应的是纽约黑手党头子卢凯希。白鲸，既邪恶可怕，同时又崇高和完美，他是亚哈的影子，与亚哈有密切联系，象征着亚哈坚韧的精神和征服障碍的坚定决心。黑手党棕色三指卢凯希与卢凯西也有莫名的联系，从"谱系"上看，他们两个"难分彼此"，卢凯西的作品里有"基因基础"，卢凯希是他"'藏而不露的缪斯'"（26）。卢凯希是暴力杀手，卢凯西通过文字实施暴力。他说友谊像用"刀子挖空"一样，谈话像"碎冰锥"一样，爱像"挂肉的钩子"一样，他通过血淋淋的语言在写作中实施某种暴力。卢凯希是卢凯西的另外一面，是他想成为但在现实里不能成为的那个状态。从这个角度看，白鲸代表亚哈（或者代表人们）想成为但在现实中不能实现的状态；捕杀白鲸，如同人在不断摒弃自己渴望成为但现实不允许的状态。

此外，兰特里齐亚在小说里还安排一对朋友：杰弗雷·吉尔伯特与卢凯西，他们的关系近似以实玛利和魁魁格。他们也一起冒险，但不是为了捕鲸，而是为了与危险的黑手党社交。然而，在这两部小说中，两对朋友的友谊最终结局不同。以实玛利和魁魁格亲密快乐，他们的友谊就像幸福婚姻，仿佛只有死亡才会把他们分开。相比之下，卢凯西和吉尔伯特之间的友谊并不那么顺利，最后彼此怀恨在心。卢凯西在写给杰弗雷·吉尔伯特的信里说，"你在心里嘲笑我。我听到你用那种语气说日积月累痛风发作时，一切就都很清楚了。我受到深深的伤害。你如果不喜欢我的作品，我们怎么能成为朋友呢？结束了"（33）。卢凯西和吉尔伯特失和，是因为卢凯西感到自己的作品没有得到他的认可，自尊心受到伤害，所以主动断绝关系。

吉尔伯特与卢凯西失和的起因是写作，这不免让人想起兰特里齐亚与桑德拉·吉尔伯特和苏珊·古芭就《阁楼上的疯女人》互相批评的事情。兰特里齐亚批评两位女性在其著作里缺乏阶级意识、性别意识不足，吉尔伯特和古芭则撰文回应，称兰特里齐亚故意误读她们的著作，因为她们的著作只论述19世纪女作家；况且她们之前的许多文章里曾领先许多批评者谈到男性作家受到父权压迫的现象，当然也不曾忽视经济地位低的女性作家（Gilbert & Gubar, "Man on the Dump" 386—406）。桑德拉·吉尔伯特也是意大利裔，后来也开始文学创作，出版诗集。美国意大利裔文学评论家弗雷德·加达菲曾劝说他们，两人都是意大利裔，都是文学评论者和文学作者，更有理由握手言和，共同为美国意大利裔文学作贡献。小说里卢凯西的信件就像哀怨的回应：虽然双方都从事文学批评和创作，虽然双方都在父权文化里"航海探险"，探讨父权文化实施的暴力，但卢凯西不能接受别人批评他的作品。

卢凯西和吉尔伯特的友谊，成为对以实玛利和魁魁格的友谊的戏仿。以实玛利和魁魁格来自不同世界、不同文化，但他们能够接受彼此的差异，互相欣赏，互相帮助。以实玛利特别赞美魁魁格质朴、高贵、智慧，毫无文明人的虚伪和奸诈。麦尔维尔的描述不乏幽默，但是非常真诚。相比之下，卢凯西仅仅因为对方语气不对就得出结论，在信里絮絮叨叨地抱怨，非常自我、敏感和脆弱。兰特里齐亚用幽默的方式调侃敏感多疑的卢凯西。或许，这也是一种自嘲。

二、以小说叙事结构诠释《白鲸》

《卢凯西与白鲸》的篇幅只有《白鲸》的六分之一，但它不仅在人物设定而且在叙事结构和技巧上与《白鲸》有许多相似之处。可以说，兰特里齐亚从叙事结构和叙事技巧的角度对《白鲸》进行再现式文学批评。

《卢凯西与白鲸》与《白鲸》一样，都采用非线性叙事结构。从故事内容上看，《白鲸》的故事主线是亚哈在海上复仇性地追杀白鲸，从死亡的暗示和阴暗的气氛开始，以亚哈死亡和船只残骸结束。但是，麦尔维尔经常偏离这个故事主线，以一些独立章节讲述非虚构内容，例如捕鲸历史、捕鲸业、鲸类学、捕鲸传统和习俗、捕鲸船只的人员和装备等；小说里还有与捕鲸相关的神话、传说、规则，还涉及鲸鱼的生理结构、鲸脂、龙涎、炼油，以及不同时期和地点的海洋样貌，对于一部虚构小说而言，这些内容所占篇幅比例较大（Ward 165）。例如，第89章是鲸鱼行业的法律和法规，偏离了追逐白鲸的故事情节。再如麦尔维尔在小说里从财产法讨论，扩大到主权、人权、宗教信仰、知识产权等各种问题。相比而言，《卢凯西与白鲸》的故事主线比较不明显，故事性也不如《白鲸》那么鲜明、那么富有故事性，非常具有后现代小说的风格。它主要讲述卢凯西追寻《白鲸》的隐藏含义、追寻艺术家的自我的故事。但像《白鲸》一样，兰特里齐亚似乎也偏离了这个"主线"，讲述了许多不连贯的、独立的内容，这些部分内容上并不统一、风格也不尽相同，主要涉及卢凯西对麦尔维尔的痴迷、对艺术家的自我、自主性和写作价值的思考和探索。

从文类上看，麦尔维尔将各种类别的材料融入作品，如文献、《圣经》故事、哲学论述等，在故事主线上穿插点缀，对故事主线起到连接、支撑和说明等作用（Hilbert 826）。例如，第22和23章讲述捕鲸船皮廓德的航行，第24和25章属于非虚构内容，讲述捕鲸历史，第26至31章讲述亚哈和水手们。第32章又偏离主线，介绍不同鲸鱼种类，属于科学文献。此外，《白鲸》还有一些静态的、非时间性的元素（如海上的无聊生活），用以扰乱或平衡小说的线性叙事。通过这些看似脱节和多余的离题话，麦尔维尔围绕"鲸鱼"的主题，将他对美国社会的理解（如宗教、种族、民主、扩张主义等）和他的哲学思考，都融入小说里。同样，《卢凯西与白鲸》那些独立的片段也属于不同文类，包括自传体小说、文学批评、戏剧、书信小说等其他文学体裁，带有幻想、梦境、记忆和哲学思考，使得小说更显得碎片化。

正如兰特里齐亚在"追逐麦尔维尔"一章里所说，片段式写作（episode writing）的风格是麦尔维尔的强项，是他用以避开"非此不可的。哪怕只是暂时避开"（73）。所谓"非此不可的"，就是故事情节最终走向结束、走向死亡的进程。麦尔维尔以众多"离题"的片段，阻止情节走向最终的结束和死亡。同样，兰特里齐亚在《卢凯西与白鲸》里也呈现强烈的片段式写作的风格，将一个个片段像马赛克一样组合在一起，没有常规的、明确的故事情节。这种马赛克式碎片拼贴又像万花筒一样可以变换组合，避免由始至终的线性进程。

例如，小说第二章"欢乐高血压"包含四个故事：在第一个故事"艺术家的诞生"里，卢凯西回忆少年时爱上写作，也爱上邻家女孩，为了躲避家里的喧嚣，为了寻求安静，爬到门前的樱桃树上，幻想着那位姑娘；第二个故事"第一部小说完成时，卢凯西做梦当父亲"，记录卢凯西关于自己和贪吃蛇一家的狂想。卢凯西梦见写书的爸爸被蛇的一家围着，蛇爸爸吞吃了蛇妈妈和小蛇，又要来吞吃写书的爸爸；后者恐慌，但怎么也砍不死它。故事透露卢凯西创作上的恐慌和焦虑。第三个故事"度假"，记录卢凯西在小说出版后去疗养度假，碰到邻居，与之闲聊，两人聊起邻居家暴的事情，邻居问起卢凯西的书名，他说他的书叫作"写作的快乐"，书名暗示卢凯西从写作中得到快乐。第四个故事"中心酒店会谈"，讲述卢凯西在杰弗雷·吉尔伯特陪同下与纽约黑手党教父托马斯·卢凯希会面，因为他问的问题太多，惹恼卢凯希，险些遇险。这些回忆、梦境、幻想、戏剧或电影表演、亦幻亦真的场景交织在一起，看似互不相干，也不太连贯，其实基本上都围绕"写作"的主题，记录卢凯西对创作、对艺术家自我的探索：从艺术家/创作诞生于幻想，到幻想和写作的快乐，再到作家面临哈罗德·布鲁姆所谓影响的焦虑，以及艺术创作与暴力之间的密切联系。这些片段的零碎化呈现，再现卢凯西整理零碎思绪的过程，让他从语言、历史和心理学等维度逐渐认识自我。

三、小说中的文学评论文本

兰特里齐亚除了用人物和叙事结构对《白鲸》进行再现式的解读，更重要的是，他还在"追寻麦尔维尔"一章里以卢凯西独白的形式，对《白鲸》进行长达 35 页的文学评论，涉及该小说的书名、叙事和文学史上对《白鲸》的文学批评。卢凯西对《白鲸》的评论，在一定程度上延续了以前的麦尔维尔文学批评，但他侧重从文学创作者的历史性，即作家的社会与个人背景（传记）角度，结合踏实的文本细读法，让我们对小说、对文学批评本身都有了新认识。

卢凯西对《白鲸》书名的解读很有创意。卢凯西指出："莫比连字符迪克是书名，莫比无连字符迪克是白鲸的名字"（48），可惜大多数人，包括多少教授、学者、记者、读者，都以为书名"莫比连字符迪克"与白鲸是一回事。卢凯西强调,《莫比—迪克》是书名,麦尔维尔赋予这部书丰富的含义,而莫比·迪克只是白鲸的名字。按照字面汉译,书名应该是《莫比—迪克》,不是《莫比·迪克》。按照通行的汉语译法,可以这样说:带书名号的小说《白鲸》是包罗万象的世界,不带书名号的白鲸只是小说里的一个角色。如果一定要以《白鲸》作为书名,那么,更准确的翻译应该是《白—鲸》,《白—鲸》赋予白鲸以内涵。没有《白—鲸》这部小说,白鲸什么都不是。

那么,麦尔维尔为什么在白鲸的姓和名之间填充连字符构成书名呢?在卢凯西看来,它代表深渊一般长高广阔、容纳万物的世界等待填充;如同父神创世退去,留下虚空,呈现出一种"明显难以言表的模糊,和'无名'的状态"(50),它是无边无际、没有固定形状的氤氲,最生动的语言也无法捕捉它;身为儿子的作家、已经成为孤儿的子,为了脱离这样的境地,决心以其声音回应和填充受造界的虚空,用他的话语来面对和制服它。他需要写作,表达自己,他必须"写出永不停止的书"(59),来填充和阐释存在主义虚空。

卢凯西在阐述麦尔维尔的创作意图时借助麦尔维尔的传记资料,但并不脱离《白鲸》文本。——这很符合兰特里齐亚常用的文学批评手段。麦尔维尔的父亲早亡,母亲不能胜任其角色,他几乎处于孤儿状态。因此在《白鲸》里,他赋予以实玛利、亚哈以孤儿身份,以实玛利最终又被寻找儿子的"拉吉号"船长救走,成为被船长救出的"孤儿"。卢凯西的结论是,麦尔维尔为了得到创作给予他的自由,脱离悲惨的人生,他必须假设自己是孤儿,假定自己的处境已经到了谷底,才能充分表达自己,创造出真正的艺术,才能有创意。

可以说,兰特里齐亚既在讨论《白鲸》的创作意图,又是在探讨自己的写作动机。他通过卢凯西与麦尔维尔建立对话,表达自己对文学创作和文学批评的思考。在讨论麦尔维尔以孤儿身份写作、寻求创新时,卢凯西表示,麦尔维尔是"写小说的子,他别无选择",他必须以写作填充无边的空虚；接着卢凯西联想到自己："我不是实在意义上的弃儿，可我还能有什么选择？我难道不是正在写小说的孑吗？尽管我没什么名气，也没写出几页？"（49）作为卢凯西的创造者，兰特里齐亚也感到强烈的创作冲动，并且他也需要把自己放在"孤儿"的位置上，才得到创作的自由，在文字里面认清自我、表达自我。

基于这样的思考，卢凯西对《白鲸》进行全面的、结构性的文本思考，以探索麦尔维尔如何在创作中自由地表达自我。关于《白鲸》的整体结构，卢凯西提出非常有创新的观点：《白鲸》由表层故事（overstory）、隐藏故事（understory）、反故事（anti-story）组成：占主导地位的故事（表层故事）始于以实玛利出海，他选择生活，不选择病态、愤怒和自我毁灭，接着以实玛利与魁魁格会面，友谊形成，充满幸福和宁静的气息。然而，叙事从第 32 章开始改变：前 22 章的隐藏故事（即亚哈的故事）开始取代最初的表层故事，亚哈追捕白鲸的叙事转而变成表层故事，这个故事"驱使整部书走向死亡"（65）。

最容易被读者和评论者忽略的是反故事。卢凯西认为，"反故事冲动"在第一章以实玛利反思的时刻就浮现了。亚哈的故事，以实玛利与魁魁格的故事，两者加起来"不到小说的三分之一，其他三分之二都是反故事"（67），属于虚构中的非虚构写作自成一体，是故事情节之外的叙事。反故事策略，是指作者经常从表层故事和隐藏故事的交替转换中脱离出去，时不时地插入一些"离题"的内容或片段。

针对《白鲸》的这种非虚构写作手法，有评论者指出，麦尔维尔需要"表现海上长途旅行的效果，但在长途捕鲸航行中，显然没有太多事情发生。如果全部关注行动，就要增加对亚哈的描写，形成难以忍受的强烈情绪；专注于琐事，描写水手的日常活动，或描写每一次捕鲸活动，行文就会变得单调重复。麦尔维尔解决这个艺术难题的办法，是在写亚哈的场景和捕鲸事件中，穿插一系列关于鲸鱼和捕鲸的解释性章节。鲸鱼是公分母，既是解释的对象，也是追捕的对象"（Ward 168）。小说围绕鲸鱼展开,麦尔维尔既要以较长篇幅表现旅途漫长,又要缓解漫长海上航行的烦闷,因此将虚构和非虚构文字穿插在一起。

卢凯西的观点相似,但他比别的评论者更突出非虚构内容的重要性:"捕鲸探险时间很长,从三年到五年不等。大多时候看不到鲸鱼;大多时候看见鲸鱼,追逐,然后也抓不住。19世纪捕鲸船上的日常生活枯燥乏味,长而又长,几乎没有什么事可做,只有观察、等待、清洁船只。所有这些反故事的页面不仅延缓故事朝不可避免的死亡发展,而且填补了死气沉沉的捕鲸时间,用富有想象力的生活杀死无聊的现实生活……"(76)。卢凯西显然赞同以前的评论者,认为麦尔维尔用大量非虚构写作调和枯燥单调的海上生活,但不同的是,卢凯西强调非虚构延缓叙事走向结束的死亡进程,延续了叙事的生命。在《白鲸》里,反故事所占篇幅很大,它才是小说的主体。

卢凯西认为,麦尔维尔之所以这么做,是因为读者和出版商"不爱没有人物和情节的语言行为,只爱故事"(67)。他们要的是"文化上可以接受的、经济上有收益的作品",可他更愿意沉浸在写作的快乐里,这种纯写作的冲动使他的文学不是为故事服务,而是为热爱文学本身服务,他在语言里得到自由表述,在比喻中喷发,脱离了叙事的死亡结局;当然,如此写出的却是"文化上不可读的、没有经济收益的作品"(62)。于是,麦尔维尔在《白鲸》里采用独立片段式的写作方法,在所谓故事主线上,交替编织反故事的内容,让他真正的作品最终获得独立和自由,不用担心被编辑和出版商、被读者和评论者阉割和"谋杀"。

兰特里齐亚借卢凯西高调赞扬虚构小说中的非虚构内容,似乎也在为他自己的写作下注脚。身为作家,他在作品发表上渴望摆脱编辑的阉割。在第五章里,兰特里齐亚不仅借已故美国维特根斯坦专家诺尔曼的第三方视角,描述卢凯西这位"业余哲学专家"对维特根斯坦的理解,而且借机调侃编辑。诺尔曼在给吉阿尼的第一封信中说,

"……你还记得西德拉吗？那个编辑，她自以为可以替我编辑，让我的文字变成她所谓辛辣明晰的风格。……她真让我那个疼，你懂的"（96）。显然，诺尔曼对编辑越俎代庖、自以为是的行为非常不满，因为编辑西德拉不仅无视作者个性，而且缺乏想象力，无法理解作者的个性写作。

兰特里齐亚有理由对编辑不满。他在自传体虚构作品《夜晚之畔》里，提到自己与一位女编辑的不愉快遭遇，"一家大出版社的编辑对我说，我应该一开始就告诉读者我是什么样的人，难不成还要读者爬到我脑袋里嘛？"（5—6）。兰特里齐亚认为这很荒唐，他写道，"我要是知道我是什么人，你觉得我还会写这个吗？……我要是知道我他妈的在做什么，你觉得我还会写这个吗？"（6）在他看来，文学艺术家在自己的写作里表达自我，探索自我，创造充满无限可能的艺术世界；读者则在作者创造的、充满无限可能的艺术世界里探索，寻找自己所需要的。那位编辑企图以自己的理解强加在艺术家的世界上，为艺术家设限，违背了艺术创作规律。

文学艺术作品被文学批评界残害的常见做法，还包括以小块文本作为某个所谓批评观点的佐证，以得出简单的结论。《卢凯西与白鲸》里，卢凯西认为这种做法过于简单化，几个例子不足以解读整个文本，部分不能替代整体，得出的结论也往往经不住推敲。但他自己也不能免于例证的做法，他说，"再举个例子——又是'例子'这个死穴——：'手的揉捏'（94章）表面上的主题（我在引用和解释例子时就感到心情不好，甚至恶心，我的文法就被冲到马桶里了）……"（73）。因此，当他需要再次举例说明麦尔维尔的写作特点时，他说，"例如（他妈的）：'白鲸露出水的表面'……"（78），括号里的旁白表示他讨厌举例，却不由自主又在举例。卢凯西批评文学批评界把鲜活的文本变成干巴巴的例子，甚至断章取义，他不喜欢把文本切割取出片段，可是在讲解时又不得不这样做，因此感到非常无奈，只好从其他层面继续寻找可以破译文学艺术品之美的解读方法。

此外，卢凯西还批评那种用理论框架来分析小说的做法。他大胆地宣称，或许我们不能说小说文本是混乱无序的，但它绝对不是"有机的整体"，各个组成元素放在一起，等着我们"以理论为武装，通过举例，也就是所谓部分代替整体的比喻方式，将阐释之矛刺入庞然大物《白—鲸》里，直击这部书的生命点，让它喷出胜利的文学批评黑血"（57）。在卢凯西看来，理论加上几个文本证据，是浮光掠影式的文学批评，只会谋杀文学作品。更重要的是，这种过分强调批评理论的方法脱离文学文本，"已经偏离审美的批评传统，过分关注历史背景、政治潜台词和耗时耗力的认识论反思"（DePietro 85），看不到有血有肉的人，沦为空洞的政治口号。正如兰特里齐亚在《前文学批评者的最后遗嘱》中所表明的那样，以政治批评为主导的文学研究，充其量只是简单的道德说教。《卢凯西与白鲸》里，卢凯西在评价《白鲸》时，对自己不能免俗地使用滥俗的批评用语和方法也充满嘲讽。他说，"在这个没有根基的世界里（我借用滥俗的后现代用语，不是赫尔曼的），流动性的写作牺牲了有根基的写作，牺牲了稳定的含义"（72）。后现代世界已经失去稳定的根基，这个是事实，但这种说法在后现代批评的语境里已经成为陈词滥调，失去了严肃含义。卢凯西推崇麦尔维尔从多角度观察和思考世界、创作了丰富多变的作品，但他感到自己在评论时语言贫乏，需要借用滥俗的词，因此不得不自嘲一番。

换个角度说，卢凯西反对寻求所谓"深层"含义，提倡从文本层面欣赏小说："这部书在文本层面充满矛盾的含义；那些特别不容易看出来的含义，其实也是最精华的含义。它没有隐藏在背后的、深层的含义，好让人满足批评的渴望。美丽的表面肌理无需通过批评概念来咀嚼，只需要描述就好了……提出文学批评观点，等于通过控制的意志力在吞吃文本"（58）。文学艺术之美，在于文本美丽的肌质，批评者控制文本的渴望糟蹋了文本。在另外一处旁白里，卢凯西说，"（上帝救我脱离恐怖的控制意志)"(58),表明他在文学批评中经常会像自己批评的人那样,在文学批评中展现控制意志,将自己狭隘的理解框架加在文本上面,为文本设限。

兰特里齐亚不无幽默地让卢凯西在课堂上采用一种古怪夸张的教学法,演绎如何才能不戕害文本。在美国古典文学课堂上,卢凯西跟学生交代说,"我站在这里,只是因为我的小说从商业角度看是碰不得的。……我们尽量不要谋杀霍桑和麦尔维尔,因此,我打算让你们反复练习沉浸式审美"(37)。此后,他上课时先以极其缓慢的节奏点名,"接下来,是长达 22 分钟的沉默,卢凯西盯着紧闭的文本,偶尔低声但颇有节奏地说,'我深深地沉浸着。你们呢?"兰特里齐亚用"紧闭的文本"("closed text")暗指"紧随文本的细读法"("close reading"),卢凯西以其令人啼笑皆非的教学方式表现出对文本的最大敬意,仿佛打开文本阅读,就已经偏离原文,尝试用其他话语解读更是亵渎原文。但这种近似行为艺术的审美活动没有成功传达足够美学信息,不能被学生和校长接受,导致他被炒鱿鱼。这个片段从侧面反映了"当今学术界漠视、有时明显害怕美学欣赏的现状"(Depietro 82),对此,兰特里齐亚在许多场合也提出批评。但另一方面,兰特里齐亚用这种幽默的方式表明,沉默固然是最忠实文本的文学欣赏,却也是最封闭、最不可能与他人建立沟通的文学欣赏。

因此,《卢凯西与白鲸》中的卢凯西必须在第四章里用文字解说如何从文本表层描述《白鲸》美丽的肌理,以对抗文学评论者的控制意志,逃脱"概括化系统化"解读。在卢凯西贴近文本的描述里,我们看到麦尔维尔不断使用具象化的比喻,用"好玩的知识填充认识论深渊"(77);也看到麦尔维尔以富有想象力的生活为枯燥的日常生活注入活力,通过使用比喻表现出"感性的生活"(58),文本也呈现出丰富的文字肌理。卢凯西以麦尔维尔对"裴廓德"的描述为例:

第一眼看到"裴廓德":"这样的老船,你肯定闻所未闻、见所未见。"以实玛利说道。他接着替我们"看见"它。一艘"样子像古色古香的爪足"的船(像带有爪足的家具?);船身黝黑,像"法国掷弹兵"[好吧:某种士兵]"在埃及和西伯利亚打过仗"[细节过头了]。"船头的尊容好像满面胡须。"桅杆"高耸直立,就像古代科龙三王的背脊骨"。[这里为什么提到朝拜耶稣诞生的三贤人的骨头?]甲板磨损得很厉害,"就像坎特伯雷大教堂里贝克特被刺的地方立下的一块供朝圣者膜拜的石板一样"。这艘船镶嵌着"奇怪的材料和装置,只有索基尔-黑克的浮雕圆盾或床架才能与之媲美"。[冰岛异教英雄,他的英雄事迹雕刻在他床上]"她给打扮得像埃塞俄比亚蛮夷皇帝似的,脖子上沉甸甸地挂着光亮的象牙垂饰。""裴廓德"本身只是并总是"像"其他什么东西。(77—78)

卢凯西一边突出麦尔维尔的描述文字,一边在括号里予以博物馆向导式的解说和提示。卢凯西告诉我们,在麦尔维尔丰富的想象空间里充满各种各样的联想;麦尔维尔用比喻,引着读者在时空里穿行,从一个具象的物品,联想到另外一个具象的物品,白鲸背上纵横交叉和重叠的线条,就像"细密的意大利线雕",像"象形文字",让他想起"密西西比河上游岸边著名的象形文字一样的栅栏上雕刻的古老印第安文字"(79)。这样的比喻和联想似乎无穷无尽,在麦尔维尔的比喻游戏里,或者说在卢凯西的提示下,我们从几乎无穷的侧面"看到"这艘船,去认知这艘船。

对比喻和联想的讨论最终势必指向批评界热衷讨论的白鲸。尽管许多文学评论家已经探讨过它的象征含义,但卢凯西别出心裁地予以引申。他先按照文学批评的常规对白鲸作出释义,说明麦尔维尔想象空间如此丰富,成功地引领读者和评论界作出种种联想。卢凯西抛砖引玉式地提出:"据说白鲸在时间和空间上无处不在,因为他是善变的,是完全不尊重理性概念范畴的文字的产物。基本上是连哄带骗的。"接下来他搜集了一系列象征含义：

> 因此，白鲸是
> 魔鬼；
> 无法辨认的一页文字；
> 一个不会说话的畜生：只是一条鲸鱼；
> 聪明而邪恶；
> 代理执行超自然的意图；
> ……
> 相互矛盾的谣言大荟萃；
> 体现了捕鲸业的想象力；
> 光的食物；
> 雪山（什么时候融化呢？）；
> 一座烟雾笼罩的山；
> 一座坟墓；
> 好斗的雄性；
> 被动的美人；
> 理想的田园生活；
> ……
> 万物；
> 上帝；
> 万物掩盖的乌有
> 拥有无数名字的某物；
> 无名的恐惧，深不可测；
> ……
> 在他的嘴里，"一个闪闪发光的白色膜，光泽如同婚纱的

缎子";

死气沉沉一堵蒙蔽双目的墙。(71—72)

这里列举的解释多达两页,涉及各种各样的象征含义,仿佛一群学生七嘴八舌地回答老师提出的问题,或者众多评论者解读的声音,中间有些声音甚至在互相争辩。但是,卢凯西并不只停留在这些常规的象征含义上。他要解释为什么读者会有如此多样的联想:白鲸引发了麦尔维尔的文学行动,他写出的作品里面充满无限的流动性,充满不确定性,充满了德里达所谓含义的无限延异,从一个所指指向另外一个所指,他用不尽的所指,来填充"世界"这个能指的深渊。最终,白鲸指的是广阔的虚空被填充的过程。卢凯西借此说明,麦尔维尔在莫比和迪克之间用连字符填充,就是在用他的鸿篇巨制填充旷阔的虚空。卢凯西像是对学生们的回答作出总结似地说,

因此:白鲸是
失去深渊
获得具有无数个表面的世界,捕捉在词语的映像里面;终极的表面;
神学和形而上学的终结;
一种新文学的开端;
虚无主义的绝望;
肯定主义的生机;
关键是,凡事都说"可以"的文学激情;(73)

在这个深渊里,有许许多多无限的象征含义可以填充进去;麦尔维尔以其丰富的想象力,用他深不可测的、充满无限含义的写作来表征它。这个深渊正如卢凯西在这一章开头所说,是与"地上、世上、地

球"有所区别的"世界",不是指存在于某地、有一定形状形式的地上,是语言无法精确表述的、难以名状的"世界",可能就是包含无限可能的艺术世界。麦尔维尔的白鲸突破常规文学批评所谓的象征意义,不只象征神学和形而上学,不再因为"虚空"而绝望,它使虚空充满,形成一种积极正面的态度。

卢凯西用贴近原文本的文字,从文本表层再现了《白鲸》美丽的肌理,卢凯西像麦尔维尔一样,也不断使用具象化的类比,用"好玩的知识填充认识论深渊",也就是尽可能以大量具体可观的文本例子,展现麦尔维尔丰富的想象力世界。但显然无论怎样努力,阐释者卢凯西仍然在用文本的片断举例,得出"概括化系统化"的结论,或多或少地体现评论者的控制意志,这或许就是阐释或文学评论的本质决定的。优秀的文学评论者卢凯西所能做的,是摒弃干巴巴的理论说教,不畏惧浸入式的文本解读和审美,尽可能还原文本的美,让读者在审美中得到益处。

兰特里齐亚在小说里采用多种方法,使他对《白鲸》的文学批评与虚构小说形成和谐的整体。首先,他采用卢凯西独白的方式,让卢凯西以第一人称跟读者交谈;当然,这个部分也像是在课堂上、研讨班上授课。在这一章的前言里,卢凯西说:"我想,你们知道这个大部头,这个你们可能会说错名字的大部头,讲的是一个人为了谋杀某只鲸鱼全力追捕它的故事。我也不能提这只鲸鱼的名字,你们把它和我还没提名字的大部头的名字搞混了。不搞清这些问题,我没法写"(45)。卢凯西是文学教授,这里的语气像上课,又像跟读者说话。

但在卢凯西讲述麦尔维尔生平故事、阐释《白鲸》的独白里面,还含有他的意识流,跟小说其他章节里卢凯西的意识流统一起来,把文学批评的部分与小说其他部分连接起来。例如,卢凯西评论说,"在七年的时间里,乔伊斯写了《尤利西斯》。在七年时间里,麦尔维尔相当于写了四部《尤利西斯》,其中一本是《白—鲸》。(43 年的时间里,我发表了一个5页长的小说)"(58)。括号里面自嘲的话如同旁白，也像跟学生讲课时头脑里飘过的一个念头。卢凯西分析说，《白鲸》各部分包含多种多样的内容："民主的希望（可疑）；等级结构的魅力（永久）；捕鲸业是帝国主义死亡机器。谋杀鲸鱼（麦尔维尔说谋杀），比喻维持西方文明生活所需的暴力（莫雷蒂说，德里罗说；我是不是只会引用意大利人的话?）麦尔维尔用来打比方的载体像百科全书一样丰富多样……"(75)。卢凯西一边分析，头脑中一边与其他评论者或者与自己对话：说《白鲸》的小故事里包含了"民主的希望"，他认为这个说法可疑；说小说表达了等级结构的魅力，他认为这一点毋庸置疑；对于"谋杀鲸鱼"的说法，很多人可能会觉得奇怪，但卢凯西跟自己或者跟听者强调，这是麦尔维尔独特的说法，是麦尔维尔的创新用语，证实"帝国主义死亡机器"这一象征含义。最后一个括号里关于意大利人的问句像自我反省，但更像预期他可能招来的批评，让人联想到评论者常常会针对族裔作家提出关于作家族裔性的问题。这些说出来的或未说出来的旁白、思绪、争论或评论，淡化这一章文学批评的严肃性和枯燥性，使之更像虚构文本，成为小说的有机组成部分。

兰特里齐亚还赋予卢凯西以作家全知全能的能力。卢凯西在讲述赫尔曼·麦尔维尔生平时，能够像作家一样描述麦尔维尔的内心世界。比如，"每次他写完一本书，他都会死掉一点，然后就死掉很多。为了自救，他在创作的狂热中寻找生命。在写作的狂热中，写作让他如此安心。因此，他发现自己总在那里写，不需要别人陪伴"(59)。麦尔维尔似乎不是文学批评的研究对象，相反，他成了故事里的角色，卢凯西为读者展现了故事人物的心理动态。

《卢凯西与白鲸》不是注重故事和情节的小说。兰特里齐亚借小说人物卢凯西，对《白鲸》展开富有创新的文学评论。他的评论跟其他文学评论者的评论有一定连续性，但他围绕作者的创作意图、对小说书名、结构和偏离故事主线的内容展开评价，颠覆了文学批评界通行的一些错误做法：第一，解读时过分依赖作者的传记资料；第二，以部分文本证据为支撑的过度概括，并以所谓恰当的理论进行文本分析；第三，文学批评脱离文本，过分强调文学的社会和政治意义。借卢凯西，兰特里齐亚提出以"表层故事、隐藏故事和反故事"为框架从整体上把握《白鲸》，通过分析麦尔维尔如何大量使用比喻、大量书写偏离故事主线的离题话，表明文学创作者的一个重要写作动机，是享受写作的释放和语言的愉悦，使《白鲸》呈现丰富的文本肌理，并让文本最大限度地脱离编辑、读者/评论者的掌控意志。

从另一个角度看，《卢凯西与白鲸》揭示了兰特里齐亚自己的创作动机；更确切地说，兰特里齐亚从文学创作者的角度，通过卢凯西探索文学写作、文学批评和艺术家的自我与自主性，借麦尔维尔和《白鲸》表达他对自我的剖析：艺术家热爱创作，寻求自由的艺术表达，享受创作带来的快乐；艺术家也富于幻想，渴望艺术创新和突破，因此艺术家带着一种渴望挣脱束缚的暴力倾向，寻求解构社会现实的限制因素，打破封闭、多疑、敏感和脆弱的自我，突破文本的束缚，冲开出版社市场/编辑、评论者与读者解读力的局限，以一种"既受到一定限制又取得一定突破的"辩证态度获得艺术自主性。这种艺术的创新与自主性，也体现在他那充满电影元素的小说《安东尼奥尼的忧伤》里。

第四节 《安东尼奥尼的忧伤》的电影元素

20世纪初期，电影的诞生带来巨大变化。荧幕为人们看待事物提供了新方式，对文学也产生了深刻影响，电影视角为小说家创作故事赋予灵感，他们化用电影技巧，开创适合自己语言风格的叙事方式（Baldwin 35）。现代经典作品，诸如詹姆斯·乔伊斯的《尤利西斯》①、威廉·福克纳的《喧哗与骚动》以及普鲁斯特的《追忆似水年华》等，都有电影的特点。乔伊斯在作品中运用大量电影技巧，如淡出、摇镜头、渐隐等。为了使作品有画面感，他在词根的基础上改造、重整、再加工书面语言，将简单的字组合起来形成更丰富、更复杂、更易变的新概念。在《尤利西斯》中，乔伊斯引导观众在层层叠叠的画面中穿过，使读者亲自感受画面形成和产生动态的过程（Sheehan 77—78）。在福克纳的许多重要作品中，叙述技巧与早期电影技巧明显相似，故事与画面在写作过程中融为一体，达到电影的艺术效果。他所使用的电影技巧包括：蒙太奇②、快速切换、在重建的时空中模糊事件（通过电影倒叙的画面交切实现）、渐隐、多重图像（类似于叠加）、定格以及慢镜头（Baldwin 35—64）。

不可否认，文学叙事和电影叙事的叙述技巧有一些差异。文学叙事主要以文字为媒介创造声音和画面感，在书写人物内心意识流和独白方面比电影叙事有优势，电影叙事则主要依赖视听觉技术的视听觉叙事，在动静画面、场景变换和声音效果上更加突出。

但是，文学叙事和电影叙事的共同之处也很明显。文学叙事能够以文字形式呈现近似电影的声音与画面感，电影叙事则具有一定的文本艺术性。文学理论家提出的一些叙事概念和术语，或多或少与描述电影技巧的术语相对应。比如，热奈特提出的"倒叙"（analepsis）、"预叙"

---

① 众多学者，诸如哈里·莱文（Harry Levin）、艾伦·斯皮尔格（Alan Spiegel）、(Morris Beja)、西摩·查特曼（Seymour Chatman）、基思·科恩（Keith Cohen）、鲁思·珀尔穆特（Ruth Perlutter）、威廉姆·约克·廷德尔（William York Tindall）等，都认为乔伊斯的作品深受电影影响（Costanzo 175—180）。

② 蒙太奇是将两个及以上的镜头或画面或场景并置在一起，产生特定观念从而影响观众。在电影制作当中，一帧帧画面形成场景，一个个场景形成一组镜头，一组组镜头形成一卷镜头，一卷卷镜头就形成一部电影。这个过程中涉及的剪辑技巧包括交叉剪辑、跳跃剪辑、长镜头与特写转换等，这些剪辑技巧其实都可以归类为蒙太奇。

(prolepsis),分别与电影的"闪回"(flashback)、"闪前"(flashforward)对应。现在很多文学批评直接使用"闪回"和"闪前"两个术语。在叙事节奏方面,热奈特提出,"叙事的速度应由故事的跨度(以秒、分、时、天、月、年为测量)和长度(以行数或页数测量的文本长度)决定"(87—88)。叙事文本有一定"持续时间"(duration),可长可短,由此产生不同叙述节奏。什洛米斯·里蒙-凯南(Shlomith Rimmon-Kean)以恒速为准绳,区分两种变化形式:加速叙事(acceleration narration),就是以很短的文本叙述时间跨度很长的故事(54),相当于热奈特所说的"总结"或"省略";相反,减速叙述(deceleration narration)就是用很长的文本叙述时间跨度很短的故事(55),相当于热奈特所说的"暂停"或"场景"。这两种叙事节奏与电影的长镜头(long take)和一般镜头(conventional pace)对应。叙事结构方面,西摩·查特曼(Seymour Chatman)在其著作《故事与话语:小说与电影中的叙事结构》(*Story and Discourse: Narrative Structure in Fiction and Film*)中分析小说和电影共有的叙事结构。此外,其他的术语如悬念,也适用于这两种叙事媒介。这是因为两种叙事在发展过程中互相影响,对两种叙事文本的分析难免有许多交叉。① 当然,结合电影视听觉叙事的概念分析文学叙事,能够丰富我们对文学作品的理解。

兰特里齐亚的小说《安东尼奥尼的忧伤》与电影密切关联。书中两个主要人物汉克·莫雷利和杰克的工作与电影有关,汉克是研究电影的教授;杰克曾是著名的色情片艺术家,正酝酿一部新的作品。兰特里齐亚在小说中还提到另外两部电影:2002年的动作悬疑片、改编自罗伯特·勒德拉姆(Robert Ludlum)同名小说的《谍影重重》(*The Bourne*),

---

① 例如,尽管大部分人认为是电影的蒙太奇影响了现代作品中的意识流,但有证据显示蒙太奇(或相似效果)可以追溯到这个词发明以前。贺拉斯(Horace)在作品中往往奇迹般创造蒙太奇效果。比如,他的诗歌从第一节到第二节再到第三节,会出现突然转变或剪切,各节表达的主题形成鲜明对比。他在颂歌里时而表现时间或宏观的事物,时而转向微观事物的描写,让读者猝不及防地读到家长里短的琐事(Jones, "Montage" 51—61)。

以及意大利导演米开朗基罗·安东尼奥尼（Michelangelo Antonioni）执导的实验派电影《奇遇》，安东尼奥尼的名字还出现在小说名里。兰特里齐亚借助汉克在课堂上的电影批评，对上述三部基本上属于三种类型的电影展开比较，有助于我们理解小说《安东尼奥尼的忧伤》的叙事技巧和艺术主题。小说中的电影元素异常明显，或者说，小说的一些文字叙事技巧近似电影技巧，主要表现在以闪回/闪前等手段书写回忆，突显记忆的重要性；通过特写、长镜头、跳转等电影技巧，烘托和渲染记忆中的一个个瞬间、具体细节和独特性的事件，增强文字叙事的表现力，凸显小说主题。

一、闪前和闪回突出回忆叙事

《安东尼奥尼的忧伤》分为三大部分，主要通过 74 岁的汉克·莫雷利的回忆展开叙事。时间脉络总体比较清晰，但内部叙事并不严格按照时间顺序展开，常在闪回和闪前之间频频转换，只有读完整本小说，读者才能将所有的叙事串起来。在第一部分里，汉克·莫雷利被招募进西康涅狄格州学院，招募他的，正是该学院的色情艺术家和项目主席杰克·德尔·皮耶罗。汉克对杰克的色情艺术片非常好奇，杰克则有意邀请汉克参加他即将制作的新片子。任职期间，汉克还结识了咖啡馆店主克里夫·瑞特罗纳，认识一家餐馆的收银员珍妮弗·桑伯里（Jennifer Thornberry，小说中昵称珍妮），两人相恋。汉克发现克里夫·瑞特罗纳跟他祖父保罗·莫雷利（Paul Morelli）的死有关。珍妮决定去找她前男友吉米·斯卡沃内打探保罗·莫雷利的死亡真相，以证实克里夫的清白。汉克对珍妮的突然消失惶惶不安。第二部分主要描述珍妮与斯卡沃内会面。会面中，珍妮濒于被其强暴，但她凭借过人的机智和勇敢，砍伤斯卡沃内，成功逃脱。第三部分，时间回到汉克垂暮之年，他在西康涅狄格州学院甚至整个学术领域声名显赫，受人敬仰。在人生的最后一场演讲中，他毫无征兆地死了，周围都是他的家人和听众。

小说从整体结构上看就是一个闪回的叙事。开篇以汉克为第一人称叙述年轻的汉克入职，后面大部分也都以他为第一人称叙述，故事主线似乎大致按时间顺序展开。但小说即将收尾之时，主人公汉克却死了，读者这才意识到小说大部分是汉克·莫雷利的回忆。通常，小说中既是第一人称叙述者又是主角的人物在结尾不会死亡；但这种情况在电影中很常见。因此，小说很像电影里濒死之人过去经历的闪回。

在具体的片段里，兰特里齐亚也常使用闪回，突出汉克内在意识流的流动。一天晚上，汉克受邀去杰克家，"那是 9 月底的一个傍晚，空气有一点潮湿，刚刚适宜，温暖又舒适。我走在去杰克家的路上，天慢慢变黑了"（*Antonioni* 32）。一路上，汉克欣赏街道两旁的景色，脑子里想着杰克是否拍摄了新影片。文字描述像镜头一样，从街景，闪回到汉克曾经在学院里看到的盒子，里面疑似装着已故著名电影评论家欧扎琦（Ozaki）评论杰克影片的笔记本，汉克在想杰克为什么没有把盒子毁掉。接着，街边房屋的前庭使他想起芝加哥意大利裔居住区，接下来的描述闪回到他祖父、父亲居住过的地方，以及他父亲后来常带他回去拜访祖父的场景。突然，仿佛镜头跳转，他的思绪又回到杰克和那个空盒子。他认定盒子上的标签一定是杰克贴上去的。整个叙事具有蒙太奇特点，像快速翻转的电影画面，展现了汉克的意识流。

当读者迫不及待想知道他接下来与杰克见面并共进晚餐的情况时，小说突然笔锋一转，闪回到汉克跟克里夫一起散步和谈话，"我慢悠悠地走着，路旁的男人都看着我，他们在前门廊的角落里抽烟、聊天，皮笑肉不笑，机械地朝我们点头。克里夫·瑞特罗纳最终读懂那些表情和示意……"（32）。前面几句像镜头跟随汉克走向杰克家，然后转向街景，展现路人形态，等镜头切换回来，却变成克里夫和汉克在散步，俩人在聊天中谈到种族问题。文本接下来是空白格，将这个部分和后面部分隔开，仿佛电影画面跳转，叙事场景又回到沉思中的汉克漫步前往杰克家:"杰克跟纳迪娅有一腿?她也是他的电影演员之一?她还活着,因为她是执刀的?我敲了下他家前门,他从二楼窗户探出头来……"(33)经过漫长的迂回叙事,汉克终于走到杰克家。通过这种叙述方式,时间被延长了,并且叙事里包含汉克散步(现在)、杰克的影片(过去),与杰夫散步(过去),以及关于祖父的回忆(更加遥远的过去)等多个时间纬度和空间的转换,在叙事技巧上打破线性时间限制,在内容上则突出反映记忆对汉克的重要性。

小说也使用闪前,提前暗示汉克的死。小说结尾描述汉克在演讲过程中突然死亡,对此,前面两个部分已经有所预告。在第一部分里,兰特里齐亚以第三人称叙事声音,第一次用预叙/闪前提及汉克·莫雷利的死。"从14岁开始,一直到死的时候,莫雷利都想长得矮一些"(18)。文字显得很突兀,给读者留下悬念。第二部分又一次用预叙/闪前的方法提到,"终于,寡居多年以后,汉克死于大范围冠状动脉血栓症,时年74岁。彼时,他正在做一场关于《绿野仙踪》的讲座,突然倒向讲台,他9岁的孙女也在场"(71)。读者突然发现,原来前面都是回忆,不同寻常的是,前面使用第一人称的故事叙述者汉克其实已经去世。小说最后两句关于汉克人生最后几分钟的预叙,与前面关于汉克之死的预叙/闪前相呼应。值得一提的是,像这种以第三人称外聚焦对未来之事进行简短的叙述性描述,更适合使用预叙这个术语;而下面这个以第三人称内聚焦的意识流对未来发生事情进行叙述,非常具有画面切换感,更适合使用闪前这个术语。

这个使用第三人称内聚焦的闪前出现在小说第八章。汉克与珍妮正在热恋中。正当他们如胶似漆、卿卿我我之时,纳迪娅打电话过来。"电话响了五次,然后是留言机的声音"(108)。对电话铃声和留言机的描述产生电影的视听效果。之后,纳迪娅再次打电话来,并且在电话中向汉克描述她的性经历,提到"会阴侧切"(episiotomy)等。被电话惊醒的珍妮询问谁打来电话,珍妮的追问引发汉克一系列联想:"纳迪娅是谁？他其实并不知道……需要跟她转述纳迪娅在电话上说的话吗？那个词是啥来着？听起来像会阴侧切？"（113）这个词让汉克想到珍妮生他们第一个孩子时的会阴侧切，联想到孩子出生时的场景，这段联想的描述比较长，像电影中的闪前。然而，这个部分不仅仅使用闪前，还闪回到杰克曾经为纳迪娅拍摄色情片（暗示杰克在《意大利女演员》中拍摄的视频），以及他们邀请汉克和珍妮一起拍摄四人新片。通过汉克的意识流，场景在汉克与珍妮的热恋时刻、他们的孩子出生、纳迪娅与杰克的故事与邀约、珍妮去世后汉克的思念之情等之间闪前、闪回频繁切换，营造电影画面来回切换的效果，也非常像汉克去世前、在清醒与半清醒之间各种回忆片段不断交错闪现的状态。

随着闪回和闪前交叉使用，小说的叙事视角也相应不断变化。兰特里齐亚从不会把事情的全貌展现给读者，他的文字就像一架固定摄像机，每次呈现一个视角，读者读取的信息都是有限的，"小说叙述视角多样，各章节之间视角切换自如，从第一人称到第三人称到全知视角，时间循环和蒙太奇效果明显"（O'Hara, "Imagination" 18）。以《安东尼奥尼的忧伤》第二部分为例，这个部分由18个小节组成，在第一人称、第三人称和全知视角中来回转换。

第一节由珍妮作为第一人称叙述，彼时她与汉克已结婚多年，而且染上肺病。第二节是全知视角叙述，时间回到珍妮消失后的经历和遭遇。第三节又以珍妮为第一人称叙述，时间又回到他们的婚后生活。叙述视角快速转换，与电影制作中摄像不断移动以展现不同视角如出一辙。此外，每一节的内容不长，既能引起读者对于时间的注意，又能在快速切换的场景中产生强烈的视觉冲击效果。一个过去的场景（珍妮消失）夹在两个未来场景（婚后生活）中间，凸显珍妮消失这件事在汉克心里的印象之深，难以磨灭：珍妮与前男友吉米相处的那些短暂但危险的时刻一直困扰着珍妮和汉克。珍妮不告而别，私自与吉米见面的行为使他们的感情一度陷入低谷，他们几乎分道扬镳。"汉克说，过去的事他永远记得,直到死"(183),过去的事就包括珍妮消失的经历。

闪回和闪前并存,叙述视角变化不断,使小说的叙事正如电影叙事。第一部分叙事相对完整,第二部分和第三部分信息碎片化,恰如一个汉克临终前从起初比较清晰、完整地回忆往事,慢慢进入半清醒状态时快速变换的碎片化记忆。叙事被分割成无数小片段,时间前后不断切换/变化,仿佛一帧一帧地呈现在荧幕上,形成一帧帧电影画面。叙述某个故事时,往往会插入其他事件,然后又继续前一个叙事,呈现记忆破碎化的特点;但每个叙事、每个细节又非常详细清晰,表明叙述者或回忆者对这些事情记忆深刻。

从叙事节奏上看,各个部分叙事节奏不尽相同,时而概括或省略某些事件,时而异常详细描述其他事件,不同叙事片段持续时间长短不一。第一部分占据小说五分之四的篇幅,第二部分和第三部分仅占全书的五分之一。小说以汉克和杰克的叙事开始,很快转向汉克和珍妮的爱情叙事,并且这个叙事最重要,占据小说大半篇幅。其间虽然不时插入其他叙事,如杰克的故事、汉克的电影批评、克里夫和莫雷利的故事,但小说突出描述与珍妮相关联的经历,强调汉克和珍妮的爱情对这部小说的重要性。相比而言,汉克和珍妮的婚后生活以及克里夫的死都是简略写之,比如当汉克确认克里夫是杀死他祖父的凶手后,他和克里夫的关系如何,杰克和他的新影片最终拍摄没有,小说只字不写。在这方面,小说与安东尼奥尼的电影《奇遇》很相似:电影一开始安娜(Anna)和父亲争执,但观众无从得知他们的关系如何;安娜和恋人桑德罗(Sandro)之间也存在分歧,但观众依然不知道他们之间发生什么,更不要说安娜为什么消失并且人间蒸发,再无踪影。叙事的不同节奏表明,汉克和珍妮两人之间的感情以及他们年轻时的共同经历、包括汉克对生活和对事业道路的抉择(两者密不可分),在汉克生命中起到决定性作用,成为他生命中最重要的经历,也是他记忆中最重要的部分。

二、长镜头和跳切表现时限性

时限性（temporality），是指与时间密切相关，受到时间的限制和定义，被打上时间的烙印，有持续长短之别，有过去现在未来之分，有世俗的与精神的差异。换言之，时间本身无限流逝，没有任何标识，没有任何生命惊扰它，没有什么让时间的河流惊起涟漪，可以称为存在主义时间。但在有限生命的参照下，时间有了意义。是有限的人意识到自己的生命有限，赋予时间以刻度，有开始、有中间、有终止，生成价值和意义，形成克默德所谓虚构时间。但人并非总是处在具有生命意义的虚构时间里，兰特里齐亚在小说里讨论现代社会的时限性危机，强调"当下时间被无限拉长……无限拉长以至于令人备受煎熬"（169），当下时间似乎没有尽头，所谓有限、有意义的时间概念似乎不存在，是虚构的。汉克在影评中通过比较观看《谍影重重》和《奇遇》的心理感受，解释时限性及其危机。

在汉克看来，电影《奇遇》很好地演绎了时限性危机。安娜和桑德罗在度假旅途中，安娜莫名其妙消失；她的好朋友克劳迪娅（Claudia）与桑德罗在寻找安娜过程中互生情愫，成为恋人。但安东尼奥尼的重点不是爱情叙事。电影叙事完全出乎观众的意料，没有情节，一个人物消失了，到最后也没有解释消失的原因，整部电影节奏缓慢，似乎毫无逻辑可言，导致观众很容易陷入厌烦、失望和不耐烦，一分一秒都是煎熬（Mroz 49）。在这种情况下，时间的流逝就像冰川运动那般缓慢，时间被无限拉长。观众看不到时间的开端和终止，也看不到故事和意义，陷入存在主义时间的长河里，承受存在主义时间带来的焦虑和痛苦。在汉克看来，安东尼奥尼电影表现的不是时间危机，而是时限性危机，隐喻现代社会生活无聊枯燥，生命缺乏价值和意义。

相比而言，观看谍战片《谍影重重》的体验完全不同。影片讲述患有极端记忆丧失症的男主角杰森·伯恩（Jason Bourne）一边逃避美国中央情报局追杀,一边追寻自己的真实身份。影片惯用跳切的剪辑技巧①,节奏快,情节紧凑,故事性强,充满追杀、逃亡、重重阻碍,悬念不断,紧张刺激,让人感到揪心。在这种情况下,心理时间过得很快,观众注意不到时间流逝,在两小时里,观众没有时间思考,却得到连续刺激。电影中,杰森·伯恩在街上人群中疯狂奔跑,以惊人的速度穿过层层车辆,杀死一个反派而且还能从其他反派手里逃脱,搏斗之惨烈,动作之快速,让伯恩充满英雄气概,观之大快人心。但正如《安东尼奥尼的忧伤》里汉克所说,"《谍影重重》只不过是娱乐片"(157),这类影片的作用是娱乐大众。现代社会的人常感到疲惫无聊,心理时间拉长,体验着安东尼奥尼在《奇遇》里呈现的存在主义时间烦闷和焦虑,这时特别需要用快节奏、紧张刺激的事件,填补和打发时间。

在《奇遇》里,导演安东尼奥尼用许多场景解释克劳迪娅和桑德罗如何备受时限性危机的煎熬。安娜消失以后,电影将近 30 分钟的画面都是在寻找她。克劳迪娅和桑德罗以及其他朋友走遍小岛每个角落,一无所获。在长镜头②下,荧幕上一系列寻找动作强调人物内心的焦虑不安和害怕,尤其体现在人物的身体语言上:克劳迪娅和桑德罗在房间争吵;克劳迪娅又着急又悲伤,忽然奔向滂沱大雨中;桑德罗站在悬崖边,茫然看向海的尽头,克劳迪娅坐在石头上,用手捂着脸,痛哭不止。在寻找安娜的过程中,时间似乎被拉长;许多无人物的静止画面将时间凝固,时间仿佛没了终点,产生一种恐怖气氛,暗示人找不到目标或意义时悬着在存在主义时间焦虑中。

还有一个长镜头场景也将时间拉长,突出人物无聊、烦躁和焦虑不

---

① 电影跳切的剪辑技巧,打破一般镜头切换时遵循的时间、空间和动作的连续性,采用大幅度跳跃式镜头组接,省略时空衔接,以此突出强化某些内容。

② 长镜头相对于短镜头而言,是指比较长一段时间连续拍摄一个场景或一场戏,形成比较完整的大镜头。

安的情绪。在影片结尾，克劳迪娅没有跟随桑德罗一起参加晚会，独自一人待在房间。在狭窄的房间里，她无法入睡，一边计算时间，一边玩手指。摄像机以长镜头记录她的每一个动作细节，展示她内心的无聊和煎熬。兰特里齐亚借汉克评论说，"（镜头一开始）一只手……朝下……在一张白色床单上……房间里没有一点亮光。手指……手表……轻轻地、慢慢地移向手掌。不断重复这些动作"（163）。然后，她把自己罩住，像寻求一丝保护，但她更焦虑了。"漆黑的房间里睁大眼睛……眼珠子慢慢转动，从左到右，从右到左"（163）。一夜无眠后，克劳迪娅早早起床。"在走廊踱来踱去，走到门边……她光着脚踢开门，在走廊里走来走去……漫不经心地看着地板……经过左手边的几道门，经过桑德罗的房间，还一直在走"（163）。影评中这样的细节还有很多，表现人在时限性危机中无聊至极。"背朝上躺在床上……凌晨4:30……大海。榆树。走到右手边第二个窗户……灰暗的天空一望无垠，茫茫大海无边无际。传来火车的声音。衣服都穿好了，沿着走廊一路跑过去"（164）。她终于等不及了，穿好衣服去找桑德罗。

在小说《安东尼奥尼的忧伤》中，兰特里齐亚呼应安东尼奥尼表达的时限性危机。他使用大量类似《奇遇》长镜头的描写，表现珍妮消失后汉克的痛苦，使这个部分的文本叙事持续时间较长。叙事重点在汉克的琐碎日常，一日三餐和衣着，尤其三餐。他"喝着咖啡，一整天都穿着长袍——不洗澡、不刷牙、也不刮胡子，他的情绪更消极了"（134）。汉克不停地吃。他"做了一份煎蛋饼，两份土司，吃了一半，倍感孤独，脑子里不再一直想着珍妮留下的那句'我会想念你'"（135）。"又给自己倒了一杯烟熏单麦芽威士忌，匆匆喝完"（136）。"从冰箱里拿出剩余的早餐"（137）。"将一片冰冻的比萨放进烤箱。果汁杯里都是单麦芽威士忌，很快就喝了一半，然后喝到只剩四分之一"（143）。"给自己做了一份花生黄油三明治……喝光杯里的饮料"（144）。"莫雷利把剩下的饮料倒进厨房下水道，刷牙，但没刮胡子。洗个热水澡"（147）。对汉克衣食的长镜头描写，突出时间的延续性和汉克的焦虑不安。珍妮消失让汉克的生命突然变成虚空，失去意义，让汉克陷入存在主义时间焦虑中，突出珍妮在汉克生命中的重要性。

但是，兰特里齐亚在这部分长镜头描述里，也使用类似《谍影重重》的跳切手法，加速时间进程，在表达汉克焦虑情绪的同时，制造类似悬疑的紧张氛围。汉克"打电话给伯尼比萨店取消订餐"，随后叙事节奏加快，汉克开车去到珍妮家寻找她的行踪，他"上车（身穿睡衣、长袍，脚穿拖鞋），开到她家。窗帘拉起来了，没看到威格牛仔裤。没打伞，冒着倾盆大雨去检查车库，空的。信箱，水电费账单，垃圾信件，还有一封信，寄信地址上写着：吉米·斯卡沃内，普罗维登斯（Providence）。R. I. 吉米·斯卡沃内"（135）。叙事从一个动作跳到另一个动作，从一个地方跳跃到另一个地方，完全省略时空衔接，意在突出汉克着急忙慌的寻找过程，增加读者/观众对珍妮的担忧。时间在汉克的记忆中快速翻转，在汉克的追寻中被重新赋予意义，更确切地说，汉克正在寻找生命的意义。

汉克了解时限性危机的痛苦机制，使用各种方法破坏时间的无限延长，破坏他的高度焦虑和危机感。一种方法是深度干扰，分散注意力，使时间断裂。例如，此时此刻，他正全身心想着、担忧珍妮，打算上网查看是否有珍妮的邮件；下一刻里，他看到学生发来消息，就跟学生在网上聊起天，这种行为转换，很像电影跳切镜头。在这个例子里，汉克似乎处于无意识中，但其实他常采用分散注意力的方式解压。"处于高度焦虑时，汉克就会打扫卫生"（147）。事情水落石出前或分崩离析时，汉克通过打扫卫生缓解焦虑。另一种方法是用规律化的生活作息，将时间分割成有标记的段落。所谓标记，就是某个时间点固定做一件事。珍妮消失后的第二个星期，汉克的日常如下，"早上写作，下午打扫，四点左右稍作休息，傍晚修改内容，然后看棒球赛。生活很有规律"（147）。用电影语言表述，就是镜头在上述几件事之间跳转，如此转换的画面重复出现，每一次跳转，都把时间的"长镜头"分割成片段。等待使时间延长，焦虑使时间混乱无序，打扫卫生和有规律的生活则使时间有序。这是除写作以外的有效抗压方式，"给他带来不少快乐——转移注意力的快乐，遗忘的快乐"（148）。

《奇遇》中的桑德罗和克劳迪娅"一直生活在过渡阶段，没有结束，困在僵死的现在，就像石器时代动物的尸体，被完好无损地困在冰山中"（148），他们处在存在主义时间里，没有获救的希望。相比之下，兰特里齐亚在小说中表现存在主义时间和虚构时间的辩证关系，他让人物在两种时间之间转换；他还用具体事件/时刻、具体的画面，将他的主人公从存在主义时间的冰山困境中拯救出来。

三、场景画面强调独特性

在《奇遇》中，安东尼奥尼不仅用时间镜头，而且用空间镜头表现恋人之间的关系，反映现代社会人与人之间种种病态问题。他将冗长而含糊的情节凑在一起，安娜消失，桑德罗和安娜感情不和谐，克劳迪娅在走廊闲逛，画面中不断出现苍穹、大海、辽阔风景，不知开往何方的火车，都衬托资本主导的现代工业社会给个体带来的痛苦和折磨（Orban 11—27）。桑德罗与克劳蒂娅感情不稳定，揭示现代人灵魂得不到滋养，内在生活枯竭（Moore 22—34），人变得萎靡不振，呆板倦怠，疏离感和抽离感弥漫（Rascaroli 46），孤独，无所适从（Nowell-Smith 16），在失去意义的社会里感到毫无希望，心理时间在痛苦折磨中延长。对此，安东尼奥尼并没有指出解决办法。兰特里齐亚小说中的汉克虽然也经历时间焦虑和困惑，但他主动选择生活，珍藏生命中的宝贵时刻以及他对珍妮的感情，使自己从困局中解脱，为生活和时间赋予意义。

安东尼奥尼和兰特里齐亚都使用自然画面，但表现出人的心理状态截然不同，表达的主旨也不一样。在安东尼奥尼的《奇遇》里，安东尼奥尼一方面以风景画面作为背景，刻画人物内心巨大的孤独。在电影最后一个场景，背景中，埃特纳火山（Mount Etna）赫然耸现；前景中，桑德罗和克劳迪娅陷入深深的绝望。在山和背景之间，一堵墙突兀地矗立着，占据半帧画面，使画面显得空旷悠远。"安东尼奥尼电影中未知的深不可测感使片中人物陷入绝境，人的视线被无情阻隔，看不到未来的方向"（Nikopoulos 380）。在安娜消失后以及桑德罗和克劳迪娅第一次亲密接触的场景里，风景同样象征人与人之间的疏离。

另一方面，在安东尼奥尼的镜头下，个人内心世界和外部环境之间的联系和统一性不复存在（Cardullo 329），"人物的身体不自在，或者与周围环境不融洽。他们被冷落、被边缘化、被移除，只能在自己不熟悉的空间'摸索'，让我们也感同身受，跟他们一起努力推开疏离的所有边界"（Rascaroli & Rhodes 44）。在自然和宇宙映衬下，人类渺小如蝼蚁，微不足道。罗伯特·科勒（Robert Koehler）在文章《开阔大荒野：奇遇》("Great wide open: *L'Avventura*"）中指出，片中人物停留的小岛既辽阔疏远又贫瘠，远离人类社会，岛上人显得孤零零的，让人以为他们是地球上最后的人，只能任凭命运摆布。兰特里齐亚也看到安东尼奥尼用自然画面衬托人的渺小。他借汉克指出，当桑德罗和克劳迪娅站在小岛最高点时，摄像机从下而上仰拍他们。"画面靠后的三分之一是火山岩石，画面靠前的三分之二为人物提供背景光——黎明，天空明朗透亮，突然雷电划过天空，打破沉寂"（*Antonioni* 129）。从低仰角拍摄人物，人物看起来如英雄般魅力非凡。"像英雄般从岩石后突然跃起，剑指大海和苍穹。现实是，他们卑微如蝼蚁"（129）。英雄般的形象是通过拍摄角度制作出的幻象，与现实形成强烈对比。现实中，与广袤的大海、天空和其他辽阔风景相比，人如同蝼蚁。

兰特里齐亚同样将他的人物放在自然当中，但他使人与自然融合在一起，形成和谐画面，映衬人与人之间的亲密关系。在描述汉克和珍妮第一次约会时，兰特里齐亚采用特写镜头描写珍妮的衣着和举止，把人物跟自然融合在一起。汉克"看见她站在路边……向他招手，朝他微笑，给阴暗的早晨投下一片阳光……珍妮穿着蓝色牛仔裤，脚蹬登山靴，上身是时髦合身的橘色毛衣，与西康涅狄格州严酷的12月形成反差"（53）。他们爬山时，镜头追随他们的脚步移动，在自然界的美丽画面里行进："地面铺了一层松针和落叶，像棕色地毯。他们几乎静悄悄地走过。落叶，老树桩上的蘑菇，一簇簇优雅的阔叶蕨类……有水声？哪里？忽然，一条小溪，黑色的水面上落了一层层红的黄的树叶"（59）。这些自然的画面象征着自由、无忧无虑。对于热恋中的人来说，或许时间过得飞快，但在汉克的回忆中，这样的幸福时刻可以无限延长，任意回放。

安东尼奥尼和兰特里齐亚用不同性质的人物画面，表达人与人之间不同的关系状态。在安东尼奥尼的电影里，桑德罗和安娜这对恋人从没出现在同一个镜头中，安东尼奥尼总喜欢让他们背对着对方讲话。安娜消失前与桑德罗吵架时，他们永远不在同一个画面中。即使他们相处愉快时镜头给了同框画面，但时间很短，暗示分离而非团聚。兰特里齐亚则不然，他将两人同框，并且通过大量短小精悍且不完整的句子，产生动态画面效果，强化人物之间的互动。爬山时，汉克和珍妮告诉彼此的姓氏，然后"他伸出手，像要握手。试探第一次触碰。她轻轻抓住。第一次碰在一起。不是握手。握着，足足两秒"（54）。全程使用短语和短句描述，言简意赅，但充满动态，表现出两个人激动紧张的心情。

兰特里齐亚还运用类似电影远景转换到近景到特写的技巧，结合视听觉，将人物由疏远到拉近距离，产生人物互动的动态感。汉克经常去温迪店（Wendy's）见珍妮，场景描写从远景到特写。"我到了温迪店……这里的人都认识我了。他们热情地跟我打招呼，笑容很温暖。珍妮是这里的出纳员、收单员。我喊她珍妮，她叫我汉克。今晚还好吗，汉克？这是什么感觉呢？就像回到家一样，还有一丝浪漫气氛。感觉很好，以后会更好的"（40）。整个场景从远到近、从全景到特写，先是整个温迪店,然后是店内景象,店里的人对他很热情;随着镜头拉近,珍妮出镜了,镜头摇进,给两个人特写,拍摄两人对话。特写的作用是"将观众的注意力转移到细节上,而这个细节对当时的场景尤为重要"(Pudovkin 181)。兰特里齐亚一一列举汉克点的几样食品、他看的书、进度如何,最后回到两人同框:他跟别人不一样,珍妮亲自把他点的餐端到他面前。这些略显琐碎的细节看似无关紧要,但在汉克的回忆里,恰恰是两个人的互动画面最为鲜活,多年以后,这些具体时刻仍深深印在他的脑海里。

在另一些场景画面中,例如在汉克生命中也占重要地位的课堂上,兰特里齐亚用第三人称叙事,仿佛通过镜头特写、定格呈现场景的每一件事物和每一个人之后,通过镜头转换,强调特定场景下人物的互动关系。在汉克的第一堂课上,兰特里齐亚用特写呈现教室陈设:"教室小小的、没有窗户,长长的矩形桌显得太大,学生们都坐在桌子旁……墙壁刷得惨白惨白,墙上挂了一面钟,正对椅子后面的墙,其他什么也没有……这面钟距离他的头顶四英尺"(Antonioni 17)。接着,兰特里齐亚将"镜头"移向在场的每一个学生。"一共八位学生,还有杰克·德尔·皮耶罗和纳迪娅·德·西蒙尼(Nadia De Simoni)女士……全名汉克·L. R. 莫雷利的老师。七个学生带了时髦的笔记本电脑,第八个学生——新英格兰全国体育协会乙级183磅组的摔跤冠军——既坦然又紧张,什么也没带"(17)。最后,小说用大量篇幅分别介绍杰克、纳迪娅和汉克,尤其他们的外貌。

在兰特里齐亚笔下,这些零散个体的人关联互动起来。汉克正在分析电影《奇遇》,画面突然暂停,静止,镜头定格在他脸上,"所有眼睛都盯着汉克。没有人抬头看时钟。他静静站在那,盯着某处看,眼睛里闪着兴奋的光。他忘记教室里的人。时间仿佛定格许久,但没人感觉不适"(74—75)。汉克沉浸在电影中的静止画面里,学生也被他的解说吸引,这个定格的画面夹在两种不同的氛围中:定格之前,汉克向学生们讲解和分析《奇遇》；定格后，学生们开始激烈讨论。定格将这个瞬间拉长，以强烈反差突出课堂互动。

在课堂讨论环节，镜头转换结合声音，使对话描写富有很强的视觉效果。由于学生的讨论被放在电影画面的语境里，原本像电影脚本或戏剧剧本的对话场景像在眼前放映一样，每个学生都活跃起来，发出声音。

> 笔记本携带者 1：说到反主流文化，大家知道这是个咖啡牌子吗？
> 笔记本携带者 2：你的观点，拉尔夫？
> 笔记本携带者 1：哈莉特，搞得好像你不知道我的观点似的。我的观点当然是背景，文化背景。关键是引起共鸣，哈莉特。
> 笔记本携带者 3：刚才提的问题，教授您会在期中考试前给我们答案吗？
> ……
> 笔记本携带者 4：时间是时钟的刻度。
> 笔记本携带者 5：时钟不能测量时限性，时限性是我们所受的煎熬，存在于时间刻度之外。(23—24)

这个场景描写得像是电影特写，镜头从一个学生转向另一个，一幅幅视听觉结合的动态画面突出了人与人之间的沟通互动。

在不同的人与人、人与自然的关系下，时间具有不同意义，生命意义的表征也有所不同。《奇遇》里安娜毫无征兆地消失并被遗忘，表明人类生存其中的时空浩渺，人毫无立足点，会很快忘记自己最亲最爱的人。安东尼奥尼认为，"'道德和科学的未知'使人与人之间的亲密都不正常"(Nikopoulos 386)。失去亲密爱人本不是件小事，只有当一个人幻想破灭、内心被腐蚀，才会意识不到失去爱人的痛苦。镜头表现的无限时空里,其实"空间凝固,没有时间",在这种永恒里,"克劳迪娅和桑德罗只是时间标志"(Lentricchia, *Antonioni* 122),镜头下的人物在画面中停留的时间很短,人成为时间的标记,人只是时间长河里不显眼的一粒沙,与其他沙粒没有区别。

对于安东尼奥尼在《奇遇》中提出的生命意义问题,兰特里齐亚在小说里试着给出答案。他赞同安东尼奥尼的做法,通过"纯粹讲故事,表达故事人物的情感",但安东尼奥尼揭示的是表面富足的社会掩盖的"新式孤独"(Chatman & Antonioni 4),是现代社会使人疏离、使人感受无限而空旷的时空里的苦闷绝望;兰特里齐亚则强调完全不同的情感经验,突出时限性的不同层面:人在自己的记忆中保留自己独特的时刻、具体的人与事,使生命获得意义。为此,兰特里齐亚通过特写、长镜头、远近镜头转换等手段,呈现出一幅幅电影画面一样的叙事场景,突显这些特殊时刻,强化具体的人与事的独特性、关联性及其在记忆中的鲜活性。与《奇遇》里的桑德罗不专情相比,汉克在珍妮去世 16 年以后,依然对她深切怀念。在《奇遇》中,安娜早在电影结束之前就被遗忘,但在《安东尼奥尼的忧伤》里,珍妮死后,汉克一直心念于她,珍藏与珍妮在一起时点点滴滴的回忆,好的坏的都有。那些逝去的时光已成为他生命的一部分,填满他内心的空虚和恐惧。导演安东尼奥尼展现的是桑德罗和克劳迪娅所处的无限空虚,相比之下,汉克却"从不感觉生活空虚"(239),因为记忆中珍藏的种种经历和时时刻刻,以其具体性、以其对于经历者来说所具有的独特性,能够破除时限性的困境。

不仅如此,在汉克的回忆里,过去、现在和未来融合,成就生命的意义。时间因为人而有了分段标记,变得有序。一个生命的开端、过程和结束,是时间变有序的重要因素。兰特里齐亚在《新批评之后》中写道:"自我意识是最终最有特权的能动因素……让我们按照亚里士多德笔下让人安心的必然律改造时限性,改造的同时它鼓励我们认识真正的世界时间,这种时间无情地、不可挽回地、连绵不绝地逝去"(38)。时间原本无所谓秩序,因为有人的意识,人在制定时间秩序、在解释时间方面起到积极作用。在小说最后一部分,汉克的最后一天是按时间顺序从早到晚叙述的,时间标记如"早上5∶00","下午","下午2∶55","下午3∶04"等,提醒我们时间的流逝。正因为时间对于一个生命来说是流逝的,这种有意识的限定行为赋予时间以意义,人的经历也就赋予生命以意义。汉克在留给孩子们的信中反复涂写,直到最后他写道自己不害怕死亡。对他而言,孩子是未来和希望,过去的记忆、现在的释然和未来的期望连成一体,汉克的生命是完整的、有意义的,他面对即将来临的死亡也愈发平静和快乐。从某种意义上来说,汉克的死意味着生命的完结/完整;与珍妮的团聚意味着与过去重新结合。相反,电影《奇遇》里的人物没有过去,没有回忆,没有未来。

兰特里齐亚不仅在小说里采用电影叙事技巧,而且将汉克和珍妮两人的叙事放在他对两类电影作品的对比当中,有效地突出了他的文化政治诗学里的诗性主义:通过回忆叙事,突破时限性,书写独特性,为生命赋予意义。《谍影重重》是打发时间的商业娱乐片;安东尼奥尼则以《奇遇》等记录情感上的细微差别,而这恰恰是好莱坞电影忽略的,因为主导它的是标准化的、通用的和常见的浪漫化理解模式(Moore 22—34)。兰特里齐亚赞同安东尼奥尼在《奇遇》等影片里的做法,描写个人主观经历、揭示内在生活。随着现代科技的发展,人们被生活中莫名的不适、倦怠和疏离所困扰,漫无目的、孤独,颓靡,生命的价值轻贱如尘土,兰特里齐亚用小说《安东尼奥尼的忧伤》呼应安东尼奥尼的电影《奇遇》表现的这些主题,尝试解决安东尼奥尼在影片里呈现的存在主义困境。小说主人公也经历现代社会的不适,尤其是商业文化带来的异化和疏离,但生活对他们而言是有意义的。兰特里齐亚借助电影技巧强化文字叙事表现力,在文字里定格和贮藏具体时刻的个体经历，突出珍藏在个人记忆中的独特时刻、个人经历的人与事，足以抵抗时限性危机带来的痛苦和空虚。导演安东尼奥尼表现人与人的疏离，以自然界刻画疏离，以自然界衬托人渺小，兰特里齐亚以自然界衬托人的和谐；安东尼奥尼拍摄人与人相背，兰特里齐亚描绘人与人的交流沟通；安东尼奥尼以人衬托时间的流逝，生命的卑微，兰特里齐亚以时间突出人的存在价值；安东尼奥尼以遗忘展现现代人的幻灭，兰特里齐亚以记忆彰显生命的充实。这样，生命被赋予独特、丰富的意义。

在兰特里齐亚从事文学批评的年代里，有批评者质疑他提倡的诗性主义，认为受政治、文化、经济权力及其体制等外在局限的文化学者难以冲破限制，淡化具有意识形态印记的目标，发挥想象力的力量并主张个人的主观能动性，成就诗性的时刻（Jones, "Criticism" 129—160）。但兰特里齐亚赞同沃尔特·佩特（Walter Pater）的看法，所谓"时刻"有两种形式，一种是"独特的时刻，是强烈的、不经思考的感觉，独立的体验；另一种则是审美思考的时刻，此刻的时间，是过去、现在和未来的融合，且都内化于现在"（Hext 148）。个人虽然受制于历史，受限于时间的流逝，但人的意识能发挥主观能动性，用审美的时刻重新定义时间，让人既能坦然面对存在主义时间，又能安居在虚构的时间里。兰特里齐亚像斯蒂文斯一样，将印象、感悟、一个个瞬间，从它们的物质背景剥离出来，封存在记忆里，记录在文字里，封存在私人的物理空间和心灵空间。正如兰特里齐亚在《精灵和警察》里提倡的诗性主义：艺术不是抽象，艺术的美在于表现生活点点滴滴的琐事，在于描写具体化和独特性，在于抓住生活的时刻，刻在脑海里成为美妙的记忆，以对抗抽象的时间和概念的压迫，对抗时间的荒漠和人际关系的隔膜，对抗外界的限制。如果说，兰特里齐亚在批评著作里受限于写作的文类，只能从书写斯蒂文斯等人的生平事件入手，可以说，他以小说的形式，在想象世界里构造了具体的美。在小说创作中,在借用电影叙事技巧增强文字叙事的表征力量中,兰特里齐亚找到了具体表述诗性主义的媒介,为他的文化政治诗学的文本表征增加了绚丽的色彩。

第五章　超越自我：一位充满反叛激情的批评家和诗性的艺术家

福兰克·兰特里齐亚的学术研究和文学创作活动重点围绕艺术和艺术工作者的本质和作用展开。从《新批评之后》强调艺术和艺术家的历史性、社会性和政治性，到《批评与社会变革》号召艺术和艺术工作者投入到社会活动和社会变革中，再到《精灵与警察》强调艺术和艺术家主体对抗各种外在压迫的主观能动性，最终在《艺术的犯罪与恐怖》里着重考察艺术家的暴力激情和越界的危险渴望，兰特里齐亚将文化政治学与诗学结合在一起，形成他的文化政治诗学，既强调艺术的历史性和政治性，又强调艺术的诗性主义，这种思想体现在他小说中，形成独特的暴力叙事，发挥艺术的积极作用，散发极大的艺术魅力。

第一节　从反叛的激情到诗性的自我

在文学批评道路上，兰特里齐亚一直不肯循规蹈矩地遵循固有的习俗和惯例，尤其是对精英机构里风靡一时的文学理论，总是保持警惕和批判态度。当欧洲理论涌入美国文学评论界，并促使它质疑文本的确定性和语言的稳定性时，兰特里齐亚以批判的眼光审视这些理论的演绎，质疑它们表现出的形式主义美学的痼疾，突出文学艺术的政治性和历史性及其与艺术性之间的辩证关系，形成独特的文化政治诗学。

一方面，兰特里齐亚突出文学文本的政治性和历史性，反对形式主义美学传统脱离历史、与社会现实割裂的做法，将艺术及艺术主体与社会历史密切相关。他将文学及文学批评与社会政治语境紧密联系起来，尤其重视将意识形态和文化批评引入文学批评，强调文学和文学批评的历史性、政治性和社会功能，强调以阶级、性别、族裔与种族、文化研究颠覆西方传统的经典叙事，推进社会变革，改变大众意识。他的批评三部曲《新批评之后》《批评与社会变革》和《精灵与警察》不仅成为了解时代理论风潮的必读物，也推动那些拥抱批评理论的学者反过来审视批评理论（DePietro 16—17）。

另一方面，兰特里齐亚的艺术敏感性和文学悟性，使他同时又超越写作的哲学性和政治价值，特别强调艺术的诗性主义。这里的艺术是指文学艺术，艺术的诗性主义是指艺术家主体具备活泼、自由的气质，总在挑战和对抗资本主义权力及机构的压迫和文化霸权，通过建构具体性、独特性和个体性的叙事，表现这种诗性的自我，在文化历史中起到积极的批判和建设作用。

为此，兰特里齐亚在他的批评论著里将形式主义美学的文本分析，与所研究的作家个人传记资料结合。他提取作家具体而微的个性化生活和事件，从分析作家的性别、经济、社会、家庭等决定因素入手，进而将个人置身于更广阔的社会结构，揭示作家作为艺术主体遭受压迫及其诗性自我反抗的故事。在这样的参照体系下细致地解读作家作品，既抵制形式主义美学的禁锢，又不会失去文本独特性，避免了理论空洞的泛泛之谈；既贴近文学艺术创作者的思想，又展现作者充满想象力的文本所给予人的愉悦。他在《精灵与警察》里分析斯蒂文斯是如此，在《现代主义四重奏》里分析诗人弗罗斯特、斯蒂文斯、庞德、艾略特时也是如此，在他自己的小说《卢凯西与白鲸》里分析麦尔维尔的小说《白鲸》时更是如此。透过这个视角，兰特里齐亚看到弗罗斯特、斯蒂文斯、庞德和艾略特等诗人以诗歌抵制权力压迫的反叛激情，看到在对资本主义文化霸权和父权文化、对资本主义消费文化的抵制中，诗性自我及其艺术表达起到了改变大众意识的积极作用。在兰特里齐亚的文化政治诗学里，艺术创作中的反叛和暴力激情不是在政治、道德层面上对社会构成危害的因素，它被赋予理想化的色彩，彰显了某种理想主义的社会改革。

兰特里齐亚转向小说创作后，以文学作品的形式体现其文化政治诗学，表现了艺术和艺术家的反叛和暴力激情，形成他独特的暴力叙事艺术。小说这一艺术形式，特别能够表征具体性、独特性和个体性。兰特里齐亚在小说里以其显性叙事，书写各种可见的、外在的、具体的暴力，同时在显性叙事下，埋藏着隐性叙事，揭示隐性的系统暴力，也揭示受压迫者如何抵抗资本主义主导下各种权力的压迫。兰特里齐亚以其暴力叙事，发挥艺术及艺术家的作用，揭示、抵抗乃至破坏西方资本主义权力及其文化霸权，以艺术寻求更大的表述空间，破除围绕美国种族/族裔性、性别和阶级所形成的文化思想壁垒，改变社会意识，更大程度地实现社会公正和平等。

兰特里齐亚的小说，从许多层面揭示资本主义权力和文化霸权的显现暴力和隐性暴力压迫，艺术的诗性主义抗争精神则与这些压迫力量形成张力。首先，美国主流文化对族裔群体产生压迫，兰特里齐亚在小说中书写美国意大利族裔与美国主流文化、与其他族裔群体的互动，在族裔书写中关联文化、阶级、性别、种族/族裔等多元交集，对构建美国意大利裔文学作出重要贡献，但他也以艺术家的身份和意识超越族裔性的限制，寻求突破不同种族/族裔之间的差异性，以达成不同群体间的和谐共处。他对美国意大利族裔性的书写和超越，有助于拓展美国族裔小说研究的理论视野。第二，兰特里齐亚在小说中揭示带有父权性质的美国主流文化对男性产生压迫。美国主流文化树立理想的男性形象，没能达到理想目标的男性被女性化,遭受歧视。兰特里齐亚又以父权文化对男性的压迫,隐喻美国少数族裔所遭受的被女性化现象和压迫。兰特里齐亚的小说颠覆这种性别构建,解构了产生性别歧视的性别二元对立,突破父权文化对男性身份属性的文化界定和对族裔文化的暴力压迫,以其艺术改写,寻求性别平等和族群平等。第三,父权文化对女性产生压迫,兰特里齐亚在小说里书写文化、种族、族裔、阶级等多元交集的女性,从赋能与对抗的角度书写新的女性身份属性,赋予她们美好的形象和性格特点,他不仅赋予女性以艺术缪斯的特征,让她们成为男主人公的救赎,而且让她们成为善于行动和抵抗压迫的女侠。第四,兰特里齐亚强调文学艺术家跨种族、跨族裔、跨文化的身份属性。他不仅展现多元交集下具体独特的个体经历与社会历史现状,而且刻画了许多从事艺术工作的人物,包括作家、文化批评者和文学教授、摄影师、电影导演和电影演员。他把这些艺术工作者放置在后现代空间,在政治权力、资本经济和文化消费市场及其全球化流动中;他把他们放置在大学、大众媒体等文化机构中,探讨作为文化政治诗学主体的艺术家,其自我和自主倾向如何与历史、社会和文化的塑造产生张力,探讨其充满反抗激情的诗性自我与现实的冲突、侵犯、和解与联络。对于兰特里齐亚来说,面对各种塑造和压迫因素的作用,艺术的诗性主义能最大限度地保障艺术家的自主性和想象力,赋予艺术强大力量。

第二节　文学悟性、创新与超越

作为欧美哲学思潮的后现代主义热潮已经过去,文学批评理论进入后殖民主义、跨国界跨空间研究、文学地图绘制研究等,探讨权力与族裔、性别、阶级的关系,拓展了文学的疆界。兰特里齐亚并不反对批评

第五章 超越自我：一位充满反叛激情的批评家和诗性的艺术家 | 261

理论本身，也不反对文学研究的政治化取向，但他与很多批评理论家最大的不同在于，他的文学功底、文学悟性和文学欣赏体验让他与文学文本密不可分，形成独特的文化政治诗学：他从辩证发展观的角度，既强调文学与批评理论跟社会历史密切相关，突出其历史性、政治性和社会作用，又强调文学艺术作品的审美体验，不惮宣告且在创作实践中贯彻以文学这一独特的审美媒介表现反叛的激情，特别表现文学在各类权力压迫和艺术反叛激情的冲突和协调过程中，以文学艺术改变大众意识，推进社会公正和平等。

小说文本成为兰特里齐亚发挥批评力量、表征诗性自我的有力手段。作为文学艺术家，兰特里齐亚在某种程度上正如他自己对艺术家的评价，是个"先见，他看见与表述的方式使他与公众的理解与价值观截然不同"（DePietro 26）。他善用小说艺术，将实验派小说和大众化写作风格融合在一起，杂糅多种文类和多层次的语言风格，甚至融入戏剧、文学批评、电影批评和电影元素，并在小说中采用时空转换、叙事视角转换等叙事技巧与策略，以其富有表现力的艺术手段，呈现他对生命的哲学思考。作为戏剧教授的乔迪·麦考利夫恰如其分地将兰特里齐亚的小说如《约翰·克利泰里》比作"午夜歌剧"的剧场，称赞他将读者带入天堂般美妙的音乐激情和语言的狂欢，可与意大利剧作家皮兰德罗（Luigi Pirandello）相媲美，但同时他们又都是充满属灵渴望的哲学家作家（Mcauliffe 50—51），在语言的盛筵中呈现丰富的自我和生命。确实，兰特里齐亚的对话和独白、抒情与叙事，带着激情、愤怒、讽刺、幽默、自嘲、感伤、狂想等情绪与语气，带领读者进入评论家加达菲所说的兰特里齐亚式语言回音室（Gardaphé, *Little Italy* 113），让读者畅享多重声音互相叠加、互相指涉、互相增进，领会其丰富的内涵。

兰特里齐亚善用自传材料并予以想象加工，塑造各种生动的人物形象，为平凡的自传材料赋予新的内涵，发掘和表达充满活力的内在生命，创造出霍桑（Hawthorne）所推崇的、充满想象力和创新含义的传奇故事（romance）(53)。他也会从其他作家作品里提取文字、意象，乃至叙事技巧，经过重新加工，注入自己独特的思考，展现人物的自我剖析和痛苦的回忆、犯罪、暴力与毁灭等，难怪评论者不吝将他与劳伦斯·斯特恩（Laurance Sterne）、爱伦·坡（Edgar Allan Poe）、福楼拜（Flaubert）、波德莱尔（Baudelaire）、王尔德（Oscar Wilde）、托马斯·曼（Thomas Mann）、T. S. 艾略特、韦斯特（Nathaniel West）、亨利·米勒（Henry Miller）、让·热内（Jean Genet）、查尔斯·布可夫斯基（Charles Bukowske）、威廉·巴勒斯（William Burroughs）等现代主义作家相提并论（Passaro 39—40）。

兰特里齐亚描写的黑暗、毁灭与解构如此"令人激动却又如此令人不安"（Gardaphé, *Wiseguys* 100），但他并不令人绝望。一方面，他关心现当代文学的现状，提倡既不能滥用艺术，又要恰如其分地发挥艺术的作用。他的小说超越了社会批评的理论范畴。其一，他揭示显性和隐性的禁锢，以饱含激情和张力的语言描绘了各种形式的霸权话语与权力，探讨外部条件对人的自我进行的训诫和压迫；其二，他刻画了个人和群体在对抗压迫时的痛苦经历、抵制、抗争与追求。其三，他极具洞察力地探询人性，努力还原真实的历史动力，在描写故乡尤蒂卡时发掘族群之间的冲突。像狄更斯的伦敦、乔伊斯的都柏林、普鲁斯特的巴黎一样，尤蒂卡被塑造成兰特里齐亚的尤蒂卡。他的尤蒂卡像不断生长的、充满生机的"珊瑚礁"（DuBois 123），带着她丰富多彩、活泼的历史与人物，呈现在读者面前。兰特里齐亚以其细腻而深入的洞察力，超越种族、族裔、父权、阶级和性别等藩篱，书写了具体而独特的个体、经历、情感、记忆，揭示人的自我意识如何渐渐觉醒，发现自己被各种限制因素压迫，发现并知道了，才有望挣脱禁锢，获得一定自由。兰特里齐亚让读者看见文学以其独特的方式揭示这些塑造因素的真相，看见在众多塑造因素中，人仍可以因为这种看见而有机会选择塑造自己。

另一方面，兰特里齐亚挑战所谓作家已死的命题，提倡文学与作家肩负重要的社会责任和道德责任，书写了艺术家跨种族跨族裔跨文化的身份属性，表征艺术自我与批评的自我之间的辩证关系，成就艺术空间的诗性自我。在兰特里齐亚的艺术世界里，小说人物也好，艺术创作的主体也好，都力图突破自我所产生的隔离、冲突与暴力。男性与代表父权的父亲之间、男性与女性之间、群体与群体/阶层与阶层之间、艺术家与外界之间，由自我和界限而至隔膜、疏离，乃至仇恨。个体的乃至族群的"自我"在孤独和隔阂中落入封闭的"自我"陷阱，沟通失败，常走向疯狂，在努力打破隔阂中又走向暴力的歧路。威廉·冯·洪堡（Wilhelm von Humboldt）倡导理想的自由主义政府，既保证个人自由发展的空间，同时提供一个所有人都能发展的保护性框架，乔治·奥威尔（George Orwell）则认为只有战争等极端状况才能带来极端的社会变革（Ruggiero 186），但兰特里齐亚将变革的权力交给能够自省的艺术家。他既看到封闭的自由个体的危害，又看到强权的系统和机构的危险。他的艺术家用自己的故事告诉世界，世界需要联系、沟通和交流。他所说的人与人之间的联系，不是罗伯特·穆齐尔（Robert Musil）在《没有个性的人》（*The Man Without Qualities*）里所说的随机、不可预测的联系与改变（Ruggiero 190）。他笔下的艺术家并不摧毁世界，甚至不是进行激进改变，他想象中的艺术家努力摒弃对自我的迷恋，摒弃自我的危害，向外界建立人与人之间的联系网络，由此实现改变。

兰特里齐亚在他的文学批评和小说里，都让我们看到一股解放的力量，向我们展现了充满活力的文学叙事：通过具体、独特、个体化的个人经历，特别是揭示艺术主体的抗争、冲突、妥协、挣脱，寻求最大的艺术表征空间，不断探索、创造和体现艺术的而非激进的自我。他以想象力之作，折射他的文学批评思想，成功地展现如何恰当兼顾美学价值与社会价值、审美与意识形态表述，为文学艺术家的创作、为美国文学批评界的批评研究提供了借鉴。

引用文献

Adorno, Theodor. *Aesthetic Theory*. Trans. C. Lenhardt. Routledge & Kegan Paul, 1984.

—. *The Culture Industry: Selected Essays on Mass Culture*. Routledge, 1991.

Adamson, Joseph. "Against Theory." *University of Toronto Quarterly*, Vol. 58, No. 4, 1989: 541 – 543.

Alessandria, Kathryn P. , & Maria A. Kopacz, Garbo Goodkin, Colleen Valerio & Heather Lappi. "Italian American Ethnic Identity Persistence: A Qualitative Study." *Identity*, Vol. 16, No. 4, 2016: 282 – 298.

Altieri, Charles. "Review: *After the New Criticism* by Frank Lentricchia." *Philosophy and Literature*, Vol. 6, No. 1 and 2, Fall 1982: 210 – 211.

Arendt, Hannah. *On Violence*. New York: Hardcourt, Brace & World, Inc. , 1969.

Bakhtin, Mikhail. M. *The Dialogic Imagination: Four Essays*. Trans. Caryl Emerson and Michael Holquist. Austin: University of Texas Press, 1981.

Baldwin, Doug. "Putting Images into Words: Elements of the 'Cinematic' in William Faulkner's Prose." *The Faulkner Journal*, Vol. 16, No. 1/2, Special Issue: Faulkner and Film (Fall 2000/Spring 2001): 35 – 64.

Barbour, James. "The Composition of Moby-Dick." *American Literature*, Vol. 47, No. 3, 1975: 343 – 360.

Barbour, James and Leon Howard. "Carlyle and the Conclusion of Moby-Dick." *The New England Quarterly*, Vol. 49, No. 2, 1976: 214 – 224.

Barolini, Helen. *Umbertina*. The Feminist Press at CUNY, 1998.

Baudrillard, Jean. *Simulations*. New York: Semiotext, 1983.

Benasuti, Marion. *No Steady Job for Papa*, Vanguard Press. 1966.

Bender, Bert. "'Moby-Dick,' an American Lyrical Novel." *Studies in the Novel*, Vol. 10, No. 3, 1978: 346 – 356.

Benjamin, Walter. "Critique of Violence." *Reflections: Essays, Aphorisms, Autobiographical Writings*. Ed. Peter Demetz. Tr. Edmund Jephcott. Harcourt Brace Jovanovich, Inc., 1986: 277 – 300.

Berthold, Michael C. "Moby-Dick and American Slave Narrative." *The Massachusetts Review*, Vol. 35, No. 1, 1994: 135 – 148.

Bhabha, Homi. *The Location of Culture*. London: Redwood Books, 1994.

Bloom, Allan. *The Closing of the American Mind*. Simon and Schuster, 1987.

Bloom, Harold. *Wallace Stevens: The Poems of Our Climate*. Ithaca: Cornell University Press, 1977.

Bohrer, Ashley. "Critique and Violence: A Response to Andrew Benjamin's *Working with Walter Benjamin*." *Philosophy Today*, 2014. DOI: 10.5840.

Bona, Mary Jo. *By the Breath of Their Mouths: Narratives of Resistance in Italian America*. New York: SUNY Press, 2009.

Bourdieu, Pierre. *Other Words: Essays toward a Reflexive Sociology*. Matthew Adamson, trans. Stanford University Press, 1990.

—. *Language and Symbolic Power*. Thompson, J. B. ed., Raymond, G., Adamson, M., trans. Cambridge MA: Harvard University Press, 1991.

—. *Masculine Domination*, Richard Nice, trans. Stanford University Press, 2002.

Bracher, Mark. "Schema Criticism: Literature, Cognitive Science, and Social Change. " *College Literature: A Journal of Critical Literary Studies*, Vol. 39, No. 4, Fall 2012: 84 – 117.

Burke, Kenneth. *Permanence and Change: An Anatomy of Purpose.* New York: New Republic, 1935.

Cahan, Abraham. *The Rise of David Levinsky.* Penguin Classics, 1993.

Cain, William E. "Reviewed Work(s): *Ariel and the Police: Michel Foucault, William James, Wallace Stevens* by Frank Lentricchia. " *The New England Quarterly*, Vol. 61, No. 4, 1988: 615 – 616.

Cardullo, Bert. "Film as the Characterization of Space: Notes, Mostly on 'L'avventura' and 'Lanotte'. " *An Interdisciplinary Journal*, Vol. 91, No. 3/4, 2008: 319 – 333.

Castells, Manuel. *The Rise of the Network Society.* Oxford: Blackwell Publishing, 2010.

—. *The Power of Identity.* Oxford: Blackwell Publishing, 2010.

Chatman, Seymour. *Story and Discourse: Narrative Structure in Fiction and Film.* New York: Cornell University Press, 1980.

Chatman, Seymour, & Michelangelo Antonioni. "Antonioni in 1980: An Interview. " *Film Quarterly.* Vol. 51, No. 1, 1997. 2 – 10.

Clubb, Merrel D. Jr. "The Second Personal Pronoun in Moby-Dick. " *American Speech.* Vol. 35, No. 4, 1960: 252 – 260.

Cinotto, Simone. *The Italian American Table: Food, Family, and Community in New York City.* Urana, Chicago, and Springfield, 2013.

Connel, R. W. *Masculinities.* University of California Press, 2nd ed. , 2005.

Costanzo, William V. "Joyce and Eisenstein: Literary Reflections of the Reel World. " *Journal of Modern Literature*, Vol. 11, No. 1, 1984: 175 – 180.

Czitrom, Daniel J. "American Motion Pictures and the New Popular Culture, 1893 – 1918. " *Popular Culture in American History*. Ed. Jim Cullen. Blackwell Publishing, 2007: 131 – 157.

Damsteegt, Theo. "The Present Tense and Internal Focalization of Awareness. " *Poetics Today*, Vol. 26, No. 1, Spring, 2005: 39 – 78.

Daniele, Daniela. "The Missing Father, and Other Unhyphenated Stories of Waste and Beauty in Don (ald) DeLillo. " *Forum: The Emerging Canon of Italian-American Literature. RSA Journal*, 20 – 21/2010 – 2011: 111 – 117.

de la Campa, Román. "Mainstreaming Poststructuralist and Feminist Thought: Jonathan Culler's Poetics. " *The Journal of the Midwest Modern Language Association*, Vol. 18, No. 2. Autumn, 1985: 20 – 27.

DeLillo, Don. *Underground*. Scribner, 1997.

—. *White Noise*. Penguin Classics, 1985.

—. *Falling Man*. Scribner, 2008.

DePietro, Thomas, ed. *Frank Lentricchia: Essay on His Works*. Toronto: Guernica Editions Inc. , 2011.

DeRosa, Tina. *Paper Fish. The Feminist Press at CUNY*, 1980.

Derrida, Jacques. "Force of Law: The 'Mystical Foundation of Authority'. " *Deconstruction and the Possibility of Justice*. Ed. Drucilla Corell et al. Routledge, Chapman and Hall, Inc. , 1992: 3 – 68.

Dewyer, Jim. "Review: *Lucchesi and the Whale*. " *Library Journal*, December, 2000: 189.

Donato, Pietro di. *Christ in Concrete. Signet*, 1993.

Dostoyevsky, Fyodor. *Notes from the Underground*. Dover Thrift Editions,

1992.

Dottolo, Andrea L. "Slicing White Bre(a)d: Racial Identities, Recipes, and Italian-American Women," *Women & Therapy*, Vol. 38, No. 3 – 4, 2015: 356 – 376.

Douglas, Ann. *The Feminization of American Culture*. The Noonday Press, 1977.

Dowd, J. J. "Social Psychology in a Postmodern Age: A Discipline without a Subject." *The American Sociologist*, Fall/Winter, 1991: 188 – 209.

DuBois, Andrew. "The Trick's Sick Songs." *Frank Lentricchia: Essays on His Works*. Ed. Thomas DePietro. Toronto: University of Toronto Press, 2011: 120 – 130.

Duvall, John N. ed. *The Cambridge Companion To Don Delillo*. Cambridge University Press, 2008.

Eco, Umberto. *The Role of the Reader: Explorations in the Semiotics of Texts*. Bloomington: Indiana University Press, 1984.

Edmundson, Mark, ed. *Wild Orchids and Trotsky: Messages from American Universities*. New York: Penguin books, 1993.

Eisenbraun, K. D. "Violence in schools: Prevalence, prediction, and prevention." *Aggression and Violent Behavior*, Vol. 12, 2007: 459 – 469.

Eisenstein, Sergein. *Film Form and Film Sense*. Cleveland And New York: The World Publishing Company, 1968.

Eldridge, Herbert G. "'Careful Disorder': The Structure of Moby-Dick." *American Literature*, Vol. 39, No. 2, 1967: 145 – 162.

Erdrich, Louise. *The Round House*. Harper Perennial, 2012.

Fabiszak, Jacek & Ewa Urbaniak-Rybicka, Bartosz Wolski, eds. *Crossroads in Literature and Culture*. Springer, 2013.

Fanon, Frantz. *The Wretched of the Earth*. Tr. Richard Philcox. New York:

Grove Press, 2004.

Fante, John. *Ask the Dust*. Ecco, 2006.

—. *Wait Until Spring, Bandini*, Ecco, 2002.

Ferraro, Thomas J. "Italian-American Literature." *Oxford Research Encyclopedia*, Literature (literature. oxfordre. com). Oxford University Press USA, 2016. DOI: 10. 1093/acrefore/9780190201098. 013. 611.

Fiedler, Leslie. *Fiedler on the Roof: Essays on Literature and Jewish Identity*. David R. Godine Publisher, Inc. , 1991.

Fischer, Michael J. "Ethnicity and the Post-Modern Arts of Memory." *Writing Culture: The Poetics and Politics of Ethnography*. Ed. James Clifford and George E. Marcus. University of California Press, 1986.

Fjellestad, Danuta. "Intellectual Self-Fashioning: The Case of Frank Lentricchia and Ihab Hassan. " *The European Legacy: Toward New Paradigms*, 5: 6, 2000: 863 –874. DOI: 10. 1080/713665535.

Foucault, Michel. *Discipline and Punish: The Birth of the Prison*. Tr. Alan Sheridan. New York: Vintage Books, 1975.

Freud, Sigmund. *The Interpretation of Dreams*. 3ird ed. Trans. A. A. Brill. Raleigh: Hayes Barton Press, 2006.

Friedlander, Eli. "Assuming Violence: A Commentary on Walter Benjamin's 'Critique of Violence'." *Boundary* 2, Vol. 42, No. 4, 2015: 159 –185.

Gagnier, Regenia. "Introduction: Boundaries in Theory and History. " *Victoria Literature and Culture*. Vol. 32, No. 2, 2004: 397 –406.

Gallicho, Grant. "Review: *Lucchesi and the Whale*. " *Commonweal*. June, 2001: 26 –27.

Gambino, Richard,. *Blood of My Blood: The Dilemma of the Italian-Americans*. Guernica Editions, 2001.

Gans, Herbert. "Symbolic Ethnicity: The Future of Ethnic Groups and

Cultures in America." *Ethnic and Racial Studies*, Vol. 2, No. 1, 1979: 1-20.

Gardaphé, Fred L. *Italian Signs, American Streets: The Evolution of Italian American Narrative*. Duke University Press, 1996.

—. *Leaving Little Italy: Essaying Italian American Culture*. SUNY series in Italian/American Culture, 2003.

—. *From Wiseguys to Wise Men: The Gangster and Italian American Masculinities*. Routledge, Taylor & Francis Group: 2006.

Genette, Gerard. *Narrative Discourse: An Essay in Method*. Trans. Jane E. Lewin. New York: Cornell University Press, 1980.

Georing, Wynn M. "'To Obey, Rebelling': The Quaker Dilemma in Moby-Dick." *The New England Quarterly*, Vol. 54, No. 4, 1981: 519-538.

Gerlach. T. J. "Review: Lucchesi and the Whale." *Contemporary Fiction*. 2001: 139.

Gilbert, Sandra. M, and Susan Gubar. *The Mad Woman in the Attic: The Woman Writer and the Nineteenth-Century Literary Imagination*. Yale University Press, 1979.

—. "The Man on the Dump versus the United Dames of America: Or, What Does Frank Lentricchia Want?" *Critical Inquiry*, Vol. 14, No. 2, Winter 1988: 386-406.

Giunta, Edvige. *Writing with an Accent: Contemporary Italian American Women Authors*. Palgrave, 2002.

Gleim, William S. "A Theory of Moby-Dick." *The New England Quarterly*, Vol. 2, No. 3, 1929: 402-419.

Glenn, Barbara. "Melville and the Sublime in Moby-Dick." *American Literature*, Vol. 48, No. 2, 1976: 165-182.

Godfrey, Mollie. "Passing as Post-Racial: Philip Roth's the Human Stain, Political Correctness, and the Post-Racial Passing Narrative." *Contemporary*

Literature, Vol. 58, No. 2, 2017: 233 -261.

Gordon, Milton M. *Assimilation in American Life: The Role of Race, Religion, and National Origins*. Oxford University Press, Inc. 1978.

Graff, Gerald, Reginald Gibbons, ed. *Criticism in the University: TriQuarterly Series on Criticsim and Culture*. No. 1. Northwestern University Press, 1985: 105 -123.

Gubar, Susan. "Representing Pornography: Feminism, Criticism, and Depictions of Female Violation. " *Critical Inquiry*, Vol. 13, No. 4, Summer 1987: 712 -741.

Guberman, Ross Mitchell, ed. *Julia Kristeva: Interviews*. Columbia University Press, 1996.

Halverson, John. "The Shadow in Moby-Dick", *American Quarterly*, Vol. 15, No. 3, 1963: 436 -446.

Hancock, Black Hawk & Roberta Garner. "Erving Goffman: Theorizing the Self in the Age of Advanced Consumer Capitalism. " *Journal for the Theory of Social Behaviour*. John Wiley & Sons Ltd. , 2014.

Hauerwas, Stanley, & Frank Lentricchia, eds. *Dissent from the Homeland: Essays after September* 11. Durham, London: Duke UP, 2003.

Heilman, Samuel C. *Portrait of American Jews: The Last Half of the* 20*th Century*. Seattle & London: University of Washington Press, 1995.

Helmling, Steven. "Review: The Theorist as the Letter 'T'. Reviewed Work(s): *Ariel and the Police: Michel Foucault, William James, Wallace Stevens* by Frank Lentricchia. " *The Kenyon Review*. Vol. 11, No. 2, 1989: 151 - 154.

Heimert, Alan. "Moby-Dick and American Political Symbolism. " *American Quarterly*, Vol. 15, No. 4, 1963: 498 -534.

Henderson, Harry. "Television: The Acid Rain of TV Images. " *Main-*

currents in Mass Communications. Eds. Agee, Warren K. & Ault, Phillip H. & Emery Edwin. New York: Harper & Row, Publishers, 1986: 432 – 453.

Herbert, T. Walter, Jr. "Calvinism and Cosmic Evil in 'Moby-Dick'." *PMLA*, Vol. 84, No. 6, 1969: 1613 – 1619.

Hext, Kate. *Walter Pater: Individualism and Aesthetic Philosophy*. Edinburgh University Press, 2013.

Hilbert, Besty. "The Truth of the Thing: Nonfiction in Moby-Dick." *College English*, Vol. 48, No. 8, 1986: 824 – 831.

Hirsch, David H. "Penelope's Web. Reviewed Work(s): Is There a Text in This Class?: *The Authority of Interpretive Communities* by Stanley Fish; *Saving the Text: Literature/Derrida/Philosophy* by Geoffrey H. Hartman; Interpretation: An Essay in the Philosophy of Literary Criticism by P. D. Juhl; *After the New Criticism* by Frank Lentricchia; *Reader-Response Criticism: From Formalism to Post-Structuralism* by Jane P. Tompkins." *The Sewanee Review*, Vol. 90, No. 1, Winter, 1982: 119 – 131.

—. "Postmodernism and American Literary History." *The Sewanee Review*, Vol. 99, No. 1, Winter, 1991: 40 – 60.

Hoffman, Michael J. "The Anti-Transcendentalism of 'Moby-Dick'." *The Georgia Review*, Vol. 23, No. 1, 1969: 3 – 16.

Hoffer, Eric. The *True Believer: Thoughts on the Nature of Mass Movements*. Time-Life Books, 1980.

Holland, W. Eugene. "Reviewed Work(s): Criticism and Social Change by Frank Lentricchia." *SubStance*, Vol. 15, No. 2, Issue 50, 1986: 129 – 131.

Huntington, Samuel P. *Who Are We: The Challenges to America's National Identity*. Simon & Schuster. 2004.

Isani, Mukhtar Ali. "The Naming of Fedallah in Moby-Dick." *American*

Literature, Vol. 40, No. 3, 1968: 380 – 385.

Jackson, Jeff. "Introduction." *The Portable Lentricchia*. Frank Lentricchia. Ed. Jeff Jackson. New York: Brdighera Press, 2012: 12 – 14.

Jacobson, M. F. Roots too: *White Ethnic Revival in post-civil rights America*. Harvard University Press, 2006.

Jameson, Fredric. *The Cultures of Globalization*. Durham: Duke University Press, 1998.

—. *Postmodernism, or, The Cultural Logic of Late Capitalism*. Durham: Duke University Press, 1999.

Jones, Elizabeth. "Horace: Early Master of Montage." *Arion: A Journal of Humanities and the Classics*, Third Series, Vol. 16, No. 3, 2009: 51 – 62.

Jones, Steven-Jeffrey. "Criticism, Historicism, and the Rediscovery of Lyricism." *Boundary* 2, Vol. 16, No. 2/3, 1989: 129 – 160.

Kenway, Jane, & Lindsay Fitzclarence. "Masculinity, Violence and Schooling: Challenging 'Poisonous Pedagogies'." *Gender & Education*. Vol. 9, Issue 1, 1997: 117 – 133.

Kimmel, Michael. *Manhood in America: A Cultural History*. The Free Press, 1996.

—. *The History of Men: Essays in the History of American and British Masculinities*. State University of New York Press, 2005.

Koehler, Robert. "Great wide open: *L'Avventura*." *Sight and Sound Magazine*. Nov. 17, 2016.

<http://www.bfi.org.uk/news-opinion/sight-sound-magazine/features/greatest-films-all-time/great-wide-open-l-avventura>. Retrieved June 12, 2019.

Kriegel, Leonard. *On Men and Manhood*. Hawthorn Books, Inc. 1979.

Kristeva, Julia. *Revolution in Poetic Language*. Trans. Margaret Waller. Columbia University Press, 1984.

Lacan, Jacques, *Écrits*: *A Selection*. Trans. Alan Sheridan. London and New York: Taylor & Francis e-Library, 2005.

Lentricchia, Frank. *The Gaiety of Language*: *An Essay On The Radical Poetics of W. B. Yeats And Wallace Stevens*, University of California Press, 1968.

—. *Robert Frost*: *Modern Poetics and the Landscapes of Self.* Duke University Press, 1975.

—. *After the New Criticism.* Chicago: The University of Chicago Press, 1980.

—. *Criticism and Social Change.* Chicago & London: The University of Chicago Press, 1983.

—. "Patriarchy against Itself: The Young Manhood of Wallace Stevens." *Critical Inquiry*, Vol. 13, No. 4, Summer, 1987: 742 – 786.

—. *Ariel and the Police*: *Michel Foucault, William James, Wallace Stevens.* Wisconsin: The University of Wisconsin Press, 1988.

—. *The Edge of Night*: *A Confession.* New York: Random House, 1994.

—. *Modernist Quartet.* Cambridge University Press, 1994.

—. "Last Will and Testament of an Ex-literary Critic." *Lingua Franca.* September/ October 1996: 59 – 67.

—. *John Critelli and the Knifemen.* Cribner, 1996.

—. *The Music of Inferno.* State University of New York Press, 1999.

—. *Lucchesi and the Whale.* Duke University Press, 2001.

—. *Crimes of Art and Terror.* With Jody McAuliffe. The University of Chicago Press, 2003.

—. *The Book of Ruth.* Seattle: Ravenna Press, 2005.

—. *The Italian Actress.* State University of New York Press, 2010.

—. *The Sadness of Antonion*i. State University of New York Press, 2011.

—. *The Portable Lentricchia*. Brdighera Press, 2012.

—. *The Accidental Pallbearer: An Eliot Conte Mystery*. Melville House Publishing, 2013.

—. *The Dog Killer of Utica*. Melville House Publishing, 2014.

—. *The Morelli Thing*. Guernica Editions, 2015.

—. *A Place in the Dark/ The Glamour of Evil*. Guernica Editions, 2020.

—. *Manhattan Meltdown*. Guernica Editions, 2021.

Lefebvre, Henri. *The Production of Space*. Blackwell Publishing, 1991.

Levay, Matthew. "Remaining a Mystery: Gertrude Stein, Crime Fiction and Popular Modernism". *Journal of Modern Literature*, Vol. 36, No. 4, Summer 2013: 1 – 22.

Levine, Mark. "'The Accidental Pallbearer,' by Frank Lentricchia." *Booklist*, *vol.* 109 *Issue* 11, *Feb* 1, 2013: 26.

Lipez, Richard. "*The Accidental Pallbearer* by Frank Lentricchia." *The Washington Post*. Feb. 11, 2013, 3.

Lisa M. Steinman. "*Ariel and the Police: Michel Foucault, William James, Wallace Stevens.* By Frank Lentricchia." *The Wallace Stevens Journal*. Vol12, No. 1, 1988: 74 – 77.

Locke, Abigail, & Rebecca Lawthom & Antonia Lyons. "Social Media Platforms as Complex and Contradictory Spaces for Feminisms: Visibility, Opportunity, Power, Resistance and Activism." *Feminism & Psychology*. Vol. 28. No. 1, 2018: 3 – 10.

Lopes, Paul. "The Power of Hyphen-Nationalism: Martin Scorsese's Sojourn from Italian American to White-Ethnic American." *Social Identities*, Vol. 23, No. 5, 2017: 562 – 578.

Lynch, Kevin. *The Image of the City*. Massachusetts: MIT Press, 1960.

MacLaughlin, Thomas. "Review: *After the New Criticism.*" *The Journal of Aesthetics & Art Criticism*. 1981: 466 – 468.

Malin, Irving. "Johnny Critelli and The Knifemen." *The Review of Contemporary Fiction*, Vol. 17, No. 2, Summer 1997: 294.

Mangione, Jerre. *Mount Allegro*, Syracuse University Press. 1998.

Marinaccio, Rocco: "'Tea and Cookies. Diavolo!': Italian American Masculinity in John Fante's Wait Until Spring, Bandini." *MELUS*, vol. 34, no. 3, *Fall* 2009: 43 – 68.

Massey, Doreen. "Geographies of Responsibility." *Geografiska Annaler*, Vol. 86, No. 1, 2004: 5 – 18.

Mao, Douglas. "The New Critics and the Text-Object." *ELH*, Vol. 63, No. 1. Spring, 1996: 227 – 254.

McAuliffe, Jody. "He Sings the Body Tinterotic." *Frank Lentricchia: Essays on His Works*. Ed. Thomas DePietro. Toronto: University of Toronto Press, 2011: 39 – 59.

McLuhan, Marshall. *The Medium is the Massage: An Inventory of Effects*. New York: Bantam Books, 1967.

Melville, Herman. *Moby-Dick*. New York: Penguin Group Inc, 2013.

McDermott, M., & Samson, F. L. "White Racial and Ethnic Identity in the United States." *Annual Review of Sociology*, 31, 2005: 245 – 261.

Merton, Robert King. *On Social Structure and Science*. University of Chicago Press, 1996.

Messner, Michael A. *Politics of Masculinities: Men in Movements*. Sage Publications, 1997.

Miller, Paul W. "Sun and Fire in Melville's Moby Dick." *Nineteenth-Century Fiction*, Vol. 13, No. 2, 1958: 139 – 144.

Miller, D. Quentin. "Book Review: Frank Lentricchia: *The Music of the Inferno*." *The Review of Contemporary Fiction*, Fall 2000, vol. 20, No. 3: 153.

Millhauser, Milton. "The Form of Moby-Dick." *The Journal of Aesthetics and Art Criticism*, Vol. 13, No. 4, 1955: 527 – 532.

Moore, Kevin Z. "Eclipsing the Commonplace: The Logic of Alienation in Antonioni's Cinema." *Film Quarterly*, Vol. 48, No. 4, 1995: 22 – 34.

Mroz, Matilda. *Temporality and Film Analysis*. Edinburgh University Press, 2012.

Mullane, Deirdre. "'The Accidental Pallbearer,' by Frank Lentricchia." *Publisher Weekly*, Nov. 26, 2012: 32 – 33.

New, Elisa. "Bible Leaves! Bible Leaves! Hellenism and Herbraism in Melville's Moby-Dick." *Poetics Today*, Vol. 19, No. 2, 1998: 281 – 303.

Nikopoulos, James. "'L'avventura,' Intimate & Immense." *Italica*, Vol. 87, No. 3, 2010: 374 – 390.

Nordin, Irene Gilsenan et al. *Transcultural Identities in Contemporary Literature*. Brill Rodopi, 2013.

Nowell-Smith, Geoffrey. "Antonioni: Before and After." *Sight and Sound*, Vol. 5, No. 12, 1995: 16.

O'Hara, Daniel T. "The Irony of Revisionism in Contemporary Criticism." *Contemporary Literature*, Vol. 23, No. 1, Winter, 1982: 105 – 113.

—. "Saving Ariel: Wallace Stevens and the Sexual Poetics of Late Capitalism." *Contemporary Literature*. Vol. 24. No. 4, 1988: 624 – 631.

—. "On Becoming Oneself in Frank Lentricchia." *Boundary* 2 (19.1): *New Americanists* 2: *National Identities and Postnational Narratives*. Duke University Press, 1992: 230 – 254.

—. "Imagination is Everything." *American Book Review*, Volume 33, No. 3., 2012: 18.

O'Hara, Daniel, and Frank Lentricchia. "An Interview with Frank Lentricchia." *Boundary* 2, Vol. 21, No. 2, Summer, 1994: 5 – 39.

O'Hara, Daniel, and Gina Masucci MacKenzie. "Frank Lentricchia's Creative Quest: Traversing the Primal Fantasy of the Modern Writer." *Frank Lentricchia: Essays on His Works*. Thomas DePietro. Toronto: University of Toronto Press, 2011: 113 – 144.

Orange, Tommy. *There There: A Novel*. Knopf, 2018.

Orban, Clara. "Antonioni's Women, Lost in the City." *Modern Language Studies*. Vol. 31, No. 2, 2001: 11 – 27.

Olster, Stacey. ed. *Don DeLillo: Mao II, Underworld, Falling Man*. Continuum International Publishing Group, 2011.

Ozun, Sule Okuroglu, & Mustafa Kirca, eds. *B/Orders Unbound: Marginality, Ethnicity and Literature in Literature*. Peter Lang Edition, 2017.

Paglia, Camille. *Free Women, Free Men: Sex, Gender, Feminism*. Pantheon Books, 2017:

Pardini, Samuele F. S. "From Wiseguys to Whiteguys: The Italian American Gangster, Whiteness, and Modernity in Don DeLillo's *Underworld* and Frank Lentricchia's *The Music of the Inferno*." *Critique: Studies in contemporary Fiction*. Vol. 57, No. 3, 2016: 254 – 267.

Parker, Andrew. "'Taking Sides' (On History): Derrida Re-Marx." *Diacritics*, Vol. 11, No. 3. Autumn, 1981: 57 – 73.

Passaro, Vince. "On Johnny Critelli and The Knifemen." *Frank Lentricchia: Essays on His Works*. Ed. Thomas DePietro. Toronto: University of Toronto Press, 2011: 38 – 59.

Pater, Walter. *The Renaissance: Studies in Art and Poetry*. London: Macmillan, 1901.

Patrona, Theodora. "Ethnic Identification, Food, and Depression: Louise DeSalvo's Memoirs and the Female Italian American Experience." *Mediterranean Studies*, Vol. 20, No. 2, 2012: 176 – 186.

Patterson, Mark R. "Democratic Leadership and Narrative Authority in 'Moby-Dick'." *Studies in the Novel*, Vol. 16, No. 3, 1984: 288 – 303.

Pease, Donald E. "Patriarchy, Lentricchia, and Male Feminization." *Critical Inquiry*, Vol. 14, No. 2, Winter 1988: 379 – 385.

Peden, William. "Review." *The Mississippi Valley Historical Review*, Vol. 36, No. 4, 1950: 710 – 711.

Peguero, Anthony A. and Ann Marie Popp. "Youth Violence at School and the Intersection of Gender, Race, and Ethnicity." *Journal of Criminal Justice*, Vol. 40, No. 1, 2012: 1 – 9.

Porter, Carolyn. "History and Literature: 'After the New Historicism'." *New Literary History*, Vol. 21, No. 2, History and... Winter, 1990: 253 – 272.

Postman, Neil. *Amusing Ourselves to Death*. New York: Viking, 1985.

Pudovkin, V. I. "Film Technique." *Film Anthology*, Ed. Daniel Talbot. University of California Press, 1970.

Puzo, Mario. *Godfather*. Berkley, 2005.

Rascaroli, Laura, & Rhodes, John David. "Antonioni and the Place of Modernity: A Tribute." *Framework: The Journal of Cinema and Media*, Vol. 49, No. 1, 2008: 42 – 47.

Reilly, John. "Criticism of Ethnic Literature: Seeing the Whole." *MELUS*, Vol. 5, No. 1, 1978: 2 – 13.

Reel, Guy. *The National Police Gazette and the Making of the Modern American Man, 1879 – 1906*. Palgrave Macmillan, 2006.

Reynolds, Larry J. "Kings and Commoners in 'Moby-Dick'." *Studies in the Novel*, Vol. 12, No. 2, 1980: 101 – 113.

Rimmon-Kenan, Shlomith. *Narrative Fiction: Contemporary Poetics*. 2nd ed. London: Taylor & Francis Group, 2002.

Rosenberry, Edward H. "'Moby-Dick': Epic Romance." *College Literature*, Vol. 2, No. 3, 1975: 155 – 170.

Ross, Morton L. "'Moby-Dick' as an Education." *Studies in the Novel*, Vol. 6, No. 1, 1974: 62 – 75.

Rotundo, E. Anthony. "Body and Soul: Changing Ideals of American Middle-Class Manhood, 1770 – 1920." *Journal of Social History*, Vol. 16, No. 4, Summer, 1983: 23 – 38.

—. *American Manhood: Transformations in Masculinity from the Revolution to the Modern Era*. Basic Books, 1993.

Ruggiero, Vincenzo. *Visions of Political Violence*. Routledge, 2019.

Rungren, Lawrence. "Johnny Critelli / The Knifemen." *Library Journal*, Vol. 121, No. 19, Nov. 1996: 91.

Russo, John Paul. "Reviews: Frank Lentricchia: *The Music of the Inferno*." *Italica*, Vol. 77, No. 3 (Autumn, 2000): 440 – 441.

Rutherford, Alexandra. "Feminism, Psychology, and the Gendering of Neoliberal Subjectivity: From Critique to Disruption." *Theory & Psychology*, Vol. 28, No. 5, 2018: 619 – 644.

Ruvoli, JoAnne. "Metaphors, Mamma, and Meatballs: Personal Storytelling in the Criticism of Italian American Literature." *MELUS*, Vol. 43, No. 1, 2018: 134 – 158.

Salusinszky, Imre. *Criticism in Society: Interviews with Jacques Derrida, Northrop Frye, Harold Bloom, Geoffrey Hartman, Frank Kermode, Edward Said, Barbara Johnson, Frank Lentricchia, and J. Hillis Miller*. New York and London: Methuen, Inc. 1987.

Samson, Joan P. "The Ambiguity of Ambergris in 'Moby-Dick'." *College Literature*, Vol. 2, No. 3, 1975: 226 – 228.

Sauer, Birgit, & Edma Ajanović. "Doing Masculinity, Doing Femininity:

Interethnic Violence in the School Environment." *Annales*: *Series Historia et Sociologia*, Vol. 23, No. 2, 2013: 261 – 274.

Schrock, Douglas, & Michael Schwalbe. "Men, Masculinity, and Manhood Acts", *Annual Review of Sociology*, Vol. 35, 2009: 277 – 295.

Schultz, Elizabeth. "'Moby-Dick': The Little Layers." *The North American Review*, Vol. 273, No. 4, 1988: 52 – 59.

Scott, W. D. "Some Implications of the Typhoon Scenes in Moby Dick." *American Literature*, Vol. 12, No. 1, 1940: 91 – 98.

Sheehan, Thomas W. "Montage Joyce: Sergei Eisenstein, Dziga Vertov, and 'Ulysses'." *James Joyce Quarterly*, Vol. 42/43, No. 1/4, Fall 2004- Summer 2006: 69 – 86.

Soja, Edward. *Postmetropolis*: *Critical Studies of Cities and Regions*. Oxford: Blackwell Publishers, 2000.

Sollors, Werner. *Beyond Ethnicity*: *Consent and Descent in American Culture*. Oxford University Press, 1986.

Strandberg, Victor. "Zeitgeist Blues: Social Text and The Duke Connection." *The Faculty Forum*, Vol. 8, No. 3, Duke University Press: September 1996: 1.

Steinberg, Sybil S. "Johnny Critelli and The Knifemen: Two Novels." *Publishers Weekly*, Vol. 243, No. 45, 1996: 64.

Stoll, Elmer E. "Symbolism in Moby-Dick." *Journal of the History of Ideas*, Vol. 12, No. 3, 1951: 440 – 465.

Stone, Edward. "Moby Dick and Shakespeare: A Remonstrance." *Shakespeare Quarterly*, Vol. 7, No. 4, 1956: 445 – 448.

Talese, Gay. *Honor Thy Father*. World Publishing Company, 1972.

—. "The Italian-American Voice: Where Is It?" *American Identities*: *Contemporary Multicultural Voices*. Robert Pack & Jay Parini ed., University

Press of New England, 1994.

Tamburri, Anthony Julian. *Italian/American Short Films and Music Videos: A Semiotic Reading*. Purdue University, 2002.

—. *Re-reading Italian Americana: Specificities and Generalities on Literature and Criticism*. Fairleigh Dickinson University Press, 2014.

Taylor, Nadine, Roshan das Nair, & Louise Braham. "Perpetrator and Victim Perceptions of Perpetrator's Masculinity as a Risk Factor for Violence: A Meta-Ethnography Synthesis." *Aggression and Violent Behavior*, Vol. 18, 2013: 774 – 783.

Thomas, Alexander R. *In Gotham's Shadow: Globalization and Community Change in Central New York*. SUNY, 2003.

Totten, Gary. "Editor's Introduction: Crossing Borders and Genres." *MELUS*, Vol. 41, No. 2, Summer 2016: 1 – 6.

Trimpi, Helen P. "Melville's Use of Demonology and Witchcraft in Moby-Dick." *Journal of the History of Ideas*, Vol. 30, No. 4, 1969: 543 – 562.

Witte, Bernd. "Politics, Economics, and Religion in the Global Age: Walter Benjamin's *Critique of Violence* and Capitalism as Religion." *Symposium*, Vol. 65, No. 1, 2011: 5 – 11.

Woolf, Virginia. *A Room of One's Own*. London: Grafton, 1977.

Vargish, Thomas. "Gnostic Mythos in Moby-Dick." *PMLA*, Vol. 81, No. 3, 1966: 272 – 277.

—, *Moby-Dick and Calvinism: A World of Dismantled*. New Brunswick, NJ: Rutgers University Press, 1977.

Viscusi, Robert. *Buried Caesars, and Other Secrets of Italian American Writing*. SUNY, 2006.

Vogel, Dan. "The Dramatic Chapters in Moby Dick." *Nineteenth-Century Fiction*, Vol. 13, No. 3, 1958: 239 – 247.

Walcutt, Charles Child. "The Fire Symbolism in Moby Dick." *Modern Language Notes*, Vol. 59, No. 5, 1944: 304 – 310.

Ward, J. A. "The Functions of the Cetological Chapters in Moby-Dick." *American Literature*, Vol. 28, No. 2, 1956: 164 – 183.

Wells, Whitney Hastings. "Moby Dick and Rabelais." *Modern Language Notes*, Vol. 38, No. 2, 1923: 123.

Wong, Jade Snow. *Fifth Chinese Daughter*. Hurst & Blackett Ltd, 1953.

Xu, Bei. *Situational Tensions of Critic-Intellectuals: Thinking through Literary Politics with Edward W. Said and Frank Lentricchia*. New York: Peter Lang, 1992.

Young, Thomas Daniel, ed. *The New Criticism and After*. Charlottesville: University Press of Virginia, 1976.

Žižek, Slavoj. *Violence: Six Sideways Reflections*. London: Profile Books Ltd, 2009.

—. *The Year of Dreaming Dangerously*. New York: Verso, 2012.

Žižek, Slavoj, ed. *Jacques Lacan: Critical Evaluation in Cultural Theory*. Volume IV: Culture. Routldge, 2003.

Zoran, Gabriel. "Towards a Theory of Space in Narrative." *Poetics Today*, Vol. 5, No. 2, 1984: 309 – 335.

唐小兵：《文学批评的经济学》，《读书》1997年第7期。

杨仁敬：《20世纪美国文学史》，上海：上海外语教育出版社2022年版。

后　记

　　福兰克·兰特里齐亚转向小说创作之后，逐渐退回到艺术的自我；从杜克大学荣退之后，他更是重新拾起他曾在 1991 年麦普金修道院短暂经历过的隐修院生活，以自己的方式成为一个居家隐修的艺术家。他变成一个真正的隐士，不再接受采访，仍像以前一样不使用电子邮件与外界沟通，只有亲近的人可以与他通电话。他深居简出，沉浸在自己创造的世界里，从记忆和想象中攫取灵感，并投入新的艺术创作，真正活成了下班回家、行走在诗歌艺术创作之道上的斯蒂文斯，活成了自己小说《路得记》里经历世界暴风雨后隐居第九湖的艺术家路得。他与外界的联系，就是与自己头脑中真实的人和虚假的人物对话。

　　我想象他的另外一部分生活，或者另外一个自我，那个批评的自我，那个曾在 20 世纪 80 年代将矛头指向任何时髦的、高大上的学术理论权威的自我：面对那些在小资的审美世界里故步自封的形式主义美学者，他开动批评的工具，一心为受苦的、贫穷的、被压迫的、边缘的人说话；后来面对那些站在道德制高点上对着文学作家指手画脚、张口种族主义、闭口女权主义的批判理论者，他又祭出文本细读的法宝，结合对作者的历史批评，将文学艺术世界的生动、细腻和多元呈现在我们面前。那个经历评论界褒贬不一的风浪、越战越勇的批评家，他在风头中健步如飞，又随时停下脚步来，将批评的目光转向自己，看着自己心里的艺术家，倾听心里的艺术家说话，他现在就在自己创造的艺术世界的风浪里，驾驭着自己艺术世界里的风浪。在艺术创作的世界里，他止息了两个自我的矛盾，两个自我终于达成和解，和平相处。

我曾一个学期坐在教室里听兰特里齐亚教授讲课。他在教室前走来走去，完全沉浸在他所喜欢的现代主义作家的世界里，在艺术的境界里与学生沟通。他解析那些杰出作家的文字，探求作家们为我们摆上的美好艺术世界——哪怕作家在描写卑微的、猥琐的甚至罪犯的世界，他都有办法让我们屏气凝神地停滞在审美的境界里。他用敏锐犀利的文学悟性，剖开现代主义作家充满矛盾和冲突的复杂世界。他在解读作品中讲述着自己的故事，并且告诉我们，你可以同样创造自己的故事，因为那个充满矛盾和冲突的世界，就是他，也是我们这些凡夫俗子。

我曾经坐在他办公室的桌前，面对面看着这位文学界的著名人物，诚惶诚恐地向我心目中的大师提些幼稚的问题。他却和声细语，详细道来。他语速不快，竟然有些腼腆，眼神里有孩童般的纯真。我问他如此高调地宣布对批判理论界的批判，同在"文学系"（Program in Literature）的朋友弗列德里克·詹姆逊等批评理论大师怎么看他？他微微一笑，说，他们懂得我的。在杜克大学校园里偶尔碰到了，他带着微笑，说，什么时候来办公室，我把签名的小说送给你。彼时，他和他那个教授戏剧的妻子新出版了一部书，名字叫《艺术的犯罪与恐怖》。我突然意识到，人们以为他高冷、傲慢，其实那背后隐藏了一个敏感、腼腆的艺术家。

我在这部评论著作里，必须收敛自己主观的赞誉之词，但在后记里，我可以大胆宣布自己对这位敏锐的批评者、勇敢的斗士、极具文学悟性、富有想象力的文学大师的崇拜之情。正如与我同事的一位教授所说：兰特里齐亚真是个宝藏！

在书稿付梓之际，我要感谢国家留学基金和国家社科基金提供了资助，使我不仅可以在兰特里齐亚的课堂上倾听他的授课，当面聆听他的指教，而且可以完成兰特里齐亚研究，出版这部著作。我还要感谢我历届的厦门大学研究生们，在我们共同探讨兰特里齐亚小说的过程中，我从他们那里获得宝贵的灵感。他们是董娅、龙超、邹慧芳、陆帅、周雪冬、危惠明、王小芳。最后，我还要感谢我的恩师杨仁敬教授，他不仅为书稿提供了宝贵意见，还欣然提笔作序。我的同事吴光辉教授也提供了宝贵意见，在此谨致谢忱。

周南翼

厦门大学凌峰楼

2021 年 10 月 3 日